HEYNE

Das Buch

In einer sturmumtosten Nacht steht eine Mutter vor einer unmöglichen Wahl: Weglaufen, verstecken oder kämpfen?
Das alte viktorianische Haus steht einsam mitten im Wald. Die nächsten Nachbarn sind kilometerweit entfernt. Doch die Abgeschiedenheit macht ihr keine Angst. Sie mag es, ihre Ruhe zu haben. Das wird ihr nun zum Verhängnis: Während eines Schneesturms, der eine Flucht unmöglich macht, bricht jemand bei ihr ein. Bei ihr und ihren beiden kleinen Kindern. Er hat es auf sie abgesehen. An ihr Handy kommt sie nicht heran, Hilfe kann sie nicht rufen. Also muss sie handeln. Und sie würde alles tun, um ihre Kinder zu beschützen.
Alles.

Die Autorin

Tracy Sierra lebt in New England in einem antiken Haus aus der Kolonialzeit samt eigenem Friedhof. Wenn sie nicht gerade schreibt, arbeitet sie als Anwältin oder verbringt Zeit mit ihrem Mann, ihren zwei Kindern und sieben Hühnern. »Niemand wird ihr glauben« ist ihr Debütroman. Für die Figur des Eindringlings hat sie sich von der wahren Geschichte des Serienkillers Israel Keyes inspirieren lassen.

TRACY SIERRA

NIEMAND WIRD IHR GLAUBEN

THRILLER

Aus dem Amerikanischen von Melike Karamustafa

WILHELM HEYNE VERLAG
MÜNCHEN

Die Originalausgabe NIGHTWATCHING erschien
erstmals 2024 bei Viking, London.

Der Verlag behält sich die Verwertung der urheberrechtlich
geschützten Inhalte dieses Werkes für Zwecke des Text- und
Data-Minings nach § 44 b UrhG ausdrücklich vor.
Jegliche unbefugte Nutzung ist hiermit ausgeschlossen.

Penguin Random House Verlagsgruppe FSC® N001967

Deutsche Erstausgabe 01/2025
Copyright © 2024 by Tracy Sierra
Copyright © 2024 der deutschsprachigen Ausgabe
by Wilhelm Heyne Verlag, München,
in der Penguin Random House Verlagsgruppe GmbH,
Neumarkter Str. 28, 81673 München
Redaktion: Angela Volknant
Umschlaggestaltung: Nele Schütz Design GmbH unter Verwendung von
Adobe Stock (mimagephotos) und Shutterstock.com (andreiuc88)
Satz: Satzwerk Huber, Germering
Druck und Bindung: GGP Media GmbH, Pößneck
Printed in Germany
ISBN: 978-3-453-42843-0

www.heyne.de

Für Catherine
Meine Mutter

I have a very general acquaintance here in
New England.

Der Mann in: *Young Goodman Brown*, Nathaniel Hawthorne

KAPITEL 1

Es war jemand im Haus.

Sie stand im dunklen Schlafzimmer ihres Sohnes. Hinter der offenen Tür lag die steile Treppe am Ende des langen Flurs im gedämpften Schein eines Nachtlichts. Die Lampe hatten sie angebracht, damit die Kinder nachts die Stufen erkennen konnten und ohne zu stolpern von ihren Schlafzimmern in das ihrer Eltern tapsen konnten, wenn sie Durst hatten oder Trost brauchten oder sich eingenässt hatten.

Das alte Haus ließ den Wind durch die Ritzen hineinziehen und seine Rippen knacken. Die Geräusche, mit denen es sich gegen den Sturm stemmte, sein stockender Atem, waren ihr vertraut. Doch durch all das Getöse hindurch erklangen Laute, die sie wie angewurzelt verharren ließen. Ebenfalls vertraut, aber nicht um diese Zeit. Nicht angesichts der Tatsache, dass sie die Einzige war, die wach war. In der kurzen Stille zwischen den eisigen Böen hörte sie ein schweres Keuchen auf der Treppe.

Das bildest du dir nur ein.

Ihr Sohn war, ein paar Schritte von ihr entfernt, wieder eingeschlafen. Ihre Tochter schlummerte im Zimmer nebenan.

Einen Moment lang ließ sie die Hoffnung, dass es ihr Mann war, aufatmen.

Hör auf damit. Das ist unmöglich.

Oder vielleicht ihre Tochter, die wieder einmal schlafwandelte. Sie hatten die Zimmertür des Mädchens, die sich zur alten Treppe öffnete, verriegelt – es wäre zu gefährlich gewesen, sie nachts dort herumlaufen zu lassen. Aber es war möglich, dass sie ihr Zimmer durch die andere Tür verlassen hatte. Die Tür, die sie offen ließen, damit sie nachts auf die Toilette gehen konnte, um ihr das Gefühl zu geben, dass sie trotz allem ein großes Mädchen war, dass sie ihr vertrauten und sie sich selbst vertrauen durfte.

Ja, das wäre eine Erklärung. Und wahrscheinlich hast du das Babyfon nicht gehört.

Das Babyfon. Nachdem ihre Tochter drei Nächte in Folge schweigend und im Tiefschlaf im Dunkel des Elternschlafzimmers neben ihrem Bett gestanden hatte, hatte ihr Mann das Gerät mit Bewegungsmelder vor der Schlafzimmertür des Mädchens angebracht.

»Was soll ich sagen?«, hatte ihr Mann mit einem Schulterzucken bemerkt. »Mit Kameras kenne ich mich aus.«

Klick, Surr, Piep, erwachte in ihrem Schlafzimmer von da an der Monitor zum Leben, bevor ihre Tochter auf dem zu sehen war, verschwommen und bleich wie durch ein Nachtsichtgerät, aufblitzende Augen wie die eines Tieres. Einer von ihnen (sie, immer war sie es) stand auf, um ihre Tochter abzufangen, bevor sie sich versehentlich verletzen konnte. Dann führte sie ihr kleines Mädchen zurück ins Bett, strich das dunkle Haar aus den leeren, offenen Augen weg und blieb bei ihr sitzen, bis sie den Kopf zurück auf das Kissen sinken ließ.

Das muss es sein. Sie schlafwandelt.

Dennoch konnte sie sich nicht dazu bringen, sich zu rühren. Konnte den Blick nicht von dem Nachtlicht am Ende des Flurs abwenden. Ein Teil von ihr erinnerte sich, dass ihre Tochter auf der Treppe ganz anders klang. Einem Teil von ihr war bewusst, dass ihre Tochter, seit sie schlafwandelte, kein einziges Mal die Treppe hinuntergegangen war. Und die Geräusche kamen eindeutig von der Treppe.

Der verdrehte Reim eines Kinderlieds ging ihr durch den Kopf, eine der endlos wiedergelesenen Zeilen, die inzwischen ihr Gedächtnis bevölkerten.

If wishes were fishes we would have some to fry. If wishes were fishes we would eat and not die.

Ein dumpfer Schlag, ein Innehalten.

Er hat sich den Kopf gestoßen.

Das passierte nur Leuten, die mit den Eigenheiten des alten Hauses nicht vertraut waren. Jeder Mensch über eins achtzig musste den Kopf schief legen oder sich ducken, um der Stelle, wo die Treppe eine Kurve machte und die Decke tiefer hing, auszuweichen.

Es waren leise, raschelnde Geräusche zu hören, während sich die Person aufrichtete. Überlegte. Sich erneut bewegte.

Jetzt sah sie Finger, die sich wie weiße Spinnenbeine um das Geländer schlangen.

Der Eindringling zog sich langsam hoch, bis er am oberen Ende der Treppe stand, die Gesichtszüge durch die Dunkelheit und den schwachen Schein des Nachtlichts in seinem Rücken bis zur Unkenntlichkeit verwaschen. Für den Bruchteil eines Augenblicks erkannte sie in der Silhouette ihren Mann. Sie öffnete den Mund, um ihm zuzurufen, wie er nach Hause gekommen war.

Aber dein Mann würde sich nicht den Kopf stoßen. Er ist nicht groß genug.

Mit diesem Gedanken kam die Klarheit. Die Umrisse der Figur gehörten zu einem Fremden.

Es ist ein Mann.

Er war groß. Seine Arme hingen locker und lang an seinen Seiten herab. Seine Gegenwart hatte etwas entfernt Vertrautes, Ranziges an sich, etwas Falsches und Verdorbenes, das ihr bekannt vorkam, sie aber nicht richtig zuordnen konnte.

Hast du ihn schon einmal gesehen? Wer ist er?

Er legte den Kopf schief und starrte den langen Flur hinunter ins Dunkel, in das sie eingehüllt war.

Objektiv, nach rein logischen Gesichtspunkten war ihr klar, dass er sie unmöglich sehen konnte. Wie oft hatte sie selbst genau an dieser – an seiner – Stelle verharrt, in exakt der gleichen Haltung?

Wie oft hatte sie den dunklen Flur hinuntergespäht und mitten in der Nacht versucht zu erkennen, ob ihr kleiner Junge dort in der Tür stand, ohne jemals etwas anderes als einen Schatten erkennen zu können. Das bodennahe gedämpfte Nachtlicht am Treppenabsatz machte einen blind für alles, was sich außerhalb seiner schwach beleuchteten Reichweite befand. Erst wenn sie die Schlafzimmertür des Jungen erreicht hatte, konnte sie sicher sein, dass er sich tatsächlich dort befand, statt in seinem Bett zu liegen und zu schlafen.

Das Licht wird ihn ebenfalls blind machen.

Das Gesicht des Mannes verwandelte sich im Dämmerlicht in einen Totenkopf. An den Stellen, wo die Augen sein sollten, war alles schwarz. Auf seinen Lippen zeichnete sich ein übertriebenes Grinsen ab. Seine ganze Erscheinung wirkte übermächtig, jenseits des Normalen. So massiv, dass sogar sein Mund, seine Nasenlöcher und seine Ohren fleischig wirkten.

Sie rang nach Luft. Seine Präsenz, diese körperlichen Details waren es, die ihr die Kehle zuschnürten. Sein kurzes Haar stand an den Seiten ab, wie bei einem Kind, das über Nacht unruhig seinen Kopf hin und her geworfen hatte. Sein dunkles Shirt steckte nur zur Hälfte in der Hose. Er verlagerte sein Gewicht. Kratzte sich an der Nase. Dann rieb er sich den Kopf an der Stelle, wo er sich gestoßen haben musste.

Ihre Augen wurden groß. Das Blut rauschte durch ihren Körper und hämmerte in ihren Ohren bis zur Taubheit. Sie merkte, dass sie zitterte, und schämte sich für einen kurzen Moment ihrer völligen Unfähigkeit, den eigenen Körper zu kontrollieren. Sie erinnerte sich an diese Art der Scham. Sah vor sich wieder diesen Linoleumboden. Kein Kampf, keine Flucht, nur völlige und erschütternde Bewegungslosigkeit.

Und die Zeit. *Tick, tick, tick,* musste irgendwo eine Uhr rufen. *Tack, tack, tack,* ungezählte Sekunden, die verstrichen.

Eine Minute, zwei? Zehn? Atme. Denk nach. Er sieht dich. Nein, er kann dich nicht sehen?

Die Größe des Mannes machte ihr auf erdrückende Weise klar, wie klein sie war. Sein Schatten klebte an der Decke, hochgeworfen vom schwachen Schein des Nachtlichts.

Er ist in dein Haus eingedrungen. Dein Haus!

Das war der Grund, warum der Schrecken sie aushöhlte bis zur Bewegungsunfähigkeit.

Jemand, der diesen Schritt wagen würde. Den nichts aufhielt.

O ja. So jemand meint es ernst.

Aber ... vielleicht ist er nicht wirklich da? Vielleicht siehst du Gespenster.

Der Gedanke nahm Gestalt an. Vielleicht war der Mann nichts als ein lebhafter Albtraum. Oder er war der Angst entsprungen, die sie zwischen Daumen und Zeigefinger rieb, irgendeiner Sorge, die sich nahtlos in eine morbide Fantasie verwandelt hatte, während sie schlaflos an die Zimmerdecke starrte.

Wie kommst du auf diese schrecklichen Dinge? Das ist es. Nicht mehr. Eine ausufernde Fantasie. Ein Traum. Eins, zwei, drei, einatmen, ausatmen, Augen auf. Und dann, puff, wird er verschwinden. Du wirst sehen.

Doch nachdem sie sich gezwungen hatte, die Augen zu schließen und wieder zu öffnen, war der Mann nicht verschwunden.

Erst jetzt fiel ihr auf, dass er Turnschuhe trug. Irgendwo tief in ihrem Inneren begriff sie, was das bedeutete. Er konnte in diesen Turnschuhen nicht durch den Schneesturm gelaufen sein. Sie stellte sich vor, wie er unten auf der Bank im Eingangsbereich saß. Wie er seine Schneestiefel auszog. Wie er sie ordentlich nebeneinander auf den Boden stellte. Wie er die Turnschuhe aus einer Tasche nahm und anzog. Ein gewissenhafter Hausgast – der vorhatte, eine Weile zu bleiben.

Er meint es sehr, sehr ernst.

Ihr Blick huschte zur Seite. Es fiel noch immer Schnee. Das Weiß der Flocken war das Einzige, was sie draußen erkennen konnte. Sie berührten die Scheiben, bevor sie weiterschwebten und sich in den

Ecken der Fenster niederließen und sie abrundeten. Bis der Nordostwind einsetzte, würde ein Meter Schnee liegen, vielleicht mehr. Zur Bettgehzeit hatten mindestens sechzig Zentimeter den Boden bedeckt. Und jetzt ... Nun, von der Stelle, an der sie stand, konnte sie das nicht erkennen. Aber sie wusste, dass ihr Haus, das gesamte Grundstück, die ganze Welt fest in Schnee eingepackt war.

Neben dem Fenster befand sich das Bett ihres Sohnes. Der kleine Junge war zu einem winzigen, schlafenden Häuflein zusammengerollt, sein Körper bewegte sich unter der grünen Decke ganz leicht auf und ab. Nur ein paar Haare und der obere Rand seiner Ohrmuschel waren in der Dunkelheit zu erkennen.

Während sie seine Gestalt betrachtete, zog sich ihr Herz vor Liebe und Panik so stark zusammen, dass sie beinahe vor Schmerz aufgestöhnt hätte. Sie dachte an seine weichen, vollen Wangen, die süßen, cartoonhaften Proportionen seines kleinen Körpers. Die schmale, dickbäuchige Kürbisform seines Oberkörpers. Seine dünnen Gliedmaßen und geraden Hüften. Ihren perfekten Jungen.

Und jetzt? Was wird jetzt mit diesem kleinen Menschen passieren?
Sie zwang ihren Blick zurück zu dem Mann.
Zehn Sekunden? Zehn Minuten?
Er war erst seit einem Moment da. Er war seit einer Ewigkeit da.
Aber das hier passiert nicht. Das hier kann einfach nicht passieren. Nicht dir.
Doch solche Dinge geschehen. Solche Dinge geschehen jeden Tag.
Es muss deine Schuld sein. Was hast du getan?
Ein Anflug von Verzweiflung zerrte an ihr.
Du hast alles richtig gemacht, oder? Du hast die Türen abgeschlossen. Und die Fenster.
Was hast du getan, um das hier zu verdienen?
Sie wusste besser als die meisten, dass, was man bekam, wenig mit dem zu tun hatte, was man verdiente. Ja, sie war sich fast sicher, dass niemand gefragt wurde, ob er einverstanden damit war, dass ihm die schlimmsten Dinge passierten.

Der Mann stand geduldig in dem schwachen Licht. So furchtbar, kieferschmerzend geduldig. Sie beobachtete, wie er auf die leisesten Geräusche von Leben horchte. Sie beobachtete, wie er seine nächsten Schritte überdachte.

KAPITEL 2

Im dunklen Zimmer ihres Sohnes spürte sie deutlich die Präsenz der Tür in ihrem Rücken, die zur alten Treppe führte, über die man zum Eingang hinunter gelangte. Früher einmal war es die einzige Treppe im Haus gewesen. Vom Absatz dieser Treppe ging auch das Schlafzimmer ihres kleinen Mädchens ab. Die Tür, die sie zu ihrer eigenen Sicherheit verriegelt hatten.

Vor ihrem geistigen Auge sah sie sämtliche Anwesenden in einer schematischen Anordnung. Ihr Sohn hier, ihre Tochter schlafend in ihrem Zimmer. Der Mann, der am oberen Ende der neuen Treppe wartete, die hinunter in die Küche führte. Er stand also zwischen ihr und dem neueren Anbau an der rückwärtigen Seite des alten Hauses. Zwischen ihr und ihrem Schlafzimmer, zwischen ihr und der Garage. Was bedeutete, dass er sich auch zwischen ihr und dem Handy auf ihrem Nachttisch befand. Dem Auto in der Garage. Der Pistole, die im Wandsafe eingeschlossen war. Den Kugeln für ebenjene Waffe, die hoch oben im Schrank ihres Mannes versteckt waren. Zwischen ihr und ihrem Computer im Gästezimmer, das ihr gleichzeitig als Büro diente. Dort stand er und schnitt den Weg zu jeder möglichen Hilfe und Unterstützung, zur Kommunikation und damit Rettung ab.

Sie hatte das Bedürfnis, sich an etwas festzuhalten.

Halt still, halt still! Er wird dich sehen.

Erstaunt stellte sie fest, dass sie völlig durchgeschwitzt war. Ein zähflüssiger Angstschweiß, der dafür sorgte, dass sich die Kälte schmerzhaft an jede Stelle ihrer Haut klammerte. Die Feuchtigkeit drang bereits in ihr T-Shirt und die Unterwäsche, die sie sich zum Schlafen angezogen hatte. Der Morgenmantel, den sie als Schutz gegen die Winterkälte des Hauses übergeworfen hatte, klebte klamm an ihr.

Der Mann fischte etwas aus einer Tasche an seiner riesigen Brust. Er ließ es von einer Hand herabbaumeln. Ein länglicher Gegenstand, schwer und gleichzeitig frei schwingend.

Klatsch! Er schwang das Ding und ließ es gegen seine andere Handfläche prallen. Das unerwartete Geräusch, das Gewicht, die Realität, die Tragweite der nicht identifizierbaren Waffe, die er in der Hand hielt, ließen ihr die Knie weich werden, sodass sie darum kämpfen musste, aufrecht stehen zu bleiben.

Dass der Mann keine Maske trug, und das in einer Welt, in der dies alle taten, ließ die Situation nur umso surrealer erscheinen.

Aber er trug Handschuhe. Weiße Plastikhandschuhe, die im fahlen Licht leuchteten.

Fingerabdrücke sind von Bedeutung, dass ihr sein Gesicht seht, nicht – weil er euch sowieso umbringen wird.

Sie schüttelte so schnell und knapp den Kopf, dass ihr für einen Augenblick schwindelig wurde.

Lass das! Sei nicht albern, beruhig dich, denk nach. Denk klar.

Nein, du denkst klar. Die Sache ist ernst. Es steht etwas auf dem Spiel. Alles steht auf dem Spiel. Tu nicht so, als wäre es anders. Sieh ihn an. Keine Maske. Handschuhe. Trockene Turnschuhe. Eine Waffe. Er ist vorbereitet. Er wird ihnen wehtun. Dir wehtun. Alles andere ist illusorisch. Das weißt du. Du weißt, welche Grenzen er bereits überschritten hat. Nett sein, positiv denken – nein.

Mit der Welle der Verzweiflung, die sie überrollte, kam die Erkenntnis, dass es bereits vorbei war. Was konnte sie tun, als sich in ihr Schicksal zu ergeben und sich vorzugaukeln, woanders zu sein? Es gab keine Möglichkeit, ihn abzuwehren. Keine Waffe, keine Hilfe. Zwei Kinder und ihr kleines, geschwächtes, schmächtiges Selbst. Keine Option, zu gewinnen, sich zu verteidigen, zu schützen. Sie war alle Möglichkeiten durchgegangen und sackte nun, da ihr bewusst wurde, dass sie der Situation nicht gewachsen war, hoffnungslos in sich zusammen.

Die Angst vor Schmerzen, der Gedanke daran, was er tun könnte – eine unerträgliche Vorahnung. Die aufwallende Panik setzte ihren erstarrten Körper unter Strom, und es gab keine Möglichkeit, die Spannung, unter der sie stand, zu entladen.

Dies ist der Teil des Films, den man nicht zu sehen bekommt. Das, was gleich passieren wird, zwingt sie dazu, einen Cut zu machen.

Der Mann lehnte sich zurück und ließ die Wirbelsäule knacken wie ein Läufer, der sich auf einen Wettkampf vorbereitet. Die seltsame Waffe schien mit ihrer schlaffen Schwere an seiner Hand zu zerren. Das breite Gesicht wandte sich langsam ab, als er von ihr weg in den Flur des Anbaus spähte. Die Gewichtsverlagerung ließ den Boden unter ihm ächzen.

Noch immer getrieben von dem Wunschdenken, dass sie dem Wahnsinn anheimgefallen, dass alles nur Einbildung war, dachte sie: *Nette Geste, liebes Gehirn, dich daran zu erinnern, dass der Boden an genau dieser Stelle knarzt.*

Er machte einen Schritt, dann noch einen. Sie blinzelte ungläubig, während er sich von ihr entfernte. Er ging den Flur des Anbaus entlang, bevor er durch die Tür ihres Schlafzimmers trat und aus ihrem Blickfeld verschwand.

Hauchzarte Hoffnung keimte in ihr auf.

Tu was.

Sie war mitten in der Nacht aufgewacht. Ihr Sohn hatte sie wie immer auf eine höchst beunruhigende Weise geweckt. Er fuhr unsanft mit einem Fingernagel über ihr Augenlid. Steckte seinen Daumen in ihr Ohr. Riss ihr ein einzelnes Haar aus. Heute Nacht hatte er ihr außerdem die Nase zugehalten, bis sie mit einem nach innen gerichteten Keuchen aufgewacht war und auf erbärmliche Weise mit den Händen in die Luft geschlagen hatte. Sie war ihrem kleinen Jungen in den Flur gefolgt, dessen winziger, kräftiger Körper in der durchdringenden Dunkelheit kaum sichtbar gewesen war. Es hatte keinen Sinn, ihn nach dem Albtraum zu fragen, wegen dem er sie geweckt hatte. Ihr Sohn hatte ihn zu diesem Zeitpunkt in der Regel bereits vergessen. Alles, was blieb, war das Gefühl des Schreckens, ein Rest von Fremdartigkeit, das Bedürfnis danach, nicht als Einziger wach zu sein. Heute Nacht hatte sie ihm wie immer leicht die Kopfhaut gekrault und ihn wieder in den Schlaf gewiegt.

Die Albträume des kleinen Jungen hatten ein paar Wochen nach Beginn des Lockdowns begonnen.

Du denkst, dass du deine Ängste vor deinen Kindern verbirgst, aber sie nehmen sie in sich auf, wie sie dein Blut in sich aufgenommen haben.

»Gibt es in diesem Haus überhaupt noch jemanden, der schlafen kann?«, hatte sich ihr Mann beschwert und an den Fingern die Probleme aufgezählt. »Schlafwandeln, Angst vor der Dunkelheit, Schlaflosigkeit, Albträume, zu warm, zu kalt, zu nass, zu durstig. Zu müde!«

»Immerhin hast du keine Schlafprobleme«, hatte sie gähnend geantwortet.

»Stimmt, mich beschützt der mütterliche Schutzwall. Warum den lahmen alten Dad bemühen, wenn man genauso gut die Bärenmama wecken kann.«

»Hast du mich gerade als Bärin bezeichnet? Das wäre das erste Mal, dass mich jemand als groß beschrieben hat.«

Ihr Mann hatte ihr sein charmantes, ansteckendes Lächeln geschenkt. »Okay, dann also die kleine Mama. Lieber die winzig kleine *attraktive* Bärenmama wecken.«

Sie war es also gewohnt, ihrem Sohn leise durch die Dunkelheit zu folgen und ihn wieder ins Bett zu bringen. *Funkel, funkel, kleiner Stern. Darum hab ich dich so gern.* Sie strich ihm die schwarzen Haare aus dem Gesicht und aus den Winkeln seiner bereits geschlossenen Augen. Und dann saß sie hellwach am Fußende seines Bettes und wartete ab, ob er – wie so oft – erneut aufwachte, wenn sie von seiner Seite wich, sodass sie den ganzen Vorgang wiederholen musste. Dann ging sie durch den Flur zurück, legte sich hin, starrte an die Decke und wunderte sich über die seltsame neue Ängstlichkeit, die die Welt erfasst hatte. Dachte an die Dinge, die sie falsch gemacht hatte. An die Dinge, die sie vielleicht hätte kontrollieren können, wenn sie weit genug, sorgfältig genug vorausgedacht hätte. Sie stellte sich andere Welten vor, in denen die Dinge anders gelaufen wären. Besser. Schlechter.

Es ist nicht deine Schuld.

Es ist alles deine Schuld.

Den Mann in ihrem Schlafzimmer verschwinden zu sehen, war wie aus einem der Träume ihres kleinen Jungen aufzuwachen. Ein Albtraum, der sich verflüchtigte und ein unheimlich anmutendes leeres Kribbeln in der Luft zurückließ.

Yesterday, upon the stair, I met a man who wasn't there.

Sie entspannte ihren Kiefer, löste die zusammengebissenen Zähne.

Was wirst du tun?

Sie hatte vor Augen, wie sie die Kinder weckte, sie durch die alte Haustür hinter sich her in den Schnee zerrte, ein fünf- und ein achtjähriges Kind, beide barfuß, im Pyjama, sie selbst in Morgenmantel und Hausschuhen, weil sich Schuhe, Jacken, das Auto – *einfach alles!* – auf der anderen Seite des Hauses befanden.

Er würde euch einholen. Ohne Probleme. Sofort. Ob bei dem Versuch, zur Haustür zu gelangen, oder im Schnee. Und der nächste Nachbar ist so weit entfernt. Eine halbe Meile? Mindestens. Mindestens! Und das in diesem Schneesturm. Durch die Verwehungen. Rekordniedrigtemperaturen, haben sie gesagt. Rekordschneefälle.

Keine Zeit, keine Zeit. Tu was.

Die Erkenntnis, dass sie sich zum ersten Mal seit langer Zeit wieder lebendig fühlte und, was noch erstaunlicher war, unbedingt am Leben bleiben wollte, überraschte sie. Aber ihre Überraschung war gepaart mit tief empfundener Angst. Angst vor der brachialen

Gewalt des Mannes. Davor, was er mit der seltsamen Waffe anstellen könnte. Angst vor der potenziellen Energie, die auf ihre Kinder losgelassen würde. Angst vor Schmerz. Sie hatte noch nie gut mit Schmerzen umgehen können.

Gibt es überhaupt jemanden, der das kann?

Dann, eine Möglichkeit. Im Strudel ihrer von Adrenalin und Hilflosigkeit angefachten Raserei erinnerte sie sich an das Versteck.

KAPITEL 3

Später kam es ihr vor, als wäre sie besessen gewesen. Der Moment, als sie den Mann durch ihre Schlafzimmertür treten sah und sich an das Versteck erinnerte, fühlte sich an, als würde man aus dem eigenen Körper gerissen. Sie betrachtete sich von außen, verwirrt über ihr eigenes Handeln, und dachte: *Hey, sieh dir an, was die vorhat. Dazu wärst du nicht in der Lage.* Doch trotz dieser Empfindung spürte sie, wie ihre Hände zitterten. Schmeckte sie noch immer beißenden Schrecken.

Sie beobachtete sich dabei, wie sie den Trinkbecher ihres Sohnes neben dem Bett in die eine Tasche ihres Morgenmantels steckte und den Kuschelbären in die andere. Wie sie danach vorsichtig die Decke zurückschlug und den schlafenden Jungen auf den Arm nahm. Er rührte sich, entspannte sich dann an ihrem Körper. Seine kleinen, pummeligen Beine baumelten frei herab, der Kopf ruhte auf ihrer Schulter. Er atmete den vertrauten Mamaschweiß, auch seine Arme hingen entspannt herunter.

Ihr Sohn roch nach Speichel. Nach Wärme. Ein einzigartiger und gleichzeitig universeller Geruch.

»Ich hab dich lieb«, flüsterte sie gedämpft in sein Haar, während sie ihn festhielt und bereits zum Zimmer ihrer Tochter eilte. »Ich hab dich lieb.«

So leise wie möglich schob sie den Riegel an der Tür auf und schlüpfte hinein, hörte ihr Mädchen schnarchen.

Ein Bild blitzte auf: ihre Große als Baby, wie sie und ihr Mann ein Kichern unterdrücken angesichts der knatternden Pupse und durchdringenden Schnarchgeräusche, die ein so winziger, engelsgleicher Säugling produzieren kann.

»Sie kommt ganz nach ihrem Vater«, hatte sie mit einem Grinsen geflüstert, und ihr Mann hatte die Hände in die Hüften gestemmt, einen lauten Schnarcher von sich gegeben und gesagt: »Das will ich meinen!« Mit ihrem lauten Prusten hatte sie fast das Baby geweckt.

Jetzt ließ sie sich auf das Bett sinken. Während ihr Sohn auf ihrem Schoß ruhte, streckte sie die Hand aus und berührte die Schulter des kleinen Mädchens.

Ihre Tochter drehte sich sofort um, ballte die Fäuste und rieb sich beide Augen, wie sie es immer tat.

»Mommy?«

»Schsch, Engelchen«, sagte sie und strich ihrer Tochter zu schnell, zu fieberhaft über die Haare. »Leise. Bitte. Ich brauche deine Hilfe. Wir müssen die Treppe runtergehen. Die alte Treppe.«

Ihre Tochter sah auf, mit großen Augen, verwirrt und suchend.

Kein Trost in deinen Händen, deiner Stimme. Es ist nicht zu ändern.

»Warum, Mommy?«

Warum, warum, immer warum, sie fragen immer nur »Warum?« Warum können sie nicht einfach tun, was du sagst? Warum können sie nicht einfach hören?

Sie hätte so gern gelogen. Um das Mädchen vor der Angst zu beschützen. Vor der Realität. Aber sie stand auf, ihren Jungen fest im Arm, und hörte sich sagen: »Es ist jemand im Haus. Jemand Böses. Wir müssen uns verstecken. Sofort.«

Das Gesicht des Mädchens verzog sich zu einem Weinen.

»Nein, nicht!« Sie schaffte es, sie an der Schulter zu packen. »Dafür haben wir keine Zeit.«

Ihre Tochter nickte und schlug die Decke zurück. Ihr langes rotes Nachthemd war bis zu den Oberschenkeln hochgerutscht, offenbarte dünne Beine und knubbelige Knie. Die weißen Flecken an den Füßen und Knöcheln des Mädchens, wo die Pigmente verblasst waren, schienen selbst im schneesturmverdunkelten Mondlicht zu leuchten. Beim Aufstehen fiel das Nachthemd an ihr herunter, und das Mädchen drückte ihren zerfledderten Stoffhasen an die Brust.

Beim Anblick ihrer Tochter musste sie erneut einen Kloß Angst herunterwürgen. Das Mädchen war so schön, von einer Schönheit, die am Rande jener schwankenden Brücke schwebte, die aus der Kindheit herausführte.

Das ist ein Problem.

Es handelte sich keineswegs um eine neue Sorge, aber unter diesen Umständen war sie dringlicher, deutlicher. Erschreckender.

Ein großes Problem.

Ihre Tochter folgte ihr zur Treppe, und sie schloss leise die Schlafzimmertür hinter ihnen. Sie selbst nahm diese Treppe so gut wie nie, weil sich nur sehr selten die Notwendigkeit ergab, vom Büro ihres Mannes oder dem Spielzimmer zu den Schlafzimmern der Kinder zu gelangen. Aber die Kinder benutzten sie oft und hatten überall ihre Spuren hinterlassen. Umwölktes Mondlicht, das durch das Fenster am oberen Ende der Treppe fiel, und die Oberlichter über der Tür unten ermöglichten eine schwache Sicht. Ein Legoritter stand stolz auf dem Geländer. Ein Teddybär lag mit dem Gesicht nach unten in einer Ecke, er war offensichtlich beim Faulenzen von der Fensterbank gefallen. Ein Geschenkband schlängelte sich zwischen den Sprossen des Geländers hindurch. Dinge, die ihr einen Stich versetzten, als wären ihre Kinder verloren gegangen, als hätte sie in ihrer Aufgabe, sie zu beschützen, bereits versagt, und diese Gegenstände wären alles, was von ihnen übrig war.

Ihre Haut kribbelte in der kalten Luft, die die Treppe hinaufzog. Der Schneesturm blies gefrorene Eissplitter mit Gewalt durch die Ritzen der alten Haustür am Fuß der Treppe. Sie sah sich hinuntergehen und stellte schockiert fest, dass irgendwo in den Windungen ihres Gedächtnisses jeder Schwachpunkt dieser selten benutzten Treppe abgespeichert war, jede Stelle, die ein Geräusch verursachen könnte. Mit ihrem Sohn auf dem Arm nahm sie auf Zehenspitzen eine Stufe nach der nächsten, trat genau dort hin, wo das Holz ganz bestimmt nicht knarzen würde. Eine Art tänzerischer Abstieg.

Wie seltsam, wie seltsam, wie machst du das? Zu so etwas bist du doch gar nicht in der Lage.

Aber der Fuß ihrer Tochter landete genau in der Mitte der ersten Stufe, was einen Laut erzeugte, der verhängnisvoll widerhallte.

Vielleicht hatte der Mann sie nicht gehört. Alle Türen, die zur Treppe führten, waren geschlossen, der Wind blies ächzend ums Haus. Wie nah war er ihnen gerade? Drüben, im anderen Trakt des Hauses, musste er in ihrem Schlafzimmer sofort ihre zurückgeworfene Decke, das Handy am Ladegerät gesehen haben.

Vielleicht ist er bereits auf dem Weg in eure Richtung. Oder er sucht unten, weil er glaubt, du seist auf dem Sofa eingeschlafen.

»Leise, ganz leise, geh ganz am Rand der Treppe, auf Zehenspitzen«, flüsterte sie ihrer Tochter zu. »Alles wird gut, mein Engel, du schaffst das!«

»Okay, Mommy.« Das kleine Mädchen stieg vorsichtig weiter die Treppe hinunter und vermied den mittleren Teil jeder Stufe.

Ja! Was für ein braves Kind. Was für ein tapferes kleines Mädchen. Das beste aller kleinen Mädchen.

Unten angekommen bogen sie rechts in das Büro ihres Mannes ab. Ihm gefiel die düstere Atmosphäre dort. Sie selbst zog die blendend hellen Deckenlampen ihres Arbeitsplatzes im Gästezimmer vor. Aus jedem Fenster sah man Schnee. Schnee, der wirbelte. Schnee, der über den Boden getrieben wurde. Schnee, der sich auftürmte.

Sie legte ihren Sohn vorsichtig auf dem Sessel in der Ecke ab, wo er sich zu einer warmen Kugel zusammenrollte, ohne aufzuwachen.

In der Dunkelheit tastete sie an der Wand um den Kamin herum nach dem Holzpaneel, das sich nach innen klappen ließ, wenn man an der richtigen Stelle dagegen drückte.

Es muss hier sein, oder? Moment, nein, etwas tiefer. Okay, wie genau ging das noch mal?

Auf den Knien befühlte sie das Paneel, bis sie die richtige Stelle gefunden hatte, und drückte. Es sprang auf und öffnete sich zu einem Hohlraum hinter der Wand, einer winzigen Kammer.

Er begann hinter dem Pizzaofen, der in den Kamin des Wohnzimmers eingelassen war, und endete unter der Treppe. Sie versuchte, ihn aus dem Gedächtnis heraus zu rekonstruieren, konnte sich aber nicht mehr genau an seine Abmessungen erinnern. Nicht ganz einen Meter breit. An der rückwärtigen Seite, in der Nähe des Eingangs, etwas höher, unter der Treppe niedriger. Ungefähr drei Meter lang. Sie war nur ein Mal drin gewesen. Die Vorbesitzer hatten ihnen das Versteck an dem Tag gezeigt, an dem sie das Haus gekauft hatten. Sie hatten ihnen demonstriert, wie man das Paneel mit festem Druck auf die untere linke Ecke öffnete. Und wie man den Finger einhaken musste, um es zuzuziehen. Ein besonderes, geheimes Geschenk.

Das Wissen um diesen verborgenen Ort hatte sie erleichtert. In dem fast dreihundert Jahre alten Teil des Hauses hatte ihr mathematisch denkendes Gehirn die Zimmer vermessen, und abgesehen von der ein oder anderen Absenkung hier und einer Wölbung dort hatten alle die gleichen Maße wie der unmittelbar darüber oder darunter liegende Raum.

Als die Vorbesitzer das Paneel geöffnet hatten, war ihr klar geworden, warum das so war. Der massive Mittelschornstein verzweigte hier seine vielen Abzugsrohre effizient wie die Venen und Arterien eines menschlichen Herzens. Die längst verstorbenen Erbauer des Hauses hatten diese unschöne Anatomie durch Einmauern kaschiert. Dabei war die angenehme symmetrische Stützstruktur entstanden – und dieser Hohlraum.

Sie erinnerte sich aus dem Geschichtsunterricht daran, wie die frühen Amerikaner alles Ursprüngliche, Organische, das Wilde ausgerottet hatten. Sie atmeten die Asche der Pequot ein und verstanden es als Andenken an ihr gesegnetes Tun. Sie sahen zu, wie Hexen erschlafften, und wussten, dass ihre Taten rechtmäßig waren, weil Gott sie ihnen gestattete. Das alte Neuengland predigte Leistungswillen und Sparsamkeit, aber an erster Stelle der Ideale stand die Reinheit. Und Reinheit erfordert ein gesäubertes Land.

Hinter diesen puritanischen Wänden wartete also ein toter Raum. Pule ein Stück Putz heraus, steck einen Finger durch das Loch, und du wirst feststellen, dass er im Nichts zappelt. Und hinter dieser Verkleidung, unter der Treppe, um die verschlungenen Adern des Schornsteins herum, hatten die einstigen Erbauer den größten, geheimnisvollsten Ort hinterlassen.

»Warum wurde dieser Raum wohl eingebaut, mit einer Geheimtür?«, hatte ihr Mann gefragt.

»Vielleicht ein Versteck der Underground Railroad, dieses berüchtigten Schleusernetzwerks, oder ein Ort, wo man sich vor den Indigenen versteckte«, hatten die Verkäufer gemutmaßt. »Unsere Kinder behaupten natürlich, dass es dort spukt.«

Die Augen ihres Mannes hatten geleuchtet, als er sich die Sklavenjäger, den Ansturm von indigenen Einwohnern, Szenen wie aus einem Horrorroman vorstellte.

Sie hatte damals nichts dazu gesagt, sich aber etwas anderes gedacht. Ein Zugang wie dieser erleichterte das Ausbessern von Ziegeln und Mörtel, sollte es jemals nötig sein. Das Haus war älter als die Underground Railroad. Und in diesem Teil Neuenglands hatte sich der Konflikt mit den Ureinwohnern schon lange vor dem Bau des Hauses an andere Orte verlagert.

»Warum versiegeln?«, hörte sie die frühen Baumeister sagen. »Der Raum könnte eines Tages nützlich sein.«

Nach dem Einzug hatte ihr Mann einen Industriestaubsauger besorgt. Die Kammer war übersät mit Mörtelstaub, Papierfetzen, Schutt verschiedenen Ursprungs und ein paar vertrockneten Mäusen. Da sie kleiner war als er, war sie hineingekrochen, um zu saugen, während er sich um die Scharniere des beweglichen Holzpaneels gekümmert hatte. Sie erinnerte sich daran, dass man nicht aufrecht stehen konnte, sich aber recht mühelos auf allen vieren zwischen der rauen Oberfläche des Schornsteins und der Kiefernwandverkleidung hatte fortbewegen können.

Sie hatte ihren Mann auf einen alten elektrischen Heizlüfter aufmerksam gemacht, dessen Lüftung zur Treppe hinausging und dessen Kabel ausgefranst waren, das Innere von Brandspuren geschwärzt. Er hatte unbeholfen seine breiten Schultern in das Versteck gezwängt, um dieses gefährliche Teil erst abzuklemmen und dann herauszureißen, wobei er fröhlich-wütend vor sich hin fluchte. Immer zornig über die Verantwortungslosigkeit anderer. Immer glücklich, etwas reparieren, sicherer machen zu können. Sie zu beschützen, war schließlich Teil seines Selbstverständnisses, und dies unter Beweis zu stellen, war für ihn die schönste Sache der Welt. Kein Wort davon, dass sie diejenige war, die ihn auf das Problem aufmerksam gemacht hatte. Er war derjenige, der am Telefon stolz zu seinen Eltern sagte: »Ihr werdet nicht glauben, was für eine Brandbombe ich unter der Treppe rausgerissen habe.«

»Ich frage mich, wofür wir diesen Raum jemals nutzen sollen«, hatte ihr Mann sinniert. »Bei der Temperatur, auf die sich diese Ziegel vermutlich erhitzen, wenn man den Ofen anschmeißt? Wahrscheinlich sollten wir ihn einfach so lassen, wie er ist.«

Die anderen verborgenen Räume, die durch den eingemauerten Schornstein entstanden waren, hatte man im Laufe der Jahrhunderte mit Dingen gefüllt, die mehr praktischen Nutzen versprachen. Kleinere, weniger versteckte Zugangstüren, ermöglichten den Blick auf Luftschächte, Kabel und Rohre. Abgesehen von dieser Kammer, hatten praktische Dinge wie Schränke, Regale, Sanitärinstallationen und elektrische Beleuchtung die Verstecke, wo sich Aberglaube, Spekulationen und Fantasien ausbreiteten, verdrängt.

In dieser verschneiten Nacht wirkte der verborgene Ort ganz anders als an dem sonnigen Tag, an dem sie ihn sauber gemacht hatten.

Hinter der Öffnung erwartete sie reinstes Schwarz. So tief, dass es sich sogar von dem dunklen Zimmer abhob, in dem sie standen.

Ein totes Maul mit einer alles verschlingenden Kehle. Aus irgendeinem Grund ließ die Tiefe dieser Dunkelheit den Rest des Zimmers lichter werden. Sie sah ihren Sohn, der sich auf dem Sessel in der Ecke regte. So schnell sie konnte stürzte sie zu ihm, doch bevor sie ihn erreichte, wachte der kleine Junge auf und begann zu wimmern. Sie presste ihre Hand auf seinen kleinen Mund. Die Überraschung und der Schmerz, den er empfand, waren greifbar, sie bebten durch seinen Körper und versetzten ihr einen Hieb in die Magengrube.

»Pssst, es ist alles in Ordnung, aber wir müssen leise sein. Leise! Schau, deine Schwester ist auch hier, siehst du? Wir müssen alle tapfer und ganz leise sein.«

Das Gesicht des kleinen Jungen verzog sich noch stärker.

O nein, o nein.

Sie erkannte die Vorzeichen von Gebrüll, von panischer Angst, die sich laut und schreiend entladen würde.

Im Dunkeln aufzuwachen, während mir Mama eine Hand auf den Mund drückt, das ist so gemein, mir ist kalt, wo bin ich? All das konnte man aus den Zügen des kleinen Jungen ablesen.

Sie presste die Handfläche noch fester auf seine Lippen, und ihr Sohn griff nach ihrem Handgelenk, zog daran. »Wir müssen leise sein«, flüsterte sie. »Wenn wir nicht leise sind, erwischt uns das Monster!«

Beide Kinder reagierten, als fühlten sie sich von ihren Worten geschlagen. Zu einem anderen Zeitpunkt hätten sie ihnen ein Lächeln entlockt: »Neeeeein, Mama, du machst Spaß! Es gibt gar keine Monster!« Aber sie zu wecken, sie die Treppe hinunter in das Büro zu bringen, in dem sie nicht spielen durften, ihnen die Hand auf den Mund zu pressen, sie zur Ruhe zu ermahnen, umgeben von der Dunkelheit, der Kälte, dem Sturm und dem Puls ihrer Angst. Die Angst ihrer Mutter. Das alles vereinte sich zu einer Art Horrorszenario, das sie erstarren ließ. Und sie waren still.

Gott sei Dank. Gott sei Dank.

Sie löste die Hand vom Mund ihres Sohnes, weil sie angesichts seines Schweigens auf einmal in Panik geriet, dass sie ihn erstickt haben könnte. Aber nein, er gab leise Schluchzer von sich.

Dann begannen beide Kinder zu wimmern.

Sie merkte, wie die Frustration in ihr aufstieg.

Dafür haben wir keine Zeit.

»Nein! Nein! Schaut, hier ist das Versteck, da kriechen wir rein, da drin sind wir sicher.« Sie zeigte auf die Öffnung. »Seht ihr? Schaut mal! Und, seht ihr hier?« Sie schnappte sich Decke und Kissen vom Sessel, hielt sie hoch. »Damit wird es richtig kuschelig, oder? Und wir haben Bär und Hasi. Wir kuscheln uns hier in dem Versteck ein, bis das Monster weg ist. Kuscheln mit Mama. Okay?« Sie umklammerte die Decke und das Kissen und blickte in die angsterfüllten Gesichter mit den weit aufgerissenen Augen.

Das wird keine leichte Aufgabe.

Wie lange war es her, dass sie den Mann zum ersten Mal gesehen hatte? Minuten? Höchstens ein paar Minuten. Aber immer noch viel zu lange. Was tat er gerade?

Beweg dich. Los! Ihr müsst euch verstecken.

Wann immer sie Ungeduld oder Dringlichkeit zeigte, reagierten die Kinder mit Misstrauen und Langsamkeit. Sie sah sich selbst: aufgedreht, flüsternd, durchgeschwitzt, unkontrollierbar zitternd, wie sie versuchte, die Kinder an einen dreckigen und nicht vertrauten Ort zu locken.

Und das mit einem einzigen Kissen? Ein paar Stofftieren?

Bleib ruhig. Schaff sie da rein.

Ihr Blick fiel auf den Computer ihres Mannes auf dem Schreibtisch. Verärgert darüber, wie wenig hilfreich er war, verzog sie das Gesicht. Er hatte das WLAN deaktiviert. Es sei sonst zu verlockend, ziellos im Internet zu surfen, sich abzulenken und sich, wie er es nannte, aus dem »Arbeitsmodus« herauszureißen. Er nahm nicht mal sein Handy mit ins Büro.

»Ich will da nicht rein.« Ihre Tochter starrte auf den klaffenden Schlund des Verstecks, der ihnen seinen staubigen Atem entgegenzublasen schien. Das Mädchen verschränkte die Arme vor der Brust, um sich zu wärmen und sich zu schützen.

Herrgott, ich will da auch nicht rein, Kleine.

Los, versteck dich!

Hab Geduld. Bleib geduldig und ruhig, dann werden sie auf dich hören. Nur so funktioniert es.

»Ich weiß«, flüsterte sie. »Aber wir werden zusammen ganz mutig sein und uns in Sicherheit bringen, okay?«

»Nein, ich will nicht.« Ihre Tochter wich einen Schritt zurück.

»Nein«, sagte jetzt auch ihr Sohn und versteckte sich hinter ihrem Bein, spähte von dort in Richtung Öffnung, als ob jeden Moment etwas daraus hervorspringen könnte, um ihn aufzufressen.

In ihrer Verzweiflung, ihrer Ungeduld, verstand sie den Drang einiger Tiermütter, ihre Kinder zu verschlingen, um sie zu schützen, verspürte das schreckliche Bedürfnis, sie am Stück herunterzuschlucken, um sie wieder in sich zu tragen.

Ich habe dich zum Fressen gern.

Im nächsten Augenblick richteten sie alle drei gleichzeitig den Blick an die Decke. Über ihnen waren Schritte zu hören. Ein vertrautes Geräusch im Haus und gleichzeitig ganz und gar falsch. Weil es nicht zur Familie gehörte.

Der Mann war im Zimmer ihrer Tochter.

Sie hielten die Luft an. Lauschten, die Köpfe in den Nacken gelegt, ohne zu blinzeln, als ob es ihnen auf diese Weise möglich wäre, durch die Decke hindurchzusehen. Ein gemeinsames Erstarren angesichts der erschreckenden, Furcht einflößenden Realität des Augenblicks.

Sie wusste, dass es unmöglich war, doch mit dem Staub, der sich von der Holzverkleidung löste, schwebte die Gewissheit herab, dass die Schritte eine Persönlichkeit hatten. Sie waren kraftvoll. Ungeduldig. Wütend. Bewegungen von jemandem, dem die totale Kontrolle versprochen worden war und dem verweigert wurde, was er als sein Recht ansah. Jemand, der mit den Dingen jonglieren wollte, die wirklich zählten. Der ein Spiel mit Einsatz spielen wollte.

Sie hörten den gedämpften Aufprall von etwas, das auf den Teppich fallen gelassen – *geworfen?* – worden war. Sie hörten, wie es mit metallischem Klackern auf den Holzboden rollte.

Dann ein Brüllen, kehliger Zorn.

Weil das Zimmer ihrer Tochter leer war. Weil das Bett des kleinen Mädchens noch warm war.

»Krabbelt rein«, zischte sie. »Sofort.«

Dieses Mal zögerten sie nicht.

KAPITEL 4

Sie warf die Decke und das Kissen durch die dunkle Öffnung, dann kroch sie selbst in das Versteck und streckte die Hände aus, um erst ihrem Sohn und dann ihrer Tochter hineinzuhelfen. Sie forderte die leise weinenden Kinder auf, weiter nach hinten zu kriechen, um Platz zu schaffen, damit sie das Paneel schließen konnte, und stieß dabei verzweifelte Beruhigungslaute aus. Als sie sich auf allen vieren herumdrehte, um die Klappe zu schließen, bewegte sie sich zu hektisch und stieß mit dem Kopf hart an die Kante von etwas Unsichtbarem. So heftig, dass sie für einen kurzen Augenblick glaubte, sie müsse sich vor Schmerz übergeben.

Wut, pulsierende Wut, bemächtigte sich ihres Körpers, ließ ihre Finger verkrampfen und ihre Wirbelsäule pochen, so wie es immer geschah, wenn sie sich den Kopf anstieß. Oder einen Zeh. Oder das Schienbein. Das Bedürfnis danach, etwas, irgendetwas, für ihre eigene Unachtsamkeit verantwortlich zu machen. Für den Schmerz. Irgendetwas anderes als sich selbst.

Verdammtes Scheißding.

Du musst dich bewegen. Du musst das Paneel schließen. Hast du dir auf die Zunge gebissen? Nein. Warum tut es dann weh? Warum schmeckst du Blut?

Sie legte eine Hand an die Stirn, um sich zu schützen, bewegte sich diesmal langsamer und vermied ein weiteres Anstoßen. Sie schob das Paneel zurück an seinen Platz. In der alles verschluckenden Dunkelheit ließ sie die Fingerspitzen um die Kanten der Klappe gleiten, um zu prüfen, ob sie richtig saß, fühlte, wie sie bündig an den Rändern abschloss. Sie war dankbar, dass sich die Verkleidung so unerwartet leicht zumachen ließ.

Jetzt sind wir unsichtbar.

Sie lehnte die unverletzte Seite ihrer Stirn an das raue Holz der Tür und atmete erleichtert aus.

Eine kleine Pause.

Wie viele Minuten waren verstrichen? Die Zeit dehnte sich aus und zog sich wieder zusammen.

Geh es Schritt für Schritt durch. Du hast ihn gehört, dann ist keine Minute vergangen, bis du ihn gesehen hast. Er stand vielleicht zwei Minuten auf dem Treppenabsatz, bevor er sich abgewendet hat und ins Schlafzimmer gegangen ist. Du hast dir die Kinder geschnappt. Vielleicht zwei, drei Minuten. Bist mit ihnen die Treppe runter und hast sie hier reinbugsiert. Nicht mehr. Die ganze Welt ist in weniger als zehn Minuten zusammengebrochen.

»Wo seid ihr?«, flüsterte sie.

»Hier, Mama.«

Sie blieb geduckt, streckte den Arm blind tastend aus, um sich vor anderen unsichtbaren Dingen zu schützen, an denen sie sich verletzen könnte.

»Nicht aufstehen«, flüsterte sie. »Versucht, ruhig zu bleiben. Kuschelt euch zusammen. Damit ihr euch nicht den Kopf stoßt, wie Mommy. Kommt, wir wickeln uns in die gemütliche Decke.«

»Kuschelig.« »Gemütlich.« *Besänftigende, beruhigende Worte. Wie kann man so leise sprechen und trotzdem gehört werden?*

Sie schlang die Arme um ihre Kinder und zog sie an sich.

»Aua, Mama.«

»Entschuldige, Entschuldige.«

Beruhig dich, sei ganz lieb und sanft, sonst machst du ihnen Angst. Noch mehr Angst.

»Mama ist hier, Mama ist hier«, murmelte sie, als die beiden leise zu schluchzen begannen. »Ab jetzt wird nicht mehr geflüstert, okay? Und nicht geweint. Wir müssen mucksmäuschenstill sein.« Sie dachte an die lauten Kratzgeräusche der Nagetiere auf dem Dachboden. »Leiser als Mäuse.«

Gemeinsam saßen sie hinter der Wand, versunken in dem alten, leeren Ort, und lauschten. Sie hatte das Gefühl, dass sich die Dinge um sie herum beruhigten. Der Staub, das Haus, die Dunkelheit. Zuerst war da nur das pulsierende Rauschen des Blutes in ihren Ohren, des Blutes, das in der immer empfindlicher werdenden Beule an ihrem Kopf hämmerte. Sie blinzelte, verwirrt von dem Feuerwerk, das sich vor ihren Augenlidern abspielte, von der Tatsache, dass es heller war, wenn sie ihre Augen geschlossen hielt, als wenn sie offen waren. Es erinnerte sie daran, wie sie als Kind mit ihrer Mutter eine Höhle besucht hatte, eine Attraktion am Rande des Highways. Der Guide hatte das Licht seiner Taschenlampe auf diese Art von Dunkelheit gerichtet und etwas dazu erklärt. Mit der Zeit, so hatte er gesagt, würde ein solcher Lichtmangel dazu führen, dass die Augen abstarben, die Netzhäute durch die Nichtbenutzung zerstört würden. »Blödsinn«, hatte ihre Mutter ihr in der völligen Dunkelheit zugemurmelt. Das Wort hatte sie zum Lächeln gebracht; in diesem Augenblick hatte sie sich sehr erwachsen und viel klüger als der Guide gefühlt. Aber hier, an diesem besonderen Ort, schien der Verlust ihrer Sehfähigkeit zur Gewissheit zu werden.

Drei blinde Mäuse, drei blinde Mäuse.

Das schmerzhafte Pochen an ihrer Stirn breitete sich aus, doch sie widerstand dem Drang, die Beule zu berühren. Die Stille um sie herum verdichtete sich, während das Rauschen ihres Blutes langsam nachließ. Das stoßweise Schluchzen der Kinder wurde leiser. Es war schwer, so schwer, dem Drang zu widerstehen, sie erneut an sich zu drücken.

Babys, meine Babys.

Es ist so kalt hier drin. Muss die Decke fester um die Kinder wickeln. Was ist das? Der Trinkbecher in deiner Tasche, richtig, ja. Kannst du dich zurücklehnen? Taste mal ein bisschen herum. Der Boden ist kalt, aber mit der Decke …

Dann waren wieder Schritte zu hören. Sie erstarrten gleichzeitig und hielten die Luft an.

Wann haben die Schritte innegehalten? Wie konnte dir das entgehen? Er war still. Hat er gelauscht?

Ihrem Sohn rutschte ein »Mama!« heraus.

»Pssst.«

Der kleine Junge vergrub seinen Kopf, wuschelig und vertraut, in ihren Morgenmantel. Schmiegte sich fest unter ihre Achsel, als wollte er alles um ihn herum ausblenden.

Unbeholfen zog sie ihm die Decke um die Schulter hoch. Dass ihr kleiner Junge so offensichtlich, so fälschlicherweise annahm, sie könne ihn beschützen, wenn er nur nah genug an sie heranrückte, versetzte ihr einen Stich.

Wie ist es möglich, dass sie nur dich haben?

Bumm. Knarz. Ein lang gezogenes Quietschen wanderte über sie hinweg. Ja, sie kannte diese Geräusche. Der Ursprung jeden Lauts, jeder Schwachstelle war ihr deutlich ins Gedächtnis geschrieben. Die Tausenden und Abertausenden von Alltagsgeräuschen waren wie Kletten, die sie in den vergangenen zwei Jahren während ihrer unzähligen nächtlichen Ausflüge zu den Kinderzimmern aufgeschnappt hatte.

Weck sie nicht auf. Tritt nicht hierhin oder dorthin, mach die Tür auf diese Weise zu, achte auf das Scharnier, schieb den Riegel ganz behutsam auf. Wenn du sie aufweckst, wird es mühsam, sie wieder zum Schlafen zu bringen.

Der Mann hatte das Zimmer ihrer Tochter verlassen und war auf dem Weg ins Schlafzimmer ihres Sohnes. Dabei war er auf die ausgebesserte Bodendiele im Obergeschoss über dem Wohnzimmer getreten, die immer ein hohles Echo von sich gab. Dann hatte er einen Fuß auf die lange, dünne Bohle gesetzt, die sich beinahe über die gesamte Breite des Hauses erstreckte. Jedes Mal, wenn sie in den Flur trat, hörte sie sie in drei Metern Entfernung nachgeben. Nach ihrem Einzug hatte sie ihren Sohn dadurch ein paarmal geweckt, bevor das Haus sie darauf trainiert hatte, die Schwachstellen zu meiden.

Seine Schritte auf diese Weise mitverfolgen zu können, rief einen starken Widerwillen in ihr hervor. Zu spüren, wie er über Dinge lief, die ihr gehörten, wie er Erinnerungen an geräuschvolle nächtliche Fehltritte in ihr weckte. Ihre Tochter wurde mit jedem Laut kleiner, wie eine Schildkröte, die ihren Kopf immer tiefer in ihren Panzer zieht.

Sie beugte sich dorthin, wo sie in der Dunkelheit ihr Ohr vermutete, und hauchte leise hinein: »Alles wird gut, du bist sehr tapfer.«

Das Mädchen klammerte sich an sie. Und während sie die Nase in das schwarz glänzende Haar ihrer Tochter grub, wusste sie, dass es dort auf die weißen Strähnen traf, die eine Seite ihres Gesichts einrahmten. Gierig sog sie den Geruch des Honigshampoos ein, das ihr Mädchen so gerne mochte, und darunter den Geruch nach Baby, eine Mischung aus Kopfhaut und Öl, die noch nicht vom Alter weggeschrubbt worden war.

Wann verschwindet dieser Geruch? Für eine Mutter vielleicht niemals. Und er will ihn dir wegnehmen.

Als Nächstes hörte sie gleich einem entfernt vibrierenden Erdbeben das dumpfe Geräusch von Schritten auf dem Teppichboden im Zimmer ihres Sohnes. Dieses seltsame Quietschen – hatte er den Kleiderschrank geöffnet? Dieses Klappern. Vielleicht war er gegen den Beistelltisch gestoßen, der etwas schief stand.

Du knirschst mit den Zähnen.

Sie öffnete den Mund, um ihren schmerzenden Kiefer zu entkrampfen. Drehte den Kopf, um die schleichende Verspannung in ihrem Nacken zu lösen. Alles nutzlos, solange sie die pochende Beule schwindelig machte.

Ein entferntes *Wusch*. Ein undeutliches Walzen. Laute, die sie nicht identifizieren konnte, weswegen sie sich anstrengte, konzentrierter hinzuhören, zu verstehen.

Die Atmung ihrer Tochter hatte sich verlangsamt, beruhigt. Auf und ab, ein und aus. Lauschend.

Sie wurde von einer Welle der Dankbarkeit überrollt, dass sie hier waren, versteckt in dieser kleinen Höhle, und nicht da draußen, wo dieser Eindringling sonst in dieser Minute über ihre Tochter oder ihren Sohn gebeugt gestanden, womöglich die nicht näher identifizierte Waffe eingesetzt hätte. Andere Waffen.

Aber jetzt sitzt ihr in der Falle.

Ihre Brust fühlte sich an, als würde sie von einer riesigen Hand zusammengequetscht.

Du hast sie in die Falle gelockt.

Die Wände rückten näher.

Es gab keine andere Möglichkeit. Keine andere Option, als sich zu verstecken.

Sie streckte sich in dem Versuch, mehr zu hören.

Vielleicht hat es nicht geknarrt, und er ist inzwischen rausgegangen. Raus aus dem Zimmer, raus aus dem Haus, weg, weg, weg.

If wishes were horses, beggars would ride. If fishes were fishes we'd eat and not die.

Bumm.

Sie schraken alle drei zusammen wie Rehe, zuckende Flanken, die sich im nächsten Moment versteiften. Das kleine Mädchen stieß einen schwachen Schrei aus, vergrub das Gesicht tiefer in den Morgenmantel ihrer Mutter.

Der Mann befand sich direkt über ihnen. Sein Fuß hatte auf derselben Stufe so viel Lärm verursacht wie erst vor wenigen Minuten ihre Tochter. Vor einer Ewigkeit. In ihrem Versteck klang der Laut wie ein Donnerschlag kurz nach einem zuckenden Blitz, viel zu nah und ohrenbetäubend.

Hatte er das leise Wimmern ihrer Tochter gehört? Der Mann stand still, lautlos.

Und dann war da plötzlich Licht. Die einzige Glühbirne in dem kleinen Kronleuchter am oberen Ende der Treppe flammte auf.

Vielleicht hatte er sie eingeschaltet, um sich nicht wieder den Kopf zu stoßen. Vielleicht war der Mann durch seine fehlende Vertrautheit mit der Treppe im Dunkeln von dem ersten dröhnenden Krachen, den ungewohnt flachen Stufen überrascht worden. Licht rieselte durch die Ritzen zwischen den Treppenstufen. Fiel durch zarte Risse und Spalten in ihr Versteck. Am hellsten leuchtete es durch den Lüftungsschacht, wo der gefährliche Heizlüfter angeschlossen gewesen war, den ihr Mann mit so viel Stolz herausgerissen hatte. Den Luftschacht hatten sie stehen gelassen. Auch wenn es keine Heizung mehr gab, war so dafür gesorgt, dass die Luft besser zirkulierte, und man konnte sichergehen, dass der nutzlose Raum nicht schimmelte und zu einem Problem wurde.

Das Licht erschien ihr wie etwas Bedrohliches, wie ein Weltuntergang. Und es tat weh wie Sonnenstrahlen, die einen weckten, nachdem ein Vorhang beiseitegerissen worden war. Sie fühlte den Impuls, den Arm schützend über die Augen zu legen, wie ein Vampir in einem Schwarz-Weiß-Film. Ein Zischen, verbrannt.

Wird er das Versteck finden, jetzt, wo das Licht an ist? Kann er euch durch den Schacht sehen?

Der Lichtstrahl fiel auf den Rand der Wolldecke. Langsam und mit einer stark zitternden Hand, die kaum etwas zu greifen imstande war, zog sie die Decke zu sich heran, sodass nur noch Ziegel und Staub beleuchtet wurden. Das Nichts.

Sie konnte die Angst ihrer Tochter spüren, ihr unterdrücktes Schluchzen. Das Herz ihres Sohnes schlug wie das eines kleinen gefangenen Vogels. Er weinte leise.

Leise genug?

Bumm, bumm, bumm polterte er die Treppe herunter. Jeder Schritt quetschte ihr Herz, ihre Lunge zusammen. Ihr Magen grollte so laut, dass sie sicher war, er würde sie verraten.

Du musst auf die Toilette.

Wie lächerlich. Wie dringend. Halte ein. Als ob du eine andere Wahl hättest.

Bumm. Bumm. Bumm.
Zwischen den Treppenstufen rieselte der Staub auf sie herab.
Nicht niesen.
Bumm. Bumm.
Sie sah seine Turnschuhe durch das Gitter der Lüftungsabdeckung. Seine Füße waren so groß, dass er die flachen Stufen seitwärts nehmen musste, wie ein älterer Mann, der einen steilen Hügel hinabsteigt. Die weißen Turnschuhe waren vergilbt und abgewetzt. An der Seite erkannte sie einen verblassten Union Jack. Schlenkernde, gräuliche Schnürsenkel.
Das Licht hat vielleicht etwas Gutes. Könnte ihn womöglich blenden. Selbst wenn er den Schlitz bemerkt, selbst wenn er hindurchspäht, wird es ihm schwerfallen, etwas zu erkennen.
Bumm. Bumm.
Sie hielt die Kinder so sanft wie möglich im Arm, streichelte ihnen den Rücken mit zittrigen Händen, die sich wie Fremdkörper anfühlten. Im Licht konnte sie die Anspannung auf ihren Gesichtern sehen. Sie beugte sich zu ihnen, erst an das Ohr links von ihr, dann an das auf der anderen Seite, und flüsterte leise: »Schsch ...«
Bumm.
Der Mann war am Fuß der Treppe angekommen. Sie sah Fragmente von ihm durch das Lüftungsgitter. Eine dunkle Hose. Ein dunkles Hemd. Blasse Haut. Das Haar an seinem Hinterkopf, schmutzig blond und ungekämmt.
Da war wieder dieses Jucken irgendwo tief in ihrem Unterbewusstsein, ein Hauch von etwas Vertrautem, das seiner immensen Größe innewohnte, seiner Gestalt, das Gefühl, dass dieser Mann jemand war, den sie vor langer Zeit einmal gekannt hatte. Es war dasselbe Gefühl, das sie hatte, wenn sie jemanden auf der anderen Straßenseite sah, dessen Gesicht sie erkannte, es aber nicht einordnen konnte.
Wo ist seine Jacke?
Sie stellte sich vor, wie er sie ausgezogen und ordentlich über den Schneestiefeln aufgehängt hatte. So höflich.

Er wandte sich vom Lüftungsschacht ab und ging auf die alte Flügeltür an der Vorderseite des Hauses zu. In seiner Gesäßtasche steckte etwas.

Die Waffe?

Leuchtend rosa, rechteckig.

Dein Handy.

Er hat dein Handy in der Hosentasche.

Sie rieb sich über den Mund, biss sich auf die Lippen in dem Versuch, sich in die Realität zu holen.

Wenigstens hast du es gesehen. Wenigstens weißt du Bescheid. Denn was, wenn du versucht hättest, es zu holen, nur um dann im Schlafzimmer gefangen zu sein, ohne Fluchtmöglichkeit, ohne die Option, jemanden anzurufen?

Kalter Trost.

Er stand still. Wahrscheinlich hatte er festgestellt, dass die Flügeltür von innen verschlossen und verriegelt war. Eine tote Tür, unbenutzt, weil sie angesichts des größeren Eingangs an der Rückseite des Anbaus überflüssig geworden war.

Mit einem lauten Knall zog der Mann den dicken Eisenriegel auf und begann, an dem uralten Schloss herumzufummeln. Fluchte leise, so normal und menschlich, dass es sie irritierte.

Natürlich war ihr das Problem bewusst. Überall im Haus gab es unterschiedliche alte Schlösser, jedes auf seine eigene spezielle Weise vertrackt. Die Tür hier unten war mit einem Schnappschloss verbunden, das mit einer kleinen Metallstange verriegelt war, die an einem Nagel hing. Es war jedes Mal frustrierend, die Konstruktion zu öffnen, denn wenn man die Metallstange nicht mit einer Hand hochhielt, während man mit der anderen das Schloss aufschob, fiel sie wieder herunter.

Der Mann stieß ein lautes verärgertes Grunzen aus, aber schließlich hatte er den Trick raus, und die Tür schwang auf. Eisige Luft fuhr durch den Lüftungsschacht in ihr Versteck; der Schock ließ die Kinder fröstelnd zusammenfahren.

Er stemmte sich kurz in den Sturm hinaus und ließ die Flocken um sich herumwirbeln. Dann tat er einen Schritt zurück und verriegelte die Tür wieder.

Klick machte das Schloss. *Klack* der Bolzen.

Sie fummelte mit dem Zeigefinger hektisch an der Nagelhaut ihres Daumens, während wieder die Übelkeit in ihr hochstieg.

Wer ist er?

Das kannst du nicht wissen, du hast ihn ja nicht mal richtig gesehen. Sein Gesicht lag zu tief im Schatten, als du ihn im Obergeschoss beobachtet hast.

Der Mann bewegte sich und verschwand aus ihrem Blickfeld. Sie hörte und spürte, wie er die Tür zu dem kleinen Schrank neben der Treppe öffnete und durchwühlte, wie Kleiderbügel zur Seite geschoben wurden. Dann bewegten sich seine Schritte in Richtung Spielzimmer.

Ein Klicken des Lichtschalters, und sie versanken erneut in Dunkelheit.

Sie lauschte. Kaskaden von Legosteinen, die herumflogen.

Spielsachen, die aus dem Weg getreten wurden. In den vergangenen zwei Monaten war es ihr schwergefallen, sich um irgendetwas, geschweige denn darum zu kümmern, wie sauber das Haus war. Sie hatte aufgehört, die Kinder regelmäßig zum Aufräumen zu bewegen. Infolgedessen war die Unordnung im Spielzimmer weit über die Grenzen des Üblichen hinausgewachsen. Sie wusste, wie ärgerlich es war, wenn man über Spielzeuge stolperte, während man versuchte, sich eine Schneise durch den Raum zu bahnen. Aber bei dem Mann löste das anscheinend schäumenden Zorn aus.

Ein Knall. Etwas zerbarst an der Wand. Etwas anderes wurde mit einem Knirschen auf den Dielen dem Erdboden gleichgemacht.

»Das hatte ich gerade erst gebaut!«, hauchte ihre Tochter.

Ja, wahrscheinlich.

Womöglich das Schloss, das mal verschlankt, dann wieder verbreitert worden war, oder das Schiff, das von fantasievollen Kreaturen bevölkert wurde, die spiralförmige Regenbogentreppe, die so hoch hinaufstieg, dass ihre Tochter sie nur noch auf einem Hocker stehend erreichen konnte.

Sie empfand einen Anflug von ohnmächtiger Wut, als sie an die stillen Stunden dachte, in denen ihre Tochter mit geneigtem Kopf und auf der Unterlippe kauend die Ideen in ihrem Kopf Wirklichkeit werden ließ. Die Erkenntnis, dass Dinge, die mit so großer Mühe aufgebaut worden waren, so leicht zerstört werden konnten, schmerzte sie ungemein.

Sie zog die Kinder fester an sich. »Das sind nur Dinge, und Dinge können repariert werden«, flüsterte sie. »Ich helfe dir, sie zu reparieren. Schsch.«

»Das war nicht Daddy«, sagte ihre Tochter so leise, dass es nur für sie selbst bestimmt gewesen sein konnte. »Ich dachte, das ist vielleicht Daddy.«

Bei der irrationalen Hoffnung, ihr Mann könnte irgendwie durch den Sturm nach Hause gekommen sein, um sie zu retten, schnürte sich ihr vor Sehnsucht die Kehle zu.

Du darfst jetzt nicht weinen.

»Das ist nicht Daddy«, bestätigte sie.

»Das ist ein großer Mann.«

Ihr Magen verkrampfte sich. Sie musste dringend auf die Toilette, um ihr ganzes aufgewühltes Inneres loszuwerden.

Du hast geglaubt, dass du die einzige Zeugin bist. Aber das bist du nicht. Das bist du nicht! Die Art, wie sie an die Decke gestarrt, die Schritte verfolgt haben. Erinnerst du dich, wie sie in das Versteck gekrochen sind? Du hast die ganze Zeit gehofft, dass du einfach nur den Verstand verloren hast. Du hast die Augen geschlossen und dir gewünscht, dass das Grauen verschwindet.

»Alles wird gut«, flüsterte sie. »Mommy ist da. Pssst.«

Wie schön wäre es gewesen, nur den Verstand verloren zu haben, anstatt recht zu behalten. Wenn alles nur ein Produkt eines psychischen Zusammenbruchs gewesen wäre. Wenn ihr Mann die Treppe herunterkäme. Sie würde erleichtert aus ihrem Versteck hervorkriechen – und seinem verwirrten Blick begegnen. Sie würde beobachten, wie sein Gesichtsausdruck in Entsetzen umschlug, während sie Erklärungen vor sich hin brabbelte. Wie konnte sie ihre Kinder nur hinter einer Wand einsperren? Sie mitten in der Nacht dermaßen erschrecken? Ihr wurde ganz warm bei dem Gedanken an die freudlosen alltäglichen Konsequenzen. Wut und Psychiater und Scheidung und eine Gummizelle. Wie schön, wie tröstlich, einen Moment in dieser alternativen Realität zu leben, in der ihr Verstand aus den Angeln gehoben war und keine Gefahr von Gewalt bestand, von niemandem außer ihr selbst. Der Einsatz war so gering! So wunderbar gering.

Die Realität kann verwirrender sein als Träume.

»Mama?« In der Stimme ihres Sohnes bemerkte sie die unterdrückten Tränen.

Was für ein tapferer Junge. Der beste Junge.

»Mama, du hast gesagt, dass es keine Monster gibt.«

Sie senkte den Kopf und spürte, wie sich eine schwere Last auf ihre Schultern senkte. »Es tut mir leid«, flüsterte sie. »Ich habe gelogen.«

KAPITEL 5

Es war nicht das erste Mal, dass sie gezwungen war, sich an eine neue Realität zu gewöhnen und sich zu wünschen, ihr eigener Verstand sei das Problem. Fast zwei Jahre zuvor hatte ihr Mann ein Telefonat mit seinen Eltern beendet und zu ihr gesagt: »Meine Mutter hat Krebs.«

Es war, als stünde sie komplett neben sich, als sie ihn dümmlich anblinzelte.

Nein, nicht dieses Wort. Du musst dich verhört haben. Du bildest dir Dinge ein. Irgendetwas stimmt nicht mit dir.

»Was? Sie hat ... was?«

Ihr Mann schwieg lange, den Blick ins Leere gerichtet, bevor er hinzufügte: »Für meinen Vater wird es ein Albtraum sein.«

»Deine ... Deine arme Mutter«, stammelte sie.

Ihr Mann stützte den Kopf in die Hände. »Ein Albtraum. Er weiß nicht mal, wie man Wäsche wäscht.«

Ihr eigener Vater lebte allein. Ihre Mutter war stolz auf ihre Sparsamkeit gewesen und hatte kaputte Geräte aller Art repariert: Computer und Fahrräder für Freunde und Nachbarinnen. Nach ihrem Tod hatte er sich wie besessen darauf konzentriert, dem Grundsatz seiner Frau »Verschwende nichts, wünsch dir nichts« zu folgen. Er sammelte kaputte Dinge und stopfte sein Haus damit voll, als ob er glaubte, dass das Richtige, das vollkommen unvollkommene Ding, seine Frau zurückholen könnte. Im Laufe der Jahre wurden seine Mauern aus Korbstühlen mit gerissenem Geflecht, Lautsprechern mit verhedderten Kabeln und verstaubten Motherboards so undurchdringlich, dass sie, wenn sie ihn mit den Kindern besuchte, in einem Hotel übernachtete, von den Stapeln seiner geliebten, verrottenden Denkmäler aus dem Haus gedrängt.

Doch selbst ihr Vater wusste, wie man eine Waschmaschine bedient.

»Dein Vater war ein erfolgreicher Anwalt. Er ist fähig, etwas Neues zu lernen. Vielleicht wächst er unter diesen Umständen über sich hinaus.« Sie wusste, dass reine Realitätsverleugnung aus ihr sprach, und geriet ins Stocken. »Das heißt natürlich nicht, dass wir deiner Mutter nicht helfen, das meine ich damit nicht.«

Ihr Mann schüttelte den Kopf. »Er wird keinen Finger rühren.«

Sie nickte. Das war ihr vollkommen bewusst. Jahrelang hatte sie ihren Schwiegervater schweigend beobachtet, versucht, ihn zu verstehen, seine Stimmungsschwankungen nachzuvollziehen. Sie hatte genau hingesehen, als wäre der ältere Mann ein Objekt unter dem Mikroskop, das auf diesen oder jenen Reiz reagierte. Sie hatte ihn aus der Ferne betrachtet, in der Hoffnung, auf diese Weise ein vollständiges, zusammenhängendes Bild zu erhalten. Sie hatte mit Fragen über seine Kindheit und seine Überzeugungen experimentiert, als ginge es um ein Kuhherz oder den Fötus eines Schweins, die zum Sezieren auf einem metallenen Labortisch lagen – und alles nur, damit sie sich einen Reim auf seine Person machen konnte.

Als ihr Mann (damals noch ihr Freund) sie im letzten Collegejahr seinen Eltern vorgestellt hatte, schlug ihr das Herz bis zum Hals.

Eine echte Familie. Mutter, Vater, Kind.

Ihr Mann war kompakt gebaut und dunkel wie seine Mutter, von seinem schlaksigen, hellhaarigen Vater hatte er kaum etwas. Aber bei diesem ersten Treffen erkannte sie deutliche Ähnlichkeiten. Sie waren beide gesprächig. Sportlich. Selbstbewusst. Laut. Lachten viel. Waren in der Lage, selbst dem verkniffensten Fremden ein Lächeln zu entlocken.

»Weißt du, was ich an dir mag? Du hast genug Gesprächsstoff für uns beide«, hatte sie ihren Mann zu Beginn ihrer Beziehung aufgezogen.

Aber es stimmte. Neben ihrem geselligen Mann fühlte sie sich einbezogen, als Teil des Ganzen, obwohl sie selbst eher still war. Obwohl sie unfähig war, Small Talk zu führen.

Auch ihre Schwiegermutter war zurückhaltend und meldete sich nur zu Wort, um das Essen zu loben. Einen Kommentar zum Wetter abzugeben. Ihren Mann und ihren Sohn aufzufordern, etwas über ihren Tag zu erzählen.

Ist sie anders als du? Still, weil sie zu nichts als Small Talk fähig ist? Oder ist sie wie du und lässt sich instinktiv nicht in die Karten schauen?

Ein paar Wochen nachdem er sie seinen Eltern vorgestellt hatte, bekam sie mit, wie ihr Mann seinem Vater am Telefon mitteilte, dass er sich um keinen Studienplatz an der juristischen Fakultät bewerben würde. Und mit einem Krachen war das oberflächliche, bonbonfarbene Furnier ihres ersten Eindrucks zerborsten. Blechern drang die Stimme des älteren Mannes mit Ermahnungen zu Erwartungen und Geldverschwendung aus dem Hörer. »Du hast jeden Respekt verloren! Was zum Teufel soll ich den Männern im Klub sagen?«

Einen Monat später verkündete ihr Mann seinem Vater, dass er von seinem Hauptfach Politikwissenschaften zu Fotografie gewechselt habe. Eine Entscheidung, die er bereits Jahre zuvor getroffen hatte, als er Credit Point um Credit Point für ein Kunststudium gesammelt hatte. Die Anrufe, bei denen das Telefon unter der Wut des älteren Mannes bebte, wurden zu einer Konstante.

»Du hast keinen Schimmer, was richtige Arbeit ist. Was willst du denn? In irgendeine kleine erbärmliche Kunstwelt eintauchen? Berühmt werden? Das ist peinlich.«

Warum ging ihr Mann trotzdem jedes Mal ans Telefon?

»Er wird drüber hinwegkommen. Viel Lärm um nichts macht der, das wird vergehen.«

Doch sein Vater weigerte sich, die Studiengebühren zu zahlen. Und als sein Sohn dennoch nicht nachgab, lieber Kredite aufnahm, um sein Studium selbst zu finanzieren, richtete der Vater seine Wut neu aus. »So habe ich dich nicht erzogen. Wir haben dein ganzes Leben darauf hingearbeitet, dass du eines Tages Anwalt wirst. Bevor du diese Frau kennengelernt hast, warst du ganz anders. Verdammt noch mal, sie ist entstellt!«

Ihr Mann legte einfach auf. Aber als sein Vater ein paar Sekunden später zurückrief, hob er trotzdem wieder ab und hörte seinen Vater entrüstet schreien: »Wie kannst du es wagen, mich zu unterbrechen?«

Wenn seine Familie so über dich denkt, bedeutet das womöglich das Ende eurer Beziehung. Sein Vater könnte es schaffen, ihn zu zermürben. Oder dich zu zermürben. Und willst du wirklich jemanden wie ihn in deinem Leben haben?

»Ich bin ihr einziger Sohn, ihre Familie. Sobald ich Geld verdiene, wird er sich entspannen.«

Wahrscheinlich hatte er recht. Die Familie muss es einem wert sein. Was wusste sie schon? Sie konnte nur die neun schönen Jahre vorweisen, in denen ihre Mutter noch gelebt hatte, idealisiert bis zum Gehtnichtmehr. Dann waren da die Jahre, als ihre Grandma aus Alabama zu ihnen gezogen war, voller strenger, treuer Liebe und klarer Erwartungen. Aber seit ihrem Tod war sie allein, mit einem Vater, der sich mit kaputten Dingen umgab, die er niemals würde reparieren können.

Zu ihrer Überraschung bestärkte der Konflikt mit seinen Eltern ihren Mann darin, an ihrer Beziehung festzuhalten. Als sei sie ein Symbol für sein neu gewachsenes Rückgrat. Und trotz ihrer eigenen Vorbehalte schloss sie die Augen, um die Familie als etwas Erstrebenswertes in einer schönen Zukunft schweben zu sehen.

Jede Beziehung hat ihre Herausforderungen, sagte sie sich, und es stimmte. *Familie verdient man sich*, sagte sie sich, was – wie sie am eigenen Leib erfuhr – nicht ganz einfach war.

Und immer war da ihr Mann. Seine Art, sie auf die Stirn zu küssen. Sich die Augenwinkel zu wischen, nachdem er über einen ihrer Witze gelacht hatte. Mit ihrer Arbeit zu prahlen, indem er seine Lieblingszeichnungen von ihr rahmte, um sie aufzuhängen. Seinen Arm leicht um ihre Taille zu legen, wenn sie gemeinsam auf eine überfüllte Party kamen, sodass sie das Gefühl hatte: *Ich gehöre dazu.* Ihr Mann verurteilte sie nicht wegen der Müllberge ihres Vaters. Warum also sollte sie ihre Beziehung wegen der unberechenbaren Launenhaftigkeit seines Vaters beenden?

Nach dem Studium erreichten Vater und Sohn einen Zustand der Entspannung, der sämtlichen Beteiligten abverlangte, so zu tun, als hätte es nie einen Konflikt gegeben – ein Ansatz, der den direkten Auseinandersetzungen mit ihrem eigenen Vater entgegengesetzt war. Bei jedem Besuch ihrer Schwiegereltern stürzten sie und ihr Mann sich dankbar in jede banale Unterhaltung über Regen. Golf. Reinigungsmittel. Irgendwann erkannte sie stillschweigend die Grenzen ihrer Höflichkeitsfloskeln. Sie begriff, warum ihre Schwiegermutter zu nichts anderem als Small Talk fähig zu sein schien und sich in dessen dumpfe Sicherheit flüchtete. Gespräche über die Fortschritte ihres Mannes mit seiner Fotografie waren tabu. Ihre Anstellung in einer großen Firma als Patentzeichnerin war ebenfalls ein verbotenes Thema, da sich die Züge ihres Schwiegervaters bei der leisesten Erinnerung daran, dass sie mit ihrem Job besser verdiente als sein Sohn, verhärteten. Selbst Jahre später, als seine Luftaufnahmen zu ihrer Haupteinnahmequelle wurden und es ihr ermöglichten, freiberuflich tätig zu sein und ihre Kinder jeden Tag von der Schule abzuholen, wurde der Erfolg ihres Mannes nicht anerkannt; denn das hätte die Fehlbarkeit des alten Mannes unstreitig bewiesen.

Manchmal stolperten sie im Gespräch zufällig über die unmarkierten Grenzen eines Minenfeldes. Ihr Schwiegervater war sich sicher, dass ihm langsam und unmerklich etwas nicht näher Beschriebenes gestohlen wurde. Die leiseste Erwähnung irgendeiner Neuigkeit veranlasste ihn, sich darüber auszulassen, dass bestimmte Leute unzumutbar schrill, übermäßig gerecht, verklemmt oder pervers geworden waren.

Bei dem geringsten Anzeichen, dass sich seine Stimmung verdüsterte, senkte ihre Schwiegermutter die Stimme und verfiel in eine beruhigende Tonlage. »Du hast ja so recht, Liebling. Natürlich hast du recht.«

Im Gegensatz zu seiner Mutter schwieg ihr Mann zu den Ausbrüchen seines Vaters und saß sie aus.

Ihn zu ignorieren, ist wahrscheinlich besser, als zu versuchen, dagegen zu argumentieren, oder? Wie auch immer, dein Mann hat für das Wichtigste gekämpft. Die Partnerin. Die Karriere. Das Leben.

Im Laufe der Jahre wurde die Sehnsucht nach Familie, nach Akzeptanz immer mehr abgetragen, wie ein Fels, der langsam in den Wellen erodiert.

»Manchmal ist einfach Hopfen und Malz verloren«, vernahm sie die Stimme ihrer Grandma mit ihrem Südstaatenakzent. »Dann kann man nichts dran ändern, Schätzchen.«

Als ihre Tochter geboren wurde, war die Freude der Schwiegermutter sichtlich getrübt, weil der alte Mann sich über das Weinen des Babys ärgerte, weil ihn die bloße Existenz des Babys störte. Schon eine halbe Stunde nach ihrer Ankunft im Krankenhaus trat ihr Schwiegervater – mit einem ähnlich roten Gesicht wie der Säugling – wortlos auf den Flur hinaus, und ihre Schwiegermutter eilte ihm, Entschuldigungen murmelnd, hinterher.

»Wir hätten ihm mehr das Gefühl geben müssen, willkommen zu sein«, bemerkte ihr Mann.

Herrgott noch mal, nein, bei dem ist Hopfen und Malz verloren.

Auf der Party zum dritten Geburtstag ihres Sohnes beäugte ihr Schwiegervater seinen Enkel aus zusammengekniffenen Augen, während der Kleine, in ihre Arme gekuschelt, an seinem Daumen lutschte und über die albernen Grimassen kicherte, die sie für ihn schnitt.

»Er ist ein richtiges Muttersöhnchen, was?«

»Ähm, ja, ich meine, ja«, stotterte sie. »Er ist ein Kleinkind.«

Ihr Schwiegervater hob vielsagend eine Augenbraue. »Du darfst ihn nicht so verwöhnen wie das Mädchen. Jungs reißen Weicheier in Stücke.«

Weiß glühende Wut verbrannte jede Antwort in ihrer Kehle.

»Wir verwöhnen niemanden, Papa«, seufzte ihr Mann.

Ihr war bewusst, dass die Worte des älteren Mannes dazu gedacht waren, ihr ein Messer in die Seite zu rammen. Schlimmer noch, sie erkannte, dass ihr Schwiegervater eine in ihr schlummernde Sorge ans Tageslicht zerrte, die sie weggeschoben hatte, weil sie sich schämte, wie heimtückisch sie an ihrem Herzen nagte. Ihr Sohn war seit dem Tag seiner Geburt weich und anschmiegsam gewesen. Er ließ sich leicht stillen. Kuschelte viel. Sah sie voller Anbetung an, griff mit seinen kleinen Händen nach ihr, schlang das Ärmchen um ihren Nacken und legte seinen Kopf glücklich in ihre Halsbeuge, als gehörte er dorthin. Er schlief mit einer der ausrangierten Puppen seiner Schwester. Schleppte sie überallhin mit. Er weinte, wenn er sah, dass sich jemand wehgetan hatte, oder wenn sie mal laut wurde. Er weinte an jedem Morgen, den sie ihn in der Vorschule zurückließ. Und sie liebte seine Art aufrichtig. Seine offen gezeigte Zuneigung. Seine Sensibilität. Sein unbefangenes Bedürfnis nach Nähe.

Aber sie machte sich Sorgen in Bezug auf die Welt.

Muttersöhnchen. Weichei. Sie werden ihn in Stücke reißen.

Die Möglichkeit, dass in den Worten des älteren Mannes ein Funken Wahrheit steckte, ließ sie innerlich kochen, doch sie wandte sich von seinem hageren, spöttischen Gesicht ab.

Lass dich nicht von ihm aus der Reserve locken.

Dennoch, ihr Schwiegervater hatte einen wunden Punkt gefunden. Bei jedem Besuch versuchte sie ihren Sohn vor der rauen Stimme des alten Mannes und seinem mahnend wedelnden Finger zu beschützen. »Reiß dich zusammen. Hör auf zu weinen.«

Sie spürte, wie der Hass in ihr gärte.

Lass nicht zu, dass er einen schlechteren Menschen aus dir macht.

»Du bist mein zäher kleiner Kerl. Und du bist lieb. Du kannst beides gleichzeitig sein«, versicherte sie ihrem weinenden Sohn nach den Auslassungen seines Großvaters.

Die zeitlichen Abstände zwischen den Besuchen erlaubten es ihr, sich vorzustellen, dass der ältere Mann gar nicht existierte, eine Erleichterung, die ihre Kieferpartie entspannte und den Hass versiegen ließ. Doch als sie hörte »Stadium vier. Aggressiv, aber operabel. Mit etwas Glück und der richtigen Pflege hat sie noch viele Jahre«, war die Zeit der Augenwischerei vorbei.

Im Angesicht der Nachricht schmeckte sie bitteren Groll auf der Zunge. Denn genau wie bei ihrem Mann bestand ihre erste Reaktion nicht aus Besorgnis über die bevorstehenden Schmerzen, den Schrecken und den möglichen Tod seiner Mutter. Nein. Ihr erster Gedanke war, dass sie sich nicht mit ihrem Schwiegervater auseinandersetzen wollte, der unweigerlich alle Aufmerksamkeit in seine Richtung ziehen würde.

Es geht dabei nicht um ihn. Oder um dich.

Auf Drängen ihres Mannes sahen sie sich Immobilien in der Nähe der Seniorenwohnanlage an, in der ihre Schwiegereltern lebten, dort, wo die Vorstadt aufs Land trifft. Sie hatten schon früher über einen Umzug nachgedacht – die Kinder wurden groß, brauchten gute Schulen und genug Platz zum Spielen –, aber die Vorstadthäuser, die sie sich angesehen hatten, waren nicht dazu angetan, sie aus der Stadt zu locken. Dann entdeckten sie, was für Neuengland gar nicht so ungewöhnlich war, in einer weitläufigen gewundenen Straße mit großen Grundstücken, wo Farmhäuser aus dem neunzehnten Jahrhundert neben Split-Level-Häusern aus den 1980er-Jahren und geschmacklosen Neubauten aus der Zeit vor der großen Finanzkrise standen, ein geschwärztes Gebäude im Kolonialstil mit mittig gesetztem Schornstein – erbaut 1722 – auf einem fünf Hektar großen, von Wald umgebenen Weideland, mit eigenem Friedhof.

Alles proportional, aber nichts gerade. Gewelltes Fensterglas, das die Umgebung zu fließendem Wasser verschwimmen lässt. Keine Diele ist gleich breit, gleich lang. Keine Treppenstufe gleich hoch. Einzigartig, schön, verwittert.

Natürlich gefällt es dir. Es ist genauso gezeichnet wie du.

Ja, das Haus knarzte, war unpraktisch und schwer zu beheizen. Ja, sie und ihr Mann waren beide nervös wegen der anstehenden Renovierungsarbeiten. Aber die Aussicht, Teil der Geschichte dieses Hauses zu sein und seine kaputten Stellen zu flicken, lieferten ihr, abgesehen von der Krankheit ihrer Schwiegermutter, einen guten Grund, umzuziehen.

Also kauften sie es. Sie zogen um. Sie verpflichteten sich, ihre Schwiegermutter zu unterstützen, während sie das Haus langsam, aber sicher zu ihrem eigenen machten.

Und nun waren Holz, Ziegel und Mörtel des innersten Zufluchtsorts des Hauses alles, was sich zwischen ihr und dem Eindringling befand.

KAPITEL 6

Nach dem Aufschwingen der Tür und der Zerstörung der Legogebilde ihrer Tochter verklangen die Schritte des Mannes. Der Geruch von Umkleidekabine stieg ihr in die Nase, und sie erkannte, dass es ihr eigener Schweiß war. Dass sie schwitzte, während sie gleichzeitig erbarmungswürdig vor Kälte zitterte, war ein weiteres Element, das zur Unwirklichkeit der Situation beitrug. Die Kinder neben ihr waren die einzige Wärmequelle auf der Welt. Ihre Kolibriherzen flatterten in ihren winzigen Brustkörben. Sie merkte, dass ihr Mund sich mit Staub und Schrecken füllte, wenn sie sich vorstellte, wie der Mann mit einem Ohr an der Wand zum Versteck lauschte.

Er könnte im Büro sein. Er könnte sich direkt auf der anderen Seite der Verkleidung befinden.

Das kannst du nicht wissen, mach dich nicht lächerl...

Dann hörte sie das deutliche Knacken der schwächsten Dielenbohle im Haus, die im Laufe der Jahrhunderte so dünn geworden war, dass sie jedes Mal, wenn sie einen Fuß darauf setzte, dachte: *Die musst du ersetzen, es wird immer schlimmer.* Die Holzbohle befand sich am Eingang zum Büro.

Die unsichtbare Präsenz des Mannes kroch in ihr Herz, ihr Blut.

Wie dick ist diese Wand? Nichts als einfache Kiefernbretter und die darüber genagelte dekorative Verkleidung. Die Einfassung der verborgenen Klappe zur Kammer ist etwa einen Zentimeter dick, vielleicht ein kleines bisschen dicker.

Ein Zentimeter Holz zwischen euch und ihm.

Ein weiterer Schritt, dann Stille. Sie versuchte, sich vorzustellen, was er tat. Er nahm die Details des Raumes auf. Er suchte nach Verstecken. Er durchwühlte die Aktenschubladen. Sah die Drucke durch, die ihr Mann in der Kartentruhe aus Eichenholz aufbewahrte, die größeren, die aufgerollt in der Ecke standen, die gerahmten Patentzeichnungen und Fotos von leeren Highways, leeren Städten an den Wänden. Vielleicht saß er in dem Sessel. Sammelte seine Kräfte. Legte eine Verschnaufpause ein.

Ein leises Klingen drang klar und warm durch das Holz der Wand. Er hatte die Saiten der Gitarre ihres Mannes gestreift, die auf dem Ständer neben dem Schreibtisch lehnte. Nicht aus Versehen, sondern wie ein Mensch, der das Instrument beherrscht. Sie stellte sich seinen flachen Daumen auf den Saiten vor. Intim. Unwillkürlich schloss sie die Augen. Tausend glückliche Erinnerungen an die sicheren, kräftigen Hände ihres Mannes, die über diese Saiten strichen, ihnen Klänge entlockten, und jetzt war da dieser Mann, der sie für sich beanspruchte und all die Schönheit zerstörte.

»Hallo?«, sagte er.

Die Kinder zuckten überrascht zusammen, als ob sie aus Gewohnheit antworten wollten und sich zwingen mussten, dem Impuls zu widerstehen.

Sie verschluckte sich an ihrer eigenen Spucke und ihrem Schrecken. Ihre Gedanken begannen in Panik zu kreisen, und ihre Knochen fühlten sich so hohl an wie die eines Vogels.

Er weiß, dass ihr hier seid!

»Hallo?«, sagte er wieder, lauter.

Woher?

»Schsch«, wisperte sie, so leise, dass sie nicht sicher war, ob die Kinder sie verstanden.

»Ich sehe euch«, sagte er mit einer Singsangstimme.

Nein, nein, nein.

Ihre Tochter stöhnte gedämpft in den Morgenmantel. Ihr Sohn begann leise zu weinen. Sie streichelte ihm den Rücken und hauchte beruhigende Laute.

Natürlich hat er euch gefunden. Natürlich weiß er, dass ihr hier seid! Als er die alte Treppe gesehen hat, muss ihm klar geworden sein, dass ihr von den Kinderzimmern hier runtergegangen seid.

Die Verzweiflung bemächtigte sich ihres Körpers.

Es ist vorbei, alles ist aus. Jetzt beginnt es. Du hast sie im Stich gelassen.

»Ich sehe euch! Zeit, mit den Spielchen aufzuhören«, erklang erneut das kindliche Trällern der Männerstimme.

All das nur zum Spaß, all das zur Belustigung, so unvereinbar mit dem Entsetzen angesichts ihrer Situation. Sie grub die Nägel in die Handflächen, bis die entstandenen Halbmonde schmerzten.

Das hier ist real. Du bist hier. Atme. Du musst dich bereit machen. Du musst dich zwischen die Ziegel und die versteckte Klappe quetschen. Das wird es für ihn so gut wie unmöglich machen, sie zu öffnen. Und er ist groß. Er wird hier nicht so einfach reinkommen, selbst wenn er das Paneel rausreißt. Halte ihn so lange wie möglich auf Abstand. Tritt ihm gegen den Kopf. Das war's, das ist alles, was du noch tun kannst. Und wenn er reinkommt, kratz ihm die Augen aus.

Aber sie konnte sich nicht rühren. Sie konnte sich nicht dazu durchringen, die Kinder von ihrem Morgenmantel zu lösen, konnte sich nicht dazu zwingen, das Risiko einzugehen, ihr Versteck zu verraten. Nicht, bevor sie ganz sicher sein konnte, dass sie verloren waren.

Die Stimme des Mannes war weich und sanft, als ob er mit einem geliebten Hund sprechen würde. »Ich will niemandem wehtun. Nein, natürlich nicht! Mir hat nur ein kleines Vögelchen gezwitschert, dass ihr einen Safe habt, das ist alles. Ich will nur, dass du den Safe öffnest, mir ein bisschen Geld gibst, und dann bin ich weg. Okey-dokey?«

Obwohl sie sich verzweifelt wünschte, dass es wahr wäre, *nur Geld, bitte sehr, und tschüss,* tauchte die Erinnerung an eine Kollegin auf, die vor langer Zeit ausgeraubt worden war.

»Wir sind aufgewacht, und unsere Laptops waren weg«, erzählte die Mitarbeiterin der Gruppe, die sich um sie versammelt hatte. »Unsere Portemonnaies und sogar verschreibungspflichtige Schmerztabletten – alles weg. Am unheimlichsten war allerdings, dass sie unsere Handys gestohlen haben, seins und meins, die beide jeweils neben uns auf dem Nachttisch lagen.«

Sie hatte all das vor ihrem geistigen Auge. Wie die Gegenstände unmittelbar neben den tief schlafenden Gesichtern weggenommen wurden. So nah. So verletzlich.

Die Kollegin hatte eine Strähne ihrer langen Haare nervös um einen Finger gezwirbelt und gesagt: »Die Polizei meinte, es wär gut gewesen, dass wir nicht aufgewacht sind. Sie haben gesagt, wenn man aufwacht, steckt man in Schwierigkeiten. Einbrecher wollen alles auf die einfachste Art stehlen. Und sie wollen keine Zeugen. Stellt euch das mal vor. Stellt euch vor, wir wären aufgewacht.« Bei der Vorstellung, der Vision von Gewalt, waren die Gesichter um sie herum leer geworden. »In gewisser Weise«, fügte die Kollegin schwach hinzu, »hatten wir Glück.«

Er muss wissen, dass ihr ihn gesehen habt. Auf keinen Fall will er nur Geld. Wenn er nur das wollte, würde er sein Gesicht verstecken. Er würde keine Waffe bereithalten. Und er hat wahrscheinlich den Safe oben gesehen. Er ist nicht besonders gut versteckt. Er benutzt ihn als Ausrede.

Lügner.

»Kinder?«, der Mann klang jämmerlich, als wäre er einsam. »Wollt ihr nicht rauskommen? Ich bin kein schlechter Kerl. Ich brauche nur etwas Hilfe. Ich habe nicht so viel Glück wie ihr. Meine Mommy hat sich nie um mich gekümmert. Ich will nur, dass mir eure Mommy mit etwas Geld aushilft, dann gehe ich wieder.«

Die Worte schossen wie ein elektrisches Summen durch ihren Körper. Der Mann wusste, dass ihr Mann nicht da war, er sprach nur zu ihr und den Kindern. Dennoch entspannten sich die Körper der Kinder leicht. Sie stellte sich vor, wie sie dieselbe Hoffnung empfanden, gegen die sie selbst angekämpft hatte, die Hoffnung, dass er doch kein Monster war. Sondern nur jemand, der verschwinden würde, sobald er bekommen hatte, was er wollte.

»Pssst«, flüsterte sie dicht erst an einem Ohr, dann am anderen.

Als Nächstes ertönte das vertraute Quietschen des alten Sessels in der Ecke, dessen Federn sich über das enorme Gewicht des Mannes beschwerten, als er sich setzte. Nach einer langen Pause sagte er mürrisch: »Mir gefällt es hier nicht mehr. Dieser Ort ist unheimlich, wenn er leer ist. Jedes Zimmer hat zu viele Türen, und alle Treppen sind uneben. Es gibt Stimmen und Geräusche, und niemand ist da.« Er wartete einen Moment ab, dann fügte er lauter hinzu: »Ich will nur das, was mir zusteht, und dann gehen.« Nach einer langen, schweigsamen Pause konnte sie gerade noch hören, wie der Mann fast wehmütig murmelte: »So war das nicht geplant. Es sollte alles geschehen.«

Ein weiteres Keuchen und Knacken des Stuhls. Der Mann stand auf. Leise Laute drangen durch die Wand, als er begann, auf- und abzugehen.

»Ihr wollt doch nicht, dass ich den Bösewicht raushole, oder?«

Sie konnte sich beinahe bildlich vorstellen, wie er den Kopf schief legte, übertrieben mit den Schultern zuckte, auf die gleiche Art, wie sie den Kindern die Konsequenzen ihres Handelns darlegte. *Ihr wollt doch euer Spiel nicht unterbrechen, oder?*

»Wenn es sein muss, hole ich den Bösewicht raus. Ich möchte es nicht, aber ihr wollt es ja nicht anders.« Der Mann klang sehr bedauernd, als handelte es sich dabei um etwas, das ihm nicht gefiel und lediglich die unvermeidbare Folge ihrer Verweigerung war, ihm Folge zu leisten.

Während ihre Kinder neben ihr zitterten und wimmerten, schoss ihr ein Gedanke durch den Kopf: *Er ist sehr gut darin,*

Kindern Angst zu machen. Sie zog ihren Sohn und ihre Tochter fester an sich, als wäre es möglich, sie auf diese Weise vor dem zu schützen, was er als Nächstes sagen würde. Sie wartete, bemüht, in die Stille hineinzulauschen, etwas dahinter zu erkennen.

Es dauerte so lange, bis er wieder sprach, dass die Zeit sie wie ein nasses Laken umhüllte, jedes Knarren, jedes Ächzen von Holz oder Ziegeln einfing, schreckliche Vorahnungen sammelte und die unlogische Hoffnung nährte, dass er gegangen war.

Schließlich, so nah an der Mauer und so laut, dass die Kinder wie Rehkitze zusammenschreckten, rief er: »Kommt heraus, kommt heraus, wo immer ihr seid!« Seine Stimme war eine Oktave tiefer geworden und rasselte vor Ungeduld. Ihr Klang war so verändert, so unwirklich und voll höhnischer Bosheit, dass sie die plötzliche Überzeugung abschütteln musste, dass da eine ganz andere Person zu ihnen sprach.

»Willst du nicht rauskommen, kleines Ferkel? Weg von dieser dreckigen alten Sau?«

Ihre Angst zwang etwas Festes und zugleich Weiches von der Größe einer Erbse aus ihrem Magen in den hinteren Teil ihrer Kehle. Sie schluckte es wieder hinunter und schmeckte Galle.

Bitte, bitte lass sie still bleiben.

Mit bebenden Händen streichelte sie hauchzart über die Körper der Kinder. Sie würde sie davor schützen, die entsetzliche Stimme dämpfen, indem sie sie noch fester an sich drückte und versuchte, ihnen die freiliegenden Ohren zuzuhalten.

»Arrogantes altes Schwein«, tönte die neue blecherne Stimme. »So wie alle anderen. Sieht nicht, was sich vor ihrer Nase tut. Denkt, dass sie keiner aus den dunklen Ecken, den Schatten beobachtet. Ein starker Mann. Er sieht alles. Das zarte kleine Ferkel. Die alte gefleckte Sau, die auf zwei Beinen geht.«

Ihre Tochter stöhnte laut in den Morgenmantel, als ob ihr die Worte wehtaten.

Dann ein feuchtes, sich überschlagendes Geräusch, das Lachen einer infizierten Lunge.

Eine Reihe von Südstaatensprüchen ihrer Großmutter drängten sich unaufgefordert auf. »Bei dem ist 'ne Schraube locker. Der hat nicht mehr alle Tassen im Schrank. Ist nicht ganz knusper. Vollkommen durchgeknallt.«

Ja, der Mann musste verrückt sein, nicht ganz richtig im Kopf.

»Ein starker Mann erkennt, dass die Schweinchen köstlich sind. Und sieht alle anderen als das, was sie sind: schwache Männer mit schwachen Begierden. Triebe im Zaum. Besiegt. Zivilisiert.«

Eine gespaltene Zunge, die über das Wort »zivilisiert« strich.

»Ein schwacher Mann kneift vor dem kleinsten weiblichen Hindernis. Er glaubt, dass sie mehr ist als das verbrauchte Nichts, das sie ist.«

Natürlich ist er verrückt! Wer sonst wäre hier und würde so etwas tun? Wer sonst würde euch jagen, wenn nicht jemand, der nicht ganz richtig im Kopf ist? Abartig und seltsam.

»Aber ein starker Mann. Der setzt sich durch. Der setzt sich über all deine zimperlichen kleinen Regeln hinweg. Frei. Ein Gentleman? Er nimmt sich, was ihm zusteht. Was er verdient.«

Sie drehte unwillkürlich den Kopf, um den Weg der Stimme zu verfolgen. Ihr hektischer, körperloser Klang durchdrang die Wand mal hier, mal dort, mal weiter oben, mal weiter unten, sodass ihr schwindelig wurde.

Er geht auf und ab, das ist alles.

Sie stellte sich vor, wie die Stimme über die schlaffen Lippen glitt, ein verzerrtes Grinsen, das zu der grausamen Freude des belehrenden Tons passte.

»All die Dinge, die sie tun, um mich zu verweichlichen, um ein Schaf aus mir zu machen. Damit ich meine Pille schlucke und Gefallen daran finde. Nein! Ich setzte mich darüber hinweg. Ich habe mich darüber hinweggesetzt.«

Er hat sich über Regeln hinweggesetzt. Schafe und Schweine. Das ist es, was ihr für ihn seid. O Gott!

Stille. Stumme Kinder, Stille auf der anderen Seite der Wand. Ihr Kopf pochte schmerzhaft, versank in Orientierungslosigkeit; ihr Herzschlag hallte in ihren Ohren wider, während sie lauschte und gegen die Gewissheit ankämpfte, dass sich der Mann in eine unbekannte Kreatur verwandelt hatte, die mit dem Schrecken dieser Stimme und ihren bizarren Worten mithalten konnte. Sie versuchte zu ignorieren, dass sie körperlich spürte, wie dieses Monster lauschend immer näher kam.

Hör auf damit. Es ist nur ein Mann. Lass dich nicht von ihm einschüchtern. Er will euch Angst einjagen, damit ihr einen Laut von euch gebt.

»Kleines Mäd-chen? Kleines Schwein-chen?«

Die Finger ihrer Tochter krallten sich beim Klang des beschwörenden Tonfalls schmerzhaft in ihren Arm. Ihr Beschützerinstinkt flammte auf, sie konnte regelrecht fühlen, wie die Verderbtheit dieses Mannes sich in ihre Haut stanzte.

»Weißt du nicht, dass du dankbar sein solltest? Sobald es anfängt, wirst du es erkennen. Es liegt in deiner Natur. Weißt du nicht, dass kleine Schweinchen vor allem dazu da sind, köstlich zu sein?«

Das Wort »köstlich« wurde mit einem so lang gezogenen Zischen tief empfundener Sehnsucht ausgehaucht, dass sich ihr Herz zusammenzog. Sie atmete den Geruch ihrer Tochter ein, umarmte ihre schmale Hüfte und ihre bebenden, vogelgleichen Glieder. Musste sich beweisen, dass ihre Tochter anwesend war, real, in Sicherheit, lebendig.

Vielleicht ist er verrückt. Vielleicht auch nicht. Er versucht, euch Angst einzujagen, damit ihr euch verratet. Das darf nicht funktionieren. Es ist kein Ungeheuer. Es ist ein Mann.

»Genug geschwiegen.« Seine Stimme war ein tiefes, bedrohliches Grollen. »Eine Frau soll sich still und in voller Unterordnung belehren lassen. Ich werde dich finden. Du gehörst mir. Und das ist alles, was du bist: mein. Ich werde dich finden. Weil du es willst.«

Die Worte klangen so fest, waren von solch mörderischer Entschiedenheit, dass sie die Augen schloss, um sie auszusperren.

Schwere Schritte bewegten sich über den Teppichboden. Die Bohle, die dringend ersetzt werden musste, ächzte, als der Mann das Büro verließ.

Sie wurde sich der stillen Wachsamkeit der Kinder neben ihr bewusst.

Wie kann man das erklären? Wie sorgst du dafür, dass sie sich nach dieser Sache weiter ruhig verhalten?

Atme, atme.

Sie sah den Mann auf der anderen Seite der Verkleidung vor sich, hatte ein klares Bild von seinem Dämonenlächeln. Konnte seinen unmenschlichen Gestank riechen.

Instinktiv zuckte sie zusammen, als sie erneut die Stimme hörte. Diesmal allerdings von weit weg, aus einem anderen Raum. Erleichtert sackte sie in sich zusammen. Sie konnte das Wort »Schweinchen« heraushören. Das Wort »köstlich«.

Hör auf damit. Hör auf, ihn als eine Kreatur zu betrachten. Er ist ein Mann. Was noch schlimmer ist. Er verstellt seine Stimme. »Ich kriege dich, meine Hübsche!« »Warum so ernst?« »Mein Schatz.« Das war's. Das ist alles. Er spielt die Rolle des Bösewichts. Der er ist. Er ist sehr, sehr böse. Ist er in der Küche? Besteht die Möglichkeit, dass er unsicher war, ob ihr hier seid? Dass er in jedem Zimmer dasselbe beschissene schreckliche Lied trällert, um euch aufzuscheuchen?

Ja. Weil er nicht weiß, wo ihr seid. Alles ist gut. Alles ist gut.

Doch als sich die Mauern um sie herum zusammenzuziehen begannen, als sie spürte, wie ihr Verstand durch den Schrecken entzweigerissen wurde, als sie spürte, wie eng sie und die Kinder, in die Decke gewickelt, beieinandersaßen, dass sie in einer Falle saßen, es kein Entrinnen gab, dass sich die Zeit so schrecklich lang und schmal vor ihnen ausdehnte, wusste sie, dass nichts gut war.

Dass es vielleicht nie wieder gut sein würde.

KAPITEL 7

Ihre Tochter zog an ihrem Ärmel. Hauchte ihr ins Ohr: »Mommy, was ist er?«

Vor ihr setzte sich das Bild eines Mannes zusammen, der sich von innen nach außen kehrte, worauf verfilztes Fell, gelbe Augen und spitze Zähne zutage traten.

Hör auf damit.

»Er ist nur ein Mann«, flüsterte sie. Sie legte ihre Wange an den Haarschopf ihrer Tochter, atmete ihre kostbare Vertrautheit ein. Ihr Sohn rieb seine feuchte Nase an ihrem Morgenmantel trocken.

»Das war nur ein Mann mit gruseliger Stimme.«

»Aber ich kenne ihn.« Die Worte ihrer Tochter waren von Verzweiflung durchdrungen. »Ich kenne seine Stimme. Das ist der Mann aus dem Schatten in der Ecke. Aus meinen Träumen.«

Ihr Kopf pochte. Egal, wie sehr sie ihre Gedanken zur Vernunft zwang, sie fühlte sich von einer albtraumhaften Fremdartigkeit und körperlichem Unbehagen überwältigt. Die Stimme, die nicht von dieser Welt zu sein schien, die erklärte, was ihr alles zustand, klebte an ihr wie ein öliger Film.

»Aus einem Traum?«, flüsterte sie. »Was meinst du damit?«

»Es ist seine Stimme.« Ihre Tochter umklammerte ihr Handgelenk, ihr Schrecken waberte ansteckend durch die Dunkelheit. »Der hier hat gesagt, dass er von der Ecke aus dem Schatten zusieht, Mama! Genau wie der Mann in meinen Träumen. Der Mann aus der Ecke.«

Träume, kein einzelner Traum. Ein wiederkehrendes Monster, das ihr kleines Mädchen heimsuchte.

»Ich träume auch manchmal schlecht«, sagte sie und dachte an ihre eigenen Albträume und die Schatten, die sie darin verfolgten. »Wir alle träumen manchmal von Sachen, die uns Angst machen. Aber das hier, das ist – er ist – ein Mann.«

»Nein. Der Schatten ... er klang anders.«

Ihre Tochter hatte recht. Die bedrohliche Reibeisenstimme der Ecke war ganz anders als das bizarre, kindliche Geplapper, das ihr vorausgegangen war.

Lass dich nicht in die Albträume eines kleinen Mädchens hineinziehen. Hör auf, ihn als »den Schatten« zu bezeichnen. Er ist ein Mensch.

»Mama«, jammerte ihr Sohn leise, »Mama, ich mag das nicht. Ist es ein Gespenst?«

»Pssst! Bitte, meine Süßen. Wir müssen leise sein. So etwas wie Geister gibt es nicht. Es ist kein Gespenst und kein Albtraum. Und auch nicht dieses ... Ding aus euren Träumen. Es ist einfach nur ein Mann. Es tut mir so unendlich leid, dass das passiert. Aber wir sind hier, wir sind zusammen.«

»Du hast gesagt, dass es ein Monster ist.« Ihr Sohn schniefte. »Es ist ein Monster.«

Das hättest du nicht sagen sollen. Warum hast du das gesagt?
Weil es wahr ist.

»Ich ... Es ist kein echtes Monster«, sagte sie. »Es ist ein böser Mann. Ein monsterartiger Mann.«

»Er versteckt sich in der Ecke«, beharrte ihre Tochter. »Das hat er gesagt. Ich kenne ihn. Er guckt mich aus dem Schatten an, wenn er denkt, ich schlafe. Wenn ich schlafe.«

Warum hat sie dir das nicht früher erzählt? Sie kann ihn nicht kennen. Aber kennst du ihn nicht auch? Da ist etwas Vertrautes, etwas ... Was? Ist da nicht etwas?

Ihr Gefühl, dass sie diesen Schatten-Mann schon einmal gesehen hatte, diese Stimme kannte, piesackte sie wie eine Stecknadel, die sich im Stoff verhakt hat. Ihr wurde ganz schlecht angesichts der

nicht zu fassenden Vertrautheit seiner Stimme, des dunklen Verstecks, der Unwirklichkeit der Situation.
Es ist wie ein Traum. Aber er ist real. Und du steckst mittendrin. Und du musst dafür sorgen, dass sie sich still verhalten.
»Ich weiß, dass das ganz schön unheimlich war. Ich weiß, es hat sich so angehört, als würde nicht immer dieselbe Person sprechen, aber so war es. Es ist weder ein Monster noch ein Geist. Kein Traum. Kein Schatten-Mann. Es ist ein Mensch. Ein wütender Mensch. Er hat uns Angst eingejagt, wie in einem Albtraum, aber er hat nur seine Stimme verstellt.«
»Warum? Warum tut er so was?«
»Schatz, er ist ein Bösewicht, wie er gesagt hat. Er will, dass wir vor Angst Geräusche machen, damit er uns finden kann. Wir müssen leise sein.«
Köstlich.
»Will er uns wehtun?«, flüsterte ihre Tochter.
Sie durfte nicht zulassen, dass die Kinder, wenn sie die Wahrheit erfuhren, in panisches Weinen ausbrechen, brachte in der tiefen Schwärze jedoch kein Wort heraus.
»Will er uns wehtun?«, fragte ihre Tochter noch einmal. »Mommy?«
Es war ihr immer schwergefallen, die Kinder anzulügen. Ihr Mann war regelmäßig darüber wütend geworden. Etwa als sie ihnen sehr sachlich erklärt hatte, was ihrer Großmutter zugestoßen war, nachdem ihre Tochter gefragt hatte, warum sie die »andere Oma« nie kennengelernt hatten. Oder als die Kinder ihm fröhlich ihre ausführliche Beschreibung wiedergegeben hatten, woher die Babys kamen. Er konnte nicht verstehen, warum sie ohne jegliche Rücksprache mit ihm über solche Dinge mit den Kindern sprach. Warum sie riskierte, dass ein Fünfjähriger und eine Achtjährige ihre Freunde über die wahre Geschichte um den Klapperstorch und den gewaltsamen Tod der Großmutter informierten, und andererseits die Farce mit dem Osterhasen und dem Weihnachtsmann aufrechterhielt. Sie konnte es selbst nur damit erklären, dass

sie unfähig war, diesen sanften, zu ihr aufblickenden Kindern ins Gesicht zu lügen.

Sie rieb sich über den Mund. Ihre Hand war sandig vom grobkörnigen Schmutz, der den Boden ihres Verstecks bedeckte.

Die Kinder erstarrten, als aus einem anderen Teil des Hauses, weit genug entfernt, dass man die Worte nicht mehr verstehen konnte, erneut das Rumpeln des Schattens ertönte, der sie aus einem weiteren Raum aufscheuchen wollte.

»Er wird uns nicht wehtun, weil er uns nicht finden wird, okay?«, brachte sie schließlich heraus.

»Hat der Schatten-Mann über mich geredet, Mama?« Die Stimme ihrer Tochter bebte. »Hat er mit dem kleinen Mädchen mich gemeint?«

Sie sollte nicht über diese Dinge nachdenken müssen. Sie ist so klein. So klein.

»Ich denke schon, Liebes.« Sie streichelte ihrer Tochter über den Rücken. Versuchte, das Schluchzen in ihrer Stimme zu unterdrücken. »Wir müssen zusammenbleiben und ganz leise sein. Wir sind ein Team.«

Ihre Tochter dachte einen Moment nach und sagte dann: »Okay, Mama.«

Was für ein tapferes kleines Mädchen.

Und er hat auch von dir gesprochen, nicht wahr? Das »weibliche Hindernis«, hat er gesagt. Die »alte Sau«. Das bist du. »Ich setze mich drüber hinweg«, hat er gesagt. Du bist eines der Hindernisse, über die er hinwegsteigt, um zu bekommen, was er will.

Die Stimme ihres Sohnes klang tränenerstickt. »Ich will, dass er weggeht.«

»Ich weiß, mein Schatz.« Sie fuhr mit den Fingern durch seine Haare, versuchte, ihre Hand so ruhig und gleichmäßig zu bewegen, wie es ihr möglich war.

Sie hörte die Fenster in ihren Rahmen klappern. Der Sturm wurde stärker. Eisige Luft fegte in den Schornstein und wirbelte den Staub um sie herum auf. Der gesamte Schornstein schien zu ächzen und zu schwanken.

Er beobachtet aus den Ecken, den Schatten. Versteckt sich in Albträumen. Betrachtet sie im Schlaf, hat sie gesagt. Natürlich hat sie Angst.

Du musst diejenige sein, die ruhig bleibt. Überleg dir die nächsten Schritte. Lass ihn nicht gewinnen.

Du musst es den Kindern bequem machen, damit sie sich ruhig verhalten.

»Lasst mich kurz die Decke anders hinlegen, damit ich euch besser darin einmummeln kann«, wisperte sie. »Damit ihr schlafen könnt. Aber wir müssen aufhören zu flüstern. Wir dürfen nicht mehr reden.«

Auf allen vieren zog sie die Decke tief in das Versteck, so weit wie möglich von der Öffnung des Lüftungsschachtes entfernt, immer eine Hand erhoben, um ihren Kopf vor weiteren Zusammenstößen zu schützen. Sie breitete die Decke aus. Suchte mit den Händen nach dem Kissen und legte es darauf. Dort, wo der Raum an den in den Kamin eingelassenen gewölbten Pizzaofen grenzte, war es enger. Sie ertastete mit den Fingerspitzen, wie eng sie zwischen der getäfelten Wand des Büros, der Wölbung des Ofens und dem aufragenden Kamin eingepfercht waren.

Eine Höhle, keine Gruft. Eine Höhle, keine Gruft.

»Kommt her, ihr müsst krabbeln, ganz vorsichtig«, flüsterte sie.

Sie streckte die Hände ins Schwarze, bis sie erst ein Kind ertasten konnte, dann das andere. Während sie ihnen in die Mitte der Bettdecke half, bekam sie einen Tritt in die Brust ab, ein Finger stieß ihr ins Auge. Doch dann hatten sie alle ihren Platz gefunden.

Sie konnte nicht aufhören, die Kinder zu berühren. Streichelte ihr Haar, drückte hier eine Hand, küsste da eine Stirn. Die Schwärze war so allumfassend, machte sie so unsichtbar, dass sie fürchtete, ihre Kinder könnten sich in Luft auflösen. Gefressen werden. Wieder schoss ihr eine Zeile aus dem Kinderbuch durch den Kopf, das sie ihnen immer wieder vorgelesen hatte.

Ich habe dich zum Fressen gern.

Sie wickelte sie in die Decke und strich darüber. Sie fand Hasi, fand Bär. Klopfte den Staub von ihrem Fell. Vergewisserte sich, dass die Kinder dicht genug beieinander lagen, um sich gegenseitig zu wärmen.

»Ein kleiner Decken-Burrito. Gar nicht mal so schlecht. Ein kuscheliger kleiner Burrito«, wisperte sie und umschloss ihre Körper mit ihrem eigenen. Kalte Luft zog an ihren Beinen hoch, und sie spürte, wie die Kälte ihren Nacken und ihr Brustbein hinunterkroch und ihren Schweiß trocknete.

Immer wieder redete sie sich ein, dass dies alles real war, dass kein Schatten mit Fangzähnen aus Träumen oder Ecken gekrochen war, um sie zu verschlingen.

Er ist ein real existierender Mann. Ein echter Mensch.
Was viel schlimmer ist als alles andere.

KAPITEL 8

»In diesem Haus könnte ich keine einzige Nacht verbringen«, bemerkte der Schornsteinfeger.
Kurz nach ihrem Einzug vor fast zwei Jahren hatten sie ihn beauftragt, die sechs Kamine zu begutachten, die vom zentralen Schornstein des Hauses abzweigten. Der Mann war groß, und obwohl sie ihn vor der Treppe und den niedrigen Türstürzen gewarnt hatte, hatte er sich mehrmals den Kopf gestoßen.
»Vor Hunderten von Jahren waren die Menschen kleiner«, hatte mal jemand zu ihr gesagt. »Deshalb sind diese Türen so niedrig.«
Sie hatte dazu recherchiert und festgestellt, dass die Menschen seit dem Bau ihres Hauses vor fast dreihundert Jahren nicht größer geworden waren; auch nicht im neunzehnten Jahrhundert, als der Anbau hinzugefügt worden war. Ursprünglich hatte der Anbau der Unterbringung von Bediensteten gedient, und die Decken und Türrahmen waren höchstwahrscheinlich nur deshalb so niedrig, weil der Anbau so einfacher und damit günstiger zu heizen gewesen war.
Die gleiche Geschichte wie immer.
Nachdem der Schornsteinfeger sich prüfend umgeschaut hatte, warf er ihr einen Seitenblick zu und fragte: »Haben Sie schon etwas gesehen?«
»Wie meinen Sie das?«
»Sie wissen schon.« Er rieb sich die Arme, als würde er frieren. »Geister.«
Sie folgte seinem ängstlichen Blick durch den Raum und versuchte, sich vorzustellen, was er zwischen ihren Habseligkeiten sah,

das sie nicht entdecken konnte. In gewisser Weise beneidete sie den Schornsteinfeger darum, dass er sich selbst glauben machen konnte, dass das Böse, Spukhafte, auf das eine oder andere Gebäude beschränkt war.

Wäre das nicht tröstlich?

»Wenigstens ist der Schornstein in gutem Zustand«, räumte er ein.

Dann lehnte er sich mit seiner Taschenlampe durch die geöffnete Eisentür des Pizzaofens, um ihn sich von innen anzusehen. Als sie ihn dabei beobachtete, wie er mühsam herauskletterte, fühlte sie sich unangenehm an eine Steißgeburt erinnert – der Ofen eine rundliche Gebärmutter –, und sie senkte angesichts der seltsamen Intimität, die sie empfand, rasch den Blick.

»Haben Sie den Pizzaofen benutzt? Er wurde irgendwann mal restauriert. Moderner Schamottestein. Gutes Zeug.«

Der Schornsteinfeger verärgerte sie. Er arbeitete langsam, quatschte viel und erwartete ihre ungeteilte Aufmerksamkeit, während er ihre Warnungen wegen der niedrigen Decken ignorierte. Schlimmer noch, sein nicht enden wollender Besuch hatte sie bei der Arbeit unterbrochen. Sie hatte an der Zeichnung einer eleganten Drohne gesessen, ein Bestäubungsroboter, der von winzigen Motoren angetrieben wurde.

»Geister habe ich jedenfalls keine gesehen«, sagte sie spitz. »Aber da hinten liegt immerhin ein Friedhof. Vielleicht hätte ich dort Glück.«

»Ein Friedhof? Ich glaub's nicht.«

»Doch.«

»Das wär nichts für mich.« Er schüttelte den Kopf. »Ich könnte hier nicht leben.«

In den ersten vier Monaten in ihrem neuen Haus dachte sie regelmäßig an den Schornsteinfeger, wenn sie durch die Wohnung ihrer Schwiegereltern huschte, stumm und unsichtbar wie einer seiner Geister. Jedes Wort, das sie sagte, stieß auf den Unmut ihres

Schwiegervaters, als hätte sie sich mit einem unwillkommenen »Buuuh« in sein Haus eingeschlichen.

Während die Kinder vor dem Fernseher saßen, um den Großvater nicht zu stören, wusch sie Wäsche, kochte das Abendessen, bereitete Frühstück und Mittagessen für den nächsten Tag vor, erledigte den Abwasch und sorgte dafür, dass der Fertig-Schoko-Drink – das Einzige, was ihre Schwiegermutter vertrug – im Kühlschrank stand. Der alte Mann las in der Zwischenzeit konzentriert seine Zeitung. Schaute von der Ottomane aus Golf. Bewertete mit einem spöttischen Schnauben ihr Tun.

Die Sätze »Das musst du nicht machen« und »Es geht mir gut« ihrer Schwiegermutter ignorierte sie. Denn trotz ihrer Beteuerungen schlief die ältere Frau regelmäßig vor den Zeichentrickfilmen ihrer Enkelkinder ein, um beim Aufwachen mehrmals zu wiederholen: »Danke. Vielen Dank.«

Wenn sie ihr bei intimen Dingen half – beim Toilettengang, beim Baden oder wenn ihr von den Behandlungen übel war –, stellte ihr Schwiegervater seine hasserfüllten Kommentare aus dem Hintergrund ein und floh angewidert von dannen.

In seiner Abwesenheit legte die ältere Frau den Small Talk ab wie eine abgenutzte Haut. »Liebes, würdest du mir erzählen, was deiner Mutter zugestoßen ist?«, fragte sie dann. Oder sie sagte Dinge wie: »Mein Vater war ein unfreundlicher Mann, was es irgendwie schwieriger gemacht hat, als er starb. Ungelöste Probleme ... sie eitern« und »Ich war immer ein braves Mädchen, das es allen recht machen wollte. Was für eine Verschwendung.«

Als bei Arzttermin nach Arzttermin eine furchtbare Nachricht auf die andere folgte, blieb ihre Schwiegermutter ruhig und sagte: »Ich verstehe. Nicht das, worauf wir gehofft hatten, nicht wahr? Ich weiß, dass es schwer für Sie sein muss, mir diese Nachricht zu überbringen, aber danke, Doktor.«

Ja, die ältere Frau starrte dem Tod jedes Mal, wenn er die Sense ein Stück weiter herabsenkte, direkt in die Augen; dabei zeigte sie keine Spur von Angst, sondern wunderte sich nur: »Im Ernst? Du gibst dich mit mir ab?«

Sie bewunderte die Resilienz ihrer Schwiegermutter. Fragte sich, welch verborgene Erfahrungen sie hervorgebracht haben könnten. Fragte sich, was sie selbst bedauern würde, was ihre eigenen Stärken sein würden, wenn ihre Zeit kam.

»Deine Mutter ist eine zähe Frau«, sagte sie zu ihrem Mann. »Obwohl sie krank ist, denkt sie ständig an alle anderen.«

»Ja, ich bin mir sicher, sie gibt die edle Leidende«, brummte ihr Mann. »Sie ist die perfekte Märtyrerin.«

»Ist sie nicht eher mutig. Ich meine, ich würde mich im Selbstmitleid suhlen und alle anschnauzen. Oder, keine Ahnung, die ganze Zeit weinen.«

Er zuckte mit den Schultern. »Du würdest anders darüber denken, wenn du mit ihr aufgewachsen wärst.«

Sie dachte an ihren Vater in Utah, der sich fester an seine kaputte Schrottkiste klammerte, als er sich je an ihr festgehalten hatte. Sie dachte daran, mit welcher Hartnäckigkeit ihr Mann lächerlicherweise darauf bestand, dass sie zu hart zu ihrem Vater war, dass es ihm nicht gut gehe, er womöglich sogar stärker unter dem erschütternden Verlust ihrer Mutter gelitten habe als sie selbst.

»Vielleicht hast du recht«, räumte sie ein. »Familien haben die Eigenart, einem auf die Nerven fallen.«

Aber jedes Mal, wenn ihre Schwiegermutter sie zum Abschied umarmte, fühlte sich die Zuneigung der älteren Frau so echt, so umfassend an, dass sie den leeren Raum der Liebe füllte, in den ihr eigener Vater nie etwas hineingegeben hatte. Sie schloss die Augen, atmete diese Nähe, diese Akzeptanz ein, und zum ersten Mal seit ihrer Kindheit hauchte sie wortlos *Mutter, Mama, Mommy.*

Ihre Schwiegermutter lauschte besonders gern Geschichten über ihr Haus und amüsierte sich dabei über Leute wie den Schornsteinfeger. Es gab viele von ihnen, wahre Gläubige, die von Geistern auf dem Dachboden predigten, von körperlosen Seelen unter der Treppe, von den Krallen der hässlichen Geschichte, die an den Dielenbrettern kratzten. Ihre Schwiegermutter nickte bekräftigend, als sie hörte, dass sie beschlossen hatten, keine Alarmanlage einbauen zu lassen. Der Handwerker hatte erklärt, dass diese im ältesten Teil des Hauses zu Problemen führen könnte, weil die Fenster klapperten. Sie hätten also eine Menge Geld für einen Überwachungsdienst, Außenkameras und eine Außenverkabelung in die Hand nehmen müssen, um ein funktionierendes System zu installieren. In Anbetracht der Tatsache, dass in den letzten zehn Jahren kaum Einbrüche in ihrer Gegend zu verzeichnen gewesen waren, hatte ihr Mann beschlossen, dass es pure Geldverschwendung sei.

»Hier draußen passiert nie etwas«, hatte er gesagt. »Was sollte jemand stehlen? Wir haben nicht mal einen schönen Fernseher.«

Sie hatte ihn stirnrunzelnd gemustert und gedacht: *Und trotzdem behältst du die Waffe.*

»Stell dir vor«, erzählte sie ihrer Schwiegermutter, »dieser Alarmanlagentyp stand mitten auf dem Rasen, hat zum Haus heraufgeschaut und ernsthaft gemeint: ›Ihre beste Versicherung ist, dass dieser Ort hier verdammt gruselig ist.‹«

Ihre Schwiegermutter verdrehte die Augen. »Die vermeintlich stärksten Männer sind immer die größten Babys.« Sie hielt einen Moment inne. »Trotzdem weiß ich nicht, ob ich in diesem Haus leben wollen würde. Zu viele Erinnerungen an unangenehme Dinge.«

Für die wahren Gläubigen umgab diesen Ort zu viel Übernatürliches. Für Menschen wie ihre Schwiegermutter zu viel Realität.

Die Sklaven der Familie, von der das Haus 1722 erbaut worden war, hatten Malereien an den Wänden des Dachbodens hinterlassen; Zeichnungen, die die Lektionen, an die sie sich aus dem Geschichtsunterricht in der Grundschule erinnerte, infrage stellten. Dort hatten lediglich die Hexenprozesse von Salem, Lizzie Borden mit ihrer Axt und andere weibliche Verrücktheiten den Reigen der Selbstgerechtigkeit der Neuengländer durchbrochen, der von den Pilgern über die Revolutionäre bis zu den Unionssoldaten reichte.

Ihr Schwiegervater hatte die Zeichnungen mit einem verächtlichen Schnauben quittiert, als handelte es sich dabei um eine persönliche Beleidigung, und die Nase gerümpft.

Sie selbst hasste die Spinnen und Wespen und die Muffigkeit des nicht ausgebauten Dachbodens, wo entweder klirrende Kälte oder brütende Hitze herrschte, und hielt dennoch jedes einzelne Mal vor der bemalten Wand inne. Auch wenn sie vor allem als technische Zeichnerin arbeitete, wusste sie jede Art von Kunst zu schätzen. Die Linien waren im Laufe der Zeit verblasst, und an einigen Stellen waren Wasserschäden zu erkennen, aber insgesamt waren sie gut erhalten. Und alle Porträts – die schwarzen Figuren in Deckennähe, die in einer Art himmlischem Urteil über den blassen, perückenbewehrten Männern und ihren rotwangigen Frauen in Bodennähe schwebten – waren von Persönlichkeit durchdrungen. Sie wirkten lebensecht, und es bestand kein Zweifel, dass dem Künstler echte Menschen als Vorlage gedient hatten.

Trotz der unerschütterlichen Fähigkeit ihrer Schwiegermutter, dem Tod ins Auge zu sehen, hatte sie beim Anblick der Grabsteine auf dem zum Haus gehörenden Friedhof das Gesicht verzogen. Die Steine hatten sich mit der Zeit zur Seite geneigt, und die ältesten von ihnen waren von einem gemeißelten Totenkopf mit Flügeln zu beiden Seiten gekrönt.

»Ein wenig morbid, so nah neben der Kinderschaukel.«

»Mmm«, hatte sie gemurmelt, während sie die Grabinschrift des ursprünglichen Sklavenbesitzers las.

Er lebte ein langes unbescholtenes Leben.
Übte sich in Tugend und Fleiß und lehrte sie anderen.
Wenn dies Gott gefällt und den Menschen nützt, lieber Leser,
so tue es ihm nach.
1702–1778

Gibt es jemanden, der sich selbst für böse hält? Oder betrachtet sich das Böse stets als überlegen?

Je dünner die Schwiegermutter wurde, je müder und schläfriger und abwesender, desto seltener begleitete ihr Mann sie. »Diese Frau hält ihn von uns fern«, hörte sie ihren Schwiegervater im Nebenzimmer lamentieren. »Gott weiß, was die ihm erzählt.«

Die Beteuerungen ihres Mannes, er sei doch derjenige, der jede Woche Lebensmittel einkaufe, die Rezepte seiner Mutter einlöse und sie zu dieser oder jener Freundin fahre, konnten nicht überzeugen. Er wusste so gut wie alle anderen, dass er lieber in die Lüfte flüchtete, wo er sich aus der Super Cub lehnte, um aus der Vogelperspektive einen Blick auf Neuengland zu werfen. Seine Fotos fingen die Jahreszeiten ein: leuchtendes Laub; Hunderte von bunten Menschen an Stränden und Swimmingpools; winzige menschliche Punkte, die Skihänge hinunterrauschten. Fotos, die sich gut an Innenarchitekten verkauften, speziell in riesigen Formaten für ähnlich riesige Ferienhäuser am Meer, auf dem Land und in den Bergen.

»Sieh nur, wie leicht es ist, dem Tod zu trotzen«, verkündete das eigenwillige Neigen seines Kinns. »Ich tue es jeden Tag.«

Ja, sie sah den Schrecken, den ihr Mann hinter seiner Tapferkeit verbarg. Angesichts des liebevollen Leuchtens im verblassenden Blick seiner Mutter war bei ihm eine Sicherung durchgebrannt. Es war der Grund dafür, warum er sich ganz und gar von seiner gefährlichen Arbeit einnehmen ließ und sie und die Kinder die Eltern allein besuchen mussten.

Wenn der ältere Mann auf seine herrische Kritik an ihren Kochkünsten (zu salzig), an der Art, wie sie die Wäsche faltete (schief), oder daran, dass sie kein destilliertes Wasser für das Bügeleisen verwendet hatte (ruinös), nichts als ein knappes, stummes Nicken von ihr als Antwort erhielt, begann er, auf seinem Enkel herumzuhacken.

»Verdammt, Junge, du wirfst schlechter als ein Mädchen! Deine Schwester, die kann werfen. In der steckt wahrhaftig mehr Junge als in dir.« Oder: »Was soll das? Heulst du etwa? Wegen einem Fernsehfilm? Allmächtiger«. Und zu ihrer erschöpften Schwiegermutter, die mit dem Dreijährigen auf ihrem Schoß kuschelte, sagte er: »Du musst aufhören, ihn zu verweichlichen. Es reicht schon, wenn sie ein Mädchen haben, das sich wie ein Junge aufführt. Jetzt verdreh du ihn nicht auch noch.«

»Ich will nicht zu Grandpa«, sagte ihr Sohn im Auto.

»Warum nicht?«

»Ich weiß nicht.« Der kleine Junge schaute aus dem Fenster, seine Lippen zitterten.

Sie engagierte einen Babysitter und ließ die Kinder von da an abends bei dem Teenager. Ohne die alltäglichen Beleidigungen seines Großvaters fand ihr Junge zu seiner gewohnten Fröhlichkeit zurück.

»Es tut mir leid«, sagte ihre Schwiegermutter und rang die Hände. »Er macht sich nur Sorgen, dass ich den Kleinen zu sehr verhätschele. Und das tue ich, das tue ich wirklich. Es ist wahrscheinlich nicht gut für ihn, und ...«

»Ich bringe die Kinder vorbei, wann immer du willst«, sagte sie. »Gib mir einfach Bescheid.«

»Es ist genetisch bedingt«, hörte sie den alten Mann gegenüber seiner Frau schimpfen. »Ich habe ihn gewarnt. Ich habe ihn gewarnt, dass seine Kinder genauso schrecklich aussehen könnten. Und jetzt hat das kleine Mädchen es auch noch im Gesicht! Musste es denn ausgerechnet das Mädchen erwischen? Bei einem Jungen wäre es ja schon schlimm genug, aber bei einem Mädchen?«

Unwillkürlich strich sie über die weißen Flecken an ihrem Hals, die blassen Tropfen, die ihre Wangen herunterliefen, die Stellen, an denen die helle Haut ihrer Hände auf die pigmentierte ihrer Arme traf.

»Hör auf damit, bitte sag so was nicht«, flehte ihre Schwiegermutter. Worte, die ihren Schwiegervater in seiner Empörung nur noch lauter werden ließen.

»Kommandier mich nicht in meinem eigenen Haus herum!«

»Schatz, es ist nichts, dieses Vitiligo. Nur ein bisschen Farbe.« Der Tonfall ihrer Schwiegermutter sollte beruhigend klingen, war jedoch von einem Hauch Verzweiflung durchzogen. »Ich finde ... Ich finde es wunderschön.«

Ist es nicht wunderschön? Ist es nicht einfach wunderschön, hallte die Stimme ihrer Mutter in ihrer Erinnerung wider.

Sie spürte, wie ihr die Tränen kamen, und schloss sich im Bad ein, um sie zu verbergen.

Ihre Schwiegermutter – Augen wässrig, der Bauch eingefallen, gelbliche Haut –, fragte sie, ob sie an Gott glaube. An den Himmel.

Sie wusste, was sie antworten sollte. Stattdessen erzählte sie der älteren Frau, wie sie im Garten gestanden und den Scheck des Schornsteinfegers unterschrieben hatte, ungeduldig, um endlich an ihrer Zeichnung weiterarbeiten zu können.

»Viel Glück mit dem Haus«, sagte der Schornsteinfeger und unterbrach damit ihre Gedanken an den Bestäubungsroboter mit seinen piezoelektrischen Aktoren, die mit mikrofeinen Keramikflügeln schlugen. »Nur gut, dass ich nicht hier leben muss.«

Als sie sich von ihm abwandte, um hineinzugehen, bemerkte sie die Bienen im Rosenstock. Sie tummelten sich in den Blütenblättern und um die Staubgefäße der weit geöffneten Rosen, flogen weiter zum Lavendel, wo Beine und Körper Pollen von unsichtbaren Fäden sammelten. Sie lauschte ihrem Summen. Bewunderte ihre perfektionierte Technik. Ein ungeheuer effizienter, unendlich anpassungsfähiger, vorprogrammierter, vollständig biologisch abbaubarer, sich selbst reproduzierender Bestäuber, der nicht nur nützliches, sauber verbrennendes Wachs, sondern zudem Honig produzierte. Pure Eleganz. Der Robo-Bestäuber, so fortschrittlich er ihr gerade noch erschienen war, lag auf einmal Äonen dahinter zurück.

Was für eine eingeschränkte Sichtweise des Schornsteinfegers auf das Leben nach dem Tod, derzufolge die Seelen nur darauf warten, die Lebenden zu erschrecken. Wenn es ein Jenseits gab, bewies die Natur dann nicht, dass es erstaunlicher war, als die Menschen es sich jemals vorstellen konnten? Zwar hatte der Mensch den Bestäubungsroboter erfunden, aber die Natur hatte die Biene hervorgebracht – eine Schöpfung, die alle menschlichen Fähigkeiten übertraf.

»Das ist schön, meine Liebe«, sagte die ältere Frau. »Aber es beantwortet nicht wirklich meine Frage.«

Am Ende war sie diejenige gewesen, die ihre Schwiegermutter tot in dem nagelneuen verstellbaren Bett gefunden hatte, das ihre Schwiegereltern zu ihrem Eintritt ins Seniorenleben bekommen hatten. Die Wohnung noch so neu, dass der Geruch der Wandfarbe nach wie vor in der Luft lag, die Fußbodendielen aus Laminat im Holzdesign. Kein Ort, an dem jemand nach Geistern fragen würde. Aber in diesem Schlafzimmer lag ihre Schwiegermutter: kalt, den Mund zu einem verzerrten Schrei geöffnet, die Augen starr an die Decke gerichtet, das Weiß darin von roten Äderchen durchzogen, Haut, die sich langsam violett zu verfärben begann.

Sie hatte versucht, ihr den Mund und die Augen zu schließen, um den Schrecken der letzten Momente ihrer Schwiegermutter zu verbergen, aber die Totenstarre hatte bereits eingesetzt, weswegen es ihr nicht gelang. Stattdessen schloss sie die Tür und rief leise das Bestattungsunternehmen an, das ihre Schwiegermutter ausgesucht hatte. Ihr Leichnam wurde aus der Wohnung gerollt, bevor ihr Schwiegervater aus seinem Nickerchen im Gästeschlafzimmer erwachte (»Ich kann nicht im selben Zimmer schlafen, nicht bei all dem Gestöhne«). Als er sie nervös von der Couch aufspringen sah, ignorierte der Mann die deutlich sichtbaren Anzeichen, dass sie geweint hatte, und beschwerte sich, dass das Abendessen noch nicht fertig sei.

Mit brüchiger Stimme erklärte sie ihm, dass es ihr leidtue, dass seine Frau in ihrem eigenen Bett gestorben sei, so wie sie es gewollt habe.

Er machte zwei schnelle Schritte auf sie zu und schlug ihr mit der offenen Handfläche so heftig ins Gesicht, dass sie zu Boden fiel. »Du«, sagte er über ihr und deutete anklagend mit dem Finger auf sie. »Du bist die Letzte, die mir das sagen darf.«

Sie rappelte sich auf und wich in Richtung Tür zurück, schnappte sich ihre Tasche und behielt ihn dabei im Auge, als wäre er eine Schlange, ein giftiges Raubtier. Bevor sie hinausging, sagte sie trotz des Schmerzes, der Scham, der Wut und der Demütigung nur »Ja«.

Der Zorn ihres Mannes blühte zusammen mit ihren blauen Flecken auf. Er stritt mit seinem Vater am Telefon, wobei der ältere Mann ohne jede Reue war und behauptete, sie habe ihn verspottet, sei grausam gewesen, habe glücklich gewirkt. Die Männer sprachen bei der Beerdigung nicht miteinander.

Als ihre blauen Flecken verblassten, fing ihr Mann an, Dinge zu sagen wie: »Wir sind alles, was mein Vater noch hat« und »Glaubst du wirklich, Mom hätte gewollt, dass er so einsam ist?«

Aber bei ihm ist Hopfen und Malz verloren.

Ungefähr zwei Monate nach dem Tod ihrer Schwiegermutter richtete ihr Mann seinen Blick auf einen Punkt knapp über ihrer Schulter und sagte: »Ich weiß, dass es dir schon immer schwergefallen ist, mit meinem Vater ... umzugehen. Hast du irgendwas gemacht? Hast du vielleicht etwas gesagt, das ihn verärgert hat?«

Seine Worte verzweigten sich wie ein endloses verschlungenes Wurzelsystem in ihrem Inneren, das, einmal eingepflanzt, kaum wieder herauszuziehen war.

»Was sollte ... Was könnte ich denn getan haben, um das zu verdienen?«, stammelte sie.

»Ja, stimmt. Du hast natürlich recht. Aber ... vielleicht?«

Sie brach in Tränen aus, und er entschuldigte sich. Dennoch ließ er bei seinem Vater die Unschuldsvermutung gelten, bis das Gegenteil bewiesen war. Es ihm recht zu machen, war ihm wichtiger als ihre Sicherheit. Während sich ihre Gedanken um diesen Verrat drehten, wurde ihr bewusst, dass sie sich insgeheim selbst die Schuld gab. Auf eine Art, die sie ihrem Mann niemals hätte erklären können, denn wenn sie es getan hätte, dann nicht ohne damit nicht wiedergutzumachende Schäden anzurichten.

Du hast deinen Schwiegervater schon vor langer Zeit als das erkannt, was er ist. Du hast ihn trotzdem in dein Leben gelassen. Und was ist passiert? Genau das, was du immer befürchtet hast. Also ist es deine Schuld. Das ist es.

Dieses Eingeständnis sorgte für das beruhigende Gefühl, dass es in ihrer Macht stand, weitere Gewalt zu verhindern. Sie erklärte ihrem Mann, sie werde nie wieder mit ihrem Schwiegervater sprechen. Dass die Kinder ihn nicht sehen dürften.

Jetzt, da sie, bedroht in der kalten Dunkelheit hinter den Mauern ihres eigenen Hauses, hektisch wie ein Nagetier in der Falle nach einer Erklärung suchte, die ihre Schuld an der Situation begründen könnte, fragte sie sich, ob es etwas gab, das sie getan hatte oder hätte tun sollen oder nach wie vor tun sollte, ohne es benennen zu können. Ob es einen Weg gab, alles ins rechte Licht zu rücken, der es ihr ermöglichte, Schaden abzuwenden. Die Kontrolle zu übernehmen.

Was hast du getan? Warum geschieht das hier? Warum passiert es dir?

Was jetzt? Was jetzt?

KAPITEL 9

Ihr könnt nicht ewig hierbleiben. Wird er verschwinden? Woher willst du wissen, ob er jemals wieder geht?
Trotz der Kälte und des unbequemen harten Bodens, trotz der Angst, durch die sich ihre Muskeln verkrampften, zog ein immenses Gewicht an ihren Augenlidern.
Der Adrenalinschub lässt nach, aber mit dem Hörnchen auf der Stirn solltest du dich vielleicht besser nicht hinlegen.
Sie setzte sich auf. Das Blut sickerte aus ihrem pochenden Schädel. Nach wenigen Minuten der absoluten Gewissheit, dass sie sterben würde, so schlecht war ihr, fühlte sie sich etwas besser.
Du solltest dich definitiv nicht hinlegen, solange du Kopfschmerzen hast.
Sie zog die Beine unter den Morgenmantel, um sie zu wärmen. Als sie sich gegen die gemauerten Ziegelsteine des Schornsteins lehnte, rieselte ihr Sand den Rücken hinunter. Sie schloss die Augen, und wie von selbst verwandelte ihr erschöpfter Verstand ihre selbstkritischen Worte in die ihres Mannes, dessen Tonfall genauso geklungen hatte wie damals, als er fragte:»Hast du irgendwas gemacht?«
»Du hättest einfach nach unten gehen sollen«, sagte diese Stimme.»Du hättest dich auf der Couch schlafend stellen und die Kinder in ihren Betten lassen sollen. Vielleicht wäre er dann davon ausgegangen, dass ihn niemand gesehen hat, hätte einfach deine Sachen gestohlen und euch in Ruhe gelassen.«
Aber du weißt, was er will. Oder vielleicht will. Nein! Nein, nicht vielleicht. Er hat es selbst gesagt. Du hast ihn gehört. Er ist herge-

kommen, weil er denkt, dass er was auch immer, wen auch immer verdient.

»Du hättest sofort die Treppe runterlaufen sollen, den Autoschlüssel holen, während er in deinem Zimmer war. Um wegfahren zu können. Um Hilfe zu holen.«

Aber der Schnee. Erinnerst du dich an letztes Jahr, als wir auf den Schneepflug warten mussten, um die Autos zu befreien? Und wenn du irgendwo stecken geblieben wärst, was dann? Er hätte dich an den Haaren zurück ins Haus gezerrt.

Sie dachte an das längliche Ding in seiner Hand, das womöglich eine Waffe war, und zuckte zusammen, als sie sich an das Geräusch erinnerte, mit dem es schwer gegen seine Handfläche prallte.

»Immer für alles eine Ausrede parat«, hallte die Phantomstimme ihres Mannes verärgert in ihrem Kopf wider. »Während du in Wirklichkeit einfach nur zu viel Angst hast. Zu viel Angst vor der Welt, um die Dinge richtig zu machen. Um zu denken. Denk mal nach!«

Falls er mit dem Auto gekommen ist, könnte es sein, dass sein Wagen die Garage blockiert.

Sie stellte sich vor, wie ein Auto langsam die Einfahrt hinaufgerollt war, während sie schliefen. Sie stellte sich vor, wie er draußen in der Dunkelheit wartete und sie drinnen sah, verletzlich, unwissend. Kleine Spielfiguren, die sich hinter den Fenstern auf einer Bühne abzeichneten. Eine wilde Kreatur, die unsichtbar um das Lagerfeuer kreiste, das sie blendete.

»Bist du sicher, dass du die Türen abgeschlossen hast?«, fragte ihr Mann.

Ich ... weiß nicht mehr genau? Aber ich schließe die Türen immer ab. Du bist derjenige, der es vergisst. Der denkt, dass es eigentlich nicht notwendig ist. Du bist derjenige, der stets behauptet, dass wir sicher sind, dass ich überreagiere. Paranoid bin.

»Du bist paranoid.«

Wenn jemand entschlossen genug ist, wenn er sich vornimmt, Schaden anzurichten, dann kann man diese Person nicht aufhalten. Nicht wirklich.

»Du weißt, dass es fast nie Fremde sind, die einen ins Visier nehmen. Du hast deine ganzen dunklen kleinen Statistiken abgespeichert. Gewalt geht fast immer vom eigenen Haushalt aus.«

Er ist hier. Was geschieht, ist real.

»Gewalt geht fast immer von jemandem aus, den man kennt.« Sie rieb sich die Wange und spürte, wie sich die langen, dünnen Fingers ihres Schwiegervaters nach ihr ausstreckten.

»Du zwingst sie an diesen schrecklichen Ort, bist ungeduldig mit ihnen, hältst ihnen die Hand vor den Mund, bist reizbar, unfähig und redest dir ein, dass du sie liebst. *Du* bist die Gewalt im Haus.«

Erst hast du deinen Schwiegervater in dein Leben gelassen. Und jetzt hast du diesen Schatten hineingelassen. Etwas, das du getan hast. Etwas, das du nicht getan hast. Erinnerst du dich nicht an ihn? Da ist etwas. Etwas Vertrautes. Nicht wahr?

Sie schlug mit dem Hinterkopf gegen den Kamin, um die falsche Stimme ihres Mannes aus ihrem Gehirn zu vertreiben und den schwindelerregenden Strudel aus Schuldzuweisungen und Verwirrung zu durchbrechen.

Hör auf, hör auf. Es ist nicht deine Schuld. Du willst, dass er jemand ist, den du wiedererkennst, denn dann gibt es vielleicht irgendetwas Schreckliches, das du getan hast, irgendeinen Grund für all das. Und dann kriechst du aus deinem Versteck und rufst: »Huhu! Ich habe mich erinnert, wer du bist und was ich getan habe – tut mir sehr leid, es ist alles meine Schuld.« *Und er wird sagen:* »Wow, danke, jetzt hab ich keinen Grund mehr, dich zu ermorden; ich weiß deine Entschuldigung sehr zu schätzen.«

Das ist doch lächerlich. Du hast nichts getan. Es ist seine Schuld. Die Schuld dieses Schattens.

»Du bezeichnest ihn genauso wie die Kinder? Der Schatten? Falls du bisher noch nicht wahnhaft warst, dann bist du es vielleicht jetzt. Das musst du zumindest in Betracht ziehen.«

Du hast keine Wahnvorstellungen. Er wollte dir Angst einjagen. Und das ist ihm gelungen, denn du hast Angst.

»Du hättest dir irgendwas als Waffe schnappen sollen«, sagte ihr Mann.

Was denn? Woher denn?

»Den Schürhaken.«

Ein überwältigendes Gefühl des Bedauerns überkam sie.

Warum ist dir das nicht eingefallen? Du bist dumm, so dumm!

Sie stellte sich vor, wie sie in dem Versteck lag und den Schürhaken in einer Hand hielt, dessen L-förmiges Ende auf die verborgene Tür gerichtet war. Wenn sie sich öffnete, würde sie mit dem Fuß gegen das L treten. Sie würde stark sein, die Kraft ihrer Arme und Beine gleichzeitig einsetzen. *Bumm*, den Schädel durchbohren, tot.

Sie stöhnte laut auf. Weil die Vorstellung so unendlich schön war. Und weil die Möglichkeit nicht existierte. Der Schürhaken lag auf der anderen Seite der Wand im angrenzenden Wohnzimmer. Um ihn zu holen, müsste sie das Versteck verlassen.

Da bist du also, von der Wand verschluckt, und denkst darüber nach, auf welche Art du ihm am besten einen Schürhaken, den du gar nicht in Händen hältst, in den Schädel rammst. Du kommst nicht an das Ding ran, nicht ohne zu riskieren, entdeckt zu werden. Wäre es nicht besser, sich mit dem Rücken an die Tür zu setzen und die Beine gegen den Schornstein zu stemmen? Damit er gar nicht erst auf die Idee käme, es könnte hier eine Öffnung geben, selbst wenn er an der richtigen Stelle drückte?

»War ja klar«, murmelte ihr Mann. »Deine Lösung besteht darin, nichts zu tun. Dich zu verstecken.«

Manchmal ist nichts zu tun am schwierigsten.

Sie zuckte zusammen, wurde unvermittelt in die Vergangenheit zurückkatapultiert.

Manchmal ist es aber auch das Schlimmste, nichts zu tun.
Sie war gerade dabei gewesen, die Tür zu ihrem Zimmer im Studentenwohnheim aufzuschließen, nachdem sie bis spät in die Nacht in der Bibliothek gepaukt hatte. Ihr damaliger Freund hatte sie auf dem Flur entdeckt, war hinter ihr hergeeilt und hatte in dem Moment seine Arme um sie geschlungen, als sie den ersten Schritt über die Schwelle machte. Es war als liebevolle Umarmung zur Begrüßung gemeint, aber sie hatte ihn weder kommen sehen noch gehört. Sie spürte nur, wie die Arme eines Mannes ihre Hände fest an ihre Seiten drückten. Sie registrierte seine Kraft, den leeren Flur, ihr verlassenes Zimmer, die späte Stunde – und wurde von einer Welle völliger Hilflosigkeit ergriffen. Von der Gewissheit, dass es das Ur-Böse war.

Sie hatte nicht geschrien. Sich nicht gewehrt. Zu ihrer großen Schande und ihrem eigenen Entsetzen war sie zu einem winzigen, zitternden, wimmernden Fötus zusammengekrümmt zu Boden gesunken und hatte ausdruckslos auf das Linoleum gestarrt.

Du darfst nicht wieder so erstarren. Wenn es passieren sollte. Wenn es zu einer Konfrontation kommt.

Noch heute war ihre Enttäuschung über ihre damalige Reaktion grenzenlos. Sie hatte sich zusammengekauert, um ihre Mitte zu schützen, als hätte es sich bei ihrem Angreifer um einen Bären und keinen Menschen gehandelt. Als wäre ein Mann so barmherzig wie ein Tier, das in ihre weiche Mitte beißen würde, um sie so schnell wie möglich zu töten. Sie war überzeugt davon, dass der Angreifer ein Mann war, der sie in ihr Zimmer drängen wollte, um ihr wehzutun, aber unfähig zu irgendeiner anderen Reaktion gewesen. Inwiefern unterschied sich das noch von Fügsamkeit, Ergebenheit? Schließlich hatte sie sich nicht einmal dazu bringen können, Nein zu sagen. Um Hilfe zu schreien. Überhaupt irgendein Wort herauszukriegen. Oder sich auf irgendeine Art zu bewegen, geschweige denn zu wehren.

In ihrem Kopf hallten dieselben Sätze wider, die sie schon so oft gehört hatte, nur dass sie dieses Mal an sie selbst gerichtet waren:

So spät noch unterwegs, ganz allein, keine Vorsichtsmaßnahmen, was hatte sie an?

Sie ließ den Kopf aufs Kinn sinken. Tiefe Erschöpfung zerrte an ihr, und sie schloss die Augen.

Anfangs, so erinnerte sie sich, hatte ihr Freund sich schrecklich gefühlt. Es war ihm gar nicht in den Sinn gekommen, dass er sie mit seiner Überraschungsaktion vielleicht erschrecken könnte.

Muss schön sein, hatte sie verbittert gedacht. *Es muss schön sein, auf diese Weise zu leben und sich sicher zu fühlen.*

Trotz seiner Entschuldigung war es der Anfang vom Ende ihrer Beziehung gewesen. Als sie ihm erzählte, dass sie sich entschlossen habe, einen Selbstverteidigungskurs zu besuchen, waren zwischen seinen zusammengepressten Lippen leise die Worte hervorgedrungen: »Findest du nicht, dass du überreagierst? Du machst ein Riesendrama um nichts.«

Danach verdrehte er bei jeder kleinsten Gefühlsäußerung ihrerseits die Augen, ganz egal, ob sie sich erschrak, wenn ein Tausendfüßler unter dem Bett hervorgekrochen kam, sich über sein Zuspätkommen ärgerte oder sich über eine ungerecht vergebene Note aufregte. »Die beißen nicht, das weißt du schon, oder?« »Ich bin gar nicht so viel zu spät, krieg dich wieder ein.« »Du wirst irgendwas falsch gemacht haben, um so eine Note zu bekommen. Entspann dich.«

Es fiel ihr nicht schwer, seine Gedanken zu lesen: *Sie ist überempfindlich. Sie reagiert irrational. Sie ist genau wie alle anderen, hat Gefühle, denen man nicht trauen kann. Mach mal halblang.*

»Du nimmst mich nicht ernst«, sagte sie zu ihm. »Wie meinst du das?«, fragte er.

Sie nahm an, dass es einfacher für ihn war, zu denken, dass sie ein Problem hatte, als zu akzeptieren, dass er sie nicht beschützt, sondern verängstigt hatte. Solche Dinge konnten passieren.

Diese Dinge passieren dir jetzt gerade.

»Ständig diese schlechte Laune ... Warum bist du so genervt?«, beschwerte er sich. Als ob er nichts mit ihren Tränen, mit ihrer Reizbarkeit, zu tun gehabt hätte.

Der Selbstverteidigungskurs war enttäuschend gewesen. Sie hatte sich so was wie Kung Fu vorgestellt. Coole Moves, bei denen ihr zierlicher Körper zur Abwechslung mal ein Vorteil wäre, wie in den Filmen, wo die kleine Dame in hochhackigen Stiefeln den großen Bösewicht besiegt. Aber es ging hauptsächlich ums Schreien.

»Frauen sind darauf konditioniert, sich still zu verhalten, keinen Lärm zu machen«, erläuterte die Lehrerin. »Die meisten von uns sind zu befangen, um laut zu werden. Aufmerksamkeit zu erregen. Selbst in einem Notfall.«

Sie war weder laut noch ungehemmt genug, um es der Trainerin recht zu machen. Um sie herum schrien sich die Frauen die Seele aus dem Leib, während ihr nicht mehr als ein ersticktes Krächzen über die Lippen kam. In dem Kurs lernten sie nur einen einzigen aggressiven Schlag, einen Stoß mit dem Handballen, mit dem man jemandem die Nase brechen konnte. Ein Überraschungscoup, der (vielleicht) die Chance bot, anschließend davonzulaufen. Sie hatte keine Probleme, der Puppe im Verteidigungskurs so hart ins Gesicht zu schlagen, dass sie sich dabei die Hand quetschte. Der Kopf der Puppe wackelte kaum.

»An Ihrer Stelle«, bemerkte die Lehrerin kühl, »bei Ihrer Größe würde ich mich darauf konzentrieren, richtig Lärm zu machen.«

Sieh an, sieh an, sieh an. Die Kursleiterin lag völlig daneben. Stell dir mal vor, was passiert wäre, wenn du laut geschrien hättest, als du ihn auf der Treppe gesehen hast.

Aber sofort hatte sie wieder den Linoleumfußboden ihres Studentenzimmers vor Augen, und das vorübergehende Gefühl der Überlegenheit verflüchtigte sich.

Was auch passiert, auf keinen Fall darfst du dich wieder einfach so ergeben. Wenn es geschieht, falls er hier reinkommt, dann trittst und schlägst du. Du benutzt deine Nägel und deine Zähne, einfach alles. Alles! Sonst wirst du dir das nie vergeben.

»Du würdest keine Vergebung verdienen«, bekräftigte ihr Mann sie eisig.

»Mommy?«, sagte das kleine Mädchen und erschreckte sie damit so sehr, dass sie einen Laut von sich gab und ein Ruck durch ihren Körper ging. Während sie müde in den Tiefen ihres Gedächtnisses und ihrer imaginären Gespräche dahingetrieben war, hatte sie angenommen, die Kinder schliefen. »Mommy, ich muss aufs Klo.«

»Klein oder groß?«, fragte sie und dachte: *Du läufst auf Autopilot.*

»Klein.«

Typisch. Man zieht die Kinder an, macht sie startklar. Alle sind angeschnallt. Sie halten in der einen Hand ihr Kuscheltier, in der anderen einen Snack, man fährt gerade auf die Autobahn, und dann hört man: »Mommy, ich muss mal.«

Wenigstens muss sie nicht groß.

»Mommy?«

»Pssst, ich denke nach.« Nun musste sie auch. Schrecklich. »In Ordnung«, flüsterte sie. »Mein Kleiner, kannst du deine Windel ausziehen. Mama hilft dir, okay?«

Vor dem Lockdown hatte ihr Sohn nachts schon länger keine Windel mehr gebraucht. Aber nach den ersten zwei Wochen zu Hause begann er sich wieder einzunässen, was sie und ihr Mann auf seine Sensibilität und seine Sorge über ihre Sorge zurückführten. Der Kinderarzt tat es mit einem Schulterzucken ab. Er sagte, sie sollten geduldig sein, stressbedingte Rückschläge seien normal, und sie dürften ihn nicht in Verlegenheit bringen. Irgendwann im Laufe des Sommers, als sie sich allmählich an die neue Welt gewöhnt hatten, hörten die nächtlichen Pannen ihres Sohnes auf. Doch im November traten sie wieder auf, und zwar häufiger als je zuvor. Und sie fühlte sich hilflos und schuldig, weil sie ihren feinfühligen Sohn nicht vor den Grausamkeiten der Welt beschützen konnte.

Es war ein seltsamer Tanz im Dunkeln, den sie zusammen aufführten, als sie die Kinder aus der Decke wickelte und dem kleinen Jungen half, seine Schlafanzughose und dann die Windel auszuziehen.

»Ekelhaft«, murmelte das kleine Mädchen, als sie sich in die Windel ihres kleinen Bruders erleichterte.

»Ich weiß«, flüsterte sie. »Aber mach es trotzdem.« Nachdem ihre Tochter fertig war, half sie ihr, die Windel wieder auszuziehen. Zog ihre eigene Unterwäsche aus und hielt die klamme Windel unter sich.

Sieh an, sieh an. Endlich mal ein Vorteil, klein zu sein. Endlich hat es mal was Gutes. Du kannst die Windel eines Kindes benutzen, hurra. Und es ist nicht annähernd so schrecklich oder eklig, wie man es sich vorstellen würde. Kaum benutzt. Es gibt größere Sorgen.

Es war schwierig, ihren Slip wieder anzuziehen, ihr Körper war schweißnass. Aber sie kämpfte sich hinein und verdrängte die Gedanken daran, warum es ihr so wichtig war, ihn zu tragen.

Sie legte sanft eine Hand auf die Schulter ihres Sohnes, dann auf die ihrer Tochter, damit sie sich wieder auf die Decke legten. Das Mädchen schlang einen Arm um ihren Bruder.

Eine Hürde überwunden.

Ihre Atmung hatte sich beruhigt. Ihr Puls ging annähernd normal. Ihre Hände zitterten etwas weniger stark. Sich um eine simple physische Angelegenheit zu kümmern, dass sie ein Problem lösen konnte, hatte sie entspannt. Ihre Selbstzweifel und die kritische Stimme ihres Mannes – kaltschnäuziger und grausamer, als sie es in Wirklichkeit je gewesen war – verzogen sich.

Sie schloss die Augen und beobachtete die fernen Lichter hinter ihren Lidern, nur um irgendetwas zu sehen. Eine Abwechslung von der tiefen Schwärze. Sie lauschte auf alles, was ihr einen Hinweis darauf geben könnte, wo sich der Schatten befand. Sie lehnte ihren Kopf gegen den Schornstein. Die einzigen Geräusche, die sie hörte, waren das Rascheln und Atmen der Kinder und das Keuchen des Sturms.

Du schläfst ein, wurde ihr klar. *Du darfst nicht einschlafen. Du musst den Schürhaken holen. Oder Hilfe. Oder wenigstens auf sie aufpassen. Die Tür blockieren.*

Doch im Schneidersitz, die Füße in die Kniekehlen geklemmt, um sie zu wärmen, taute sie endlich auf. Ihre angenehm leere Blase gab ihr zum ersten Mal wieder das Gefühl, die Kontrolle über ihren eigenen Körper zurückerlangt zu haben. Und der Abstieg aus den großen Höhen der Angst brachte eine Schläfrigkeit mit sich, gegen die sie nicht ankämpfen konnte.

Es ist nicht deine Schuld. Es ist nicht deine Schuld.

Während sie in ihrer Erschöpfung versank, spürte sie einen zarten Hauch auf ihrer Wange, wie die Berührung eines Spinnennetzes.

Köstlich, zischte ihr die Stimme des Schattens ins Ohr, und sie keuchte laut auf, verschluckte sich am panischen Einatmen fauliger Luft.

KAPITEL 10

»Mama! Geht es dir gut?«
Sie konnte kaum sprechen, ihre Kehle war wie zugeschnürt, als ob ihr eine unsichtbare Hand die Luftröhre zusammendrückte.
Die Hand ihres kleinen Mädchens umklammerte ihr Knie.
Sie umarmte ihre Tochter fest, drückte den Kopf an ihre winzige Schulter.
»Es ist alles gut, Mommy, es ist alles gut!«
»Es tut mir leid«, sagte sie. »Es tut mir leid. Ich bin eingeschlafen. Nur für eine Sekunde.«
Ihr Sohn wimmerte.
»Komm her«, flüsterte sie leise. »Komm her, mein Kleiner. Es tut mir so leid. Ich wollte dich nicht erschrecken.«
Der kleine Junge streckte die Hand aus, berührte ihren Arm und krabbelte auf ihren Schoß. Wie immer verschmolz sein Körper mit ihrem.
Da machst du dir Sorgen, dass sie zu laut sein könnten, und dann bist du es selbst? Schreist rum? Was ist mit dir los? Wenn er euch erwischt, ist es deine Schuld.
Ihr Sohn schmiegte sich an ihren Hals.
Sie atmete aus, atmete wieder ein.
»Es tut mir leid«, wiederholte sie. »Es tut mir so leid.«
Ihr Sohn legte seine kleinen, warmen Handflächen an ihre Wangen. Sie stellte sich vor, wie seine schwarzen Augen unter schweren Lidern durch die Dunkelheit direkt in ihre blickten.

»Schon gut, Mama«, sagte er ernst.

»Was machen wir«, hatte ihr Mann immer wieder gefragt, »wenn er größer wird?«

Sie sahen sich entsetzt an. Stellten sich vor, wie die reine Liebe ihres Sohnes, sein ständiges Bedürfnis nach ihren Armen um ihn herum, verschwinden würde. Denn natürlich würde das passieren. So musste es sein. Diese besondere Art von Sensibilität, diese direkte Zuneigung konnte nicht von Dauer sein. Die natürliche Anforderung bestand darin, die Tiefe der eigenen Liebe zu verbergen, aus Angst, dass andere sie als Schwäche ansehen könnten. Wenn das nicht gelang, würden Leute wie ihr Schwiegervater alles daransetzen, ihn zu beschämen, bis der Junge seine Gefühle nicht nur vor ihnen, sondern vor allen verbergen würde, so jäh, wie man ein Buch zuschlägt.

Sie hielt ihren kleinen Jungen fest im Arm.

Du musst etwas tun. Was ist das Richtige?

»Ich bin so stolz auf euch«, flüsterte sie den Kindern zu. »Ihr seid so tapfer und leise. Ihr zeigt Mommy, was es heißt, tapfer zu sein.«

Sie war sich bewusst, dass die Kinder, wären sie nur ein wenig jünger gewesen, niemals so ruhig geblieben wären. So gehorsam. In der Lage, zu akzeptieren, dass schlimme Dinge passieren können.

Sie wissen, dass sich das Leben von einer Sekunde auf die andere verändern kann.

»Was sollen wir jetzt machen, Mama?«, flüsterte ihre Tochter.

»Warten. Horchen. So leise wie möglich sein. Manchmal ist es am schwierigsten, nichts zu tun.«

Köstlich.

Du wärst beinahe eingeschlafen. Der Stress. Natürlich lag es am Stress. Diese Stimme, die sich in dein Ohr geschlichen hat. Das ist ganz normal. Eine normale Reaktion in einer anormalen Situation.

Trotzdem pulte sie mit einem Finger in ihrem Ohr, als wollte sie die Stimme des Schattens daraus wegkratzen.

Sie konzentrierte sich auf das leichte Auf und Ab der Atmung ihres Sohnes. Seine Sanftheit, das Gewicht seines Kopfes an ihrer schmerzenden Brust.

Ihre Tochter kroch wieder unter die Decke.

»Lass uns überlegen«, flüsterte sie, »was wir machen. Nur überlegen. Nicht reden. Nur eine Weile nachdenken und warten. Ganz leise.«

»Okay, Mama.«

Wie lange werdet ihr ausharren müssen? Wie lange könnt ihr hierbleiben? Das muss gut durchdacht werden.

Da ist der Trinkbecher, voll, aber klein. Da ist die Windel. Die Decke. Vielleicht schlafen die Kinder ein. Das wäre das Beste. Wird er verschwinden, wenn es draußen hell wird? Wie viel Zeit ist vergangen?

Ein Windstoß fuhr durch den Schornstein. Sie zitterte.

»Aufgrund der vorhergesagten Heftigkeit des Schneesturms«, hatte es in der Nachricht der Schule geheißen, »findet sowohl morgen Vormittag als auch am Nachmittag kein Präsenzunterricht statt. Die Teilnahme am digitalen Unterricht ist freiwillig. Wir empfehlen allen Gemeindemitgliedern, Autofahrten zu vermeiden. Passen Sie auf sich auf.«

Dir wird bewusst, was das bedeutet. Selbst wenn sich die Kinder am morgigen Freitag nicht einwählen, werden die Lehrer einfach das tun, was sie immer tun – eine E-Mail schicken, auf die sie keine Antwort erwarten. Dann Samstag, Sonntag. Vor Montag rechnet niemand damit, euch zu sehen. Und am Donnerstag beginnen die Weihnachtsferien. Es wäre möglich – sogar wahrscheinlich –, dass die Schule annimmt, ihr wolltet euch vor den Ferien isolieren, damit ihr ein krankheitsfreies Fest mit der Familie verbringen könnt. Sie würden dich vielleicht anrufen, um dir zu sagen, dass das so nicht geht, aber das wäre es dann auch schon. Sie würden niemanden zu euch schicken oder die Polizei einschalten. Wie wollt ihr einen so langen Zeitraum überstehen? Ohne Essen und Trinken. Ohne Lärm zu ma-

chen. *Genug Zeit für ihn, das Haus zu durchsuchen. Genau hinzuhören. Euch zu finden.*

Als hätte sie den Schatten gerufen, hörte sie über sich das Geräusch eines leisen, fremden Gewichts. Langsame, gleichmäßige Schritte durchquerten das Zimmer ihrer Tochter. Dann, ein *Plop*! Sie war sich sicher, dass es von der Tür des Kleiderschranks herrührte. Er schloss mit Magneten, die zu gut funktionierten. Die Türen waren schwer aufzuziehen und verursachten beim Öffnen ein lächerlich lautes Geräusch. Eine kurze Stille, dann das *Kling*, mit dem sich die Türen wieder schlossen. Durch das harte Aufeinandertreffen der Magnete wurde einem jedes Mal beinahe der Knauf aus der Hand gerissen.

Noch etwas, das repariert werden muss.

Ihr Sohn schniefte an ihrer Brust.

Er durchsucht alle Schränke. Er sucht nicht nach Dingen, die er mitnehmen kann. Er schreit nicht mehr mit beängstigender Stimme. Er ist auf der Suche nach euch. An Orten, die groß genug sind, dass sich jemand dort verstecken könnte.

Seine Schritte klangen jetzt gemessen. Methodisch. Er gab sich Mühe, leise zu sein, dennoch verursachte jeder Schritt ein gedämpftes Geräusch, als er den Treppenabsatz überquerte und das Zimmer ihres Sohnes betrat.

Sie konnte die Bewegungen des Kopfes ihrer Tochter spüren, wie sie ein Ohr spitzte, um auf die Geräusche zu lauschen, die der Schatten machte. Ein kalter Windzug kam durch den Lüftungsschacht im Treppenhaus. Hatte er irgendwo eine Tür geöffnet?

Knarz!

Ja, er war vor dem Zimmer ihres Sohnes wieder auf die lange Bohle getreten. Das deutete darauf hin, dass er den alten Teil des Hauses verließ, um durch den Raum über der Küche in den Anbau zu gelangen.

Hat er die Dachbodentür schon bemerkt?
Nein, das hättest du gehört.

Die Tür zum Dachboden war in die Wand gegenüber dem Zimmer ihrer Tochter eingelassen. Der Makler hatte sie als Geheimtür bezeichnet, was nicht ganz korrekt war. Ihre Dachbodentür war zwar unauffällig, aber doch sichtbar. Sie bestand aus denselben vertikalen Brettern, mit denen auch die Wand verkleidet war, aber der obere horizontale Einschnitt in die Wand war offensichtlich.

Die Scharniere waren, anders als bei den übrigen Türen, auf der Innenseite. Sie vermutete, dass man die Tür auf diese Weise in die Wand eingelassen hatte, weil die ursprünglichen Besitzer nicht an die Nähe der über ihnen schlafenden Sklaven erinnert werden wollten. Die Dachbodentür verfügte über keine Klinke, sondern ließ sich mit einem kleinen, schwer zu erkennenden Haken und einer Öse öffnen und schließen. Sobald man den Haken anhob, flog die Tür auf, weil die Luft vom oberen Stockwerk dagegen drückte. An der Stelle der Wand, wo der Haken aufschlug, war eine Delle zu sehen.

Du solltest endlich einen Türstopper anbringen, damit sie nicht dagegen schlägt, und die kaputte Stelle in der Wand ausbessern.

Türstopper, Dinge, die man ausbessern muss, was spielt das alles für eine Rolle? Denk an das, was wichtig ist.

Hat er den Keller schon gefunden? Wahrscheinlich.

Die Kellertür, die sich im Eingangsbereich befand, war nicht zu übersehen. Sie würde es nicht hören, wenn er die Tür öffnete, nicht von ihrem Versteck aus.

Schade. Du könntest ihn im Keller einsperren. Die Tür hat einen schweren Riegel, damit die Kinder nicht runtergehen. Auf dem Dachboden kannst du ihn nicht einsperren. Der Haken würde sich lösen, sobald jemand von innen gegen das Türblatt stößt.

Sie schalt sich für ihre Fantasien.

Denk an realistische Optionen. Überleg dir einen Plan, der machbar ist. Es muss eine Lösung geben. Es gibt immer eine Lösung.

Außer es gibt keine.

Sie schloss die Augen und stellte sich das Haus vor.

Ein Rechteck, ein Dreieck. Vier Fenster auf der linken Seite, vier auf der rechten, ein weiteres über der Tür in der Mitte. Und mittig auf dem Dach ein quadratischer Schornstein. Das perfekt symmetrische Haus.

Ja, das Haus sah aus wie eine Kinderzeichnung. So wie ein Haus aussehen sollte. Vor ihrem geistigen Auge schlängelte sich eine kleine Rauchfahne aus dem Schornstein, gezeichnet mit grauem Buntstift. Für die Kinder, für sie bedeutete dieser Ort ihr Zuhause.

In Gedanken skizzierte sie das Haus aus der Vogelperspektive, beschriftete es sorgfältig, sah es sich im Querschnitt an, flog in ihrer Fantasie immer höher, um einen besseren Überblick zu bekommen.

Das Rechteck des ursprünglichen Gebäudes. Das Quadrat der Küche dahinter. Das Rechteck des an die Küche angrenzenden Anbaus. Die lange Einfahrt, die sich von der Straße um die Bäume herum an der Hausseite entlang bis zu den Garagentoren im Anbau ganz hinten schlängelte.

Sie flog noch höher, kniff die Augen zusammen, markierte und beschriftete die Entfernungen. Die Auffahrt bis zur Straße etwa siebzig Meter. Links abbiegen, Weiden über Weiden über Weiden und anschließend der Wald, und dann, erst nach etwa zwei Meilen, ein Bauernhaus. Nein. Also aus der Einfahrt rechts abbiegen und der Straße den Hügel hinauf folgen, der gewundenen Straße. Ungefähr ein Footballfeld von der Einfahrt entfernt lag das erste Haus. Siebzig, achtzig Meter weiter das nächste. Im ersten wohnte eine Krankenpflegerin. Sie lebte allein und übernahm häufig Nachtschichten. Zu ihr zu gehen, stellte ein Risiko dar. Also musste sie das zweite ansteuern.

Du weißt nicht mal, wer dort wohnt! Warum kennst du sie nicht? Vor dem Lockdown war genug Zeit, sich vorzustellen. Du warst lediglich bei der Krankenpflegerin, die anderen Nachbarn waren zu dem Zeitpunkt nicht zu Hause. Warum bist du nicht noch mal hingegangen?

Zu schüchtern, zu unbeholfen, zu nervös.
Konzentrier dich.
Mit einem imaginären Bleistiftstrich zeichnete sie die geografischen Gegebenheiten nach.
Ja, die nachfolgenden Häuser stehen dann zunehmend dichter beieinander. Aber selbst das Haus der Krankenpflegerin ist bei diesem Wetter nicht gerade nah. Und dann ist da noch der Hügel, den man hochlaufen muss. Und wenn er aus irgendeinem Fenster an der Vorderseite des Hauses schaut, würde er euch sehen. Oder zumindest eure Spuren. Er könnte euch folgen. Die Straße wird noch nicht geräumt sein. Bei all dem Schnee wärt ihr vollkommen ungeschützt.
Und wenn ihr es querfeldein versucht?
Sie machte eine Bestandsaufnahme möglicher Gefahren. Die schweren Schneeverwehungen auf den Feldern. Das Unterholz der Wälder, die im Winter ruhenden Reben der wilden Weintraube, das dornige, verworrene Gestrüpp. Die allgegenwärtigen Feldsteinmauern, die sich unregelmäßig durch den Wald zogen und aufgrund der losen Steine schwer zu überwinden waren. Und es gab Bäche, die unter Eis und Schnee weiterflossen, lautlos und leicht zu übersehen.
Unmöglich. Undurchdringlich. Unrealistisch.
Sie schwenkte auf ihrer mentalen Karte herum. Hinter dem Haus befand sich ihr Garten mit einer Rutsche und den Schaukeln für die Kinder. Dahinter der Friedhof, der den Übergang von Gras zu Bäumen markierte. Jenseits des Friedhofs, durch den Wald, der Pfad.
Das ist es. Der Pfad. Der Pfad durch den Wald.

KAPITEL 11

Anfang Oktober des Vorjahres, nicht lange nach dem Tod ihrer Schwiegermutter, fragte sie ihren Mann, ob er den Laubbläser auf dem Waldweg hinter dem Haus benutzt habe.
»Nein, warum?«
»Es liegt kaum Laub auf dem Weg.«
Er verschwand, um sich selbst ein Bild zu machen. Die Kinder rannten johlend neben ihm her, Stöcke wie Schwerter in den Händen.
Der Waldboden war dicht mit Blättern und Tannennadeln bedeckt. Aber der Weg war ordentlich geräumt. Er schlängelte sich braun und weich durch den Wald wie etwas, das oft benutzt und sorgfältig gepflegt wird.
»Da waren doch vorher Blätter, oder nicht? Ich kann mich nicht erinnern, wann wir das letzte Mal hier langgegangen sind«, sagte ihr Mann.
»Das ist auf jeden Fall schon eine Weile her. Merkwürdig. Meinst du, jemand von da hinten hat das Laub beiseitegeräumt?« Sie gestikulierte den Pfad hinunter in Richtung der in etwa siebzig Meter entfernt liegenden Sackgasse, die zu beiden Seiten von Häusern gesäumt war, die dort begann, wo der Weg endete, nur wenige Meter hinter ihrer Grundstücksgrenze.
Ihr Haus hatte ursprünglich den Mittelpunkt einer hundertzwanzig Hektar großen Farm gebildet. Der Großteil des Landes war in den 1980er-Jahren aufgeteilt und von einem früheren Besitzer an einen Bauträger verkauft worden, der Mitte der Neunzigerjahre

daraus ein Viertel mit pompösen Neubauten auf riesigen Grundstücken machte. Bis heute gelang es ihr kaum, die Gegensätze miteinander in Einklang zu bringen, wenn sie an ihrem alten Haus und den weitläufigen Weiden entlang zu dem kleinen Friedhof lief, den Weg durch den Wald mit hundertjährigen Bäumen nahm und in ein friedliches lang vergangenes Neuengland eintauchte – um schließlich in der Welt dieser Sackgasse zu landen.

Sie starrte in Richtung des tiefschwarzen Asphalts, als handelte es sich um eine Fata Morgana, aus der sich schillernde Fensterfronten, von Säulen eingefasste Veranden, Hauseingänge und Seitentüren, Dreifachgaragen, Dachspitze hinter Dachspitze erhoben. Es gab glänzende Überwachungskameras, Formgehölze in riesigen Tontöpfen, schwarzen Mulch, Swimmingpools, Stein auf Holz auf Vinyl auf Putz, messingfarbene »Betreten verboten«-Schilder. Sie ertappte sich dabei, wie sie die Illusion wegblinzelte, dass die Kopflastigkeit dieser Häuser sie wie schlecht gesteuerte Schiffe in ihrem neongrünen Ozean aus Rasen kentern lassen würde.

Konnte es sein, dass sich jemand aus einem dieser riesigen Häuser an dem ungepflegten Pfad gestört hatte? An seiner Naturbelassenheit Anstoß genommen hatte, die nicht in die Umgebung und zu den exakt eingefassten Blumenbeeten passte?

»Ich glaube nicht, dass jemand einfach so unser Grundstück betreten würde«, hatte ihr Mann gesagt. »Wahrscheinlich war es der Wind.«

»Oder ein Gespenst.« Ihre Tochter grinste.

Lächelnd streckte sie einen wackelnden Finger nach ihrer Tochter aus, wie eine Mumie aus einem schlechten Horrorstreifen. »Stimmt! Es ist mit Sicherheit vom Friedhof gekommen.«

»Mit Harke und Besen?«, fragte ihr Mann und brachte ihre Tochter damit zum Kichern.

»Es gibt keine Gespenster!« Ihr Sohn klang zuversichtlich, zerrte jedoch an ihrer Hand und sah mit großen Augen zu ihr auf. »Oder, Mama?«

»Du hast recht. So etwas wie Geister gibt es nicht. Ich hab nur Spaß gemacht.«

»Ich hätte nichts gegen Gespenster, die sich im Garten nützlich machen«, bemerkte ihr Mann, und sie stieß zärtlich mit der Schulter gegen seinen breiten Arm.

Etwa einen Monat später beobachtete sie, wie ihr Mann den Weg hinunterschaute, während die Kinder ihre Rutsche und die Schaukeln von früh gefallenem Schnee befreiten.

»Was ist?«

»Auf dem Weg liegt viel weniger Schnee als überall anders. Seltsam.«

Tatsächlich war der Pfad trotz des Schnees noch gut zu erkennen. Eine Vertiefung markierte seine Umrisse, als hätte ihn jemand kurz vor Ende des Schneefalls geräumt, sodass jetzt nur noch eine dünne Schicht darauf gefallen war.

»Vielleicht fangen die Bäume das meiste ab?«

Sie sahen gemeinsam zu wild verzweigten Ästen hinauf, die sich über den Weg wölbten.

»Aber die Schneeschicht ist überall sonst höher, selbst weiter im Wald drin.«

»Trotzdem werden die Äste was abfangen? Oder es liegt am Wind. Wahrscheinlich sieht es nur so aus, als würde der Schnee im Wald höher liegen, weil ihn der Wind vom Weg dorthin geweht hat.«

»Möglich. Wenn der Pfad so eine Art Windkanal wäre, würde der Schnee sozusagen weggefegt. Das würde auch erklären, warum kein Laub dort lag.«

Die Hände in die Hüften gestemmt, sahen beide zu den Kindern hinüber, die hinter ihnen im frisch gefallenen Schnee spielten.

»Ich will eine Schnee*frau* machen«, beharrte ihre Tochter.

»Das ist aber ein Schnee*mann*.« Ihr Sohn klang, als würde er gleich anfangen zu weinen. »Weil ich nämlich eine Jungsmütze für ihn hab.«

»Streitet euch nicht, Kinder«, rief sie. »Es ist ja nicht so, als ob Schneemenschen ein Geschlechtsteil hätten. Sie sind weder Männer noch Frauen, sondern einfach Schneemenschen.«

Sie bedauerte ihren Kommentar im selben Moment, in dem sie den verschmitzten Gesichtsausdruck ihrer Tochter sah.

»Lass uns Geschlechtsteile dranmachen!«, rief sie.

»O mein Gott, bitte keine Geschlechtsteile für den Schneema... Schneemenschen.«

Die beiden kicherten. Ihr war klar, dass sie bereits dabei waren, Schneegenitalien der einen oder anderen Art in übertriebener Größe zu bauen, beschloss jedoch, diesen Kampf nicht auszutragen. Hauptsache, die Kinder stritten nicht mehr.

»Ein paar Zentimeter Schnee auf dem Weg, fast dreißig überall sonst«, sagte ihr Mann. »Ich verstehe es einfach nicht.«

»Ich glaube immer noch, dass es Gespenster sind!«, rief ihre Tochter zu ihnen hinüber. »An Halloween hatten die Gespenster so lange Röcke an. Damit haben sie den Weg gefegt.«

»Röcke?«

»Du weißt schon, wie Laken.«

»Du meinst, wenn sich Leute ein Laken überwerfen, um sich als Gespenst zu verkleiden?«

»Ja.«

»Wir wissen, dass du deinem Bruder nur Angst machen willst«, schimpfte ihr Mann. »Das ist nicht nett.«

»Vielleicht waren es Rehe?«, überlegte sie. »Ich kann mich erinnern, wie sie in meiner Kindheit Pfade durch Espenhaine gezogen haben. Sie haben das Laub niedergetrampelt, bis nur noch Erde zu sehen war. Es könnte hier genauso gewesen sein. Das würde auch erklären, warum im Winter nicht so viel Schnee auf dem Weg liegt.«

»Ich wette, das ist es!«, rief ihr Mann. »Und wenn man hier keine Rehe sieht, heißt das nur, dass man nicht gut genug hinschaut.«

In jener Nacht weckte ihr Sohn sie mit einem harten Tippen genau zwischen die Augen. »Ich habe einen Geist gesehen«, flüsterte er.

»Lass mich raten«, sagte sie, als sie ihn wieder ins Bett brachte. »War das ein Geist in einem Laken?«

»Nein.« Der kleine Junge gähnte. »Er wollte, dass ich mit ihm die Treppe runtergehe.«

In der darauffolgenden Nacht grapschte er mit seiner kleinen Hand ihren Hals. In der nächsten weckte er sie mit einem Schnipsen gegen ihr geschlossenes Augenlid.

»Ein Geist. Er will, dass ich mit ihm spiele. Kann ich das Licht anlassen?«

»So geht das nicht«, sagte ihr Mann zu ihr. »Du brauchst deinen Schlaf. Wir dürfen das nicht einreißen lassen.«

Es überraschte sie nicht, dass er auf die Fotografie zurückgriff, um das Problem zu lösen. Er kaufte eine Wildtierkamera, die mit einem Klettverschluss an einem Baum befestigt werden konnte. Sie verfügte über einen Bewegungsmelder und ein Solarpanel, steckte in einem Tarngehäuse und war wasserdicht. Ihr Mann machte eine große Show daraus und nahm die Kinder mit, damit sie ihm beim Aufhängen halfen. Er richtete das Kameraobjektiv auf die Stelle, wo hinter dem Friedhof der Pfad begann. Am nächsten Morgen sahen sie sich das Video an, zusammengekauert vor dem kleinen Display, das sich unter einer aufklappbaren Schutzabdeckung an der Rückseite der Kamera befand.

Das Video begann und zeigte ein Reh nach dem anderen, das den Weg entlanglief, stumm und farblos, aber mit Augen, die im Schnee aufblitzten.

Ihr Mann tippte auf das Display. »Guck dir das an.«

»Gespensterrehe!«, jammerte ihr Sohn und vergrub das Gesicht in den Händen.

Sie schaute wieder auf das Display. Mit ihren leuchtenden Augen, eingehüllt in weißes Schneegestöber, wirkten die Rehe tatsächlich wie nicht von dieser Welt.

»Großartig«, brummte sie und lehnte sich an die Schulter ihres Mannes. »Gespensterrehe. Ist das besser als Spuktreppe?«

»Guckt mal!« Ihre Tochter zeigte auf das Display. »Gespenster kacken nicht!«

Und tatsächlich, ein Bock hielt vor der Kamera inne, hob den Schwanz und erleichterte sich.

Ihr Sohn begann strahlend und lachend in die Hände zu klatschen. »Kacke!«, schrie er. »Gespenster kacken nicht!«

Sie und ihr Mann gaben sich diskret ein High Five.

»Danke«, flüsterte sie ihm zu.

Ihr Mann brachte die Kamera wieder an, aber jede weitere Anti-Gespenster-Beweisführung schien von da an überflüssig. Ihr Sohn weckte sie nicht mehr auf, um sich über einen bösen Geist auf der Treppe zu beschweren, und sie und ihr Mann waren überzeugt, dass ein belebter Wildtrampelpfad und der ständige kalte Nordwestwind der Region die ungewöhnliche Aufgeräumtheit des Pfades erklärten.

Hier, in ihrem Versteck, spürte sie, wie der Gedanke an den Pfad und den vom Wind beiseitegewehten Schnee sie wie eine Offenbarung durchfuhr. Es war das Mittel der Wahl. All die modernen Villen, dort würden sie am schnellsten Hilfe finden.

Halte dich unter dem Dachvorsprung des Hauses, wo weniger Schnee liegt. Duck dich unter den Fenstern hindurch, um nicht gesehen zu werden. Dreißig Meter bis zum Friedhof. Achtzig Meter den Pfad entlang zu den Häusern. Es ist ein bisschen weiter, aber viel besser als der Weg bergauf zum Haus der Krankenpflegerin. Ihr würdet euch hinter dem Haus befinden. Kaum Fenster, die in diese Richtung hinausgehen. Du wärst nicht so ungeschützt.

»Aber natürlich kennst du auch dort niemanden«, sagte ihr Mann. »Du hast dir nie die Mühe gemacht, sie kennenzulernen. Zu überheblich, weil du ihre Häuser hässlich findest.«

Sie schüttelte die imaginäre Stimme ihres Mannes ab. Konzentrierte sich darauf, wie verlockend nah sie der alten Flügeltür war. Stellte sich die kleine Metallstange vor, die am Nagel baumelnd zurück in ihre Position fiel und die Tür verschloss.

Dadurch wirst du dich aussperren.
Bei dem Gedanken, die Schwelle zu überschreiten, die sie von den Kindern trennen würde, stieß sie ein schmerzverzerrtes Stöhnen aus.

Da gab es den in einem Plastikstein versteckten Ersatzschlüssel. Zurzeit extrem gut unter dem Schnee verborgen. Es war also nicht unmöglich, wieder reinzukommen, aber fast unmöglich. Vor allem solange der Schatten im Haus war.

Aber Hausschuhe? Ein Morgenmantel? Und darunter nur Unterwäsche und ein dünnes schweißnasses T-Shirt. Könnte dich die Kälte umbringen?

In Gedanken ging sie durch, was sich im Büro befand. Nichts, was ihr helfen würde, sich warm zu halten.

Aber er hat vorhin, als er nach euch gesucht hat, im Flurschrank gewühlt. Es hat geklappert und geraschelt, als wären Kleiderbügel beiseitegeschoben worden.

Sie rieb sich die Schläfen.

Du solltest einfach abwarten! Geduld haben. Er wird aufgeben. Das Tageslicht wird ihn zur Flucht zwingen. Er wird davon ausgehen, dass tags jemand vorbeikommt. Er wird damit rechnen, dass der Schneepflug vorbeifährt. Wird nicht wollen, dass der Mann im Pflug sein Auto sieht. Ihn sieht.

Aber was, wenn er woanders geparkt hat? Zu Fuß gegangen ist? Und der Schneepflugmann würde wegen eines unbekannten Wagens nicht gleich die Polizei rufen. Vielleicht würde er sich hinterher an ein Auto erinnern. Nachdem etwas passiert wäre. Was euch überhaupt nichts nützt.

Vor ihr erstreckte sich das dreitägige Wochenende weit, leer und unheimlich wie der Pfad zwischen den Bäumen. In Erwartung des Sturms hatte sie sich auf ein ruhiges langes Wochenende zu Hause vorbereitet. Sie hatte dafür gesorgt, dass genügend Benzin im Generator war. Sie hatte die riesigen Wäscheberge gewaschen, nur für den Fall, dass der Strom ausfiel, während sie allein zu Hause waren, hatte sie gefaltet und zum ersten Mal seit fast zwei Monaten alles in einem Rutsch weggeräumt. Sie hatte Lebensmittel bestellt und zusätzlich eingekauft, als der Schneefall einsetzte. Sie hatte die Asche aus dem Kamin gekehrt, aus dem riesigen Pizzaofen im Wohnzimmer, und sich daran erinnert, wie ihr Mann Pizza gebacken hatte und dass sie alle glücklich und satt gewesen waren. Sie hatte reichlich Brennholz beschafft, damit sie Marshmallows rösten konnten. Und sie hatte den Kindern versprochen, dass sie je nach Zustand der Straßen am Samstag oder Sonntag einen Weihnachtsbaum kaufen würden.

Unwahrscheinlich, dass dein Vater es merken würde, wenn er nichts von dir hört. Dass sich dein Mann melden würde. Oder dein Schwiegervater.

Ja, sie hatte ein Wochenende geplant, für das sie keine anderen Menschen brauchte, das sie unbedingt ganz normal aussehen lassen wollte.

Aber der Schatten weiß das nicht. Er weiß nicht, dass niemand merken wird, dass ihr weg seid. Woher soll er das wissen?

Er wusste, dass ihr drei allein hier seid. Du hast keine Ahnung, was er weiß. Wie lange hat er euch schon beobachtet?

Sie berührte die Beule an ihrem Kopf. Zuckte zusammen.

Und du warst so zufrieden mit dir selbst, als du das alles für das Wochenende vorbereitet hast. Damit, den Kindern eine Freude zu machen, nachdem du wochenlang vollkommen unfähig warst.

Wieder strich ein kalter Luftzug über ihre Haut. Unwillkürlich richtete sie den Blick auf das Lüftungsgitter, durch das der Wind pfiff.

Sie erstarrte, ihre Kehle schnürte sich zu. In der Dunkelheit vor dem Lüftungsschacht nahm sie eine undeutliche Bewegung wahr. Es war dem Schein des Mondlichts zu verdanken, der durch die vier kleinen Oberlichtfenster über der Eingangstür drang, dass sich allmählich vage Umrisse abzeichneten. Runde gelbe Augen, unnatürlich groß, starrten sie von der anderen Seite des Lüftungsschachtes an.

Der Schatten.
Selbst als sich ihr Körper versteifte, blieb ihr Sohn ruhig und atmete so gleichmäßig weiter, dass sie sicher sein konnte, dass er schlief. Der Kopf ihrer Tochter lag an ihrer Schulter, schwer und warm. Auch sie war eingeschlafen. Sie war so darauf konzentriert gewesen, sämtliche Fluchtmöglichkeiten durchzugehen, dass es ihr nicht aufgefallen war. Jetzt setzte sie alles daran, sich nicht zu bewegen, um sie nicht zu wecken. Ihr Blick blieb auf das Ding außerhalb des Lüftungsschachtes gerichtet.

Es ist nichts, es ist nichts. Stress. Eine Sinnestäuschung. Es gibt keinen Schatten-Mann. Und Menschen haben keine gelben Augen. Das ist nicht er. Es ist Einbildung. Nichts, rein gar nichts.

Aber da war etwas. Im schmalen Streifen des Mondlichts gelang es ihr, ein blasses Gesicht auszumachen. Einen beinahe kahlen Kopf mit schütteren Haaren. Der untere Teil des Gesichts, der Mund, die Zähne, das Kinn und die Nase, verschwanden in der Dunkelheit.

Die Augen blinzelten, riesig und gelb.

KAPITEL 12

Während ihrer Schulzeit wurde viel Wert auf Fitness gelegt und darauf, in der Natur zurechtzukommen. Jeder Ausflug hatte aus einer Wanderung oder einer Skilanglauftour bestanden. Meist hatte sie bei solchen Unternehmungen Mühe gehabt, mit ihren Klassenkameraden mitzuhalten. So auch in der vierten Klasse, als die anderen mal wieder schneller waren, als hätte ihnen der andauernde Verzehr von Früchtebrot und Götterspeise einen Booster verpasst. An jeder Biegung des Bergpfades hoffte sie, andere Kinder zu sehen, die auf sie warteten, rote Wangen unter weißblonden Haaren, die händeweise Studentenfutter herunterschlangen.

Aber dann spürte sie ein Beben in der Luft und blieb stehen. Es war genau das gleiche Gefühl, das sie überkam, wenn sie im Auto saß und jemand sie aus einem anderen Wagen anstarrte. Dieser kurze Moment, die Gewissheit, dass man beobachtet wird, selbst bei achtzig Meilen pro Stunde. Es war eine Wahrnehmung, die sich verstärkte, als sie wegen der neuen weißen Flecken in ihrem Gesicht immer öfter neugierig gaffenden Blicken ausgesetzt war; die Flecken, die sich nach dem Tod ihrer Mutter so schnell gebildet hatten, als hätte sie diese Last umgehend an die Tochter weitergegeben.

Verblüfft suchte sie nach dem Ursprung ihrer Beunruhigung und nahm den Weg und den Wald um sich herum in Augenschein, bis ihr Blick auf den eines goldenen Pumas traf. Er befand sich etwa zehn Meter entfernt auf der anderen Seite eines Flusses, der bei mittlerer Geschwindigkeit aus dem Wasser ragende Felsbrocken umfloss, die das Raubtier leicht überwinden könnte. Das Tier lag im

Schatten der Espen, und das Licht, das durch die zitternden Blätter fiel, verlieh seinem gelben Fell einen unterwassergrünen Schimmer.

Obwohl sie noch nie einen lebenden Puma gesehen hatte, erkannte sie, dass es diesem nicht gut ging. Er war abgemagert. Seine Rippen standen deutlich hervor. Die kahlen Stellen in seinem Fell waren an den Rändern blutverkrustet. Die Ohren waren aufgerichtet, aber eines war nur noch zur Hälfte vorhanden. Die langen Schnurrhaare hingen schlaff am Kopf herunter, der sich langsam hin und her bewegte wie der einer Kobra, die nach einer Melodie tanzt. Noch verwirrender war die Missbildung des Pumas. Als das Tier sein Maul öffnete, streckte es seine lange rosafarbene Zunge heraus wie eine gähnende Hauskatze. Während er sich die Schnauze leckte und die Zunge zurückzog, sah sie, dass aus seinem Kopf ein weiterer Unterkiefer hervorstach, borstig und ungleichmäßig wie ein zweites, kleineres Maul.

Zum ersten Mal, seit sich die weißen Flecken auf ihrer Haut immer deutlicher abzeichneten, begriff sie, dass Fremdheit, Andersartigkeit unwichtig sein konnten. Das Einzige, was sie in diesem Moment beschäftigte, war die Tatsache, dass die runden gelben Augen des Pumas von purem Hunger erfüllt waren.

Sie erinnerte sich an das, was man ihr beigebracht hatte. Sie zog ihren Rucksack ab und hielt ihn über den Kopf. Sie versuchte, zu schreien und zu brüllen, um das Tier zu erschrecken, aber die Angst schnürte ihr die Kehle zu. Also sang sie stattdessen, was ihr unerklärlicherweise nicht annähernd so schwerfiel. Sie erfand Liedzeilen, wenn sie sich nicht mehr an den Text erinnerte, und setzte sich langsam in Bewegung.

»Eins, zwei, drei, vier, du bist die schönste Katze hier!«

Sie dachte, dass einer solchen Kreatur – entstellt und verstoßen und, da war sie sich sicher, von der eigenen Spezies verletzt – die Worte gefallen könnten. Dass sie sich freuen würde, ausnahmsweise einmal ein Kompliment zu bekommen. Vielleicht sehnte sie sich danach, genau wie sie selbst.

»Fünf, sechs, sieben, acht, neun, zehn, bitte lass mich einfach gehn.«

Sie lief so gut sie konnte rückwärts und hielt den Blick dabei fest auf den Puma gerichtet, überrascht, wie deutlich und laut ihre Stimme mit wachsender Angst wurde.

»Warum lässt du mich nicht ge-he-hen?«

Der Puma trottete am gegenüberliegenden Ufer entlang, folgte ihr so beiläufig, dass ihr mit Schrecken klar wurde, wie mühelos er mit ihr Schritt hielt. Dass er in der Lage war, sie im Nullkommanichts einzuholen.

Mach dich groß. Wende ihm nicht den Rücken zu. Mach Lärm. Fall auf keinen Fall hin.

Der Hunger hat dem Tier alles genommen, was von seiner Schönheit, seiner Ebenmäßigkeit vielleicht noch übrig gewesen war.

Ihre Stimme zitterte, als sie sang: »Willst du mich etwa fre-hessen?«

Sie öffnete den Reißverschluss ihrer Windjacke, damit sie im Wind flatterte und sie größer wirken ließ.

Nicht stolpern, nicht stolpern!

Ihre Angst und ihre Konzentration waren so groß, dass ihr gar nicht in den Sinn kam, wie lächerlich sie wirken musste, als sie vor der nächsten Wegbiegung lauthals sang: »Bitte, Kätzchen, beiß mich nicht ...« und dabei fast über drei ihrer Klassenkameraden gestolpert wäre, die gerade eine Pause machten und sie spöttisch musterten.

»O Mann, was singst du denn da?«, kicherte ein Mädchen.

Die Hitze, die ihr ins Gesicht stieg, ihre Verlegenheit, überwog sogar die Erleichterung. Immerhin war sie schon zehn Jahre alt. Sie hatte sich bereits vorher unbeholfen gefühlt, aber ihr kürzlicher Verlust machte sie noch mehr zur bemitleideten oder verachteten Außenseiterin.

»Ich werde von einem Puma verfolgt!«

»Was? Wo?« Sie standen auf und reckten die Hälse.

Sie deutete auf die andere Seite des Flusses, aber das Tier war verschwunden. Es hatte sich irgendwo zwischen die Bäume zurückgezogen. Sie spürte noch immer den Blick aus seinen gelben Augen auf sich.

»Ich kann nichts sehen.«

»Er ist da! Irgendwo.«

»Ach komm schon.«

»Das hast du dir wahrscheinlich nur eingebildet. Die sind hier wirklich selten. Ich habe noch nie einen Puma gesehen.«

»Er war ganz dünn. Er sah krank aus.«

»Krank? Woran hast du das erkannt?«

»Hatte er Schaum vor dem Mund?«

»Nein, er war nur abgemagert. Und hatte kahle Stellen. Mit Blut dran.«

»Wenn er krank gewesen wäre, hätte er dich garantiert angegriffen. Das sagt mein Vater immer.«

»Er sah komisch aus«, beharrte sie. »Ihm sind Zähne oben aus dem Kopf gewachsen!«

Die drei Mitschülerinnen sahen sich an, bevor sie losprusteten. »Was? Wo waren die Zähne?«

Sie deutete an ihren Kopf. »Hier! Der Puma hatte ganz viele Extrazähne, die heraushingen. Oder so.«

Verdrehte Augen, vielsagende Blickwechsel, Kichern.

»Schon klar, du hast ein Monster gesehen.«

»Kein Monster, nur ein … ich weiß nicht, einen krass komischen Puma!«

»Wenn du meinst …«

Es brach ihr das Herz. Da hatte sie eine solche Begegnung überlebt, alles richtig gemacht, und jetzt wurde es als törichte Fantasie abgetan.

»Ist mir egal, ob ihr mir glaubt«, sagte sie und hielt die Tränen zurück. »Ganz egal.«

Aber natürlich war es das nicht.

Jahre später schickte ihr Vater ihr per E-Mail einen Artikel über einen in Idaho getöteten Puma, aus dessen Kopf ein zusätzlicher Unterkiefer und Schnurrhaare wuchsen. Ein siamesischer Zwilling, der im Mutterleib gestorben war und an seinem Geschwisterchen klebte, oder vielleicht ein Teratom – ein Tumor, der mit Haaren, Zähnen und Schnurrhaaren gefüllt ist –, so die Wissenschaftler. Ein echtes Rätsel, hieß es in dem Artikel. Etwas noch nie Dagewesenes, Ungewöhnliches.

Sie bezweifelte, dass der Puma, den sie gesehen hatte, noch am Leben war, und dachte, dass er vielleicht gar nicht so ungewöhnlich war. Sie stellte sich andere Pumas dieser Art vor, die in den Rocky Mountains umherstreiften, schwer fassbar und jenseits der Glaubwürdigkeit für jeden, der noch nie einen von ihnen gesehen hatte.

»Dein alter Freund?«, hatte ihr Vater mit einem Smiley geschrieben.

»Ein Puma ist eine Sache, aber eine Katze mit zwei Mäulern? Da musst du dich getäuscht haben«, hatte er damals gesagt. »Angst. Unmöglich.«

Unter ihrer eigenen Treppe begraben, im gelben Schein dieser räuberischen runden Augen, hörte sie das Echo seiner Stimme. »Musst dich getäuscht haben. Angst. Unmöglich.«

Sie wagte einen Blick auf das Ding vor dem Lüftungsgitter, auf seinen fast kahlen Kopf. Seine riesigen gelben Augen.

Du hast den Verstand verloren. Du hast Wahnvorstellungen.

Die Form des Dings veränderte sich. Mit der Bewegung wurde es leblos. Es dauerte einen Moment, bis sie begriff, was sie sah. Wie konnte es sein, dass die Augen des Pumas leblos wurden und sie dennoch weiterhin anstarrten. Doch dann machte etwas klick. Es war kein lebendes Raubtier, das sie ansah, sondern ein Bild.

Sie bekam eine Gänsehaut, winzige Härchen, die sich aus der Schweißschicht aufrichteten.

Was sie sah, war eine Zeichnung. Das Bild eines Totenkopfes mit vereinzelten Haarsträhnen und leuchtenden Augen. Ein Aufdruck, wie man ihn auf einer bestimmten Art von T-Shirts fand. Sie hätte wetten können, dass über dem Schädel, über den leuchtenden Augen der Schriftzug Black Sabbath, Metallica oder der Name irgendeiner anderen Band prangte, die, auf gute Plattenverkäufe hoffend und aus Gründen der Coolness, mit dem gemalten Tod spielten.

Jetzt wurde ihr alles klar. Der Schatten saß auf der Treppe. Mit dem Rücken zu ihr. Sie hatte zuvor nur wenig von seinem Hemd gesehen, aber das hier war ein Ausschnitt in Großaufnahme. Die Augen des Totenkopfes auf der Rückseite seines Shirts sahen sie durch den Lüftungsschlitz direkt an, blinzelten und zwinkerten bei jeder geworfenen Falte, bei jeder Bewegung.

Bitte Kätzchen, beiß mich nicht.

Ihr Herz klopfte so laut, dass sie befürchtete, ihren Sohn damit zu wecken.

Wie kann das sein? Wie ist er dorthin gelangt, ohne dass du ihn gehört hast? Oder ... bist du wieder eingeschlafen?

Sie glaubte es nicht, möglich war es dennoch. Ihre Angst, ihr schmerzender Schädel, ihre Gedankenflüge über das Haus, um Fluchtwege zu erkennen, erschienen ihr wie ein Traum.

Aber ... all der Lärm, den er vorher gemacht hatte. Das Spielzeug im Spielzimmer, die knarzende Bohle am Eingang zum Büro. Auf keinen Fall kann er die alte Treppe ein weiteres Mal hinuntergestiegen sein, ohne irgendein Geräusch auszulösen.

Sie versuchte zu begreifen. Stellte die Hypothese auf, dass er über die Küchentreppe und durch das Wohnzimmer gekommen war. Dass er – versehentlich oder absichtlich – die laute Dielenbohle am Eingang zum Büro ausgelassen hatte. Dass er sich so vorsichtig hingesetzt hatte, dass sie das Knarzen der Treppenstufen nicht wahrgenommen hatte.

Er macht sich mit den Geräuschen des Hauses vertraut. Er lernt, sich zu tarnen.

Erneut hatte sie das Gefühl, dass etwas Bekanntes sie streifte, etwas, an das sie sich erinnern sollte.

Es hat mit dem T-Shirt zu tun. Hast du es schon mal gesehen? Natürlich hast du das. Es gibt Hunderttausende Menschen, die so ein Shirt tragen. Schwarz, von irgendeiner Band, mit Totenköpfen darauf, glühenden Augen, Knochen.

Es könnte hilfreich sein, wenn du dich erinnerst.

Lass das. Konzentrier dich.

Sie schloss die Augen, dankbar, dass die Kinder eingeschlafen waren. Sie hatten nicht geflüstert und den Schatten unbemerkt auf sie zukommen lassen. Selbst das leiseste Wispern wäre durch das Lüftungsgitter zu hören, solange er direkt davorsaß. Ein winziger Zufall, der sich zu ihren Gunsten ausgewirkt hatte.

»Dieser Ort ist unheimlich, wenn er leer ist«, hatte sich der Schatten vorhin laut beschwert. »Es gibt Stimmen, Geräusche, und niemand ist da.«

O ja, er hatte tatsächlich Stimmen gehört. Und jetzt war er auf der Suche nach ihr und den Kindern, um die Quelle der körperlosen Geräusche aufzuspüren. Der Schatten saß keine zwei Meter entfernt und wartete, geduldig, mit gespitzten Ohren. Seine Nähe war erdrückend.

Er weiß, dass ihr hier seid.

Hör auf, hör auf. Er sitzt auf der Treppe, weil er von dort aus jedes Geräusch aus dem Spielzimmer, dem Büro, von der Treppe und aus den Kinderzimmern hören kann. Er wartet darauf, dass ihr euch rührt, einen Fehler macht. Euch verratet.

Ihr fiel auf, dass sie und der Schatten das Gleiche taten. Sie beide warteten still in der surrealen Gegenwart, innehaltend zwischen ihrer Vergangenheit und der unmittelbar bevorstehenden Zukunft.

Atme. Denk nach. Du kannst nichts tun. Du kannst nichts kontrollieren, außer wie ruhig und still du dich verhältst. Und selbst das kannst du nicht kontrollieren. Nicht wirklich. Schnarchen, Niesen, Seufzen. Die kleinste Bewegung der Kinder, und er wird euch hören.

Diese völlige Unmöglichkeit der Einflussnahme, was ihre eigene Gegenwart, ihre eigene Zukunft anging, beruhigte ihren Herzschlag. Es gab keine Entscheidungen zu treffen. Jedenfalls nicht in diesem Augenblick.

Sie lehnte ihren Kopf an den Ziegelstein, fühlte die warmen Körper ihrer atmenden Kinder und war seltsam erleichtert. Für diesen Atemzug schien sie von jeglicher Verantwortung befreit zu sein.

KAPITEL 13

Sie wachte verwirrt auf, ihr Mund war von einem pelzig-sauren Geschmack erfüllt. Ein vertrautes Geräusch verflüchtigte sich gerade am Rande ihrer Wahrnehmung. Während sie sich zu orientieren versuchte, beschleunigte sich ihr Herzschlag, als die Erkenntnis darüber, wo sie sich befand, über sie hineinbrach.

Ihr Blick zuckte zum Lüftungsschacht. Auf der anderen Seite war nichts zu erkennen. Was keineswegs bedeutete, dass der Schatten nicht da war. Nur, dass er nicht mehr auf derselben Stufe wie zuvor saß.

Dumm, dumm! Einfach einzuschlafen! Wie konnte dir das passieren? Ausgerechnet hier?

Behutsam presste sie einen Finger auf die Beule an ihrem Kopf. Sie hatte jetzt die Größe eines Pfirsichkerns. Die Stelle pochte immer noch dumpf, aber nicht mehr ganz so schmerzhaft. Vorsichtig tastete sie mit der freien Hand, fand den Trinkbecher und trank. Das Wasser half gegen den spinnwebenartigen Geschmack in ihrem Mund, doch sie erlaubte sich nicht mehr als ein paar kleine Schlucke.

Spar es für die Kinder auf.

Ihre Beine verkrampften, als sie sich bewegte. Das Gewicht ihres Sohnes hatte die Blutzirkulation abgeschnitten. Sie unterdrückte ein schmerzhaftes Stöhnen und zwang sich stillzuhalten, um ihren kleinen Jungen nicht aufzuwecken.

In diesem Moment hörte sie etwas und erkannte sofort, dass es das gleiche Geräusch war, das sie geweckt hatte.

Gesang.

Eine fröhliche Melodie. Nicht weit entfernt. Aus der Küche? Dem Wohnzimmer? Ganz sicher kam es von dieser Etage. Er summte. Eine Vibration, die tief und schwer durch die Wand drang.

Er war in der Nähe. Im Wohnzimmer?

Dann knarzte die Bodenschwelle zum Büro. Es gab einen hohlen Schlag – er musste die Gitarre in die Hand genommen haben. Ein paar gezupfte Töne. Eine Pause. Ein weiterer Laut. Er stimmte das Instrument.

Mit großen Augen lauschte sie in die Dunkelheit. Ihre Tochter wachte auf und versteifte sich neben ihr, kleine Hände, die sich um ihren Arm, ihr Handgelenk schlossen.

Durch das Holz drang der Klang von Noten, die auf und ab stiegen, verharrten, das vertraute Gleiten über den Gitarrenhals, bis der exakte Ton auf der Tonleiter gefunden war. Sie konnte sich die Fingerspitzen ihres Mannes auf den silbernen Stimmwirbeln vorstellen, wie er die Gitarre zärtlich auf dem Schoß hielt, wie klein sie an seiner breiten Brust wirkte. Es war immer wieder überraschend, dass jemand mit der Statur eines Wrestlers so sanft sein, einer Sache so viel Schönheit entlocken konnte. Wenn er Gitarre spielte, erinnerte sie das an die Art, wie er ihre Kinder als Babys in seinen Armen gehalten hatte.

»Bist du hier, Kleines?«, fragte der Schatten mit rauer Stimme. »Ich habe ein Lied für dich.«

Er spielte. Der Klang des frisch gestimmten Instruments war hell.

Sie konnte das Lied nicht zuordnen, aber sie wusste, dass es ein Kinderlied war, an dessen Text sie sich nicht erinnerte, weil ihre Angst und der beruhigende Klang der Gitarre unvereinbar waren.

Das Klimpern hörte auf. Dann die Stimme des Schattens, unmelodisch im Timbre und erfüllt mit dem Rasseln von Nägeln. »Kleine Schweinchen, kleine Schweinchen, lasst mich rein.«

Ihr Sohn rührte sich.

Sie veränderte leicht ihre Position, um ihre Beine zumindest etwas zu entlasten. Biss sich bei dem prickelnden Schmerz darin auf die Unterlippe.

Nicht aufwachen. Verschlaf das alles, bitte.

Der Junge hielt still.

Die Hand ihrer Tochter krallte sich so fest um ihr Handgelenk, dass es schmerzte.

»Ich bin es leid zu warten. Habt ihr gehört? Ich ziehe nicht mehr Grannys Schlafanzug an und warte. Das hier sollte nicht langweilig werden.« Die Kakerlakenstimme des Schattens kratzte triefend vor Verachtung.

Die Fingernägel ihrer Tochter gruben sich tiefer in ihre Haut.

»Kein Schafspelz. Nur ich, kleine Schweinchen.« Er hielt inne, lauschte und fügte dann hinzu: »Wisst ihr, der große böse Wolf wurde angezündet. Er ist den Schornstein hinuntergeklettert. Wie hat er da reingepasst? Ist runter in einen Topf gerutscht. Wurde gekocht und gegessen.« Er klimperte wieder auf der Gitarre. »Aber so läuft es im Leben nicht, meine Kleinen. Es sind die Schweinchen, die zum Fressen da sind. Und ich bin schlauer als der alte Wolf. Ich werde das Haus anzünden.«

Sie spürte die Wände um sie herum näher rücken. Stellte sich vor, was passieren würde, wenn sich dieser Raum mit Rauch füllte. Wie sie wegen Sauerstoffmangels gezwungen wären, ihr Versteck zu verlassen, nur um ihm in die Arme zu laufen.

Ihre Tochter begann in ihren Morgenmantel zu schluchzen. »Mama, Mama!«

»Schsch!«

»Feuer«, brummte er. »Das wird euch rausspülen, ihr drei kleinen Schweinchen. Hört ihr? Ich räuchere euch aus, null Problemo.«

Sie erstarrte, richtete sich kerzengerade auf, spreizte die Finger, als würde sie fallen und müsste ihr gesamtes Körpergewicht mit den eigenen Händen auffangen.

Null Problemo. Woher kennt er das?

Das war ein Ausdruck, den ihr Sohn verwendete. Er hatte ihn in einem Zeichentrickfilm gehört, und seit er etwa drei Jahre alt war, war »Null Problemo« aus seinem Wortschatz nicht mehr wegzudenken; wobei er den Ausdruck in den unpassendsten Situationen oft falsch verwendete und sich häufig an Reimen versuchte, die in der Regel nicht mal aus richtigen Worten bestanden.

Null-Problemo-Kakaplemo, Null-Problemo-Eiermemo.

Sie sah das Gesicht ihres Sohnes vor sich, der sich über seine Gewitztheit, über seine selbst erfundenen kleinen Reime freute, und spürte die quälende Distanz, die zwischen den alltäglichen Glücksmomenten und der Situation, in der sie gefangen waren, lag.

Woher weiß er das, woher weiß er das, woher weiß er das? Er kennt euch. Er kennt deinen kleinen Jungen, aber ...

»Glaubt ihr, dass bei diesem Sturm irgendjemand den Rauch bemerken würde? Um diese Uhrzeit? So weit wie dieser verdammt gruselige Ort von allem entfernt ist? Ne, ne. Ihr seid gaaaanz allein.«

Ihre Tochter vergrub das Gesicht in ihren Morgenmantel. Ihr Sohn schlief weiter, trotz des Lärms, der Bedrohung, der Musik und ihrer Angst.

Er glaubt, dass er in Sicherheit ist. Weil er warm eingekuschelt in der Dunkelheit in den Armen seiner Mutter schläft. Aber der Schatten kennt ihn, er kennt euch, irgendwoher ... Woher?

»Sogar Ziegel werden heiß. Sogar versteckte Löcher füllen sich mit Feuer.« Die Stimme der Ecke schwelgte in den Worten. »Eins, zwei, drei, vier – das Beste, das bleibt mir. Hört ihr das? Hört ihr das, ihr kleinen Schweinchen? Vertrocknete fleckige Sau, kleines hübsches Schweinchen? Ich werde euch verbrennen. Euch und dieses verdammte Spukhaus. Kommt jetzt raus, bevor ihr brutzelt wie Speck in der Pfanne. Und vielleicht ...« Der Schatten hielt inne, als ob er nachdachte, und als er fortfuhr, hatte sich ein Hauch Menschlichkeit in seine Stimme geschlichen. »Wenn ihr brav seid, können wir den Jungen vielleicht aus dem Spiel lassen. Er war niemals Teil des Plans.« Ein weiteres kurzes Schweigen, dann wechselte sein

Tonfall in einen malmenden, anklagenden Modus. »Das ist deine Schuld, alte Hexe. Das ist dein Werk. Noch jemand, der verletzt wird, weil du die Dinge nicht akzeptierst, wie sie sein sollten. Willst doch nicht, dass noch mehr Blut an deinen Händen klebt, oder?«

Die Worte schienen der Wand so nah, dass sie unwillkürlich den Rücken gegen den kalten Kamin presste, weg vom Schatten, weg von diesem Monster, das sie durch das Holz zu sehen schien und beschrieb, wo sie sich befanden, während seine Zunge über die Worte »Ziegel« und »versteckte Löcher« leckte. Kalte Schauer liefen ihr den Rücken hinunter, während sie sich an ihren kleinen Jungen klammerte, und für einen Moment glaubte sie, das Feuer prasseln zu hören.

Noch mehr Blut? Welches Blut klebt an deinen Händen?
Atme. Es ist okay. Es geht euch gut. Verhalte dich still. Er würde deinen Jungen niemals gehen lassen. Niemals. Er ist ein Lügner.

Der Schatten murmelte leise vor sich hin, sprach mit sich selbst, sodass nur Bruchstücke zu hören waren. »Wohnzimmer, Küche, Keller ... Schrank, Schränke ... wo? Hättest du ... gesehen ... du weißt ... wo?«

Die Wortfetzen verrieten ihr, dass er die Zimmer des Hauses durchging, die Schränke, die Rollschubladen unter den Betten und Kommoden. Sie stellte sich vor, wie er an den Fingern abzählte, wo er bereits nach ihnen gesucht hatte. Alle Räume, die er durchkämmt, in denen er Vorhänge, Türen, Decken beiseitegeschoben hatte. Er überlegte, was er übersehen haben könnte. Prüfte die unberührte Schneedecke vor den Fenstern auf Anzeichen für eine Flucht.

Er wanderte hörbar im Büro auf und ab wie ein Tier im Käfig. Setzte sich unter Quietschen in den Sessel, sprang beinahe im selben Augenblick wieder auf, um erneut hin und her zu laufen.

Ihr Körper blieb steif und regungslos gegen das Mauerwerk gepresst. Ihre Augen zuckten trotz der Dunkelheit hierhin und dorthin, während sie den Worten und Geräuschen folgte und ihr

Verstand alles durchging, was sie gesehen und gehört hatte, zu begreifen versuchte.

Null Problemo, null Problemo, das kann kein Zufall sein. Denk nach. Denk nach! Erstell eine Liste. Das ist nicht die erste Sache, die dir bekannt vorkommt.

Sie versuchte, ihre rasenden Gedanken zu beruhigen, und begann, die Ereignisse zeitlich in einer mentalen Tabelle zu ordnen.

Als du ihn zum ersten Mal gesehen hast, als dir aufgefallen ist, wie groß er ist, gab es etwas, dass du wiedererkannt hast. Dein Verstand war leer, so wie wenn du jemanden, den du kennst, an einem unbekannten Ort triffst, dich aber nicht an seinen Namen erinnern kannst, weil der Körper der Person aus dem Zusammenhang gerissen ist.

Und dann – seine Stimme. Nicht die furchtbare Schatten-Stimme, sondern die, mit der er zuerst gesprochen hat. Da war etwas Vertrautes, etwas, das an dir genagt hat.

Ihr kleines Mädchen. Der Schatten-Mann aus ihren Albträumen. Er wusste, dass ihr allein im Haus seid. Er kennt dich irgendwoher. Und die gelben Augen. Das T-Shirt. Es kommt dir bekannt vor. Es ist dir bekannt!

Null Problemo, null Problemo.

Aber die Teile wollten sich einfach nicht zu einem zusammenhängenden Ganzen fügen. Nichts passte zueinander.

Sie ließ den Kopf hängen, benommen von einem unbestimmten Gefühl der Enttäuschung; nicht sicher, ob sie wegen des Versagens ihres Gedächtnisses frustriert sein sollte oder ihrer Einsicht, dass es überhaupt nichts zu erinnern gab.

Dann ein Knirschen, ein leises Grollen. Sie kannte das Geräusch. Ein Schneebrett löste sich vom Dach. Es versetzte den Schatten augenblicklich in Bewegung. Sie sah ihn vor ihrem geistigen Auge zu den Bürofenstern an der Vorderseite des Hauses eilen, imaginierte, wie ihm dämmerte, dass Schnee von der steilen Dachschräge gerutscht war.

»Scheiße«, zischte der Schatten. Das tiefe Schnarren war einer höheren Stimmlage gewichen.
Was sieht er? Hat er euch gesehen?
»Heilige Scheiße«, wiederholte er, offensichtlich nur zu sich selbst sprechend, aber so aufgeregt, so begeistert von dem Gedanken, der ihn erfasst hatte, dass er lauter wurde. »Du Idiot! Du hast nicht nachgedacht! Du hast nicht gründlich genug gesucht. Dieser Dachfirst. Es muss einen Dachboden geben.« Er gackerte laut und klatschte siegessicher in die Hände. »Sie haben sich auf dem gottverdammten Dachboden versteckt!«

Später würde sie darüber nachdenken, dass etwas Fragiles zerbricht, wenn man es zu fest anfasst. Und wie zerbrechlich Erinnerungen sein können. Während sie sich an die vertraute Stimme, an das T-Shirt, an die Gestalt des Eindringlings, an den Klang seiner Stimme bei den Worten »null Problemo« geklammert hatte, hatte ihr Verstand jeglichen Zusammenhang zwischen diesen disparaten Blitzen des Wiedererkennens abgewürgt.

Aber das Vergnügen des Schattens über seine Erkenntnis, dass es einen Dachboden geben musste, der fast freundliche Ton, mit dem er sich selbst schalt, die unterschwellige Grausamkeit, die in diesem Vergnügen mitschwang, seine Vorfreude darauf, sie endlich zu erwischen, ließen alle Teile ineinandergreifen und erhellten ihren Geist.

Es ist er. Ganz eindeutig.

Die Gewissheit, dass sie diesen Mann kannte, dass sie sich an ihn erinnerte, brannte sich durch ihre Adern. Sie begann zu würgen, unterdrückte die körperliche Reaktion so gut sie konnte, schmeckte dennoch Galle.

Es ist er.

Sie wusste, dass viele der schlimmsten Raubtiere ihren Opfern nicht ganz fremd waren. Einige von ihnen fanden Wege, ihre Beute kennenzulernen und mit ihnen Kontakt aufzunehmen, bevor sie sich zur Jagd entschlossen.

Es ist nicht deine Schuld. Und es gibt nichts, was du hättest tun können.

Hoffnungslosigkeit überflutete sie. Der Schatten war wie ein Blitzschlag an einem klaren Tag. Seine Entscheidung, sie zu jagen, lag ebenso außerhalb ihrer Kontrolle wie der Tod ihrer Mutter. Es gab keine Erleichterung, keine Offenbarung in dieser Erkenntnis, die ihr einen Ausweg aufzeigte.

Was wirst du jetzt tun?

Durch den pochenden Fluss ihrer Gedanken hindurch hörte sie das dissonante Klingen der Gitarre, als der Schatten sie zu Boden fallen ließ. Er musste jetzt in Eile sein, aufgewühlt. Die Tür zwischen dem Büro und der Diele flog mit einem klappenden Geräusch auf. *Klick*, das schummrige Licht ging an. Es fiel durch das Lüftungsgitter wie Messer, glitt wie zuvor durch die Ritzen der Treppe. Wo es sie berührte, brannte es wie Feuer auf ihrer Haut. *Bumm, bumm, bumm* eilten die Schritte die Treppe hinauf, ein Stück vergilbter Turnschuh flog an den Lüftungsschlitzen vorbei, *Bumm, bumm, bumm.*

Es war zu viel, dieses Geräusch, so laut, dass man glaubte, im Bauch einer Trommel zu sitzen.

Ihr Sohn wachte auf und begann zu wimmern.

KAPITEL 14

Sie hatten ihre Sandwiches zu einem der Metalltische vor dem Café getragen und die Krümel, die die Vorgänger hinterlassen hatten, weggewischt. Obwohl ihre Tochter mit ihren acht Jahren schon sehr groß war, setzte sie sich im Schneidersitz auf ihren Stuhl und trällerte alte Vorschulreime vor sich hin: »Lecker-schmecker-Hosenbäcker!«

Ein Mann trat an ihren Tisch und schirmte die Augen gegen die heiße Augustsonne ab. Im Gegenlicht schien er von einem Glorienschein umgeben, wie ein Heiliger auf einem Gemälde. »Ich bin der Manager«, sagte er. »Wollte Sie nur willkommen heißen.«

Ihr kleines Mädchen legte den Kopf in den Nacken, um an seiner absurden Größe aufzuschauen. Sie schenkte ihm ihr zögerndes Lächeln.

»Was für eine Prinzessin!«, rief der Manager aus. »Wunderschön.«

Irgendetwas an seinem überdimensionierten Körper, seinem breiten Kopf, seiner Blässe erinnerte sie an nassen Sand. Und doch nahm sie an der Art, wie er ihre Tochter musterte, etwas Spannungsgeladenes wahr.

»Ist das ein Cocktail?«, fragte er und deutete auf ihre Limonade.

»Nein«, antwortete ihre Tochter. »Dafür bin ich noch nicht alt genug.«

»Echt jetzt?« In der Stimme des Managers schwang der Anflug eines übertrieben schockierten Tonfalls mit, den Erwachsene anschlagen, wenn sie Kinder aufziehen wollen. »Aber ich weiß, dass du alt genug bist, um Auto zu fahren.«

Das kleine Mädchen bedachte ihn mit einem gelangweilten Blick, bevor sie schweigend von ihrem Sandwich abbiss. Obwohl sein Gesicht zu einem großen Teil von einer Maske verdeckt war, meinte sie den Anflug von Ärger in seinen Augen zu erkennen, als ihre Tochter ihn ignorierte.

Der Manager räusperte sich und sagte klugscheißerisch zu ihrem Mann: »Mit dieser Herzensbrecherin werden Sie noch alle Hände voll zu tun haben.«

»Haben Sie Kinder?«, fragte ihr Mann.

»Noch nicht.«

Sie stellte sich vor, wie sich der Manager unter seiner Maske mit der Zunge über dicke, rissige Lippen und raue Bartstoppeln leckte. Sein Körper, seine Augen, seine Worte – all das stieß sie ab. Sie wusste, dass er, abgesehen von seiner Größe, objektiv gesehen durchschnittlich war. Durchschnittliche Gesichtszüge, durchschnittliche Haarfarbe, durchschnittliches Alter. Und doch regte sich ein nagender, uralter Instinkt in ihrem Magen und führte dazu, dass sie sich aufrichtete. Alarmglocken schrillten, doch sie dachte: *Sei vernünftig. Er hat sie nicht ... nicht auf diese Weise angesehen. Ihr bewegt euch in der Öffentlichkeit. Alles in Ordnung.*

»Und schaut euch diesen Kraftprotz an!« Der Manager mimte spielerisch einen Boxer. »Alles klar, Großer?«

»Alles super!« Ihr Sohn grinste ihn an, wie er alle Erwachsenen angrinste. »Wie geht es dir?«

Innerlich schmolz sie ein kleines bisschen dahin, weil ihr Sohn so süß war. Angesichts seiner unerschöpflichen leuchtenden Unbeschwertheit.

»Die bravsten Kinder, die jemals unsere Gäste waren«, sagte der Manager.

»Danke.« Ihr Mann lächelte. »Seit wann gibt es den Laden schon?«

Der Manager warf einen Blick über die Schulter auf das Café hinter ihm und sagte dann: »Noch nicht lange. Es war natürlich eine harte Zeit, aber es war schon alles vorbereitet und bezahlt, bevor ... Sie wissen schon ... bevor all das hier passiert ist.« Der Manager beschrieb eine weitgreifende Geste mit der Hand, als wollte er außer dem Sandwichladen die Straße dahinter, die Stadt, das ferne Brummen der Autobahn, das unsichtbare Virus, den monatelangen Lockdown, den Tod selbst darin einschließen. All das.

Sein Blick glitt wieder zu ihrem kleinen Mädchen.

Sie spürte, wie ihre Hand zu ihrer Tochter zuckte, als wollte sie ... was eigentlich?

Hör auf damit. Es ist nichts.

»Zum Glück sind wir in erster Linie ein Take-away-Betrieb, verstehen Sie? Und wir haben Tische im Freien.«

Ihr Mann nickte. »Klar, alle wollen draußen essen. Und die Lage hier ist toll!«

Wie so oft fiel ihr auf, wie sehr die Persönlichkeit ihres Mannes dem entsprach, was sie von ihrer Mutter in Erinnerung behalten hatte. Er strotzte vor Enthusiasmus. Übertreibung. Unbeschwerter Freundlichkeit. *Die Lage hier ist toll!* Der Laden, die ganze Umgebung schienen ihr beim Anblick des unangenehmen Mannes noch hässlicher, als sie sowieso schon waren. Die künstlichen Sträucher, welche die breite betonierte Terrasse des Imbisses säumten, konnten die Aussicht auf den mit Schlaglöchern überzogenen Parkplatz kaum verdecken. An seinem Ende führte die Route 23 vorbei. Auf der anderen Seite der viel befahrenen Straße befanden sich ein Verizon-Shop, ein Joann Fabrics und ein Taco Bell. Der Sandwichladen gehörte zu einem Einkaufszentrum mit einem Starbucks auf der einen Seite und einer leeren Schaufensterfront auf der anderen, wo ein halb heruntergerutschtes Banner verkündete: »Neueröf«. Autos rasten vorbei. Autos warteten an der Ampel. Autos stießen Lärm und Abgase aus.

Sie hatte vorgeschlagen, die Sandwiches zu Hause zu essen, aber ihr Mann hatte darauf bestanden, auf der Terrasse zu sitzen, wollte jede Gelegenheit nutzen, sich wieder in der Welt zu bewegen.

Es ist alles so hässlich. Wir könnten überall sein, überall in Amerika.
»Sie haben die Tische mit genug Abstand gestellt. Man fühlt sich sicher«, sinnierte ihr Mann.

Ihr fiel auf, wie klein ihre Tochter im Schatten des Managers aussah.

Sicher.

»Wenn Sie uns eine Onlinebewertung schreiben könnten, wüssten wir das sehr zu schätzen. Und ich würde mich natürlich freuen, wenn Sie wiederkommen.« Der Manager klatschte in die Hände. »Kann ich noch etwas für Sie tun?«

»Nein.« Es war das erste Mal, dass sie, seit der Manager an ihren Tisch gekommen war, das Wort ergriff. Es überraschte sie selbst, wie laut sie gesprochen hatte, trotzdem schien der Manager sie nicht zu hören.

Ein Träger des Tanktops ihrer Tochter war über ihren dünnen Oberarm heruntergerutscht. Der Mann hakte einen Finger unter den schmalen Stoffstreifen und schob ihn zurück auf ihre Schulter. Das Mädchen zuckte unter der Berührung seiner Hand zurück und machte sich instinktiv kleiner. Innerhalb eines kurzen Augenblicks war alles vorbei.

Hast du das wirklich mit angesehen? Ist das gerade tatsächlich passiert?

Ihr Inneres krampfte sich zusammen und lähmte ihre Zunge. Ihre Gedanken überschlugen sich mit vagen Erinnerungen an die gleiche Geste. All die Male, in denen ein Freund, ihr Mann einen verrutschten Träger an seinen Platz zurückgeschoben hatten.

Eine intime Geste. Das ist sie immer, war sie immer, jedes Mal.

Mach dich nicht lächerlich. Es war nur eine Sekunde. Nur eine spontane Reaktion.

»Kann ich Stifte haben?«, fragte ihr Sohn den Manager. »Buntstifte?«

»Was sagt man?«, ermahnte sie ihren Sohn automatisch und zuckte zusammen.

»Null Problemo: Bitte!«

»Nein, Kumpel, tut mir leid.« Der Manager zuckte mit den Schultern. »Was ist mit dir, Prinzessin?« Er beugte sich hinunter, als wollte er den Blick ihrer Tochter auffangen. »Möchtest du einen Cocktail-Refill?«

Hinter ihren geschlossenen Lippen blubberten gefangene Worte. *Halten Sie sich von meiner Tochter fern.*

Warum reagierst du so heftig?

Was hatte dieser Mann denn getan? Nichts, rein gar nichts. Ein rasches Zurechtrücken eines Trägers. Ein paar scherzende Worte. Blicke, die über einem schwebten und in einen hineinkrochen. Männer und ihre Blicke – sie hielten sich für so subtil.

Hat dir dein Gefühl in solchen Fällen nicht jedes Mal recht gegeben?

Nicht unbedingt so, dass es beweisbar gewesen wäre.

Sie überlegte, etwas zu sagen. Etwas, von dem sie sicher war, dass es die aufgesetzte Verwirrung des Managers hervorrufen würde und die echte Verwirrung ihres Mannes, der schließlich ein guter Mann war und daher immun gegen Intuitionen, die auf Angst beruhten. Ihr Mund fühlte sich angesichts all der Unterströmungen, Implikationen und Konsequenzen wie zugenäht an. Wenn sie etwas sagte, egal was, würde das den Manager zum Opfer machen, und ihr Mann wäre verärgert und würde sich entschuldigen. Sie würden sich streiten. Auf eine Weise, die grausam und persönlich war, die einen im Innersten verletzte, weil das eigentliche Problem darin bestand, dass jeder von ihnen in einer anderen, nicht übersetzbaren Realität lebte.

Ja, sie würde sich lächerlich machen. Sie würde in jeder Diskussion unterliegen, null Problemo.

Es war eine Sekunde. Hast du es gesehen? Es war vielleicht ganz normal.

Also blieb sie stumm. Wie ihre Tochter, die auf dem Plastikstrohhalm herumkaute, der in ihrem Glas steckte.

»Hast du deine Zunge verschluckt?«, fragte der Manager das Mädchen.

»Liebes?«, fragte ihr Mann. »Möchtest du noch etwas? Der Mann hat dich gerade was gefragt.«

Ihre Tochter schüttelte den Kopf und sackte noch weiter in sich zusammen, ohne zu ihrem Vater oder dem Manager aufzusehen.

»Hey, versteck dein Lächeln nicht, wie wäre es …«

Das war der Moment, der das Fass zum Überlaufen brachte.

»Ich glaube, wir brauchen nichts weiter«, fiel sie ihm mit kühler Freundlichkeit ins Wort und sah ihm dabei fest in die Augen. »Lassen Sie sich nicht weiter aufhalten.«

In diesem Augenblick schien der Manager ihre Existenz zum ersten Mal wahrzunehmen. Eine kaum sichtbare Anspannung vibrierte unter seiner Haut. Sie drückte ihre Zunge gegen die Rückseite ihrer Zähne, um ein hartes, lippenloses Lächeln zu erzwingen. »Vielen Dank«, zischte sie. »Sie waren sehr hilfsbereit.«

»Oh … äh … ja!« Die Augen des Managers verfinsterten sich auf eine Weise, die sie als Ausdruck übertriebener Überraschung und Gekränktheit wertete. »Dann lasse ich Sie mal allein.«

Sie sah ihm nach, während er zum Café zurückging. Wie die anderen Angestellten trug er Schwarz; beim Anblick seines ausgeleierten T-Shirts, auf dessen Rückseite ein anzüglicher Totenkopf unter einem unentzifferbarem Bandnamen prangte, der in dieser entstellten Schriftart im Gothic-Stil gedruckt war, runzelte sie die Stirn.

Sie nahm einen großen Bissen von ihrem Sandwich und tat so, als würde sie den Blick ihres Mannes nicht bemerken.

»Warum musstest du so unhöflich sein?«, fragte er.

Sie kaute zu Ende. Schluckte.

»Ich hab mich bei ihm bedankt.«

»Komm schon.«

»Er wird es überleben.«

»Er versucht nur, freundlich zu sein. Die Leute dazu zu bringen, wiederzukommen. Der Laden ist noch neu, Kundenbindung und so.«

»Hmm.«

Ihr Mann lehnte sich auf seinem Stuhl zurück. »Ich wusste in der Sekunde, als er das Wort ›Prinzessin‹ in den Mund genommen hat, dass du ein Problem mit ihm haben würdest.«

»Ich hatte einfach keine Lust, mich mit ihm statt mit euch zu unterhalten.«

Ihr Mann atmete schnaubend aus.

Sie fuhr mit der Hand durch das schwarze Haar ihres Sohnes. Seinen weichen Hals hinunter. Seine Wange streichelte ihre Hand wie ein Rehkitz. Dann begann er in der Nase zu bohren.

»Hör auf damit«, sagte sie, »das ist eklig.«

»Ich muss aber.«

»Nein, das musst du nicht.«

Eine Frau mit zwei Bechern in der Hand kam aus dem Café. Als sie das nummerierte Fähnchen entdeckte, das sie bei ihrer Bestellung an der Kasse bekommen hatten, steuerte sie ihren Tisch an.

»Ein Eiskaffee und ein Chai Latte?«

»Genau, danke«, sagte sie, als die Frau die schwitzenden Plastikbecher auf den Tisch stellte.

»Ich lass Ihnen die Quittung da«, sagte sie und steckte das zusammengerollte Stück Papier unter den Metallfuß der kleinen Flagge.

»Du hast schöne Haare«, sagte ihre Tochter, den Blick auf eine rosa Strähne fixiert, die der Frau über die Wange fiel.

Sie hielt den Atem an, wie immer in solchen Situationen.

»Ich verrate dir ein Geheimnis«, sagte die Frau. »Das sind nicht meine echten Haare! Die Strähne ist nur angeklippt.« Sie hielt inne, musterte den enttäuschten Gesichtsausdruck des Mädchens, ging dann geübt in ihrem kurzen Rock in die Knie, um ihr in die Augen sehen zu können, und sagte in verschwörerischem Ton: »Wenn ich so wundervolles Haar hätte wie du, bräuchte ich kein falsches Zeug hineinzustecken.« Die Frau betrachtete den tiefschwarzen glänzenden Haarschopf ihrer Tochter. Die linke Hälfte der Augenbraue des

Mädchens war weiß und eine Haarsträhne an ihrer Schläfe ausgeblichen. »Wirklich. Es ist etwas Besonderes.«

Ihre Tochter lächelte schüchtern. Sie bedankte sich bei der Frau und bedachte sie mit einem vielsagenden Blick, der deutlich machte, wofür sie wirklich dankbar war. Ihr fiel auf, wie ihr kleines Mädchen der Frau sehnsüchtig hinterhersah.

Auf dem Gesicht ihres Mannes lag ein säuerlicher Ausdruck.

»Was?« Sie seufzte.

»Ich begreife es einfach nicht. Du bist höflich zur Kellnerin, aber nicht zum Manager?«

Und schon geht es wieder los.

Seit dem Konflikt mit dem Schwiegervater hatte ihr Mann seinen Vorwurf, dass sie die Situation am Todestag seiner Mutter falsch eingeschätzt haben könnte, nicht mehr thematisiert: dass sie etwas getan haben könnte, das den Zorn seines Vaters verdient hätte. Aber diese neue Angewohnheit, ihr Verhalten unter die Lupe zu nehmen, nach Anzeichen dafür zu suchen, dass sie sozial unverträglich und rücksichtslos war, durchbrach die sonst so ruhige Oberfläche ihrer Ehe, um sie daran zu erinnern.

Genau, er will dir die Schuld geben. Genau, er braucht die Anerkennung seines Vaters so sehr, dass er bereit ist, deine Vertrauenswürdigkeit dafür zu opfern. Und genau, es ist deine Schuld, dass du dieses schwarze Loch von einem alten Mann in dein Leben gelassen hast.

Sie wusste, dass sie ruhig klingen, es abtun musste. Sie musste den belehrenden Vortrag, den sie in ihrer Kehle aufsteigen spürte, herunterschlucken, darüber, wie sie ihre Instinkte bezüglich seines Vaters ignoriert hatte und was dabei herausgekommen war. Darüber, wie wütend es sie machte, dass ihr Mann sie überzeugen wollte, die in seinen Augen grundlose Abscheu gegenüber diesem Fremden abzulegen. Nein, eine solche Tirade würde nur beweisen, dass sie all das war, was sie nicht sein durfte: verbittert. Zornig. Erfüllt von ohnmächtigem Bedauern.

Also zuckte sie mit den Schultern und fragte: »Warum machst du so eine große Sache daraus?«

»Ich verstehe einfach nicht, warum du manchmal so komisch zu den Leuten bist.«

»Hör zu, ich weiß, du denkst, ich bin vielleicht unfreundlich oder unbeholfen oder was auch immer. Aber ich muss nicht so tun, als fände ich es toll, wenn er uns dermaßen belagert. Und diese Frau war ... nett.«

»Das Wort Prinzessin ist ... Es ist kein bisschen anstößig.«

»Ich mag keine Prinzessinnen«, meldete sich das kleine Mädchen zu Wort. »Wir leben in einer Demokratie.«

Sie musste unwillkürlich lächeln und deutete auf ihre Tochter, als wollte sie sagen: »Genau, sie hat es verstanden!«

»Ich mag Prinzessinnen!«, rief der kleine Junge. »Sie können singen.«

»Da ist was dran.« Sie fing seine Hand in der Luft ab, als er wieder in der Nase bohren wollte.

»Was ist eine Herzensbrecherin?«, fragte ihre Tochter.

Ihr Ehemann wandte sich überrascht zu ihr um.

Sie tat so, als wäre sie damit beschäftigt, ihrem Sohn beim Naseputzen zu helfen, neugierig, wie ihr Mann antworten würde.

»Das ist ... wenn man jemanden liebt, der einen nicht zurückliebt«, sagte ihr Mann. »Dann bricht derjenige einem das Herz. Also der Herzensbrecher.«

»Ein Herzensbrecher tut also jemandem weh?«

»Manchmal. Aber ... eigentlich ist es ein Kompliment. Der Mann hat das nett gemeint.«

Sie hörte mehr als dass sie spürte, wie fest sie die Zähne zusammenbiss. »Er hat das Wort ›Herzensbrecherin‹ im Sinne von ›schön‹ benutzt«, erklärte sie ihrer Tochter, »weil die Menschen schöne Sachen wollen und traurig sind, wenn sie sie nicht haben können. Aber niemand ist verpflichtet, eine andere Person zu lieben. Niemand hat ein Anrecht auf deine Liebe oder Aufmerksamkeit.«

Sie betrachtete ihre wunderschöne Tochter. So einzigartig, so ungewöhnlich, sagten die Leute und wollten eine Erklärung. Sie starrten das Mädchen an und versuchten herauszufinden, was den Unterschied machte, fragten sich, wovon sie sich so angezogen fühlten.

»Verstehst du?«

Das kleine Mädchen warf einen Blick auf die Tür des Cafés, durch die die Frau verschwunden war.

»Ja.«

Tut sie das wirklich? Tust du es?

Während er den Kindern dabei zusah, wie sie saure Gurken gegen Tomatenscheiben tauschten, räumte ihr Mann ein: »Der Typ war vielleicht wirklich ein bisschen komisch.«

Freudig überrascht über seine Kehrtwende, sagte sie: »Schon, oder? Wie alt ist er wohl, um die dreißig? ›Prinzessin, Schätzchen, Herzensbrecherin‹. Nicht alt genug, dass so was harmlos klingen würde. Ist dir aufgefallen, dass er an keinen einzigen anderen Tisch gegangen ist? Findest du das nicht seltsam?«

Ihr Mann zuckte ausweichend mit den Schultern. »Er hatte wahrscheinlich seine Runde schon gedreht, bevor wir uns hingesetzt haben.«

»Wahrscheinlich.« Sie warf einen Blick zu den Kindern hinüber, die in ihr eigenes Gespräch vertieft waren, bevor sie leise hinzufügte: »Mir hat nicht gefallen, dass er ihr den Träger hochgeschoben hat. Ich fand das befremdlich.«

Es war nicht zu übersehen, dass ihr Mann sich ärgerte, und sie wünschte sich sofort, die Worte zurücknehmen zu können.

»Wovon sprichst du?«

»Er hat den Träger von ihrem Tanktop hochgeschoben. Auf ihre Schulter.« Sie zupfte an einem imaginären Träger und zog ihn zur Demonstration auf ihre eigene Schulter.

Ihr Mann verschränkte die Arme und legte den Kopf schief. »Ach, komm. Das ist doch nicht wahr.«

»Vielleicht hast du es nicht gesehen, aber er hat es getan.«

Ihr Mann verzog die Lippen und hob die Augenbrauen. Es war der skeptische Ausdruck, den er immer aufsetzte, wenn er glaubte, dass sie die Welt verkehrt wahrnahm. Sein Blick verriet ihr, dass sie kurz vor einem Streit standen. Einem von der Sorte, den sie Null-Problemo-Eiermemo verlieren würde, weil der Manager nur Dinge gesagt hatte, die entschuldbar waren. Weil sie nicht erklären konnte, warum er ihr Angst eingejagt hatte.

Sie versuchte, das Gespräch in andere Bahnen zu lenken. »Ich meine ... Ich verstehe nicht, warum dich das stört. Du darfst den UPS-Mann anschreien, aber ich muss zu diesem Kerl freundlich sein? Ich darf doch wohl ein bisschen unhöflich sein, wenn ich jemanden für unheimlich oder nervig oder was auch immer halte.«

»Der UPS-Typ ist ein Idiot«, eiferte sich ihr Mann.

Sie lachte schnaubend. »Stimmt, das ist er. Und dieser Typ hat viel zu vertraut getan. Das war irritierend.«

Die Augen ihres Mannes weiteten sich. Er hob das Kinn, um hinter sie zu deuten.

Der Manager kam mit einem Teller auf sie zu, auf dem das größte Stück Vanillekuchen thronte, das sie je gesehen hatte. Er stellte ihn mit einer dramatischen Geste auf ihrem Tisch ab und brachte dabei fast das nummerierte Fähnchen zu Fall. Die Torte hatte einen verlockenden cremefarbenen Farbton. Sie schien so weich, die Wellen der Glasur so tief, ihr Glanz so matt – zu perfekt, um echt zu sein. Die Kinder starrten das Stück Kuchen an, als wären sie Zeugen einer Erscheinung der Jungfrau Maria.

»Geht aufs Haus!« Der Manager stemmte die Hände in die Hüften. »Für die bravsten Kinder der Welt.«

Ihr kleines Mädchen streckte die Hand aus, als wollte sie den Kuchen berühren und sich vergewissern, dass er auch wirklich da war. Doch dann zog sie ihre Hand zurück und strahlte den Manager an. »Danke!«

»Torte für ein Törtchen«, sagte er.

Das Lächeln ihrer Tochter verblasste.

»Das wäre nicht nötig gewesen«, wandte sie sich an den Manager. Ihr Ton klang so schroff und kalt, wie sie es beabsichtigt hatte.

»Es ist mir ein Vergnügen! Man muss sich schließlich wie ein Gentleman benehmen, wenn man eine Prinzessin im Haus hat.«

»Vielen Dank.« Ihr Mann schien ebenso fasziniert wie die Kinder. »Was für ein Riesenstück Kuchen!«

Der Manager stellte zusätzliche Teller auf den Tisch und legte Besteck daneben. Dann griff er nach der Quittung, die die Kellnerin unter den Metallfuß geklemmt hatte. »Kann ich die mitnehmen?«, fragte er und hob die Fahne hoch.

»Gern«, antwortete ihr Mann.

Der Manager steckte die Rechnung in seine Gesäßtasche. »Na dann, guten Appetit!«

Sein ganzes Selbst glühte triumphierend. Und als sie seinem Blick begegnete, war sie sich sicher, dass er hinter seiner Maske höhnisch grinste und flüsterte: »Gewonnen.«

Er vollführte eine unterwürfige Verbeugung und ging dann zurück ins Café.

»Das ist ungefähr ein Viertel Torte«, brummte sie. »Und er hat nicht mal gefragt, ob es in Ordnung ist, dass er uns ein Stück bringt.«

»Du hast nicht ernsthaft ein Problem mit einem Gratisdessert.« Ihr Mann schüttelte grinsend den Kopf, wohl wissend, dass sie eine Naschkatze war. »Hätte nie gedacht, dass ich diesen Tag erlebe.« Dann teilte er die Torte in mehrere Stücke. Als er ihr eines geben wollte, winkte sie ab.

»Nein danke. Ich bin satt.«

»Im Ernst? Du verzichtest auf Nachtisch?«

»Ja.«

»Vielleicht solltest du öfter so kurz angebunden sein«, stichelte ihr Mann. Seine Verärgerung war einem versöhnlicheren Ausdruck gewichen. »Wenn man auf diese Weise etwas geschenkt bekommt.«

»Scheint so«, erwiderte sie.

Sie sah zu, wie ihre Familie den Kuchen aß. Zuckerguss klebte an den Lippen ihrer Tochter. Sie wischte einen Klecks vom Kinn ihres Sohnes, fegte Krümel von seinem Hemd. Sie ging ins Café und holte eine Essensbox, wobei sie erleichtert war, dem Manager nicht noch mal über den Weg zu laufen.

Am nächsten Tag, als ihre Kinder draußen spielten und ihr Mann wahrscheinlich gerade über einen Hafen voller Boote flog, deren Segel in seinem Kameraobjektiv klein wie Käferflügel wirkten, warf sie den Tortenrest in den Müll.

»Können wir noch was von dem Kuchen von gestern haben?«, fragten die Kinder später nach dem Essen.

»Ich hab ihn aufgegessen«, erwiderte sie.

»Was sagt man dazu!« Ihr Mann grinste übers ganze Gesicht. »Du kannst wohl doch nicht widerstehen, wenn du was umsonst bekommst.«

Die Stimme ihrer Großmutter hallte in ihrem Kopf wider. »Nichts auf dieser Welt ist umsonst.«

KAPITEL 15

Sie presste eine Hand auf den Mund ihres Sohnes. »Pssst, pssst! Mama ist da«, flüsterte sie. »Schsch!«

Im Licht, das durch die Schlitze drang, konnte sie erkennen, wie sich ihre Tochter dicht an ihren kleinen Bruder schmiegte.

Sie sammelte sich und machte eine Bestandsaufnahme.

Sie hörte, wie der Schatten die letzten beiden Stufen nahm – *Bumm! Bumm!* –, bevor er das Zimmer ihrer Tochter durchquerte. Kein Innehalten, kein Zögern.

»Er hat uns nicht gehört«, flüsterte sie mit einer so großen Erleichterung, dass sie das gesamte Versteck ausfüllte. »Er hat uns nicht gehört! Alles okay, es geht uns gut. Mein Kleiner, ich werde jetzt meine Hand von deinem Mund nehmen, okay? Du musst – *musst!* – leise sein. Er darf uns nicht bemerken.«

Zögernd löste sie ihre Hand. Sie war nass von seiner Spucke. Und brannte. Im spärlich einfallenden Licht sah sie, dass er ihr in die Handfläche gebissen hatte.

»Mama!« Er drückte seinen Kopf an ihre Brust und weinte.

»Schsch, ich weiß, dass du Angst hast. Ich weiß, aber pssst.«

»Er wird Feuer machen.« Die Stimme ihrer Tochter war hoch und verzweifelt, sie zerrte an ihrem Morgenmantel. »Er wird uns verbrennen!«

»Pssst! Er sucht immer noch nach uns. Er sucht nach der Dachbodentür. Wir müssen leise sein.«

Gleichzeitig richteten sie den Blick nach oben. Schritte, schabende Laute.

Ja, er war dort oben, und es würde nicht lange dauern, bis er den Dachboden fand.

Das ist sie. Die erste kleine Chance, die sich dir bietet, Hilfe zu holen. Du weißt, dass er es ernst gemeint hat. Dass er bereit ist, euch auszuräuchern. Oder es auszusitzen.

Vor ihrem geistigen Auge sah sie, wie der Manager lässig die Quittung einsteckte. Eine Quittung, auf der der Name ihres Mannes gestanden haben muss. Und sie erinnerte sich daran, wie er ihr kleines Mädchen angesehen hatte.

Er hat das alles geplant. Monatelang.

Sie sah den Linoleumboden ihres Studentenzimmers vor sich, hörte sich wimmern. Spürte, wie sich ihr ganzer Verstand in Angst auflöste, wie die Scham in ihrem Körper schmolz.

So was wird dir nicht noch einmal passieren. Du hast alles durchdacht, du weißt, was zu tun ist. Das Einzige, was dir zum Verhängnis werden kann, ist zu zögern.

Und es geht im Grunde nicht um dich.

Dann sah sie sich wieder als Zehnjährige. Sie hörte ihre verängstigte Stimme. *Warum lässt du mich nicht ge-he-hen? Willst du mich etwas fre-he-ssen?*

Dies ist kein Spiel. Es geht um alles. Also gut.

Sie versuchte, so fest wie möglich zu klingen. »Der Dachboden ist groß«, sagte sie. »Er wird eine Weile brauchen, um sich dort umzusehen, außerdem muss er ihn erst mal finden.« Sie hielt inne, zog die Kinder seltsam grob in ihre Arme. Sie waren so perfekt, ihre Haut, ihr Geruch, ihr Haar und ihr abgestandener Atem.

»Wohin gehen wir, wenn es brennt?«, fragte sie. »Wenn wir Rauch riechen?«

»Nach draußen zu dem großen Felsen«, antwortete ihre Tochter.

»Sehr gut! Wenn du Feuer siehst, Rauch riechst oder siehst, müsst ihr durch die Geheimtür rausklettern und zur alten Haustür gehen. Weißt du noch, wie das Schloss funktioniert? Die kleine Metallstange, die du anheben musst?«

»Ja, Mommy.«

»Den großen Eisenriegel schiebe ich weg. Wenn ihr Rauch riecht oder Feuer seht, müsst ihr also nur die kleine Metallstange hochziehen. Du ziehst die Tür hinter euch zu, und dann versucht ihr, zum Felsen zu kommen. Wenn es zu kalt ist, versteckt ihr euch unter den Büschen am Zaun. Bis dahin ist es nicht so weit, und dort wird nicht ganz so viel Schnee liegen. Weißt du, welche Stelle ich meine? Ihr kuschelt euch eng aneinander. Nehmt die Decke mit.«

»Aber wir gehen mit dir zusammen.«

»Nein. Ich muss ... ich muss jetzt sofort gehen.«

»Nein, nein!«

Sie klammerten sich an sie und weinten, versuchten dabei willkürlich, ihre Stimmen zu dämpfen.

»Ihr müsst tapfer sein. Das muss Mama auch sein. Ich hole Hilfe, okay? Sonst tut uns der Schatten ... der Mann weh. Ihr müsst die Geheimtür hinter mir zumachen und ganz leise sein. Ihr haltet euch vom Licht fern und setzt euch ganz dicht nebeneinander. Wärmt euch gegenseitig. Nur wenn es Rauch oder Feuer gibt, geht ihr raus. Habt ihr das verstanden?«

»Nein, Mama, wir wollen mit!«

Sie konnte fühlen, wie sie in Panik gerieten.

»Ihr könnt nicht mitkommen. Es ist zu kalt. Es liegt zu viel Schnee. Er würde uns erwischen.«

Wumm!

Bei dem Geräusch verstummten sie.

»Das war die Dachbodentür.« Ihre Atmung beschleunigte sich. »Er hat sie gefunden. Ich muss los. Solange er auf dem Dachboden ist, kann er nicht hören, wie ich mich rausschleiche.«

»Mama, nein! Nein. Bitte!«

Plötzlich war da diese Kraft, die sie antrieb. Sie wollte sicherstellen, dass die Kinder überlebten. Wieder sah sie sich von außen und fragte sich: *Wie kannst du so wach sein? Warst du jemals so wach?*

»Jetzt. Ich muss jetzt sofort gehen.«

Sie kroch auf Händen und Knien auf das bewegliche Paneel zu; dieses Mal konnte sie durch das von oben einfallende Licht erkennen, wohin sie musste. Die Kinder folgten ihr, hielten sie fest, weinten leise.

Sie lehnte sich mit dem Rücken gegen die Geheimtür und sah die beiden an. Sie waren von oben bis unten mit Staub und Dreck bedeckt. Sie starrte sie an, ihre Schönheit, ihre großen, dunklen Augen, die dichten Wimpern. Sanft strich sie ihnen die Haare aus dem Gesicht. Ihre Hände waren überall, versuchten, sie zu umklammern. Sie beugte sich ihnen entgegen, küsste Wangen, Nasen, Augenlider, schnell und verzweifelt. Hungrig nach jeder Berührung. Aber in Panik.

Du hast keine Zeit für so was!

»Ich hab euch lieb«, sagte sie. »Ich liebe euch mehr als alles auf der Welt. Mama wird zu euch zurückzukommen. Wenn ihr Rauch riecht oder Feuer, klettert ihr hier raus. Nur dann.«

Eine Vision drängte sich ihr auf. Der Schatten, der ihr wehtat, um die Kinder herauszulocken. Sie hörte, wie verzweifelt ihr Tonfall wurde.

»Auch wenn ihr Mama sagen hört, ihr sollt rauskommen, kommt ihr nicht raus. Okay? Wenn ich zurückkomme, mache ich die Geheimtür ganz allein auf, verstanden?«

Ihre Tochter hatte den Saum des Morgenmantels fest um ihre Hand geschlungen. Ihr Sohn umklammerte ihre Wade.

»Versprecht mir das!«

»Gut, Mama«, sagte ihre Tochter.

»Du auch, versprich es mir!«

»Okay«, sagte ihr Sohn und nickte.

»Ihr seid die besten und mutigsten Kinder der Welt. Ich bin so stolz auf euch.«

Sie versuchte, sich umzudrehen, um die versteckte Luke zu öffnen, aber sie ließen sie nicht los. Hände griffen nach ihr, Arme umklammerten sie. Ihr Blick verengte sich, sie presste sie die Lippen zusammen.

Warum tun sie nicht, was du ihnen sagst? Warum hören sie nicht einfach auf dich? Dir läuft die Zeit davon!

»Ihr habt es mir versprochen! Lasst mich los«, sagte sie mit einer Stimme, die an Wut grenzte und ihre Kinder normalerweise zum Gehorsam zwang. Eine Stimme, die sie jetzt unangenehm an den Schatten erinnerte. »Lasst mich sofort los.«

Aber sie wickelten sich um ihr Bein, ihren Morgenmantel, ihre Handgelenke, zogen sie nach unten.

»Wir haben keine Zeit!«, knurrte sie zornig. »Versteht ihr das nicht.«

Sie schüttelte sie ab, löste sich grob von ihren klammernden Händen und Armen. Doch sie ließen nicht von ihr ab. Ihre kläglichen Stimmen riefen »Mama!«

Zu laut! Sie sind zu laut.

»Nein!«, zischte sie. »Nein! Hört auf. Ihr müsst tun, was ich sage. Sonst kriegt uns der Schatten.«

Mit beiden Händen stieß sie ihren Sohn hart gegen die Brust, sodass er auf den schmutzigen Boden fiel. Sie sah den Schock, der sich auf seinem Gesicht abzeichnete. Dann riss sie die Hände ihrer Tochter von ihrem Morgenmantel und schubste auch sie kraftvoll von sich weg.

Beide fingen an zu weinen.

Es ist nur zu ihrem Besten.

Sie biss die Zähne vor Panik und Abscheu über das, was sie getan hatte, so fest zusammen, dass es ihr schwerfiel, ein weiteres Wort herauszubekommen. »Ruhe! Keinen Ton mehr! Sonst kriegt euch der Schatten.«

Köstlich.

Still rappelten sie sich auf und krabbelten aufeinander zu, um sich zu umarmen, sahen zu, wie sie die Tür aufschob und die Luke in das dunkle Büro öffnete.

Unbeholfen wand sie sich heraus und drehte sich um. »Macht die Klappe zu!«

Sie bewegten sich nicht.

»Sofort!«

Ihre Tochter beugte sich vor und fasste das Paneel mit misstrauischem Gesichtsausdruck.

Kurz bevor die Luke einrastete, flüsterte sie noch ein verzweifeltes »Ich liebe euch!«.

Einen Moment lang verharrte sie auf allen vieren. Ihr war schwindelig. Sie fühlte sich hilflos, versuchte jegliche Szenarien, wie sie im Rauch um Luft rangen oder im Feuer schrien, zu verdrängen. Sie konnte sich nicht beruhigen, konnte das Aufflackern der Bilder in ihrem Kopf nicht stoppen. Die Vorstellung, dass dies ihre letzte Erinnerung an sie war.

Atme, atme. Du hast keine Zeit. Beweg dich.

Als sie aufstehen wollte, gaben ihre verkrampften Beine beinahe unter ihr nach. Sie schüttelte sie aus, um die Blutzirkulation in Gang zu bringen, und stolperte zur Haustür. Nach der Dunkelheit in ihrem Versteck blendete sie das Licht über der Treppe geradezu unerträglich.

Du hast getan, was du tun musstest. Niemand wird kommen, um euch zu retten. Du hast keine andere Wahl. Du verschwendest wertvolle Zeit!

Sie öffnete den schmalen Schrank in der Diele, schloss die Augen und sendete ein stummes Flehen gen Himmel, dass sich dort etwas Warmes zum Anziehen befinden möge.

Sie öffnete die Augen.

»Danke, danke«, sagte sie zu ihrem Mann, zu ihrer Schwiegermutter. »Danke!«

Im Kleiderschrank hing der alte Pelzmantel ihrer Schwiegermutter. Ein kastenförmiger, aus der Mode gekommener, nach Mottenkugeln riechender langer Pelzmantel. Nerz. Oder Fuchspelz. Oder einfach Kaninchenfell.

»Ich werde ihn spenden«, hatte sie zu ihrem Mann gesagt und ihn hochgehalten. Ihre Schwiegermutter hatte ihr den Mantel damals aufgedrängt und keinen Widerspruch geduldet. Als ob es sich bei diesem Kleidungsstück um etwas handelte, das die Leute in dieser Zeit noch trugen oder auch nur zu schätzen wussten.

»Ich kann das ... moralisch nicht vertreten.«

»Es ist ja nicht so, als hätten wir ihn gekauft. Wäre es nicht noch schlimmer, wenn wir ihn wegwerfen?«

»Du klingst wie mein Vater«, sagte sie und dachte an die Stapel alter Zeitschriften, kaputter Gartenstühle und verrotteter, zusammengerollter Teppiche im Haus ihres Dads.

Ihr Mann hielt den Mantel in der Hand und betrachtete ihn lächelnd; unzählige Erinnerungen leuchteten in seinen Augen auf, Erinnerungen an seine Mutter in diesem Mantel, als er noch neu und gepflegt gewesen war.

Sie hatte geseufzt. Fand ihn hässlich, unpraktisch und altmodisch. Aber sie wusste, dass sie in dieser Sache gegen ihren Mann machtlos war.

»Vielleicht trägst du ihn ja doch eines Tages«, sagte er.

»Dann finde einfach einen Ort, wo er nicht im Weg ist.«

Und hier war er also. Ihr Mann hatte ihn in diesen seltsamen, nutzlosen kleinen Schrank gehängt, um auf den Tag zu warten, an dem sie ihn nicht mehr hassen würde. Dieser Tag war heute gekommen.

Sie griff danach, zögerte.

Aber er hat in dem Schrank rumgewühlt. Wird ihm nicht auffallen, dass er weg ist?

Keine Zeit. Keine Zeit! Es ist das Risiko wert. Du glaubst, dass dir kalt ist, du fühlst dich unwohl. Das war noch gar nichts. Wenn du den Mantel nicht anziehst, hat das Folgen. Unterkühlung? Frostbeulen? Wie schnell kann das passieren?

Sie zog den Morgenmantel und ihr T-Shirt aus, wischte sich den Schweiß zwischen und unter den Brüsten weg und vom Bauch weg.

Jetzt hatte sie nur noch den Slip an. Sie warf den Morgenmantel und das T-Shirt in den Schrank und schloss ihn. Anschließend streifte sie den Mantel über, der schwer an ihr herabhing. Die Innenseite schmiegte sich seidig an ihre Haut. Er war ihr zu lang und reichte fasst bis zum Boden. Ihre Finger waren geschwollen, und sie fummelte ungeschickt die Knöpfe durch die Löcher; schließlich gelang es ihr, immerhin drei davon zu schließen.

»Neunzig Prozent des Erfolgs bestehen aus Vorbereitung, der Rest aus Schweiß«, verkündete die Stimme ihrer Großmutter.

Von oben war kein Laut zu hören.

Er muss noch auf dem Dachboden sein.

Sie schaute durch die Lüftungsschlitze, verengte die Augen. Doch sie konnte die Kinder nicht sehen. Sie beugte sich hinunter und drückte ihr Gesicht dagegen. »Schsch«, flüsterte sie. »Es tut mir leid. Seid ganz leise!« Sie lauschte, konnte aber keine Antwort hören.

Das ist doch gut, oder nicht?

Wie mit heißen Nadeln geschrieben, zog sich eine schmerzhafte Botschaft durch die Brust. *Du hast ihnen wehgetan. Du hast ihnen wehgetan.*

Nein, das hast du nicht! Nicht wirklich. Du hast sie nur weggestoßen.

Die Panik pochte unaufhörlich in ihrer Kehle.

Keine Zeit, keine Zeit!

»Ich liebe euch! Ich liebe euch!«

Sie nahm den Hauch einer Bewegung wahr, lauschte, versuchte einen Hinweis darauf zu erhaschen, was der Schatten vorhatte.

Hast du etwas überhört? Er ist jetzt da oben und sucht, aber wie lange noch? Wie lange, bis er wütend wird? Beeil dich.

Sie wandte sich der Tür zu. Es ertönte das unvermeidbare Quietschen von Eisen auf Eisen, als sie den Riegel aufschob. Dann hob sie mit einer Hand die kleine Metallstange und öffnete mit der anderen das Schnappschloss.

Als die Flügeltüren sich öffneten, wurde sie von einem kalten Windstoß und aufgewirbelten Eiskristallen empfangen. Augenblicklich begannen ihre Augen zu tränen. Ihre Haut schmerzte, und sie begann unter dem Schock der grenzenlosen Kälte am ganzen Körper zu zittern. Regungslos stand sie da und starrte in den Himmel.

Los, mach schon!

Ihr Körper rührte sich nicht. Sie zog den Mantel enger um sich, während ihre Füße wie festgenagelt waren.

Du hast keine Wahl. Und was den Schmerz angeht, er wird kommen, egal was du tust, er wird noch viel schlimmer werden, bevor er gelindert werden kann.

»Sie sind so tapfer!«, hatte die Krankenschwester und auch ihr Mann zu ihr gesagt, und sie erinnerte sich daran, gewusst zu haben, dass sie nicht tapfer war, ganz und gar nicht. Es war einfach so, dass sie in dieser Situation nichts zu melden hatte. Das Baby wollte auf die Welt, die Wehen waren schnell in kurzen Abständen gekommen, es war zu spät für schmerzlindernde Medikamente. *Vielleicht bedeutet Tapferkeit nur Ausdauer,* hatte sie damals gedacht. *Vielleicht gibt es gar keine Tapferkeit. Nur die Möglichkeit, etwas zu überstehen.*

Diese Situation hier ist wie damals. Es ist nicht anders als bei der Geburt eines Kindes. Der Ball ist ins Rollen gekommen. Die Schwerkraft hat dich erfasst. Wenn du bleibst, stehen dir noch schlimmere Schmerzen bevor. Gewalt. Der Tod. Nicht nur dir, sondern auch ihnen. Also los, du hast keine Wahl.

Sie holte tief Luft und trat aus dem Haus.

Während sie die Eingangstür vorsichtig hinter sich zuzog, hielt sie bis zum letzten Moment den Blick auf das Lüftungsgitter gerichtet. Dann fiel die Tür ins Schloss.

Ab jetzt gab es kein Zurück mehr.

KAPITEL 16

Kaum dass sie draußen im Schneesturm stand, wurde ihr klar, dass es unmöglich war.
Für wen hältst du dich?
Sie drückte sich an die Fassade. In ihrem Kopf wirbelten Geschichten von heldenhaften Supermüttern herum. Mütter, die Autos hochstemmten, um ihr darunter liegendes Baby zu befreien. Die mit Bären, Tigern und Schlangen kämpften, Kinder aus den Mäulern von Alligatoren zogen. Die schossen, um zu töten. Schreiend, rechtschaffen, siegreich.
Was für ein Schwachsinn.
Vor Jahren war sie an einer Stelle in einen Fluss gesprungen, wo das Wasser tief, aber die Oberfläche ruhig und glatt war. Die Augustsonne hatte vom Himmel geschienen, die Luft war heiß und trocken. Aber das Wasser war frisch geschmolzener Schnee aus dem Wasatch-Gebirge gewesen, und als sie in den Fluss eintauchte, hatte sie einen Kälteschock erlitten und war nur deshalb nicht ertrunken, weil sie bis auf den Grund gekommen und sich dort unwillkürlich so fest abgestoßen hatte, dass sie die Wasseroberfläche wieder erreichte.
Diese Kälte hier war die gleiche. So schmerzhaft, so plötzlich, dass sie daran zu ersticken drohte. Ihre Muskeln verkrampften, ihr Kiefer schmerzte bis zu den Ohren. Und das trotz des Mantels.
Gott sei gedankt für den Mantel.
Der Sturm tobte, der Schnee wirbelte, machte Dinge sichtbar, unsichtbar, dunkel, weiß.

Du hättest den Schürhaken holen sollen. Um damit auf ihn zu warten. Ihn niederschlagen. Das hier ist zu viel.

Sie sah an ihrem zitternden Körper hinab bis zu der Stelle, an der der Pelzmantel ihre Füße verschluckte.

Nein. Eure Chancen stehen so besser. Und jetzt bist du hier. Wenn du dich nicht bewegst, wird etwas dich bewegen.

»Das ist alles, was das Erwachsensein ausmacht«, hatte sie die Großmutter mit ihrem Südstaatenakzent im Ohr. »Dinge zu tun, die man nicht tun will. Und Dinge, die man nicht kann, so gut zu machen, wie man kann.«

Sie atmete die schmerzende Luft ein und setzte ihre Schritte bewusst auf Stellen, die sich nahe am Haus befanden und durch den Dachvorsprung geschützt waren. Der Schnee geriet in ihre Hausschuhe und schmolz an ihren Füßen.

Als sie um die Ecke bog, wurde der Wind ein wenig schwächer. Es handelte sich um die Leeseite des Hauses, der Schnee lag hier weniger hoch. Trotzdem pochte ihr Gesicht, ihr Kopf von der Kälte. Sie zog eine Hand aus der Tasche und drückte sie an ihre Wange, ihre Nase. Das Gleiche tat sie mit der anderen, wechselte die Seiten, um sich zu wärmen, während sie langsam weiterging. Sie musste aufpassen, dass sie nicht über den Mantelsaum stolperte. Luft und Eis wisperten durch die Knopflöcher, atmeten ihre Wirbelsäule hinab, ließen die Feuchtigkeit gefrieren, die sich noch immer an ihrem Hals sammelte. Die Wärme des Mantels war beinahe übernatürlich. Der einzige Hoffnungsschimmer in dieser dunklen, elenden, ungerechten und eisigen Welt.

Sie spähte durch ein Fenster ins Wohnzimmer. Der Raum war so still, so leer, dass er noch einsamer wirkte als die Umgebung, durch die sie sich bewegte. Sie fühlte sich unendlich allein ohne die Kinder. Hastig eilte sie an den Fenstern vorbei.

Ein Schritt, noch einer, ja.

Sie duckte sich unter den Küchenfenstern hindurch, kalte Feuchtigkeit drang durch die Sohlen ihrer Hausschuhe. Nachdem sie sich unterhalb der Fenster vorbeigeschoben hatte, spähte sie durch eine der alten, gewellten Fensterscheiben und sah den Schatten die Treppe hinunterkommen; diesmal zog er an der Stelle, wo die Decke niedriger war, den Kopf ein. Durch das Glas sah er verwässert aus, alles an ihm war verzerrt und in Bewegung.

Sie zuckte zusammen und wich vom Fenster zurück, drückte sich fest an die Fassade.

Hat er dich gesehen? Er ist vom Dachboden zurück, jetzt schon. Sie sind allein. Allein! Er wird ein Feuer machen. Sie ausräuchern. Allein!

Sie stöhnte. Angst tobte in ihren Knochen, als sie sich das Leiden ihrer Kinder vorstellte, und ließ sie die Kälte für einen Moment vergessen.

Beweg dich. Los! Du bist jetzt an den Fenstern vorbei, aber ... wenn er dich entdeckt, wird er dir folgen. Er wird dich erwischen. Du musst weiter, sofort. Wenn du bleibst, wirst du dir das nie verzeihen. Niemand wird dir das verzeihen.

Du hättest keine Vergebung verdient.

»So ist es«, bahnte sich die Stimme ihres Mannes einen Weg in ihr Gehirn. »Du darfst nicht verlieren.«

Sie rannte. Lief weiter am Haus entlang, bevor sie in der Einfahrt tief in den Schnee einsackte. Wie ein Reh stakste sie durch die Verwehungen, während der Schnee den Mantel hochschob, an ihren Beinen hochkroch und die Hausschuhe füllte.

Du darfst auf keinen Fall die Hausschuhe verlieren. Halt deine Hände in den Taschen warm. Verlier nicht das Gleichgewicht.

Gott sei gedankt für den Pelz.

Das Satinfutter des Mantels klebte jetzt an ihrer Haut. Sie registrierte ihren unregelmäßigen Herzschlag. Das Herz eines Beutetiers unter der Tierhaut des Mantels.

Durch die Bäume über ihr schnitt zischend der Sturm. Mit brennenden Lungen näherte sie sich dem Wald. Drohend zeichnete er sich vor ihr ab, verbarg Dinge, sah zu groß, zu dunkel und wütend aus, um sie durchzulassen. Er machte ihr Angst.

Erst jetzt fiel ihr auf, dass sie nirgends ein Auto gesehen hatte. Wie war der Schatten hergekommen? Hatte er es anderswo abgestellt?

Nie tust du das Richtige. Du hast sie verlassen. Verlassen! Warum hast du nicht versucht, an den Schlüssel, das Auto, die Waffe zu kommen?

Vor ihr lag der Friedhof. Die Gräber, schief und schneebedeckt.

Ja! Dort ist der Weg. Fast geschafft. Auf dem Weg wird es leichter.

Ihre Füße waren von unzähligen Schnitten durchzogen, und jeder einzelne Schritt kostete sie enorme Willenskraft. Kälte drang in ihre Waden, kroch an den Innenseiten ihrer Oberschenkel hinauf und griff in einer Weise nach ihrem Geschlecht, dass sie glaubte, jemand würde ihr eine Klinge vom Knie bis zur Leiste in den Leib rammen.

Unerträglich! Du musst stehen bleiben, du musst deine Füße aufwärmen.

Nein. Wenn du dich ausruhst, wirst du nie wieder aufstehen.

Sie erreichte die Gräber, suchte sich aus dem Gedächtnis ihren Weg zwischen ihnen hindurch, die meisten von ihnen nicht mehr als Erhebungen im Schnee, vollkommen von einer weißen Schicht umschlossen.

Nicht hinfallen!

Und schon passierte es. Sie stolperte über einen winzigen Grabstein, der unter einer Schneewehe versteckt lag. Der Grabstein eines acht Monate alten Kindes, Sterbedatum kurz vor dem Bürgerkrieg. Sie merkte, wie sie den schneebedeckten geflügelten Schädel ganz obenauf umklammerte.

»Mutter, Vater, wir werden uns im Himmel wiedersehen«, lautete die Grabinschrift. Sie erinnerte sich daran. Hatte sie viele Male gelesen, die Augenbrauen zusammengezogen, während sie sich über den kleinen Grabstein gebeugt und sich ausgemalt hatte, wie es wohl für jene Mutter und jenen Vater gewesen sein musste.

Siehst du? Das hier ist nichts. Nichts im Vergleich zu dem. Du musst das überstehen. Damit es nicht noch mehr kleine Gräber gibt.

Ihre Beine waren aufgerissen, ihre Füße nutzlos.
All diese Geschichten, all diese Filme – Lügen. Lügen und noch mehr Lügen darüber, was Menschen angeblich aushalten können. Wozu eine Mutter fähig ist. Wie viel Schmerz der menschliche Körper ertragen kann. Wie die letzte Überlebende die bewaffneten Männer niederschlägt und es schafft, vor den Monstern zu fliehen.

Es ist wie bei einer Geburt. Du musst es durchstehen.

Richtig. Und Frauen sterben bei der Entbindung. Genau wie du sterben wirst, wenn du dich nicht bewegst.

Sie stand auf, taumelte weiter, kam jedoch langsamer voran. Ein Fuß hatte sich bei dem Sturz so verdreht, dass der Schmerz von ihrem Knöchel bis hinauf zu ihren Backenzähnen pulsierte.

Ihre Füße waren nicht mehr als schmerzende Stümpfe. Ihr Körper zitterte wie Espenlaub.

Sollten deine Füße nicht längst taub sein? Warum werden sie nicht taub? Wie ist es möglich, dass du sie kaum kontrollieren kannst und trotzdem jeden schrecklichen Schritt spürst?

Ihre Hand in der linken Manteltasche war feucht. Sie zog sie heraus und betrachtete sie. In der Dunkelheit schimmerte ihr Blut schwarz.

Nur ein Kratzer. Den hast du dir geholt, als du dich am Grabstein festgehalten hast.

Die Menge des Blutes beunruhigte sie. Der Schnitt verlief quer über den weißen Fleck auf ihrer Handfläche. Das Blut floss über ihr Handgelenk, wo perlmuttfarbene Haut auf pigmentierte traf. Sie schob die Hand zurück in ihre Tasche, schloss die feuchte Faust um das Futter, das in der Mitte klebrig warm war, aber an den Rändern schnell abkühlte und gefror.

Beeil dich, beeil dich! Du hast sie schon viel zu lange alleingelassen. Wie lange ist es her?

Sie ging weiter, die Augen auf den Pfad gerichtet. Über ihr wölbten sich die Bäume schwer vom Schnee. Er wirkte wie ein von einer riesigen Kreatur gegrabener Tunnel. Die Heimat von Teufeln und unerklärlichen Dingen.

Hör auf damit! Der Teufel ist das, was hinter dir ist. Der Wald ist nur der Wald.

Da war ein Knistern in der Luft.

Feuer?

Sie warf einen Blick über die Schulter zurück zum Haus, war in Panik, dass es brennen könnte. Aber nein, nichts. Keine leckenden Flammen. Kein Anzeichen von Rauch zwischen den wirbelnden Schneeflocken vor dem schwarzen Himmel. Auch kein Geruch.

Dein Verstand spielt dir einen Streich.

Aber das war es nicht. Es war das ihr vertraute Gefühl, beobachtet zu werden. Wie damals von dem deformierten Puma. Wie im Auto, wenn jemand während der Fahrt zu ihr herüberstarrte. Dieses stechende Empfinden, angegafft zu werden.

Sie blinzelte in das wirbelnde Weiß, öffnete und schloss ihre blutige Faust in der Tasche. Im zweiten Stock des Hauses brannte Licht in ihrem Schlafzimmer. Im Fenster zeichneten sich die Umrisse des Schattens ab.

Sie kannte die Aussicht von dort. Es war das einzige Fenster, aus dem man die Einfahrt überblicken konnte, wo sich ihre tiefen Spuren durch den Schnee zogen. Das einzige, von dem aus man die ersten Meter des Pfades sehen konnte, wo sie jetzt stand und zum Haus zurückschaute.

Die Silhouette verschwand. Das Licht erlosch.

Er hat dich gesehen.

Angst kroch ihr die Kehle hinauf. Sie schrie, aber es kam kein Ton heraus.

Warum kannst du nie schreien?

Unbeholfen hob sie den Mantel an, drehte sich um und floh den Weg hinunter.

Ihre Sicht verschwamm in der Kälte. Ihre Füße bewegten sich aus irgendeinem Grund noch, aber ihre Schritte waren ungleichmäßig und kaum in der Lage, sie aufrecht zu halten. Ihr Herzschlag zerriss ihr den Brustkorb. Ihre Lunge brannte.

Nicht zurückschauen, nicht zurückschauen!
Da ist Blut auf dem Weg.

Sie starrte vor sich auf den Boden, versuchte, in der Dunkelheit zu erkennen, was das unter ihren nassen, schmerzenden, gefrorenen Füßen war. Die Schneeschicht auf dem Weg war so dünn wie immer, gerade so hoch, dass sie die Wurzeln der Bäume bedeckte. Um matschiges, verrottendes Laub zu verbergen. Immer wieder strauchelte sie, rutschte weg und versuchte dennoch, ihr Tempo beizubehalten. Sie stürzte erneut. Rappelte sich auf, riss den Mantel hoch, um ihre Beine zu befreien, und befahl ihnen zu laufen.

Die Luft war undurchdringlich, sie hatte Mühe, zu atmen, ihr Körper befand sich in einer neuen Dimension zwischen Erde und Wasser.

Bist du noch in Bewegung? Läufst du? Alles ist so langsam. Warum kannst du nicht schneller rennen?

Der Tunnel des Pfades verengte sich, und es war, als ob das Ende des Weges immer weiter in die Ferne rücken würde.

Das liegt daran, dass es hier spukt. All die Geister mit ihren Röcken, die die Luft zum Stocken bringen. Lauf weiter.

Etwas zerrte so heftig an ihrem Mantel, dass ihre Schulter knackte und ihr ein erschrockenes »Huch!« über die Lippen kam.

Schau nicht zurück! Weiter!

Sie zog, sie riss. Stürzte befreit vorwärts. Befreit von einem Ast? Von einer Hand? Wieder rannte sie.

Dann ein Schlag auf ihre Wange, ihre Augenbraue, ihre Stirn. Der Schock ließ sie einen Schritt zurücktaumeln und überrascht zu Boden gehen. Ihre Sicht verdunkelte sich und wurde blutig. Sie wischte mit ihrer unverletzten Hand über die Augen. Etwas Schwarzes ragte vor ihr auf, undeutlich und ohne Tiefe.

Nur ein Ast. Du bist gegen einen Ast gelaufen.
Nein, nein, es ist der Schatten, es ist eine Klaue.

Sie schwebte drohend über ihr, mit messerscharfen Krallen, und als sie aufstand, wurde sie wieder zu einem Ast.

Lauf weiter. Lass dich nicht von ihm erwischen! Er wird dich gegen die Kinder einsetzen.

»Köstlich«, keuchte der Schatten.

Alles wurde uneben, der Boden neigte sich in seltsamen Winkeln. Die Bäume kreisten. Der Wald wisperte.

Geh zurück, geh zurück, da ist Blut auf dem Weg!

Du hast Schnee und Eis eingeatmet, und das hat deine Eingeweide zerschnitten, das ist alles.

Ihre Lungen entfalteten sich wie Schmetterlingsflügel, rot und weich, Blut spritzte dampfend auf den Schnee und gefror.

Blutiges Auge, blutige Hände, blutige Füße. Ist das nicht ein köstlicher Leckerbissen?

Köstlich.

Sie ahnte, dass ihr Gehirn nicht richtig funktionierte. Genau wie ihr Auge. Dass ihre Hausschuhe verschwunden waren. War sie eingefroren? Sie schaute nach unten. Nein, ihre Beine bewegten sich noch. Sie strich über ihr Auge, sah durch die zusammengeklebten Wimpern das schwarze offene Ende des Pfades, auf einmal so nah, so plötzlich!

Sie sank unter den Bäumen in die Schneewehen, die sich dort, wo der Weg endete, vertieften. Als sie versuchte zu schreien, kam Blut aus ihrem Mund. Sie hustete es in den Schnee.

Dann schwamm sie, schwamm durch den Schnee. Die Häuser waren dunkel. Schlafende Riesen, die durch den immer stärker werdenden Schneesturm kaum zu sehen waren.

Wo ist er? Er hat dich fast eingeholt, so muss es sein, du kannst ihn spüren. Sieh nicht hin!

Der Mantel war schwer, so furchtbar schwer von all dem Schnee, der an ihm hing. Sie zog ihn wieder hoch, zwang sich vorwärts, Beine, die sich dunkel gegen das Weiß abzeichneten. Ihre entblößten Schenkel schrien.

Mit einem offenen, aber vernebelten und einem bis zur Blindheit geschwollenen Auge taumelte sie auf den dunklen Umriss des nächstgelegenen Hauses zu.

Zeit und Raum gerieten durcheinander, sie drehten und verschoben sich in einem fort, und das Haus schien vor ihr wegzulaufen.

Ein Scheinwerfer.

»Hilfe!« Sie bewegte tonlos die Lippen. Es war wie in ihren Albträumen. Sie sah den Linoleumboden ihres Studentenzimmers. Sie versuchte zu schreien, aber es kam kein Ton heraus.

Schande über dich! Ruf um Hilfe, tu es!

Heraus kamen nur Luft aus Metall, der Geschmack von Stanniol zwischen den Zähnen.

Eine Tür, da! Da ist eine Tür, geh zu der Tür.

Der Mantel war schwer zu halten, verrutschte ständig, das Futter klebte glitschig und feucht an ihren Beinen. Mit ihrem unverletzten Auge erkannte sie einen Messingklopfer an der Tür. Er hatte die Form einer Ananas.

Sie streckte die Hand aus. Er war schwer. Zu schwer, um ihn anzuheben. Sie sah ein weißes Kästchen mit einem Knopf, drückte ihn, hörte ein entferntes Läuten.

Ein Licht, ganz in der Nähe. Sie lehnte ihre Stirn an eines der langen, schmalen Fenster, welche die Tür flankierten. Hinter dem Glas etwas vage Verschwommenes. Dann lugte ein Gesicht hindurch, weiß und blass. Die Augen wurden groß.

Sie sah ihr Spiegelbild in der Scheibe, dunkel, blutig, nicht wiederzuerkennen.

Das Gesicht verschwand, dann spähte es wieder durch das Fenster.

Sie drückte die Klingel.

Als sich die Tür öffnete und ihre Hand von dem kleinen weißen Kästchen abrutschte, bemerkte sie, dass es mit Blut beschmiert war.

»Hallo«, hörte sie sich sagen. »Ich bin Ihre Nachbarin. Können Sie mir bitte helfen?«

KAPITEL 17

Sie war erst neun Jahre alt gewesen, aber sie erinnerte sich deutlich daran, dass der Mörder ihrer Mutter eine Glatze gehabt hatte. Der Anblick seines Hinterkopfes, wie er dem Richter gegenübersaß, war ihr tief im Gedächtnis haften geblieben. Wenn er sich auch nur ein wenig drehte, war ein kleines Zittern in seiner Wange zu erkennen. Er hatte einen dicken Bauch, einen flachen Hintern und Arme, die angesichts seines Körperumfangs besonders mager wirkten. Das Haar, was ihm geblieben war, begann zu ergrauen. Er sah für sie wie ein weißer Klumpen aus. Ein Mann mittleren Alters, wie man ihn überall traf. Der Polizist, der Anwalt, der Arzt, der Buchhalter, der Politiker.

Sie hasste ihn. Starrte wie gebannt auf seinen teigigen Körper. Der Mann, der ihre Mutter ausgelöscht hatte, diese schöne Stimme, ihre milchige Haut, die Finger, die das Haar flochten, den stets sauren Atem – all das hatte er vom Angesicht der Erde getilgt. Er hatte für immer alle Mutterliebe, die sie noch hätte bekommen können, vernichtet und dafür gesorgt, dass sich ihre eigene Liebe für die Mutter in ihr aufstaute, ohne dass sie gewusst hätte, wohin damit. An das Gesicht des Mörders konnte sie sich kaum erinnern. Zu sehr glich es den vielen anderen. Der Typ aufgedunsener, gesichtsloser Mann, der dachte, dass die Dinge, die er hatte, Dinge waren, die er verdiente.

Es war ihr wie Verrat an ihrer Mutter erschienen, dass der Prozess sie furchtbar langweilte. Er war noch öder als der Unterricht in der dritten Klasse, so zäh wie die Gottesdienste, denen er gewissermaßen ähnelte. Wie in der Kirche musste sie ihr unbequemes Kleid, die glänzenden schwarzen Schuhe und die Strumpfhose tragen, die im Schritt nie richtig saß. Sie musste aufstehen, wenn der große Mann aufstand, und sich setzen, wenn er es tat. Musste der Predigt zuhören. Bla, bla, bla, Barmherzigkeit. Bla, bla, bla, Gerechtigkeit. Mit den Worten von Soundso. Lasst uns nun lesen aus ... Wie in der Kirche starrte sie die Statuen an. Sie schaute diskret auf die Uhr. Saß neben Grandma auf einer langen Bank. Und genau wie in der Kirche hatte sich ihr Vater mit einer Ausrede nach der anderen gedrückt.

»Soll er zu Hause bleiben«, sagte Grandma, als sie über Staatsgrenzen hinweg zum Prozess fuhren. »Jeder geht anders mit Trauer um.«

Sie beschloss, dass ihr die Kirche besser gefiel als der Gerichtssaal. In der Kirche wurde wenigstens gesungen, um sie aufzuwecken, und gegen Ende gab es etwas zu essen. In der Kirche baten wenigstens alle um Vergebung.

Die Worte, die durch den Gerichtssaal hallten, waren sogar noch unverständlicher als die Lesungen aus der Bibel. Statt Mord hieß es Totschlag. Anstatt klar und deutlich zu sagen, was tatsächlich passiert war, anstatt zu beschreiben, wie ein ganzes Leben in einem einzigen Moment durch die Hand dieses betrunkenen kleinen Mannes und seines viel zu großen Lastwagens ausgelöscht worden war, anstatt von den weichen Stellen zu sprechen, die zerquetscht, von den harten Knochen, die zerschmettert, von den wertvollen Dingen, die unwiderruflich zerbrochen worden waren – anstelle von alledem war die Rede von Ampeln. Vom Zeitablauf. Kleine Grafiken und Tabellen, auf die hier und da mit einem ausziehbaren Metallstab gezeigt wurde. Geschwindigkeitsbegrenzungen. Linksseitige Blinker. Blutalkohol.

Sie starrte auf diese antiseptischen Diagramme. Schon mit neun Jahren war sie eine Listenerstellerin, eine Planerin, die an der Seite ihrer Mutter gelernt hatte, wie man Maschinen auseinandernimmt, wie man sie repariert, wie man Drähte spleißt und wie man mit dem Lötkolben Schaltkreise zu gefügigen Gebilden schmilzt. Es gab Zeiten für technische Diskussionen, für Analysen, wenn etwas entfernt wurde. Und dann war da dieser Ort, der wie bei der Beerdigung ihrer Mutter mit starren oder vom Weinen verzerrten Gesichtern hätte gefüllt sein müssen. Mit Leuten, die sagten, sie verstünden nicht, wie so etwas habe passieren können, es sei ungerecht, entsetzlich. Die allesamt die Kälte aus ihren Händen kneteten, leicht ihre Arme berührten, ihre Brust, als ob sie sich vergewissern wollten, dass bei ihr alles noch am Platz war, aus irgendeinem Grund noch am Leben, obwohl ihre Mutter von Bord geholt worden war. Aber die Männer vorne laberten weiter, während sie an dem dunklen Stein kratzte, der sich in ihrem Körper breitmachte, dem unerträglich schweren Stein, der vom Herzen in den Magen und von dort in die Kehle bis in den Kern ihres Gehirns glitt und flüsterte: »Das alles spielt keine Rolle, denn sie ist weg, sie ist weg, sie ist tot. Manche Dinge kann man nicht reparieren. Manche Dinge sind nicht reparabel. Die Welt kann in zwei Hälften zerbrechen.«

Es dauerte drei Tage. Drei lange Tage, in denen sie den unscheinbaren Mann im Gerichtssaal beobachtete, der zusammengesunken dasaß und sein Bestes tat, reumütig auszusehen, aber hauptsächlich genauso gelangweilt wirkte wie sie, genauso genervt von dem Verfahren.

Es tat ihm leid, so leid, er wird damit leben müssen, was für eine schreckliche Last. Aufrechter Bürger, der sich selbst bestraft. Nimmt bereits an einem Fahrsicherheitstraining teil. Und besucht regelmäßig Treffen der Anonymen Alkoholiker. Leistet seinen Beitrag. Was hat *sie* getan? Denken Sie daran, es war ein Mietauto. Sie kam aus einem anderen Bundesstaat. Natürlich war sie abgelenkt. Unbekanntes Auto, sie muss häufig auf Karten geschaut haben, um sich zu orientieren. Ja, sie ist bisher nicht auffällig geworden, aber lassen Sie uns die Fakten betrachten. Wo sie herkommt, gibt es mehr Kühe als Menschen, alle sind Abstinenzler, dort wird niemand auffällig. Sicherlich war sein Blutalkoholspiegel hoch, verehrte Jury, aber er sieht genauso aus wie Sie. Ihr Ehemann. Ihr Vater. Sieht aus wie jeder, den Sie kennen. Armer Kerl. Er ist ungefähr so alt wie Sie, nicht wahr? Er hat nur einen kleinen Fehler gemacht, unglückliches Timing. Sagen Sie mir, dass Sie noch nie einen Fehler gemacht haben. Vielleicht sogar denselben Fehler. Und dann diese Frau aus einem anderen Staat, mit dem Gesicht, das anders ist, irgendwie falsch. Eine Frau, hier, allein auf Geschäftsreise? Ist das nicht seltsam? Die, nun ja, eine Krankheit wie diese hat. Jemand, der auf diese Weise gezeichnet ist, das ist doch irgendwie verdächtig, oder? Denken Sie daran, was sie getan hat. Ihre Fehler. Ihr seltsames Verhalten. Warum sein Leben ruinieren?

Am ersten Tag hatte sich Grandma bei der Staatsanwaltschaft und der Polizei vorgestellt und ihnen für ihre Arbeit gedankt. Am nächsten Morgen tippte sie ihnen auf die Schultern, und Südstaaten-Höflichkeit verwandelte sich in Stahl. »Inkompetenz, das ist es, was das hier ist. Wie können Sie es wagen? Er wird es wieder tun. Und beim nächsten Mal erwischt er vielleicht jemanden, den Sie lieben. Sie sehen doch, was er angerichtet hat. Was er einer jungen Frau, einer jungen Mutter angetan hat.«

Aber aufseiten der Polizei und der Staatsanwaltschaft war nur Gleichgültigkeit. »Bitte, beruhigen Sie sich, Ma'am. Wir arbeiten mit den Fakten, die wir haben.«

»Mich beruhigen, was für eine Frechheit! Die Fakten sollten eigentlich für deine Mutter sprechen«, schimpfte Grandma. »Wenn das in Utah passiert wäre, würde es mit Sicherheit anders laufen. Ich bin kein Fan dieser Heiligen, aber es gibt ein paar Dinge, von denen sie etwas verstehen, und Alkohol gehört dazu.«

Sie begriff nicht, warum ihre Großmutter darauf bestand, dass die Anwälte und Polizisten sich ihrer Mutter gegenüber verantwortlich fühlen sollten. Erkannte Grandma nicht, dass sie Dioden, Kondensatoren, Transistoren waren, jeder ein wesentlicher Teil des

Schaltkreises dieses Ortes, an dem ihre Mutter als unverantwortlich, schuldig, verdächtig und unkenntlich neu erfunden wurde?

Der Mörder war jemand, der an diesem Ort eine einigermaßen wichtige Funktion hatte. Und er genoss den Vorteil, dass er am Leben war, existierte. Um angesehen, berücksichtigt und mit Empathie bedacht zu werden.

Ihre Mutter war nicht mehr als ein Punkt auf einer Karte. Ihre Mutter war die Abwesenheit. Sie konnte ihre Bedeutungslosigkeit deutlich fühlen. Es gab einen unendlichen, leeren Raum, den die Liebe ihrer Mutter gefüllt hatte, wenn sie sie in den Arm nahm, sie ins Bett brachte, ihr das Mittagessen einpackte, sie den Einkaufswagen schieben ließ und ihre Hand drückte, während sie nebeneinander hergingen – *bumm-bumm, bumm-bumm* –, wie ein Herzschlag, eine geheime Art, zu sagen: »Ich liebe dich.«

»Mein schönes Mädchen, wie kann ich nur so viel Glück haben, dass du zu mir gehörst?«, sagte sie oft. All diese kleinen Dinge, die sie den Verlust so schmerzlich spüren ließen, Erinnerungen, die sie dazu brachten, unter der Bettdecke die Knie an die Brust zu ziehen und sich um ihre frisch ausgehöhlte Mitte zusammenzukrümmen.

Als der Richter das Urteil »nicht schuldig« verlas, fragte sie sich, ob die Geschworenen glaubten, dass ihre Mutter etwas Falsches getan hatte, dass sie es irgendwie verdient hatte, gewaltsam und schmerzhaft zerstört zu werden. Denn das würde ihnen das Gefühl geben, dass das, was ihrer Mutter zugestoßen war, ihnen niemals passieren könnte, niemals passieren würde. Vielleicht kratzte sich eine von ihnen verlegen am Haaransatz, ein anderer zupfte an seiner Nagelhaut, und alle vermieden es, in ihre und Grandmas Richtung zu schauen, weil sie irgendwo in ihrem Inneren eine leise Stimme wimmern hörten: »Das hätte ich sein können. Es hätte jemand sein können, den ich liebe. Jemand, der mich liebt.«

Anders als sie wollten die Geschworenen nicht sehen, dass unter allem unsichtbare Fäden verliefen, zart und leicht zerreißbar. Der

Hauch eines Zufalls, die Entscheidung eines Fremden konnte sie entzweireißen. *Manche Dinge können nicht repariert werden. Manche Dinge sind nicht reparabel. Die Welt kann in zwei Hälften zerbrechen.*

»Es ist eine Ungerechtigkeit, das ist es«, beklagte sich Grandma. Aber Gerechtigkeit war nicht möglich. Gerecht wäre es, wenn die Geschworenen ihre Mutter gesund und munter zurückbringen würden. Sterile Vergeltung vor Gericht war die einzige Option, und selbst die war gescheitert.

Nach dem Urteilsspruch umarmte Grandma sie und flüsterte: »Seine Wege sind unergründlich«.

Aber für sie gab es keinen höheren Sinn, den sie jemals akzeptieren würde. Um zu überleben, klammerte sie sich an die Erinnerung, an die überschwängliche Freude ihrer Mutter über alltägliche Dinge: den Kolibri am Futterhäuschen, die präzise Drehung eines Drahtes, Schneefall, ein perfekt gekochtes Ei – über all diese einfachen Dinge hatte ihre Mutter mit aufrichtigem Erstaunen gesagt: »Ist das nicht schön? Ist das nicht einfach nur wunderschön?«

Wenn sie zusammengerollt unter einer Decke lag, erinnerte sie sich daran, wie die Finger ihrer Mutter ihr durchs Haar fuhren. Den Druck ihrer Hand, die sagte: »*Bumm-bumm, bumm-bumm, ich liebe dich.*« Ihr schiefes Lächeln. Sie erkannte, dass sogar der seltsame Winkel, in dem das obere Glied ihres kleinen Fingers abgeknickt war, die Art, wie sie ständig vor sich hin summte, etwas Besonderes, Wichtiges waren, und all diese kleinen, wundervollen Dinge gaben ihr die Kraft und den Willen, weiterzumachen. Das Leben musste schön sein, weil ihre Mutter es so empfunden hatte. Das Leben musste kostbar sein, weil es so zerbrechlich war. Und sie musste die Verzweiflung überleben, denn auch wenn ihre Mutter nicht mehr da war, um die Schönheit der Welt und ihre Zerbrechlichkeit zu bezeugen, sie konnte es noch.

Sie versuchte, Schönheit in den im Sonnenlicht des Gerichtssaals tanzenden Staubflocken zu sehen, als der Richter den Mann zu fünfzehn Monaten verurteilte. Nicht für Mord, nicht für Totschlag, sondern für geringere Vergehen: Fahren unter Alkoholeinfluss. Fahrerflucht. Die bereits verbüßte Zeit abgezogen – zwölf Monate. Der harmlose kleine Killer wäre innerhalb von acht Monaten auf Bewährung draußen. Das war weniger Zeit im Gefängnis, als ihre Mutter gebraucht hatte, um ihr Leben, ihre gesamte Existenz zu erschaffen.

Andere Leute erwarten, dass dem Bösen Hörner wachsen. Andere Leute denken, das Böse weiß, dass es böse ist. Andere sagen: »Er ist eigentlich ein guter Mensch.«

Aber nein. Sie und Großmutter saßen in der ersten Reihe, um mit anzusehen, dass das Böse wie ein kleiner Niemand, ein kleiner Jedermann aussehen kann, der seine Krokodilstränen vergießt. Das Böse kann ein plumper, in sich zusammengesunkener Mann sein, der, als der Richter das Urteil verkündete, nicht in der Lage war, seine Genugtuung zu verschleiern. Sie war in seinen Augen zu lesen: »Seht ihr? Gerechtigkeit! Ich bin also doch kein so schlechter Mensch. Ich bin nicht schlechter als alle anderen, genau wie ich es immer vermutet habe.«

Auch wenn er natürlich schlechter war. Reuelos, unverbesserlich, unfähig, das Ausmaß dessen zu begreifen, was er ihnen genommen hatte, wie groß die Bedeutung eines Lebens war. Das Gesicht des Bösen so alltäglich, dass nicht einmal sie die Gesichtszüge dieses Mannes in Erinnerung behalten konnte. Sie entsann sich nur des zum Teil kahlen Kopfes auf dem pummeligen Körper. Und der Erleichterung, die er nach dem langen, langweiligen Prozess ausstrahlte.

Neun Monate später setzte sich Grandma mit ihr zusammen. Sie hatte einen Anruf erhalten. Der Mann, der ihre Mutter zerstört hatte, war noch keine dreißig Tage aus dem Gefängnis heraus gewesen, als er und seine Frau bei einem Autounfall ums Leben kamen. Der Blutalkoholgehalt des Mannes, sagte Grandma, sei von einem anderen Stern gewesen. »Gott hat es in Ordnung gebracht«, betonte sie.

Eine Feststellung, der sie nicht zustimmte. Obwohl sie wusste, dass es ihre Großmutter enttäuschen würde, sah sie eine höhere Macht nicht mehr als gegeben an, da sie davon überzeugt war, dass sich jeder Gott durch den Tod ihrer Mutter als unzulänglich herausgestellt hatte. Denn wenn Gott es in Ordnung gebracht hatte, dann musste er es auch in Unordnung gebracht haben. Vielleicht war er ganz von der Bildfläche verschwunden. Vielleicht war er überhaupt nie dagewesen.

»Ich habe Mitleid mit seiner armen Frau«, seufzte Grandma. »Sie hat ihre Wahl getroffen, aber ich glaube nicht, dass sie ein solches Ende verdient hat.«

Die Frau, die während dieser drei Tage direkt hinter dem Mörder gesessen hatte. Die Frau, die unentwegt auf ihrem Stuhl herumgerutscht war. Die Frau, die immer wieder verstohlen zu ihr herübergeschaut hatte. Die Frau, die mit ihrem Schmuck, ihren langärmeligen geblümten Kleidern und ihrer Frisur aussah wie diese Schauspielerin aus *Denver Clan*. An das Gesicht dieser Frau, die jetzt tot war, erinnerte sie sich genau.

KAPITEL 18

Der blasse, grauhaarige Mann, der in der Tür stand, trug eine Pyjamahose und ein T-Shirt. Er bat sie nicht herein, sondern starrte sie lediglich mit offenem Mund an.

»Schatz? Was ist los?«, rief eine Frauenstimme.

»Eine Dame!«, rief er zurück, ohne den Blick von ihr abzuwenden.

»Was?«, rief die Frau.

»Hallo«, presste sie durch ihre Zähne hervor. »Ich bin Ihre Nachbarin. Können Sie mir bitte helfen?«

»Scheiße.« Der Mann zuckte zusammen. »Was ist mit Ihnen passiert?«

Sie taumelte und stützte sich an der Hausfassade ab. »Es tut mir leid«, sagte sie, als sie das Blut an ihrer Hand sah. »Es tut mir so leid.«

»Um Himmels willen … kommen Sie rein.«

Sie trat ins Haus und rutschte aus, ihre nackten Füße waren wie Gelee, nass und glitschig auf den Kacheln. Sie traf hart auf dem Boden auf.

Der Nachbar streckte die Arme nach ihr aus, als wollte er ihr aufhelfen, besann sich dann aber eines Besseren und zog sie wieder zurück.

Sie schleppte sich mit den Händen vorwärts, krabbelte wie ein Baby hinein, bis der Nachbar die Tür schließen konnte. Er rieb seine kalt gewordenen Hände aneinander, während sie ihre Wange auf die quadratischen Fliesen drückte.

Nur ein kleines Nickerchen. Das ist es, was du brauchst, ein kleines Nickerchen.

»Was ist passiert?«

Weiter hinten im Haus bewegte sich etwas, eine Frau eilte die Treppe hinunter. »Mein Gott!«, rief sie aus. »Was zum ...«

»Ich weiß es nicht«, sagte der Nachbar. »Ruf einen Krankenwagen, sie ist verletzt.«

»Sie könnte ... gefährlich sein?« Die letzten beiden Worte formte sie beinahe tonlos mit den Lippen.

»Sie kann nicht einmal aufstehen. Ruf einfach die Polizei!«

Der Mund der Frau bildete ein rotes O.

Das Licht in dem jetzt hell erleuchteten Haus brannte in ihrem gesunden Auge. Die Fliesen waren strahlend weiß. Der daran anschließende Teppich hatte die Farbe von Haferflocken. Über der Treppe ein riesiger Kristalllüster. Spiegel im Eingangsbereich. Alles hell und reflektierend. Die Frau trug ein langes rosafarbenes Gewand, das hinter ihr her floss, als sie die Treppe wieder hinaufeilte.

»Was ist passiert?«, wiederholte der Mann.

»Es ist jemand in meinem Haus«, sagte sie. »Er versucht, mich zu töten. Er versucht, meine Kinder zu holen.«

Der Nachbar hatte die Flecken auf ihrer Haut bemerkt, starrte darauf. »Sind Sie ansteckend?«

»Nein. Es ist ... genetisch bedingt. Bitte, er will meine Kinder holen.«

»Was?« Der Nachbar blinzelte verständnislos.

Vielleicht funktioniert deine Stimme nicht mehr. Vielleicht bist du durch deine geschwollenen Lippen nicht zu hören.

»Können Sie sich aufsetzen?«, fragte der Nachbar. »Ich kann kaum etwas hören, wenn Sie zum Boden sprechen.« Er streckte eine Hand aus, um ihr zu helfen, doch als sie sie ergreifen wollte, zog er sie wieder zurück.

Sie fragte sich, ob er mehr Angst vor dem Blut oder vor den weißen Flecken auf ihrer Haut hatte. Sie stemmte sich hoch, bis sie an der Wand saß, strich sich über die geschwollene Lippe, um sie zu säubern. Als sie ihr Auge berührte, zuckte sie zusammen, so schmerzhaft war es.

»Jemand ist in mein Haus eingebrochen. Meine Kinder verstecken sich dort. Ich brauche Hilfe.«

»Ich habe die Polizei am Telefon!«, rief die Frau, die wieder die Treppe herunterkam, und deutete auf das Handy in ihrer Hand. »Sie haben gesagt, dass sie kommen. Sie wollen wissen, wer sie ist.« Die Frau blieb stehen. »Was ist denn mit ihrer Haut passiert?«

»Kaputt«, wimmerte sie.

»Sie sagt, dass jemand in ihr Haus eingebrochen ist. Dass ihre Kinder noch dort sind«, erklärte der Mann.

»Ooooohhhh!« Die Augenbrauen der Frau schossen in die Höhe, bevor sie die Information für die Polizei wiederholte. »Wie lautet Ihre Adresse, Liebes?«

»Ich glaube … Ich glaube, er ist mir gefolgt.«

»Was?«

Die beiden eilten an ihr vorbei zur Tür, der Mann schob den Riegel vor, bevor sie aus den schmalen Fenstern rechts und links davon spähten, die Hände seitlich an die Gesichter gelegt, um besser sehen zu können.

Ihre Füße ragten in seltsamen Winkeln aus dem Mantel hervor. Ihre Haut sah aus wie das räudige Fell des gelben Pumas. Sie drückte den Rücken an die Wand, um ihrer Stimme mehr Kraft zu verleihen. »Sie müssen zu den Kindern, meinen Kindern, sie sind versteckt, Sie müssen zu mir nach Hause fahren, bitte!«

»Sie sagt, der Eindringling könnte ihr gefolgt sein«, sprach die Frau jetzt ins Telefon.

»Er ist in meinem Haus«, wiederholte sie.

»Da draußen ist niemand. Siehst du jemanden?«

»Nein«, bestätigte der Nachbar.

»Wir sehen niemanden«, sagte die Frau ins Telefon. »Aber wie soll man in diesem Schnee etwas erkennen?«

Die aufgeregten Stimmen schmerzten in ihren Ohren.

»Hat er … Hat er Ihnen … das angetan?«, fragte die Frau, die sich zu ihr umgedreht hatte.

»Er wird ein Feuer machen«, sagte sie. »Er wird sie ausräuch…«

»Ich hole den Erste-Hilfe-Kasten«, sagte der Mann. »Kannst du mal googeln, was man bei Unterkühlung machen muss?«

»Hallo«, sagte die Frau in ihr Handy. »Ich stelle Sie mal laut.«

Die hektische Betriebsamkeit der Nachbarn, diese nervöse Unruhe verstärkten ihr Gefühl der Erschöpfung, ihr Bedürfnis nach Schlaf. Sie leckte sich über die Lippen und schmeckte Jod.

»Ich habe meine Kinder versteckt«, sagte sie zu der Frau. »Ich habe sie vor dem Schatten versteckt. Dem Mann in der Ecke.«

»Haben Sie das gehört?«, sagte die Frau zu dem Telefon. »Sie ist wirklich nicht ganz bei sich. Sie redet wirr. Und ihr Gesicht ist völlig entstellt, als hätte sie jemand geschlagen. Sie ist barfuß. In einem Pelzmantel.«

»Ein Pelzmantel?«, erklang eine blecherne Stimme aus dem Handy.

»Ja, richtig«, sagte die Frau.

»Wo kommt sie her?«

»Mein Haus.« Ihre Stimme klang wie weit entfernt. »Mein Haus!«

»Haben Sie das gehört? Sie sagt, sie kommt von ihrem Haus.«

»Wie lautet die Adresse?«

Sie nuschelte die Adresse, und die Frau wiederholte sie laut.

Der Nachbar kam mit einem Erste-Hilfe-Set, Handtüchern und einem dampfenden Becher zurück. Er nahm seiner Frau das Telefon aus der Hand.

»Hören Sie«, sagte er. »Es ist schwer zu verstehen, was sie sagt. Aber sie denkt, dass jemand in ihrem Haus ist. Und dass derjenige hinter ihren Kindern her ist, die sich noch dort befinden.«

Er hatte das Erste-Hilfe-Set, die Handtücher und den Becher auf den Boden neben sie gestellt. Behutsam wickelte sie ein Handtuch um ihre verletzte linke Hand. Ihre Finger waren dick und ließen sich nicht bewegen. Sie war nicht in der Lage, den Reißverschluss des Sets zu öffnen.

Der Nachbar sah so groß aus, wie er dort stand und telefonierte. Die Frau starrte wieder in die Nacht hinaus, rang die Hände und spähte durch verschiedene Fensterscheiben.

Sie legte ihre unverletzte Hand auf den Becher. Seine Wärme erschien ihr wie ein Wunder. Sie nahm einen Schluck, der ihre Kehle hinunterbrannte, und wurde von einer Welle der Dankbarkeit ergriffen, etwas Warmes, überhaupt wieder etwas Tröstliches zu spüren.

»Ich sehe immer noch niemanden«, sagte die Frau.

Sie hob den Blick und zwang sich zu einer klaren Aussprache.

»Lassen. Sie. Mich. Mit. Ihnen. Reden.«

»Sie möchte mit Ihnen sprechen«, sagte der Nachbar ins Telefon. »Ich lege das Handy neben sie, damit Sie sie besser verstehen.«

»Meine Kinder«, presste sie mit kratziger Stimme hervor. »Fünf und acht. Ich habe sie vor ihm versteckt. Er hat gesagt, er will Feuer machen. Uns ausräuchern. Sie müssen zu meinem Haus fahren. Helfen Sie ihnen.«

»Ma'am? Hallo?«

»Fünf und acht. Er wird ein Feuer anzünden. Helfen Sie ihnen.«

»Fühlen Sie sich dort, wo Sie jetzt sind, sicher, Ma'am?«

In einem Anflug von Schwindel wiederholte sie: »Er wird sie ausräuchern, der Schatten.« Sie schwebte, weit entfernt von diesem Raum. Die Nachbarn liefen wie aufgeregte Hühner in diese und jene Richtung. Sie nahm einen Schluck von dem heißen Getränk, dann noch einen. Der Geschmack war so intensiv. So warm.

»Es tut mir leid, Ma'am, ich habe nicht verstanden, was Sie gesagt haben. Geht es Ihnen gut?«

Nein. Ich bin gebrochen und blind, und meine Füße müssen amputiert werden, und ich kann nicht richtig atmen, und der Schatten wartet darauf, sie bei lebendigem Leib aufzufressen, und meine Haut wird abfallen, und mein Herz schlägt nicht gleichmäßig, und mein Gehirn ist mit Wattebäuschen gefüllt, und ich sterbe.

Aber wann hat das jemals eine Rolle gespielt? Du kennst das Mantra, du hast das schon mal mitgemacht. Das Flugzeug ist der einzige Ort, an dem sie sagen: »*Setzen Sie Ihre Sauerstoffmaske auf, bevor Sie anderen helfen.*« *Meistens liegt man auf dem Bett, und sie haben ein Skalpell in der Hand, und die richtige Antwort lautet immer: Tu, was das Beste für das Baby ist. Und wenn man sagt:* »*Hey, hätten Sie vielleicht eine Minute Zeit für mich, können Sie mir was gegen meine Schmerzen geben, ich habe ein paar Fragen*«*, dann erntet man nur Stirnrunzeln und den Spruch* »*Das Baby, denken Sie an das Baby.*«

»Holt meine Kinder«, sagte sie. Die brennende Flüssigkeit war das einzig Warme auf der ganzen Welt. Die einzige Trostquelle. Sie schloss ihr Auge, um ein wenig auszuruhen.

Köstlich.

Der Nachbar griff nach dem Handy. »Schicken Sie am besten gleich einen Krankenwagen. Ich habe keine Ahnung, wie lang sie durch den Schnee gelaufen ist. Sie ist ganz schön ramponiert.«

Nur ein Spaziergang, eine kleine Spritztour. Rotkäppchen, die dem Waldweg folgt, tra-la-la.

Die Frau stand jetzt nicht mehr am Fenster, sondern beugte sich über sie, in den Armen einen Stapel Strandtücher. »Im Internet steht, dass wir Ihnen die nassen Sachen ausziehen müssen und Sie warm einpacken sollen, okay?«

Als sie den Kopf schüttelte, war er voller Wasser, das hin und her schwappte. Sie griff wieder nach dem Telefon, aber dann sah sie, dass ihre Hand mit einem Handtuch eingewickelt war. Es pulsierte leuchtend rot durch den Stoff. Das Blut an ihrem Arm war in schlammbraunen Rinnsalen getrocknet. Ehrfürchtig drehte sie ihren Arm nach rechts und links.

»Ich muss ein bisschen schlafen«, sagte sie zu der Frau.

»Sie sind auf dem Weg«, sagte der Nachbar.

»Wohin?«

»Hierher.«

»Liebes, wollen Sie sich nicht warm einpacken lassen?«, fragte die Frau. »Der Mantel ist völlig durchnässt.«

»Nein! Nein! Fahrt zu mir nach Hause.« Ihre Stimme klang weit entfernt.

»Sie schicken auch jemanden zu Ihrem Haus«, sagte der Mann. »Hierher und zu Ihrem Haus.«

»Was ist mit dem Schnee?«, fragte die Frau. »Können sie überhaupt herkommen?«

»Ach ja. Was ist mit dem Sturm? Wir leben in einem bewachten Wohnviertel, und die Privatstraße ist noch nicht geräumt worden.« Sogar durch die Panik und Aufregung des Nachbarn hindurch hörte sie einen Hauch von Stolz bei den Worten »bewachtes Wohnviertel« und »Privatstraße« mitschwingen.

Als die Frau an den Knöpfen des Mantels zu zerren begann, schlug sie nach ihr. Dabei verschüttete sie etwas von der heißen Flüssigkeit aus dem Becher auf den Boden.

»Wie Sie wollen.« Die Frau hob die Hände, als würde sie sich ergeben. Dann sagte sie zu dem Mann: »Sie lässt sich nicht von mir helfen.«

Die Lichter pulsierten jetzt noch heller, und sie schloss ihr gesundes Auge, um sich ein wenig Erleichterung zu verschaffen.

»Sie haben gesagt, dass der Schnee kein Problem ist«, sagte der Nachbar zu ihr. »Und sie meinten, dass sie wissen, wo Ihr Haus liegt. Sie sagen, sie waren schon einmal dort.«

Natürlich erinnern sie sich an das Haus. Natürlich tun sie das.

»Was war der Grund für Ihren ersten Besuch?«, fragte der Nachbar leise ins Telefon. Er hielt inne. »Gut. Wie auch immer, dann sagen Sie es mir eben nicht. Ich dachte nur, es könnte wichtig sein.«

Der Boden war unglaublich bequem. Sie fuhr mit der Hand die Fugen nach, alle Quadrate waren so beruhigend gleichmäßig.

Halt. Du solltest nicht hier sein. Du musst aufstehen, nach Hause gehen. Wegen ... wegen irgendetwas.

Sie stellte den Becher ab. Versuchte aufzustehen, doch ihre Füße wollten ihr nicht gehorchen. Der Mantel war so schwer. Er wickelte sich um ihre Beine.

»Hey!«, rief der Nachbar. »Beruhigen Sie sich! Ganz ruhig!« Seine Worte schürten eine Wut in ihr, die es ihr schließlich ermöglichten, sich aufzurichten. Ihre Füße klebten wegen des getrockneten Blutes auf den Kacheln.

»Setzen Sie sich!«

»Ich muss ...«

Was musst du tun? Etwas Wichtiges. Zu spät, viel zu spät zu einem sehr wichtigen Termin.

Sie versuchte, einen Schritt zu machen, aber ihre Beine gaben unter ihr nach.

Der Nachbar streckte die Hand aus, um sie zu stützen. Das Handy fiel klappernd auf den Boden. »Kannst du mir helfen?«, sagte er zu seiner Frau und zog eine Grimasse.

Die Frau kam von ihrem Platz am Fenster herübergeeilt und half dabei, sie wieder hinzusetzen.

»Ich sehe da draußen nichts«, sagte die Frau zu ihr. »Kein Rauch, kein Feuer, niemand ist Ihnen gefolgt, okay?«

Dann reichte sie ihr den Becher, und sie trank, bis er leer war. So warm.

Du lebst. Das hier ist real.

»Hey.« Die Frau schnippte mit zwei Fingern vor ihrem Gesicht: »Hey! Ich glaube, Sie sollten besser nicht einschlafen.«

»Heu ist für Pferde«, schimpfte sie mit der Stimme ihrer Großmutter.

Der Nachbar hob das Handy auf. »Ja, ich bin noch da, tut mir leid. Sie dreht durch. Will wieder raus in den Schnee, um ihre Kinder zu holen. Hysterisch, verstehen Sie?«

»Im Internet steht, wir sollen Sie warm halten«, sagte die Frau. »Lassen Sie mich wenigstens Ihre Füße zudecken.«

Sie nickte. Das Wasser in ihrem Kopf schwappte und schwappte.

Die Frau zögerte kurz, bevor sie ihre geschundene, gefleckte Haut berührte, dann legte sie ihr ein Handtuch um die Füße, rosa und orangefarben geblümt.

Sie betrachtete die weißen Fliesen, die weißen Wände, die weißen Gesichter. Das rote Blut, dass sich braun färbte.

»Bin ich im Krankenhaus?«, fragte sie die Frau, die ihr gerade etwas um die Füße wickelte.

»Nein«, sagte die Frau. »Wir sind Ihre Nachbarn. Sie haben uns um Hilfe gebeten.«

»Nein«, seufzte sie. »Ich kenne Sie nicht. Ich kenne Sie überhaupt nicht.«

KAPITEL 19

Der Mann und die Frau färbten sich rot-blau-rot-blau, bunte Lichter blitzten durch die Fenster. Sie hörte aufgeregte Stimmen, sah Hände, die wie Vögel mit den Flügeln flatterten. Sie nippte begierig an ihrem nachgefüllten Becher.

»Und dann hat sie gesagt, dass er ihr gefolgt ist, aber wir haben nichts gesehen.«

»Und dann hat sie gesagt, es gäbe Rauch, aber wir können keinen Rauch sehen.«

»Sie meinte, dass ihre Kinder sich versteckt haben, dass sie sie versteckt hat.«

»Sie wollte sich den Mantel nicht ausziehen lassen, obwohl er nass ist. Wir durften ihr nicht helfen. Sie muss schrecklich unterkühlt sein.«

»Am Telefon hat man uns gesagt, es wäre schon mal jemand von Ihnen bei ihr zu Hause gewesen.«

»Gucken Sie sich das an? Sieht das nicht aus, als hätte ihr jemand ins Gesicht geschlagen? Ihr Auge ist ganz geschwollen.«

»Vielleicht war es ihr Mann. Ist es nicht immer der Ehemann?«

»Es war nicht ihr Mann«, sagte eine neue Stimme.

Sie drehte leicht den Kopf und sah einen Polizisten. Er ging neben ihr in die Hocke.

»Alles in Ordnung, Ma'am? Wie geht es Ihnen?«

Er war jung, und sie blinzelte in dem Versuch, ihn älter zu machen.

»Da ist etwas in meinem Auge«, sagte sie zu ihm.

Der jungenhafte Officer nickte. »Ja, Sie sind ganz schön zugerichtet.«

»Meine Kinder?«

Ein anderer Polizist trat durch das helle Licht des Eingangs, blau-rot-blau-rot blinkte es auf seinem Rücken. Auch er hockte sich neben sie. Genauso wie sie es sonst bei den Kindern tat. »Sich auf Augenhöhe begeben« wurde es in den Erziehungsratgebern genannt.

»Erinnern Sie sich an mich, Ma'am?«

Sie sah in die sanften blauen Augen hinter der blauen Schutzmaske. Musterte das ergrauende blonde Haar.

»Der Sergeant«, sagte sie.

»Ein Krankenwagen ist auf dem Weg.«

»Ich muss nach Hause«, murmelte sie.

»Könnten Sie etwas lauter sprechen?«, sagte der Sergeant und beugte sich zu ihr vor.

»Meine Kinder.«

»Ja, ich weiß. Wir haben einen Wagen vor ihrem Haus stehen. Sie meinten, dass jemand eingebrochen ist, stimmt das?«

»Das hat sie gesagt! Dass jemand eingebrochen ist und …«, »Jemand ist hinter ihren Kindern her, und sie hat sie versteckt, weil er …«, meldeten sich die Nachbarn gleichzeitig zu Wort.

Der Sergeant hob in einer geübten Geste die Hand, um ihren Redefluss zu unterbrechen. Es sah aus, als würde er den Verkehr regeln. »Bitte, ich würde das gern von ihr selbst hören.

Also«, wandte er sich dann ruhig wieder an sie, »jemand ist eingebrochen, ist das richtig?«

Sie nickte.

»Ein Mann. Ich habe mich versteckt. Ich habe mich mit den Kindern versteckt.«

»Verstehe. War der Mann bewaffnet?«

»Er hatte etwas dabei. Ungefähr …«, sie stellte den Becher neben sich ab und hielt ihre Hände fünf Zentimeter auseinander, »so groß.

Er ...« Sie ahmte die Bewegung des Schattens nach, die Art, wie er die Waffe in seine Handfläche geschlagen hatte. »Es hat ein Geräusch gemacht. Die Waffe war ... lose.«

»Wie kann eine Waffe lose sein?«, fragte die Frau, doch ihr Mann brachte sie mit einem »Schsch« zum Schweigen.

»Eine Schusswaffe?«

»Hm?«

»Hatte der Mann eine Pistole?«

»Nein. Ich weiß es nicht.«

»Sie haben keine Pistole gesehen? Ein Messer?«

»Nein.«

»Und gibt es eine Möglichkeit für mein Team, ins Haus zu kommen? Liegt ein Ersatzschlüssel unter der Matte oder so, damit wir uns leichter Zugang verschaffen können?«

»Im Felsen«, sagte sie.

»Was?«

»Der Felsen. Aber es ist alles verschneit. Es schneit.«

»Ich verstehe nicht. Ma'am?«

Ihr Kopf war schwer. Sie schloss ihr Auge.

»Ma'am?«

Das Funkgerät gab ein lautes Knistern von sich, dann einen Piepton, undeutliche Worte.

So müde, so unglaublich kalt und müde.

»Haben Sie eine Decke?«, fragte der Sergeant die Nachbarn. »Wir müssen sie aus dem nassen Zeug rausholen. Es gibt einige schwere Unfälle da draußen. Wegen der vielen Notrufe braucht der Krankenwagen noch etwas.«

»Ich habe versucht, ihr beim Ausziehen zu helfen, aber sie hat mich nicht gelassen.«

»Das ist nicht schlimm. Jetzt probieren wir es zusammen, okay?«

»Wir haben ihr etwas Warmes zu trinken gegeben«, berichtete der Nachbar.

»Gut. Haben Sie Heizdecken, Wärmflaschen, so was in der Art?«

»Irgendwo müsste eine Wärmflasche sein.«
»Holen Sie sie. Warmes Wasser, aber nicht kochend heiß. Wir wollen sie schließlich nicht verbrühen.«
»In Ordnung.«
»Dann befreien wir Sie mal aus diesem Mantel.«
Sie spürte Hände auf sich, die an den Knöpfen des Pelzes herumfummelten, ungebetene Berührungen, gegen die sie sich mit Händen und Füßen wehrte. »Nein, nein!«
»Beruhigen Sie sich, wir versuchen nur, Ihnen zu helfen. Sie müssen diesen nassen Mantel loswerden, sonst wird Ihnen nie wieder warm. Ma'am. Beruhigen Sie sich.«
Sie schlug blindlings um sich, traf etwas Weiches.
»Scheiße ... Moment ... Halt einfach ihre Arme fest, okay?«
Die Luft kroch an ihrer Brust hinunter, als sie die Knöpfe öffneten. Die Beamten schlugen den Mantel weit auf und hoben die Hände, als sie ihre nackten Brüste, ihren Bauch und ihre Beine sahen, die symmetrischen weißen Flecken, die von der Leiste bis zum Nabel reichten. Sie strampelte, versuchte zu schreien, doch mehr als ein Keuchen brachte sie nicht zustande.

Sie sah Linoleum. Versuchte, ihre Arme und Beine an den Körper zu ziehen, um sich zu schützen.

Du bist den ganzen Weg gerannt, du hast all das getan, nur damit es dennoch passiert. Er hat dich trotzdem erwischt.

Sie begann zu weinen, zu schluchzen, und das Salz brannte.

Dies ist eine Leichenhalle. Weiß gekachelt und hell, und du liegst auf der Bahre, und sie haben deine Haut aufgeschnitten, um zu sehen, warum du aufgehört hast zu atmen.

»Was machen Sie da?« Die Frau klang schockiert.

Endlich waren ihre Hände frei, endlich konnte sie sich seitlich zu einer Kugel zusammenrollen, die Stirn an die Knie lag sie auf dem weit geöffneten Mantel.

»Wir versuchen nur zu helfen. Damit sie aus den nassen Sachen rauskommt. Ziehen Sie den Mantel aus.«

»Hier«, sagte die Frau. »Decken Sie sie zu, Herrgott noch mal.« Fügte leiser und besorgt hinzu: »Sie ist nur Haut und Knochen.« Stoff bedeckte ihren nackten Körper, reichte ihr bis zur Hälfte über das Gesicht. Sie öffnete ihr Auge, sah eine rosa Decke, weiße Fliesen.
»Können Sie ihr nicht ein wenig Privatsphäre lassen? Sie sehen doch, wie verängstigt sie ist. Darf ich ihr helfen?«
»Wir helfen ihr doch. Wir müssen mit ihr reden.«
»Natürlich müssen Sie das, es tut mir leid. Aber vielleicht fühlt sie sich wohler ... ich meine, wenn ihr eine Frau hilft? Nur kurz.«
»Gut. Eine Minute.«
Die Frau saß neben ihr, Blut war in die rosa Seide ihres Morgenmantels gesickert.
»Hallo«, sagte sie. »Die sind erst mal weg. Ein wenig Intimsphäre ist gut, oder? Ich habe Ihnen was zum Anziehen mitgebracht.«
»Aber Ihr ... Ihr Morgenmantel. Das Blut.«
»Oh, das ist schon in Ordnung.« Die Frau wandte den Blick ab.
»Männer ... Denken einfach nicht nach. Helfen!«, schnaubte sie.
»Ich hätte genauso viel Angst wie Sie, wenn die mich so ausziehen würden. Ich wünschte, Sie hätten mir erlaubt, Ihnen den Mantel auszuziehen. Ich habe hier einen Pullover, eine Jogginghose und Socken. Damit gewinnen Sie zwar keinen Schönheitswettbewerb, aber es sollte Ihnen wieder etwas wärmer werden.«
Sie ließ sich von der Frau dabei helfen, sich hinzusetzen und einen dicken Pullover anzuziehen. Anschließend schob sie ihr vorsichtig eine Jogginghose mit Kordelzug über die Beine und streifte zu große dicke Socken über ihre geschwollenen Füße. Sie spürte nichts davon, ihre Haut war endlich taub.
»Sind Sie krank?«, fragte die Frau, deren Gesicht vor Sorge angespannt war.
»Nein.«
»Sie sind nur ... Liebes, Sie sind einfach nur so schrecklich dünn. Und Ihre Haut! Gibt es etwas, das Sie mir sagen möchten? Fühlen Sie sich zu Hause sicher?«

Sie verschluckte sich an einem Lachen, schmeckte wieder Blut.

»Sind Sie fertig?«

»Warum waren Sie nackt?«, flüsterte die Frau.

»Um mich warm zu halten«, antwortete sie.

Die Frau musterte sie mitleidig.

Die Polizisten kamen zurück, stützten sie unter den Ellbogen, damit sie sich auf einen Stuhl setzen konnte, der vorher noch nicht da gewesen war. Ihre Hand war mit Verbandmull umwickelt, in ihrem Schoß lag eine Wärmflasche. Eine Decke war um ihre Schultern geschlungen. Sie trank den letzten Rest der warmen Flüssigkeit aus ihrem Becher und erinnerte sich, dass sie Zeit verschwendeten.

»Wir müssen gehen«, keuchte sie.

Das Funkgerät knackte. »Wir sind jetzt vor dem Haus, Sergeant. Keine Fahrzeuge. Keine Reifenspuren. Keine Fußspuren, außer ein paar, die über die Einfahrt hinter dem Haus führen. Wahrscheinlich die der Frau, denn sie führen in Ihre Richtung. Das Haus ist dunkel. Sollen wir reingehen?«

»Eine Minute«, sagte der junge Officer in sein Funkgerät.

»Geht es jetzt etwas besser?«, fragte der Sergeant. »Sie sehen auf jeden Fall ein wenig besser aus. Tut mir leid, wenn wir Ihnen Angst gemacht haben. Wir wollten nur, dass Sie sich aufwärmen. Es ging Ihnen nicht gut. Wie ist es jetzt? Meinen Sie, Sie können uns helfen?«

Sie nickte.

»Gut. Also, ist irgendwo ein Schlüssel versteckt?«

»Im Felsen, unter dem Schnee.«

»Ma'am, das haben Sie schon einmal gesagt, und es ergibt keinen Sinn, verstehen Sie?«

»Ich wette, sie meint eines dieser Schlüsselversteck-Dinger«, mischte sich die Nachbarin ein. »Sieht aus wie ein Stein, ist aber aus Plastik. Die haben so ein kleines Fach, oder? In dem man einen Schlüssel verstecken kann?«

»Ist es das, was Sie meinen?«, fragte der junge Officer.

Sie nickte. Ihr Kopf war so schwer.
»Wo liegt der Stein?«
»Neben der Eingangstür. Links.«
»Okay, Ma'am«, sagte der Sergeant.
»Es gibt zu viele Türen«, nuschelte sie. »Jedes Zimmer hat so viele Türen, und das hat ihm nicht gefallen.«
Der Sergeant entfernte sich ein paar Schritte, während er mit der Person am anderen Ende seines Funkgeräts sprach.
»Keine Reifenspuren, was?«, sagte der Nachbar zu dem jungen Officer. »Keine Fußspuren außer ihren eigenen? Was schließen Sie daraus?«
Der Polizist ignorierte ihn und wandte sich stattdessen an sie.
»Ist der Eindringling derjenige, der Ihnen wehgetan hat?«
Sie schüttelte den Kopf.
»Wie haben Sie sich verletzt?«
»Im Schnee. Im Eis.« Sie leckte sich zaghaft über die Lippen. »Ich glaube, ich habe Blut gegessen.«
Drei Augenpaare starrten sie an. Jedes Mal, wenn sie mit dem unverletzten Auge blinzelte, versuchte auch das verletzte zu blinzeln, und der Schmerz, der ihr dabei durchs Gesicht fuhr, war höllisch. Etwas in ihr, da war sie sich sicher, musste irreparabel kaputt sein.
Der Sergeant tauchte wieder auf und stellte sich neben den jungen Officer. »Ma'am, meine Leute sind jetzt in Ihrem Haus. Sie haben alles durchsucht. Es scheint keinen Einbrecher zu geben.«
»Feuer?«
»Kein Feuer«
»Meine Kinder?«
»Sie haben sie noch nicht gefunden. Sie meinten doch, sie hätten sich versteckt. Wo sind sie?«
»Hinter der Mauer.«
»Sie haben Ihre Kinder hinter einer Mauer versteckt?«
»Ja. An einem geheimen Ort.«

Im Eingang wurde es still. Gerade noch hatte es von den Wänden widergehallt wie in einer engen Schlucht, und jetzt waren alle so still und leise, dass ihr die Ohren klingelten.

»Ich verstehe nicht«, sagte der Sergeant.

»Hinter dem Kamin. Im Büro. Ich habe sie dort gelassen.«

»Geht es ihnen gut?«, fragte der Sergeant.

Sie spürte Tränen aufsteigen und versuchte, sie zu unterdrücken, aber sie brannten hinter ihrem blutigen, geschwollenen Augenlid, sickerten in ihren zerbrochenen Schädel. Sie wischte mit der unverbundenen Hand darüber.

»Sie sind so klein«, flüsterte sie.

»Ging es ihnen gut, als Sie sie zurückgelassen haben?«

Sie dachte an die weiche Wange ihres Sohnes, die auf den Boden schlug, an den Kopf ihrer Tochter, der gegen den Ziegelstein prallte. An die kleinen Finger, die mit Gewalt gelöst werden mussten. Bei der Erinnerung daran verschluckte sie sich an ihrem eigenen Rotz und ihren Tränen.

»Sie hatten Angst. Große Angst!«

Das Gesicht des Sergeants war jetzt auf gleicher Höhe mit ihrem. Er stützte sich auf ein Knie.

»Sie müssen sich konzentrieren«, sagte er sanft. »Ich muss genau wissen, wo Ihre Kinder sind.«

»Mein Kopf«, sagte sie. »Da ist etwas kaputt.«

»Erzählen Sie mir einfach, woran Sie sich erinnern können.«

»Er ist sehr, sehr groß, der Manager vom Café. Er hat gesagt, sie sind köstlich. Er hat gesagt, er wird uns finden.«

»Hm, in Ordnung. Das ist … hilfreich. Also, wo sind die Kinder?«

»Im Büro. Das Holzpaneel unten rechts. Es öffnet sich, wenn man auf die richtige Stelle drückt. Eine versteckte Tür.«

»Geben Sie das weiter«, forderte er den Officer auf, der ihre Beschreibung über das Funkgerät an die Kollegen durchgab.

Sogar in der Hocke war die Haltung des Sergeants tadellos. Sie fragte sich, wie es sein konnte, dass seine Uniform unter dem Mantel keine einzige Falte warf. Seine Augen waren blau und leer, er hielt damit ihren Blick fest, bis sie ihr gutes Auge schloss und abdriftete. Der Officer flüsterte dem Sergeant etwas zu.

»Ma'am«, sagte er und rüttelte sie leicht an der Schulter, als wollte er sie wecken. »Sie finden keine Öffnung. Keinen versteckten Raum. Sie haben nach den Kindern gerufen, aber keine Antwort bekommen. Wo sind sie?«

Ja, es waren mutige Kinder, gute Kinder. Sie versteckten sich immer noch. Vor all den männlichen Stimmen, die nach ihnen riefen. »Kommt nicht mal raus, wenn Mama es sagt, nur wenn es Rauch und Feuer gibt. Okay? Mama kommt zu euch! Mama macht die geheime Tür ganz allein auf.« Hatte sie das nicht zu ihnen gesagt?

So muss es sein, denn andernfalls ...

Sie schluchzte, krank vor Panik.

Was wenn? Was ist, wenn sie sie nicht finden können, weil er sie mitgenommen hat?

Der Sergeant tupfte ihr vorsichtig das Gesicht mit einem Handtuch ab. Er klang steif, als er leise fragte: »Ma'am, haben Sie sie verletzt?«

Ihre Gedanken verdichteten sich. Sie hatte ihre kleinen Finger von ihren Armen, von ihrem Morgenmantel losgerissen. Hatte ihren Sohn in den Dreck gestoßen. Ihre Tochter gegen die Ziegelsteinwand.

Woher weiß er das?

»Ich weiß nicht ...«

»Haben Sie ihnen wehgetan?«

Der Raum war so still und die Stimme des Sergeants so leise, dass sich sogar die Wände zu neigen schienen, um zu lauschen. Sie berührte ihre geschwollene Lippe, und ihr Finger hinterließ eine Vertiefung, als wäre ihr Gesicht aus Sand und Meerwasser gemacht.

Hat dieser Sergeant Kinder? Hat er nicht beim letzten Mal, als du ihn getroffen hast, gesagt, er hat Kinder? »Es tut mir leid, ich bin selbst Vater«, *so was in der Art?*

Als Vater wäre ihm bewusst gewesen, wie lächerlich diese Frage war. Natürlich hatte sie ihnen wehgetan. Nicht nur heute Abend, wütend und verängstigt, wie sie gewesen war, weil sie nicht zugelassen hatten, dass sie ihnen half, nein. Sie hatte sie auf eine Million zufällige, ungeduldige Arten verletzt.

Du bist eine furchtbare Mutter.

Als sie ihre Tochter auf dem Wickeltisch liegen gelassen hatte, worauf sie heruntergefallen und sich eine Wunde am Kopf zugezogen hatte. Als sie auf den kleinen Zeh ihres Sohnes getreten war, der danach gebrochen gewesen war. Als sie beim Kuscheln mit ihrer Tochter aufgestanden war und aus Versehen ein Büschel Kinderhaar ausgerissen hatte, das irgendwie in ihrem Blusenknopf verheddert war. Sie konnte noch immer den Schrei hören.

Eine furchtbare, furchtbare Mutter.

Und dann waren da noch die unzähligen Verletzungen, die sie ihr zugefügt hatten. Der Babyfingernagel, der ihr so tief in die Netzhaut ritzte, dass sie monatelang nur verschwommen sah. Der Tritt gegen ihr Kinn, bei dem sie sich so heftig auf die Zunge gebissen hatte, dass sie ein kleines Stück davon verlor. Die Schwangerschaft, die Monate des Erbrechens, der Verstopfungen, der Krämpfe. Die Geburt, das Reißen und Zusammennähen und die Muskeln, die so kaputt waren, dass sie ihren Darm nicht mehr kontrollieren konnte, so kaputt, dass er eine Beule unter ihrer Bauchdecke formte, rund und zart, worauf man sie aufschnitt, damit er wieder hineingeschoben werden konnte. Die schlaflosen Nächte, die ihr die Worte entlockt hatten: »Jetzt verstehe ich, warum Schlafentzug als Folter gilt. Jetzt verstehe ich, warum Menschen dabei den Verstand verlieren.«

Niemals endend.

Du bist keine gute Mutter.

»Ich habe ihnen nie absichtlich wehgetan«, sagte sie und weinte leise.

»Natürlich nicht«, sagte der Sergeant tief und spröde. »Aber Sie haben sie versteckt? Hinter der Wand in Ihrem Haus?«

»Ja. Ja!«

»Wie wäre es damit«, sagte er, »wie wäre es, wenn wir Sie in unseren Wagen setzen und gemeinsam zu Ihrem Haus fahren, damit Sie uns zeigen können, wo sie sind? Und dann bringen wir Sie zum Krankenwagen? Wollen wir das so machen?«

Sie spürte eine Welle der Erleichterung. »Ja, das möchte ich.«

»Hinter der Mauer?«, flüsterte der Nachbar seiner Frau laut zu.

In einer geschmeidigen Bewegung hob der Sergeant sie vom Stuhl, einen Arm unter ihren angewinkelten Knien, den anderen hinter ihren Schultern. Instinktiv schlang sie die Arme um seinen Hals, um sich festzuhalten, zog sie dann jedoch schnell wieder schützend an ihre Brust, weil ihr die Geste auf einmal bizarr romantisch erschien.

Die Nachbarn zogen sich tiefer in ihr Haus zurück, die Gesichter lang und bleich.

»Machen Sie mir die Tür auf, Officer«, sagte der Sergeant.

»Danke«, rief sie dem Nachbarn zu, als sich der Sergeant zur Seite drehte, um mit ihr auf dem Arm durch die Tür zu treten. »Danke.«

Der Officer folgte ihnen in den Schneesturm hinaus.

»O mein Gott«, sagte die Frau, deren Stimme hinter ihnen verklang, als der Beamte die Tür schloss. »O mein Gott.«

KAPITEL 20

Das Fahrzeug war kein Polizeiauto, sondern ein großer weißer Truck mit einem Blaulicht am Armaturenbrett, das sein rotierendes blau-rotes Licht auf den Schnee warf, bis der Sergeant es ausschaltete. Die Straße war nicht geräumt, und die Reifen schleuderten den Schnee während der Fahrt an die Scheiben hoch. Innerhalb kürzester Zeit erreichten sie die Einfahrt ihres Hauses und bahnten sich im Schritttempo einen Weg zwischen den reflektierenden Torstangen hindurch, die aus den Verwehungen herausschauten. Vor der Garage hielten sie an.

Wieder hob der Sergeant sie auf die Arme wie ein Mann, der seine Braut über die Schwelle tragen will. Ihr wurde schwindelig, als er mit ihr zur Haustür ging, während der junge Officer hinter ihnen herlief. Drinnen warteten zwei weitere Beamte im Vorraum.

So viele Blicke.

»Hier entlang«, sagte einer der Beamten, und sie schwebte durch das Haus.

Als sie die steile Küchentreppe passierten, spürte sie, wie der Sergeant zögerte, dann einen weiten Schritt machte, um eine bestimmte Stelle am Fuß der Treppe zu meiden, so wie Besucher eines Friedhofs eine Stelle umgingen, an denen Leichen unter der Erde verrotteten.

»Brauchen Sie Hilfe, Sergeant?«

»Nee, sie wiegt ja nichts.«

Alle Lampen im Haus waren eingeschaltet, das Wohnzimmer war hell erleuchtet, als sie hindurchgingen, doch im Büro brannte lediglich die kleine Schreibtischlampe. Ihr Mann arbeitete gerne im Halbdunkel, er fand, dass die Bilder auf dem Monitor dadurch schärfer wurden.

Auf der Suche nach der kleinsten Bewegung in einer der Ecken wanderte ihr Blick automatisch zu den Schatten an den Rändern des Raumes. Ihre Sicht war dermaßen eingeschränkt, dass jeder Fetzen Dunkelheit jenseits des Lichtscheins lebendig und bedrohlich erzitterte.

»Sehen Sie? Hier ist nichts.« Einer der Männer hielt eine Taschenlampe und drückte grob und ungeduldig auf verschiedene Paneele der Holzverkleidung.

»Okay, Ma'am.« Der Sergeant stellte sie an der Wand auf die Füße.

Ihre Knie wurden weich, und sie rutschte langsam nach unten, bis sie auf dem Boden saß.

Der Sergeant nickte einem Beamten zu, der sein Handy hochhielt. Das Licht, das es abstrahlte, war so grell, dass sie zusammenzuckte.

»Bist du bereit, Mann? Ja? In Ordnung, Ma'am, warum zeigen Sie uns nicht, wo Sie die Kinder versteckt haben. Können Sie uns das zeigen?«

Sie bewegte sich unbeholfen auf allen vieren, um das Paneel zu erreichen. Es war schwierig, die richtige Stelle zu finden, da ihre Finger nach wie vor taub waren und ihre verletzte Hand bandagiert. Sie schüttelte die gesunde Hand aus und versuchte es erneut. Mit den Fingerspitzen fuhr sie an der Kante entlang, bis sie die verräterische Vertiefung im Holz ertastete. Sie drückte dagegen, und die Tür zu dem Versteck schwang nach innen auf.

Die Beamten drängelten sich hinter ihr, einer sagte leise: »Wer hätte das gedacht!«

Sie steckte ihren Kopf in das schwarze Nichts. »Meine Süßen? Es ist alles in Ordnung, kommt raus, die Polizei ist hier, ihr könnt ...«

Bevor sie zu Ende gesprochen hatte, wurde sie unsanft zur Seite geschoben, ein Schrei des Schmerzes und der Überraschung blieb ihr im Halse stecken. Der Sergeant und der Polizist mit dem Handy befanden sich auf einmal zwischen ihr und der Öffnung, und sie fiel nach hinten. Mühsam robbte sie aus dem Gewirr von gestiefelten Füßen und schweren Gliedmaßen heraus. Der Sergeant hielt eine große schwarze Taschenlampe in der Hand, die einen wippenden Lichtstrahl in und um das Versteck tanzen ließ.

Dann machte es Klick, und mit einem Mal fügte sich in ihrem geschwollenen Gehirn alles zusammen.

Sie denken, du hast ihnen wehgetan. Sie glauben, du hättest sie hinter der Wand begraben.

Sie schloss die Augen. Schluckte.

Aber das hast du nicht. Sie sind da, und es geht ihnen gut. Nicht wahr?

Ihr Kopf brummte, ihr Gehirn fühlte sich an wie Gelee. Das Hin- und Herschwenken der Taschenlampe schmerzte sie.

Sie haben dich beiseitegestoßen, damit du keine Spuren verwischst. Ist es das, was hier passiert?

Aber den Kindern geht es sicher gut. Du hast sie gesehen, und es ging ihnen doch gut? Das Gesicht deines Sohnes im Dreck, der Kopf deiner Tochter, der auf den Ziegelstein trifft, aber sie haben sich wieder aufgesetzt. Egal, wie oft du die Beherrschung verloren hast, sie in die Wiege gelegt hast und weggegangen bist und dir die Ohren zugehalten hast, um dir eine Pause zu gönnen, du würdest nie ...

Sie wollte in diesem Moment verharren. Im Nichtwissen. Es war so viel besser, es nicht zu wissen. Die Augen zu schließen, sich tief in das Brummen der Erschöpfung in ihrem Gehirn zurückzuziehen. Nicht zu wissen, ob sie etwas Unwiderrufliches getan hatte. Nicht zu wissen, dass sie vom massigen Körper des Schattens erstickt worden waren. Verschwunden, verletzt, mit Schmerzen, weil sie sie im Stich gelassen hatte.

Es ist deine Schuld.

Der Sergeant schob sich weiter in das Versteck hinein, bis nur noch seine Beine herausschauten. »Hey, alles ist gut! Ihr könnt rauskommen! Es ist okay. Wir sind Polizisten.«

Die Stimme ihrer Tochter, dünn und weit entfernt. »Mama?«

Die Erleichterung, die sie überkam, war so überwältigend, dass sie glaubte, auf der Stelle einzuschlafen, für immer und ewig glücklich.

Der Sergeant kroch aus der Öffnung und setzte sich auf die Fersen zurück. Er sah sie an. »Vielleicht kommen sie raus, wenn sie Sie sehen.«

Sie konnte nicht sprechen, ihre Lippen waren zu kraftlos. Ihre aufgerissene Haut brannte unter den Tränen, von denen sie gar nicht gewusst hatte, dass sie sie weinte.

Der Sergeant streckte ihr seine Hand hin, doch sie winkte ab und schaffte es, aus eigener Kraft vorwärtszukrabbeln.

Die Polizisten rückten auseinander.

Sie steckte den Kopf in das Versteck. Da sie keine Taschenlampe hielt, konnte sie nichts erkennen. »Zeit, rauszukommen, meine Süßen. Wir sind jetzt in Sicherheit.«

»Mama! Mommy!«

Sie setzte sich auf den Boden und wartete.

Mit Schmutz beschmiert, kamen sie herausgekrochen. Ihre Tochter wunderschön und strahlend in ihrem roten Nachthemd. Ihr Sohn, rundbauchig und weich, verschmolz mit ihr.

»Hallo, hallo«, sagte sie. »Es ist alles in Ordnung. Alles ist gut.«

»Mama«, sagte ihre Tochter, lehnte sich zurück und musterte sie, »du siehst schlimm aus.«

Sie wandte sich ab und erbrach sich auf den schönsten Teppich im Haus.

KAPITEL 21

Zwei Monate zuvor hatte sich ihr Sohn als Fledermaus und ihre Tochter als Hexe verkleidet. Wegen der Pandemie wurde das »Süßes- oder-Saures-Spektakel« landesweit abgesagt, also machten sie es wie an Ostern und versteckten stattdessen Süßigkeiten im Garten.

Sie und ihr Mann sahen zu, wie die Kinder mit ihren Eimerchen in Kürbisform herumflitzten.

»Guck mal, Mama! Daddy, schau!«, riefen sie jedes Mal, wenn sie ein Bonbon fanden.

Ihr Sohn schlug mit den Armen, um seine Fledermausflügel auszubreiten, während er rannte. »Ich fliege!«

Ihre Tochter zerrte ihren Hexenbesen zwischen die Beine: »Ich auch! Ich fliege! Wir fliegen! Wie Daddy! Schaut!«

Nach dem Abendessen kramten sie in ihrer Beute, tauschten miteinander und stopften sich so schnell sie konnten eine Süßigkeit nach der anderen in den Mund.

»Können wir das jetzt jedes Jahr so machen?«, fragte das kleine Mädchen.

»Warum?«

»Man muss nicht ›Süßes oder Saures‹ und nicht ›Danke‹ sagen.«

»Das sind keine guten Gründe«, schimpfte ihr Mann. »Es sollte dir nichts ausmachen, mit Menschen zu sprechen, die du nicht kennst.«

»Ich dachte, wir dürfen nicht mit Fremden reden«, protestierte ihre Tochter.

»Ja, das ist richtig. Aber es ist doch immer ein Erwachsener dabei, wenn du auf Süßes-oder-Saures-Tour gehst, oder? Zu lernen, sich mit anderen Erwachsenen zu unterhalten, ist wichtig. Du darfst nicht zu schüchtern sein.«

»Mommy ist auch schüchtern«, murrte ihre Tochter.

Sie spürte Verärgerung in sich aufsteigen. »Ich kann mich sehr gut mit Erwachsenen unterhalten, danke.«

Natürlich hatte ihre Tochter erwähnt, dass sie schüchtern sei. Wie konnte es anders sein. Die Bemerkungen ihres Mannes im letzten Jahr hatten das Verständnis des kleinen Mädchens von ihrer Mutter geprägt. Es hatte die Wertung in seinem Tonfall registriert, wenn er Kommentare abgab wie: »Ist dir eigentlich bewusst, dass du den Typen unterbrochen hast?«, »Es war peinlich, als du nicht…«, »Warum bist du immer so nervös?« Kleine Nadelstiche, die Mommys Unzulänglichkeit im sozialen Umfeld verdeutlichten, indirekte Hinweise dafür, dass sie ihren Schwiegervater missverstanden, dass sie die Situation falsch eingeschätzt und ungeschickt reagiert hatte, weil sie sich in diesem Augenblick so verhielt, wie sie es immer tat, sah sie das nicht?

Sein Vater setzt ihn wieder und wieder allein im Wald aus, und er versucht dennoch jedes Mal aufs Neue, mithilfe von Brotkrumen den Weg zurück zu finden.

Als sie ihren Mann im letzten Collegejahr in einem Kurs für Aktzeichnen kennengelernt hatte, war sie von seiner offenen Freundlichkeit, seiner Unbefangenheit, begeistert gewesen. Er hatte sich so wohl dabei gefühlt, die weichen Kurven der nackten Körper nachzuzeichnen, dass der Professor ihn dafür rügte, so unbefangen mit den Modellen herumzuscherzen. Sie selbst schaffte es nie, ihre Verlegenheit zu verbergen, musste sich die Objekte so leblos vorstellen wie die hölzernen Hände, die sie in der ersten Unterrichtswoche skizziert hatten. Aber ihre stille Konzentration schien ihn zu faszinieren. Sein schiefes Lächeln, als er ihr bei der Arbeit zusah, war wunderschön.

»Ich glaube nicht, dass ich jemals auch nur annähernd etwas so gut zeichnen könnte.«

Sie hatte noch nie einen Mann getroffen, der bereitwillig eingestand, dass sie etwas besser konnte als er, geschweige denn einen, der dabei sogar Freude zu empfinden schien. Seine Leichtigkeit, seine Wertschätzung erinnerte sie so sehr an die Art, wie ihre Mutter ihr das Gefühl gegeben hatte, klug, besonders und begabt zu sein, dass es ihr als schicksalhaft erschien, sich in ihn zu verlieben. Und dann war da noch die Beständigkeit in seinem Blick gewesen, wenn er sie ansah. Er zuckte nicht von Fleck zu Fleck, wie sie es gewohnt war. Und wenn er die Ränder der weißen Hautpartien mit dem Finger nachfuhr, bezeichnete er sie – und dadurch sie selbst – als schön.

»Hast du irgendwas gemacht?« Bei dieser Frage hatte sie den ersten Riss in ihrer Ehe gespürt. Jedes Mal, wenn er jetzt ihr Verhalten kritisierte und es ihn insgeheim nach der Anerkennung, der Liebe, der Absolution seines Vaters verlangte, fühlte sie, wie ein Meißel mit leichtem Hämmern dem Grundpfeiler des Respekts, der alles, was sie gemeinsam aufgebaut hatten, aufrecht hielt, Haarrisse zufügte.

»Wisst ihr, was ich dieses Jahr am Süßes-oder-Saures vermisse?«, fragte sie die Kinder.

»Was?«

»All die Kostüme zu sehen. Und die geschmückten Häuser. Wie wäre es, wenn wir ein bisschen rumfahren und uns angucken, was die Leute für Halloween gemacht haben?«

»O ja, Mama! Meinst du, die haben wieder die Leichen rausgeholt?«

»Daran erinnerst du dich noch?«

»Und an den aufgeblasenen Drachen!«

»Stimmt. Vor dem einen Haus war ein großer aufblasbarer Drache.«

Sie stiegen ins Auto und fuhren langsam durch die Straßen des beliebtesten Halloweenviertels in der Nachbarschaft. Dort reihten sie sich in die Schlange von Autos ein, in denen ebenfalls verkleidete Kinder saßen, die an den Wagenfenstern klebten, um die geschmückten Häuser anzuschauen. Der Hexenhut der Tochter streifte das Dach des Autos. Ihr Sohn lächelte mit Vampirzähnen aus Plastik im Mund. Sie winkten kostümierten Menschen zu, die auf Liegestühlen saßen und die vorbeifahrenden Autos betrachteten.

»Das war eine gute Idee«, sagte ihr Mann, der sich darüber freute, wenigstens ansatzweise mit der Außenwelt in Kontakt zu kommen. »Woher wusstest du davon?«

»Ehrlich gesagt, hatte ich keine Ahnung. Aber was sollen die Leute auch sonst tun?«

»Wohl wahr«, sagte er und lächelte sie an, und sie erinnerte sich daran, dass er sie die meiste Zeit, wie gerade eben, als er sie angesehen hatte, für clever und kreativ hielt.

Ihre Tochter entdeckte einen kleinen Hexenzirkel – allesamt mit gestreiften Socken und spitzen Hüten –, der sich um ein künstliches Feuer versammelt hatte, aus dem Nebelschwaden aufstiegen. »Guckt mal, Hexen. Wie ich.«

»Oh, ja«, sagte ihr Mann. »Ziemlich coole Truppe. Kennst du sie?«

Sie hatte lachen müssen und gestichelt: »Glaubst du etwa, dass sich alle Hexen untereinander kennen?«

»Daddy, gibt es Hexen wirklich?«, fragte ihre Tochter.

»Nein, aber früher haben die Leute das geglaubt.«

»Gibt es Fledermäuse in echt?«, mischte sich ihr Sohn ein.

»Ja.«

»Vampirfledermäuse?«

»Ja. Aber nicht in unserer Gegend. Und sie trinken Tierblut, keines vom Menschen.«

»Iiiih!«

»Ja.«

»Und Einhörner gibt's nicht in echt, aber Narwale schon.«

»Stimmt genau.«

»Und den Weihnachtsmann?«

»Hmmm«, brummte ihr Mann unverbindlich.

»Aber Geister sind nicht echt.«

»Richtig.«

»Gibt es Drachen?«

»Nein, Drachen gibt es in Wirklichkeit nicht.«

»Aber Dinosaurier schon!«

»Früher gab es sie, ja.«

»Und sie haben ihre Knochen hinterlassen.«

»Ja.«

»Aber es gibt keine Drachenknochen.«

»Genau.«

Die Kinder dachten darüber nach.

»Was für ein Wirrwarr«, sagte ihre Tochter schließlich.

»Ja, das ist es«, stimmte ihr Mann zu. »Ich habe mir das so zusammengereimt, dass die Menschen vor langer Zeit auf Dinosaurierknochen gestoßen sind und dann die Drachen erfunden haben, um ihre Existenz zu erklären.«

»Nächstes Jahr verkleide ich mich als Drache«, rief ihr Sohn. »Ich will Feuer spucken.« Der kleine Junge brüllte und knurrte und tat so, als würde er unsichtbare Flammen spucken.

»Iiiih, Mommy, er hat mich angespuckt!«

»Spuck deine Schwester nicht an. Außerdem bist du doch gerade eine Fledermaus, oder? Fledermäuse können nicht spucken.«

»Echt nicht?«

»Hast du schon mal eine spuckende Fledermaus gesehen?«

»Nein.«

»Na also.«

»Nur weil man was noch nie gesehen hat, heißt das nicht, dass es das nicht gibt«, widersprach ihre Tochter.

»Da hast du recht«, gestand sie ein. »Du bist zu schlau für mich.«

»Die Schwerkraft kann man zum Beispiel nicht sehen«, sagte ihre Tochter.

»Oder Luft!«, rief ihr Sohn

»Das ist richtig. Und die Liebe kannst du auch nicht sehen«, sagte ihr Mann.

»Natürlich kannst du das«, sagte sie, und als er sie anlächelte, drückte sie seine Hand. Spürte einen winzigen Riss heilen.

Während sie in der frühen Herbstdunkelheit nach Hause fuhren, begann es zu schneien.

Jetzt war ihr Mann derjenige, der aufgeregt am Autofenster klebte. »Seht euch das an! Guckt mal! Die roten Ahornbäume mit dem Schnee drauf! Wenn ich davon ein paar Aufnahmen hinkriege … Fotos vom Herbstlaub sind die absoluten Verkaufsschlager. Vor allem, wenn die Sonne draufscheint, dann leuchtet es richtig. Was meinst du, schaffst du es, die Kinder morgen allein zu beschäftigen? Ich müsste vor fünf los, um bei Tagesanbruch in der Luft zu sein.«

»Ja, klar, natürlich. Morgen soll es schön werden.«

»Daumen drücken!« Ihr Mann hielt die geballten Fäuste mit eingeklemmten Daumen in den Rückspiegel und lächelte die Kinder an, die die Geste nachahmten.

Wieder zu Hause, belud ihr Mann sein Auto mit Kameras, Ausrüstung und Lebensmitteln, um am nächsten Morgen gleich losfahren zu können. Er lag im Bett, noch bevor sie die Kinder aus ihren Kostümen befreit hatte.

Als sie zu ihrer Tochter sagte, es sei Zeit, den Hexenhut wegzulegen und ein Bad zu nehmen, brüllte das kleine Mädchen »Ich will nicht!«, holte mit ihrer kleinen Hand aus und traf sie damit am Kiefer.

Sie signalisierte ihrer Tochter ein Stopp, erschüttert darüber, wie sehr das Mädchen in diesem Moment ihrem Großvater geähnelt hatte.

»Es ist immer schade, wenn etwas zu Ende geht«, erklärte sie ihr, als diese voller Reue und schniefend die Stirn an der Schulter ihrer

Mutter rieb. »Es ist schwer, wenn etwas, das Spaß macht, aufhört. Aber das ist kein Grund, jemandem wehzutun. Vor allem nicht deiner Mommy. Deiner Familie. Wir sind doch dein Team.«

»Tut mir leid, Mommy.«

»Ich weiß, mein Engel.«

Sie las ihnen aus *Wilbur und Charlotte* vor.

»Machen sie das Schwein wirklich tot, Mommy? Essen sie es wirklich auf?«

»Wir essen auch Schweinefleisch.«

»Aber keine sprechenden Schweine.«

»Hmm.«

»Essen sie Wilbur auf, Mama?«

Der Zuckerrausch war verflogen, die Hyperaktivität hatte sich in Müdigkeit verwandelt. Sie sahen sie mit großen Augen an, besorgt um das wunderschöne, großartige, bescheidene Schwein.

»Oh, Schatz, nein, ich bin mir sicher, dass sie das Schwein nicht essen.«

»Charlotte würde das nicht zulassen«, sagte ihre Tochter. »Charlotte hilft ihm, ewig zu leben.«

»Nichts lebt ewig«, widersprach sie. »Das ist das Besondere an Lebewesen. Aber Charlotte ist klug. Sie wird dafür sorgen, dass sie Wilbur nicht aufessen.«

»Wilbur-pilbur-silbur«, reimte ihr Sohn schläfrig. »Können wir ein sprechendes Schwein haben, Mama?«

»Ich sag dir was. Wenn du eins findest, dürft ihr es behalten.«

Nachdem sie sie zugedeckt hatte, ging sie nach unten, um abzuschließen und das Licht auszuschalten. In der Dunkelheit sah sie, dass es aufgehört hatte zu schneien und die gelben und roten Herbstblätter von einer dünnen weißen Schicht überzogen waren. Die Temperatur lag unter dem Gefrierpunkt. Sie drückte die Daumen, so wie es ihre Kinder im Auto getan hatten, dass das Wetter hielt.

Im Bett schob sie ihre Füße in den Kreis der Wärme, der den Körper ihres Mannes umgab, und drückte ihre Stirn an die Stelle zwischen seinen Schulterblättern, die sie am liebsten mochte. Wenn er schlief, wenn seine Wärme und sein Geruch sie auf diese Weise einhüllten, konnte sie daran glauben, dass die scharfen Kanten ihres Schmerzes eines Tages weich werden würden. Dass er eines Tages verstehen würde, was er kaputt gemacht hatte, als er ihr die Schuld für den gewalttätigen Ausbruch seines Vaters gegeben hatte. Und dass er für diesen Verdacht büßen würde. Schließlich war tief in ihr drin schon so vieles kaputtgegangen, und wenngleich das meiste wieder zusammengewachsen war, fühlte es sich empfindlich und zerbrechlich an. Entgegen dem alten Sprichwort waren ihre Wunden mit der Zeit nicht vollständig verheilt. Aber bisher hatten sie sich immer wieder so weit geschlossen, dass sie funktionierte. Immerhin sprach ihr Mann noch immer nicht mit seinem Vater. Das musste doch etwas bedeuten. Das musste ein Anfang sein.

Was sie im Nachhinein am meisten quälen würde, war die Tatsache, wie glücklich sie gewesen war, als sie gehört hatte, wie ihr Mann in den dunklen Morgenstunden das Schlafzimmer verließ.

Ihr Mann brauchte jeden Tag das Gefühl, etwas geleistet zu haben. Andernfalls war seine Stimmung dahin. Doch die Erledigung alltäglicher Aufgaben – die Wäsche, der Abwasch, das Aufräumen hinter den Kindern – konnten seinen Hunger danach, »etwas zustande zu bringen«, nicht stillen. Nein, jedes Projekt zählte erst, wenn es abgeschlossen und vorzeigbar war, und was sie am meisten ärgerte, er erwartete, dass es auch den Mittelpunkt ihres Tages bildete. Wenn sie ihm nicht half, den Holzstapel von dort drüben wegzuschaffen, die Tür zu reparieren, eine gesprungene Fliese auszutauschen, ihm nicht bei den langweiligsten Tätigkeiten seiner Arbeit unter die Arme griff, seine gerade erhaltenen Andrucke auf Fehler überprüfte, mit seinem Namen unterschrieb, weil, wie er fröhlich kommentierte, »deine Handschrift viel besser aussieht als meine«, wurde er mürrisch; eine Stimmung, die tagelang anhalten konnte und jegliche Kommunikation mit ihm verdarb. Sie vermutete, dass es ihm mehr darum ging, sie in seiner Nähe zu haben, als darum, dass sie ihm half. Aber sie ärgerte sich darüber, dass ihre eigenen alltäglichen Aufgaben anschließend noch immer auf sie warteten und sie diese allein erledigen musste, während er nach getaner Arbeit entspannen konnte.

Also rollte sie sich in der Dunkelheit gemütlich im Bett zusammen, weil sie wusste, dass sie den kommenden Tag selbst gestalten und die undankbaren Aufgaben hinter sich bringen konnte.

Zufrieden zog sie sich die Decke über den Kopf und murmelte »Guten Flug«, als er die Schlafzimmertür hinter sich schloss.

Kurz darauf ertönte ein dumpfer Schlag, und sie runzelte leicht die Stirn. Musste er die Tür so heftig zuschlagen. Er war es doch, der die Kinder ständig ermahnte: »Knallt nicht mit den Türen, seid nicht so laut, warum geht ihr nicht vorsichtiger mit den Dingen um?«

Als sie das nächste Mal aufwachte, war es draußen hell. Sie griff nach ihrem Handy und stellte fest, dass es fast sieben war. Vom Bett aus warf sie einen Blick nach draußen auf die schneebedeckte, sonnenbeschienene Schönheit des neuen Tages. Sie stellte sich vor, wie ihr Mann in seinem kleinen Flugzeug darüber kreiste. Als sie daran dachte, wie eisig die Luft in dieser anderen Dimension sein musste, kuschelte sie sich noch tiefer ein. Sie scrollte auf ihrem Handy und genoss den Luxus, ein wenig Zeit für sich zu haben. Schließlich stand sie auf. Putzte sich die Zähne, duschte, zog sich an, suchte eine Ladung Wäsche zusammen. Nach den Kindern sah sie lieber nicht, weil sie nicht wollte, dass sie aufwachten.

Seit Beginn des Lockdowns vor sieben Monaten, der in einen chaotischen Sommer mit Digitalunterricht übergegangen war, war Alleinsein zu einer seltenen und kostbaren Angelegenheit geworden. Sie schätzte jede Minute Ruhe, konnte sich an kaum einen Moment in der letzten Zeit erinnern, in dem sie tatsächlich für sich gewesen war. Kaum eine wache Stunde, in der ihre Familie sie nicht um etwas bat, an ihr zerrte, Hilfe brauchte, um »Dinge zu erledigen« oder um besänftigt oder gefüttert oder belustigt oder unterrichtet zu werden. In den vergangenen sieben Monaten hatten sich jedes Mal, wenn sie die Treppe heruntergekommen war, sofort sämtliche Augenpaare auf sie gerichtet. Dann gingen die Fragen los: »Was hast du heute für uns geplant? Ich brauche, ich brauche, ich brauche. Ich will, ich will, ich will.«

Erschöpft von der ständigen Verletzung auch des letzten Restes ihrer Privatsphäre, hatte sie einen Riegel an ihrer Badezimmertür angebracht, hoch genug, dass die Kinder ihn nicht erreichen und sich versehentlich einschließen konnten.

Doch sie hatten sich vor der Tür herumgedrückt. »Mama? Was machst du denn da drin?«

Den Kopf in die Hände gestützt, hatte sie geantwortet: »Was glaubt ihr denn, was ich im Badezimmer mache?«

Sie hatte gehört, wie sie sich entfernten, bevor kurz darauf ihr Mann energisch an die Tür klopfte. »Alles klar bei dir, Schatz?«

Sie hatte auf ihr Handy geschaut. Es waren keine fünf Minuten vergangen. Mit geschlossenen Augen hatte sie geantwortet: »Alles okay. Ich komme gleich.«

Auf dem Weg zur Treppe freute sie sich darauf, den Inhalt der Kaffeekanne ganz für sich allein zu haben, den Geschirrspüler auszuräumen und dabei irgendetwas im Fernsehen anzuschauen, was sie sich nie ansehen würde, wenn ihr Mann im Haus war. Sie fragte sich, ob sie die Sendungen genauso genießen könnte, wenn ihnen nicht der Hauch von etwas Verbotenem anhaften würde.

»Wie kannst du dir so einen Schwachsinn angucken?«

»Ich will einfach nur etwas im Hintergrund laufen haben, während ich die Wäsche zusammenlege«, sagte sie und zuckte mit den Schultern.

Sie konnte ihrem Mann nicht erklären, warum sie von den Frauen in diesen Sendungen fasziniert war. Sie hatten vor langer Zeit den genauen Geldwert ihrer Schönheit erkannt, doch ihre sorgfältig gepflegte Oberfläche konnte nicht darüber hinwegtäuschen, wie unmöglich es war, stets sein attraktivstes, faszinierendstes Selbst zu sein. Da sie sich ihrer Bühne bewusst waren, knickten sie bei der kleinsten Kritik ein, explodierten auf spektakuläre Weise, was anschließend von einem Publikum dankbar aufgenommen wurde, das mit Inbrunst und dem größten Vergnügen dabei zusah, wie andere ausflippten, während sie selbst nur davon träumen konnten, jemals eine solche Wut nach außen zeigen zu dürfen.

Und wenn diese Frauen wohlhabend, berühmt und beliebt wurden, wenn sie sicher waren, es geschafft zu haben, wurden sie von ihren Ehemännern, Freunden, Partnern verlassen. Jedes Mal. Schließlich hatten ihre Männer nie gelernt, jemand anderen zu unterstützen.

Später würde es an ihr nagen, dass sie, als sie die Treppe hinunterkam, an diese bedürftigen Ehemänner aus den Realityshows gedacht hatte.

Das Bild, das sich ihr am Fuß der Küchentreppe bot, war so ungewöhnlich, dass sie auf halbem Weg irritiert innehielt. »Schatz?«

Ihr Mann lag auf dem Boden neben dem großen Tisch aus Kiefernholz, den sie als Kücheninsel benutzten. Er ruhte auf der Seite, die Hände fest verschränkt und unter das Kinn geklemmt. Es war die gleiche Haltung, in der auch ihr Sohn schlief, der dabei wie ein kleiner, betender Engel aussah.

»Alles ... Alles okay?«

Er lag auf einer Decke, die sie nicht sofort erkannte. Sie war so glatt, reflektierte so gleichmäßig das Licht, das durch die Küchenfenster fiel, dass sie sich sicher war, sie sei aus Seide. Eine schöne Farbe, an den Rändern heller als in der Mitte, wo er lag. Knapp neben dem Saum sah sie sein Handy auf dem Boden liegen. Das Display war zersplittert. Und als sie die gesprungene Oberfläche registrierte, begriff sie endlich.

Sie rief den Notruf. Sagte »Ehemann«, sagte »Treppe« und »blutet«. Sie wiesen sie an, ihn nicht zu bewegen. Die Blutung zu stoppen, wenn es ihr möglich sei.

Das Blut um ihn herum sickerte irgendwo zwischen seinem Schädel und dem Boden heraus, aber sie hatte Angst, ihn zu verletzen, wenn sie seinen Kopf anhob. Stattdessen drückte sie ein Handtuch auf sein Haar und legte sich von hinten an ihn. Schlang ihren Arm um seinen Körper, während sich das Handtuch rot färbte. Flüsterte ihm zu, dass alles gut werden würde, horchte auf seine flachen Atemzüge, die sie unter ihrer Handfläche spürte.

Die Sanitäter legten ihren Mann auf eine weiße Trage aus Kunststoff. Die Polizei stellte ihr Fragen. Ihre Stimmen klangen verzerrt, als ob sie aus einem Tunnel kämen.

»Nein«, antwortete sie, »ich habe nicht gesehen, wie er gefallen ist. Ich habe geschlafen. Geduscht. Mich angezogen. Ich bin nicht davon ausgegangen, dass er noch zu Hause ist.«

Als sie die Trage anhoben und auf den Krankenwagen zusteuerten, lief sie neben ihnen her.

»Es tut mir leid, Ma'am, Sie können nicht mitkommen.«

»Aber ...«

»Das ist Vorschrift. Nicht mal Familienangehörige dürfen mit in den Krankenwagen. Man wird Sie auch nicht in die Klinik lassen. Wegen der Pandemie sind keine Besucher erlaubt.«

»Kann ich ...«

»Wir müssen jetzt los.«

»Bitte! Lassen Sie mich auf Wiedersehen sagen.« Sie griff nach der Hand ihres Mannes, die weich und blass war und an die Trage gebunden. Sie drückte sie. »Ich liebe dich. Ich liebe dich!«

Ihr Mann stieß eine kleine Blase mit blutigem Speichel aus, die wie Kaugummi zerplatzte. Und dann war er verschwunden.

KAPITEL 22

Sie wachte in einem gelbstichigen Zimmer auf. Alles war gedämpft.

Jemand sagte, sie sei in Sicherheit. Doch ihre Schmerzen verrieten ihr, dass dies eine Lüge war, und sie schloss die Augen.

Sonnenlicht fiel durch ein Fenster. Die Person, die sprach, trug einen blauen OP-Kittel, darüber einen gelben Papierkittel, ihr Gesicht war unter einer Maske und einem Plexiglasschild verborgen. Sie oder jemand anderes, der so klang wie sie, kam und ging und wiederholte immer wieder dieselben Dinge, Worte, die über ihren Körper schwappten und in den Abfluss gespült wurden, leicht zu vergessen. *Orbitalbodenfraktur, basal, Schwellung, Operation, Drainage, Ödem, Erfrierung, Naht, Narbe, Ernährung, Verstauchung.*

Der Raum wogte hin und her.

»Wo sind meine Kinder?«, hörte sie sich selbst mit undeutlicher Stimme fragen.

»Ich weiß es nicht.«

»Können sie herkommen?«

»Im Moment sind keine Besucher erlaubt.«

Sie zog an dem Schlauch in ihrer Hand.

»Hey, Ma'am! Tun Sie das nicht!«

»Ich muss zu ihnen«, versuchte sie zu sagen.

»Ma'am, hören Sie auf damit! Sie werden sich noch wehtun.«

»Wo sind sie?«

Ziehen, ziehen, plopp, plopp.

Dann waren da Hände und Piepsen und Dunkelheit.

Als sie erneut aufwachte, saß der Sergeant auf einem Stuhl neben ihrem Bett und starrte auf den stumm geschalteten Fernseher in der Ecke.

Sie umklammerte die Decke und zog sie sich über die Brust, als sie an seine Hände unter dem Pelzmantel dachte.

»Wo sind sie?«

Er erschrak über ihre Stimme. Genau wie sie selbst. Sie hörte sich an, als würde sie seit Jahren ein Päckchen Zigaretten am Tag rauchen.

»Wa... Wie bitte?«

»Wo sind meine Kinder?«

»Man hat mir gesagt, dass Sie wach sind. Ich hatte gehofft, wir könnten über den Einbruch sprechen.«

»Meine Kinder?«

»Sie sind bei Ihrem Schwiegervater.«

»Nein«, krächzte sie. »Nein.« Sie versuchte, sich auf dem Bett höher aufzusetzen, sah sich nach ihrem Handy um, wollte jemanden anrufen, irgendjemanden.

»Hey, ganz ruhig. Es geht ihnen gut. Ein Mitarbeiter vom Jugendamt sieht nach ihnen.«

Sie zog an den Schläuchen und hörte, wie ein Piepsen ertönte.

»Ich glaube nicht, dass Sie das dürfen. Ma'am, hören Sie auf damit!«

Ziehen, ziehen, plopp, plopp.

Hände, Schwindelgefühl und Dunkelheit.

Sie war allein in einem dämmrig beleuchteten Raum. Sie wusste nicht, wo sie sich befand.

Schweb einfach davon, und finde sie.

Sie setzte sich auf und schob ihre Beine über die Bettkante. Sie waren in Gaze eingewickelt, ihre Füße riesig in ihrem weißen Kokon. Sie stand auf und wurde schwerelos. Spürte auf eine unbestimmte, distanzierte Art, wie ihre Wange mit einem Knacken auf den Boden traf.

Als sie die Augen wieder öffnete, begriff sie, dass sie in einem Krankenhausbett lag. Der Schmerz war ein lebendiges Wesen, das sich in ihr windete und drehte. Ihr Gesicht war zu einem geschwollenen Etwas geworden. Sie versuchte, ihre Hand an den Kopf zu heben, um die Wunde zu betasten, und stellte fest, dass sie festgebunden war. Gepolsterte Klettverschlussmanschetten fesselten ihre Handgelenke an das Bett. Eine Hand war bandagiert. Schläuche ragten aus ihrem Arm wie ein steriles Spinnennetz. Sie konnte sie nicht herausziehen. Das Einzige, was sich gerade eben noch in Reichweite befand, war ein Knopf, auf dem eine Frau im Kleid abgebildet war.

»Ja?«, erklang eine körperlose Stimme.

»Hilfe!«

»Was brauchen Sie, Ma'am? Sie haben den Notknopf gedrückt.«

»Ich bin gefesselt. Bitte helfen Sie mir!«

»Die Maßnahme ist zu Ihrer eigenen Sicherheit. Sie sind aus dem Bett gefallen. Und Sie haben Ihren Venenzugang rausgezogen. Versuchen Sie einfach, sich auszuruhen.«

Sie strampelte.

»Hören Sie auf damit, Ma'am, lassen Sie …« Die Stimme verstummte.

Sie warf sich auf dem Bett hin und her, war jedoch dermaßen geschwächt, dass sie, als die Pflegerin erschien, bereits erschöpft innegehalten hatte.

»Alles ist gut, Ma'am. Wir mussten Sie fixieren, damit Sie sich nicht selbst verletzen.«

»Meine Kinder?«

»Wir haben Ihnen doch gesagt, dass sie bei Ihrem Schwiegervater untergebracht sind.«

»Nein. Nein.«

Sie begann sich erneut zu winden, die Weichheit der Fesseln in Schmerz zu verwandeln. Und dann war da ein Gesicht, verborgen hinter einer Maske, das gleich darauf wieder aus ihrem Sichtfeld verschwand.

Als sie das nächste Mal zu Bewusstsein kam, blieb sie still liegen. Sie konnte spüren, dass sie schwer verletzt war. Erinnerte sich vage an das Wort »Operation«. Das Wort »Fraktur«.

Sie presste den Notknopf, und als jemand kam, röchelte sie: »Es tut weh.«

»In Ordnung, Liebes, dann drücken Sie einfach hier. Sehen Sie dieses kleine Gerät, das ich Ihnen in die Hand gebe?«

Sie betätigte den runden roten Knopf, und einer der Schläuche schwoll an. Es setzte keine wirkliche Erleichterung ein, aber eine gewisse Sorglosigkeit, durch die der Schmerz ein bisschen erträglicher wurde.

»Wann kann ich gehen?«

»Sie haben noch einen weiten Weg vor sich, aber Sie machen sich gut. Sie sprechen schon wieder, reißen sich zusammen, das ist nicht zu übersehen. Das Wichtigste ist, dass Sie sich ausruhen.«

Im Krankenhaus wurde es nie dunkel. Tag und Nacht verschwammen.

Tage oder Stunden später fragte sie eine andere Pflegerin: »Wie lange bin ich schon hier?«

»Keine achtundvierzig Stunden.«

»So kurz erst?«

»So kurz erst.« Die Pflegerin legte den Kopf schief. Ihr Gesichtsausdruck war hinter einer Maske und einem Plexiglasschild verborgen. Aber ihre Stimme war voller Neugierde. »Hier steht, dass Sie bei einem Einbruch verletzt wurden?«

Das ist es, das ist es, was du ihnen sagen musst. Du musst ihnen von dem Schatten-Mann erzählen.

»Können Sie die Polizei rufen? Ich muss der Polizei sagen, wer es war.«

»Wer war es?«, fragte die Pflegerin. »Wer hat Ihnen das angetan?«

Sie schüttelte den Kopf; es gelang ihr nicht, ihre chaotischen Gedanken aus dem saugenden, gurgelnden Abfluss ihres kaputten Kopfes zu ziehen.

Erinnere dich, erinnere dich. Vergiss nicht.

Dann saß der Sergeant erneut auf dem Stuhl neben ihrem Bett. Auch diesmal starrte er auf den stummen Fernseher in der Ecke. Wieder versuchte sie, sich zu bedecken, aber diesmal konnte sie ihre Arme nicht bewegen, die Handgelenke rüttelten leise in ihren Fesseln. Das dünne Krankenhaushemd und die Tatsache, dass sie festgeschnallt war, gaben ihr das Gefühl, entblößt zu sein und gleichzeitig ersticken zu müssen.

Die Faust des Sergeants umklammerte welkende gelbe Blumen.

»Für mich?«, fragte sie.

»Oh! Hm? Die hier? Ja.« Er legte die Blumen auf den Tisch neben ihrem Bett.

Der Sergeant schien nicht zu wissen, wohin er schauen sollte, und ihr ging es ähnlich. Sie widerstand dem Bedürfnis, den roten Knopf zu drücken, weil sie Angst hatte, durch den schwebenden Zustand, in den die Medikamente sie versetzten, wieder einzuschlafen. Ihr verbundenes Auge juckte fürchterlich.

Mit ihrer neuen kratzigen und gealterten Stimme fragte sie: »Meine Kinder ... sind sie in Sicherheit?«

»Ja.«

»Der Scha... Entschuldigung, der Mann – er könnte nach meiner Tochter suchen. Er könnte ...«

»Ma'am, bitte, beruhigen Sie sich«, sagte der Sergeant. »Ihre Kinder sind in Sicherheit. Es ist niemand hinter ihnen her.«

»Aber er, der Mann, der eingebrochen ist, hat nach meiner Tochter gesucht. Wie können Sie wissen, dass sie in Sicherheit ist?«

Der Sergeant seufzte schwer, und sie sah sich selbst durch seinen Blick. Der Ausdruck in ihrem gesunden Auge wild vor Angst, das andere unter dem Verband gequetscht und gebrochen. Sie an das Bett gefesselt. Ihre Worte kratzig und undeutlich.

»Es ist nicht wie im Fernsehen, Ma'am. Verbrecher kehren nicht zu Opfern zurück, die ihnen entwischt sind.« Er hielt inne, als ob ihm im selben Moment klar geworden wäre, dass dies nicht immer zutraf. »Es sei denn, diese Person hatte irgendeine Art ... familiäre Verbindung zu Ihnen? Oder eine romantische?«

Bei der Vorstellung, sie könnte mit dem Schatten verwandt sein oder eine Affäre mit ihm gehabt haben, schüttelte sie mit einer solchen Inbrunst den Kopf, dass ihr Schädel und Nacken schmerzten. *Vielleicht hat er recht. Vielleicht sind sie in Sicherheit. Aber ...*

»Sind meine Kinder noch bei diesem Mann?«

»Ihrem Schwiegervater? Ja.«

»Ich rufe jemand anderen an. Haben Sie mein Handy gesehen?«

»Ihr Handy ist ein Beweisstück. Der Großvater der beiden war der einzige Verwandte, den wir in der Nähe auftreiben konnten.«

»Sie ... Ich habe Ihnen doch gesagt, was er getan hat, oder? Als wir über den Sturz meines Mannes gesprochen haben?«

»Ja.«

»Und Sie haben ihm trotzdem meine Kinder anvertraut?«

»Die Alternative ist eine Unterbringung über das Jugendamt.«

»Was?«

»Man würde sie bei Fremden einquartieren. Oder in einer Wohngruppe. Wahrscheinlich würden sie getrennt.«

Sie sah vor sich, wie ihr Schwiegervater sie belächelte, hörte seine Stimme: »Du musst aufhören, ihn zu verweichlichen. Es reicht schon, wenn das Mädchen sich wie ein Junge aufführt. Aber verdreh du ihn nicht auch noch.«

»Ich werde jemanden finden«, sagte sie.

»Gibt es andere Verwandte, von denen ich nichts weiß?«

Sie stellte sich ihre Kinder inmitten des zugemüllten Hauses ihres Vaters vor.

»In Utah. Aber ... mir fällt schon jemand ein.«

Sie hatte Freundinnen, natürlich hatte sie die. Aber in den letzten Jahren hatte sie den Kontakt zu ihnen verloren. Der Umzug, die Krankheit ihrer Schwiegermutter, dann die Krankheit der ganzen Welt, die Isolation, in der sie alle lebten. Und keine der verbliebenen Freundinnen wohnte in der Nähe.

Warum? Warum hast du zugelassen, dass sie dir entgleiten? Gibt es jemanden, dem du wirklich nahe genug stehst? Nahe genug, dass du der Person deine Kinder anvertrauen würdest?
Jeder wäre besser als er.

»Ein Verwandter ist immer am besten«, sagte der Sergeant.

»Nicht, wenn er gefährlich ist.«

Erneut stieß der Sergeant auf eine Weise den Atem aus, die andeutete, dass sie unnötig in Panik geriet und nicht in der Lage war, die Dinge zu überblicken. »Ma'am, er bestreitet, Ihnen je etwas angetan zu haben. Sie haben nie Anzeige erstattet. Und ein Mann, der gerade erfahren hat, dass seine Frau gestorben ist? In der Situation ist es doch nachvollziehbar, dass er sich ... *unangemessen* verhält.«

»Unangemessen«, wiederholte sie. Die verharmlosende Weise, wie der Sergeant darüber sprach, versetzte ihr einen Stich und erinnerte sie an den Moment, als er sie vor dem Eingang zu dem Versteck unsanft beiseitegeschoben hatte. Wie ihr plötzlich etwas schrecklich klar geworden war – *sie denken, du hast den Kindern wehgetan.* Und jetzt die Einsicht: *Er glaubt dir nicht. Er glaubt deinem Schwiegervater. Er denkt, du lügst. Oder zumindest, dass du übertreibst. Hysterisch bist.*

Ihr Kopf schmerzte, und ihr Gedächtnis drehte ab. Alles verschwamm, überlagerte sich. Der Sergeant wurde zu einem der Anzugträger in jenem Gerichtssaal damals, zu einer der Dioden in jenem Schaltkreis, der sagte: »Was wir berücksichtigen müssen, ist das aktive Mitverschulden dieser Frau.«

»Seien Sie versichert«, fuhr der Sergeant mit nachsichtiger Stimme fort, »dass wir von Ihren Anschuldigungen wissen; es gibt jemanden, der regelmäßig nach Ihren Kindern sieht. Und was eine alternative Unterbringung betrifft«, er räusperte sich und wandte den Blick ab. »Jetzt, wo sie bei ihrem Großvater sind, wird er sie vielleicht nicht an eine andere Person abgeben wollen.«

Sie streckte und krümmte die Finger ihrer unverletzten Hand in der Manschette, um ihre Gedanken zu sammeln.

»Er hat nie Interesse an ihnen gezeigt. Er wäre froh, sie wieder los zu sein.«

»Nein, Ma'am. Er schlägt sich sehr gut.«

Er will die Kontrolle. Dein Mann ist weg, deine Schwiegermutter ist weg. Seine Enkelkinder sind alles, was ihm geblieben ist. Er will dich entsorgen und sie für sich behalten. Vielleicht solltest du einen Anwalt anrufen. Aber nein, so wie er drauf ist, hat er wahrscheinlich jetzt schon genug von den Kindern.

»Ich habe sie erst heute Morgen selbst gesehen. Es ging ihnen gut. Sie waren guter Dinge. Aber wie geht es Ihnen?«

Ihre Beine brannten, als hätten sie Feuer gefangen. Ihr Auge pochte. Sie konnte ihre linke Hand nicht mehr schließen.

»Prima«, krächzte sie. »Was ist mit der Schule?«

»Er hat einen Babysitter eingestellt, der ihm hilft und sich um die digitale Einwahl in den Unterricht kümmert. Es sind sowieso bald Weihnachtsferien. Keine große Sache. Er hat alles im Griff.«

Es kribbelte an ihrem Kopf, irgendwo, wo man sich nicht kratzen konnte. Sie versuchte es trotzdem. Spürte, wie ihre Hand von der Manschette zurückgehalten wurde.

Reiß dich zusammen. Hör auf zu weinen.

»Und nun zu dem Grund, aus dem ich hier bin. Sie haben mich angerufen und gesagt, Sie könnten den Kerl identifizieren.«

Sie leckte sich über die Lippen. Es fühlte sich an, als bestünden sie aus weich gekautem Kaugummi. Der Raum um sie herum verschwamm.

Je schneller du hier rauskommst, desto sicherer sind sie. Je schneller die Polizei ihn festnimmt, desto sicherer bist du. Und je eher du sie von diesem Mann wegholen kannst. Konzentrier dich.

»Ma'am?«

»Tut mir leid, es liegt ... an meinem Gesicht. Die Schmerzen sind schlimm.«

»Was können Sie mir über die Person sagen, die in Ihr Haus eingebrochen ist?«

Sie gab sich Mühe, ihre Gedanken zu ordnen.
Konzentrier dich.
Ein gelber Totenkopf. Abgetragene Schuhe. Lange Schnürsenkel. Groß.
»Er arbeitet in diesem neuen Lokal.«
»In welchem?«, fragte der Sergeant und beugte sich zu ihr vor.
»In diesem Sandwichladen. An der Route 23, bei Starbucks? Der neue Imbiss.«
»Den kenne ich, ja. Sie haben ihn von dort wiedererkannt?«
»Er ist der Manager.«
»Sie kennen ihn also.«
»Nein.«
»Entschuldigung, war es dieser Manager oder nicht?«
»Er war es.«
»Dann kennen Sie ihn also doch.«
»Ich bin ihm nur ein Mal begegnet.«
»Ein Mal?«
»Ein Mal«, wiederholte sie.
»Wann?«
»Damals im August. Im vergangenen August.«
»Okay. Aber Sie haben ihn wiedererkannt?«
»Ja.«
»Können Sie ihn beschreiben?«
Ihr Gehirn war wie ein Sieb. Sie nahm all ihre Kräfte zusammen.
»Groß«, versuchte ihr Mund zu artikulieren. Sie schüttelte ihr Handgelenk in der Manschette. Schloss die Augen, um den Schatten in der Erinnerung besser sehen zu können. »Weiß. Schmutziges blondes Haar. Sehr groß.«
»Wie groß? Ma'am?«
Er klingt zu undeutlich, als dass du mit ihm sprechen könntest. Warte, bis er den richtigen Sender eingestellt hat.
»Ma'am?«

»Er hatte schwarze Sachen an«, sagte sie. »Und alte Reebok-Turnschuhe. Handschuhe. Ein T-Shirt mit einem Schädel drauf.«

»Ein Totenkopf?«

»Ein gelber Totenkopf. Vergilbte Schuhe, gelblicher Schädel. Groß. Sehr groß. Riesig. Er hat sich den Kopf gestoßen. Würden Sie ... Können Sie meine Kinder anrufen? Ich möchte mit ihnen reden.«

Sie spürte, wie sie schwächer wurde, wie ihr erschöpfter Körper in den Schlaf gezogen wurde, erinnerte sich jedoch an etwas Wichtiges: »Glauben Sie, dass er immer noch hinter ihr her ist? Er war hinter meiner Tochter her. Sie müssen auf sie aufpassen, er könnte sie in diesem Moment holen, er könnte ...«

Als sie ihr gesundes Auge aufschlug, war der Sergeant verschwunden.

Eine hagere Krankenpflegerin mit scharf hervorstechenden Knochen zupfte an ihr, legte dort etwas um sie herum, zog an einem Verband, hob die Klappe über ihrem Auge, schob etwas unter die Decke.

»War ... War die Polizei hier?«

»Ich weiß es nicht, Liebes.«

Dann sah sie die gelben Blumen auf dem Beistelltisch verwelken. Der Sergeant hatte sie nicht ins Wasser gestellt.

Erleichtert entspannte sie ihre Hände, die sie in den Manschetten zu Fäusten geballt hatte.

Der Sergeant war hier. Er nimmt wahrscheinlich gerade irgendwo den Schatten fest. Und dann bekommst du die Kinder von deinem Schwiegervater zurück, sie waren nicht lange bei ihm, es wird schon in Ordnung ...

Das nächste Mal wurde sie vom Schmerz geweckt. Sie drückte auf den kleinen roten Knopf, doch nichts geschah. Vor dem Fenster war es dunkel, aber im Zimmer wie immer hell, die Tür zum Flur stand offen. Sie rief die Pflegerin und sagte ihr, dass der rote Knopf nicht funktioniere.

»Tut mir leid, Liebes, das bedeutet, dass Sie warten müssen. Es wird wieder funktionieren, sobald es für Sie sicher ist. Aber gut, dass sie mich gerufen haben. Wir müssen Ihnen ohnehin Blut abnehmen.«

Ein Plastikröhrchen nach dem anderen. Sie sah in die andere Richtung.

»Können Sie mich losmachen?«, fragte sie.

»Tut mir leid, Liebes. Es ist zu Ihrer eigenen Sicherheit. Außerdem übersteigt eine solche Entscheidung meine Gehaltsklasse.«

»Können Sie mir helfen, meine Kinder anzurufen?«

»Es ist mitten in der Nacht, Liebes. Außerdem glaube ich, dass die Nummer nicht stimmt. Der Mann, der abnimmt, beendet das Gespräch immer sofort.«

In der Decke war ein Riss. Vielleicht war ihre Erinnerung an diesen Anruf durch einen solchen Riss gerutscht. Sie betrachtete ihn und dachte an den Mann im blauen OP-Kittel, der immer wieder auftauchte, um sie über die Verletzung an ihrem Kopf zu belehren. *Orbitalbodenfraktur.* Er wiederholte dieses Wort, erklärte es aber nie. Sie stellte sich eine Zeichentrickkatze vor, die am Schädel getroffen wurde, Sterne, die um eine massive Beule kreisten, die Katze, taumelnd und mit einem blauen Auge. *Bitte Kätzchen, beiß mich nicht! Das klingt passend. Das klingt sehr passend. Zeichentricksterne. Fraktur im Orbit.*

Eine Blutdruckmanschette zog sich um ihren Arm fest.

»Warum setzen wir Sie nicht auf? Sie sehen schon besser aus. Die Schwellung ist bereits zurückgegangen.« Die Pflegerin schlug die Decke von ihren Beinen zurück und wickelte langsam einen Verband ab.

Von ihrem Fuß, ihrem Knöchel und ihrer Wade waren Hautstreifen abgerissen. Die Zehenkuppen fehlten. An ihrer Stelle befand sich rohe Haut in der Farbe von Kohle.

Sie strampelte mit ihren kaputten Beinen. »Was habt ihr gemacht? Was habt ihr mir angetan?«

Das hier ist kein Krankenhaus.

Eine andere Krankenpflegerin eilte herbei und hielt ihre gesunde Hand sanft in der Manschette fest. »Liebes, Sie hören jetzt damit auf. Wir wechseln Ihren Verband, okay? Der soll Ihnen dabei helfen, dass es Ihnen bald wieder besser geht. Ich weiß, dass Sie gesund werden wollen, um die Kinder zu sehen, von denen Sie immer sprechen, richtig?«

Sie hielt still. Sah zu den Pflegerinnen auf. Beide waren hinter Masken und Plexiglas verborgen. An ihren Kitteln hingen Fotos, die zeigten, wie sie darunter aussahen. Lächelnde Gesichter, die diesen Gestalten überhaupt nicht ähnlich sahen.

»Was haben Sie mit meinen Füßen gemacht?«

»Das kommt von den Frostbeulen. Die Ärzte haben die abgestorbene Haut entfernt und die verletzten Stellen gereinigt. Die Haut wird gut nachwachsen. Es sieht vielleicht ein bisschen seltsam aus, aber sie wächst nach. Genau wie Ihre Zehennägel. Das braucht einfach nur seine Zeit.«

Sie schaute weg, während die Pflegerinnen erst das linke, dann das rechte Bein neu verbanden.

»Es tut mir leid, dass ich Sie getreten habe.«

»Sie müssen sich nicht entschuldigen, Liebes. Sie haben sich erschreckt, das ist alles.«

»Wo ist der Sergeant?«

»Der kommt bestimmt wieder.« Die Stimme der Pflegerin nahm einen aufgesetzt beiläufigen Ton an, als sie fragte: »Das ist alles bei dem Einbruch passiert?«

»Mmm. Ich bin durch den Schnee gelaufen, um Hilfe zu holen.«

»Wenn Sie mal nicht mutig sind. Sieht aus, als hätten Sie eine Menge durchgemacht.«

»Meine Kinder waren im Haus. Er war hinter ihnen her.«

Die beiden Pflegerinnen lösten die Hände von ihr, als ob ein Fluch über ihr läge, der auf sie überspringen könnte.

»Kannten Sie den Mann, der eingebrochen ist?«

Sie wollen dir die Schuld in die Schuhe schieben.
»Ein Fremder«, sagte sie. »Jemand, den ich nur ein Mal gesehen habe.«
»Wer tut so was?«
Ein Monster.
»Nur ein Mann.«
»Warum hat er es gemacht? Hat er etwas gestohlen?«
Sie spürte die Kolibriherzen ihrer Kinder, schloss die Augen und sagte: »Er hat es versucht.«

KAPITEL 23

Nachdem die Sanitäter mit ihrem Mann losgefahren waren, schloss sie die Haustür und ließ sich dahinter auf den Boden sinken; sie schlang die Arme um ihre Beine und wiegte sich vor und zurück. Dadurch wurde die Welt so unruhig wie ihr Geist, bis sie sich im Takt bewegte und alles wieder ins Lot kam.

Ihre Hände und ihre Wange waren von seinem Blut verklebt.

»Ich weiß nicht, was passiert ist«, sagte sie immer wieder zu den Polizeibeamten, die über ihr aufragten. »Er hat gesagt, dass er bei Tagesanbruch fliegen will.«

Sie gehorchte apathisch, während die Polizei Fotos von ihr machte. Ging mit einer Beamtin ins Badezimmer. Zog ihre blutige Kleidung aus und legte sie in Plastiktüten, welche die Frau ihr hinhielt. Schämte sich kurz für den ausgeleierten Zustand ihrer Unterwäsche, als die Beamtin sie mit geübten Handgriffen in einem Zip-Beutel verschloss.

Sie gaben ihr die Erlaubnis zu duschen, sich anzuziehen und zum Krankenhaus zu fahren, von dem sie wussten, dass sie es nicht betreten durfte.

Rückblickend musste sie ihren Kindern zumindest einen Teil der Geschichte erklärt haben. Sie muss sie fertig gemacht haben und mit ihnen die Treppe hinunter durch die alte Doppeltür an der Vorderseite des Hauses gegangen sein, damit sie das Blut auf dem Küchenboden nicht sahen. Sie musste gefahren sein. Sie wusste, dass sie all das getan haben musste, denn als Nächstes fand sie sich auf dem Parkplatz des Krankenhauses wieder und hielt die Hände ihrer Kinder.

»Bitte. Können Sie uns nicht wenigstens sagen, was mit ihm ist?« Sie liefen auf und ab, bis schließlich ein Mann herauskam und sich als Arzt vorstellte.

Das Erste, was er sagte, war: »Es tut mir leid«. Ihre Knie begannen zu schlottern, und kurz darauf fand sie sich auf dem Krankenhausboden wieder, hörte das Zischen der automatischen Krankenhaustüren, die sich öffneten und wieder schlossen und wieder öffneten. Sie blickte zu ihm hoch.

Der Arzt ließ sich neben ihr nieder, als ob es vollkommen normal wäre, hier auf dem Boden zu sitzen. »Wir würden gerne mit Ihnen über eine Organspende sprechen«, sagte er.

Dafür durften sie das Krankenhaus betreten. In einem kleinen, privaten Zimmer erläuterte ihr der Arzt, dass zu diesem Zeitpunkt keine Wunder mehr möglich seien. Hirntod. Nicht vergleichbar mit den Geschichten über Menschen, die nach Jahren oder Jahrzehnten wieder aufwachten. Es gebe keine Fälle, bei denen jemand von dem Ort, an dem sich ihr Mann jetzt befand, zurückgekehrt war.

Die Kinder klammerten sich an sie, als jener Arzt wie mit einem Eispickel in ihre Realität eindrang. Daddy tot, aber nicht wirklich tot. Daddy weg, aber noch da.

»Sie können sich Ihre Erläuterungen sparen«, sagte sie. »Er würde es selbst so wollen.«

Sie überschrieb das noch schlagende Herz ihres Mannes, seine Leber, seine Nieren, die Lungen, die sich über ein Atemgerät füllten und leerten, seine Bauchspeicheldrüse, Gewebe, Hornhaut. Knochen und Haut und Blut.

»Können wir ihn sehen?«, fragte sie den Arzt. »Können die Kinder ihn sehen? Vorher? Um sich zu verabschieden?«

»Besucher sind auf den Patientenabteilungen nicht erlaubt. Aufgrund der Pandemie. Aber wir können einen Videoanruf organisieren.«

Sie protestierte nicht. Sie sah regelmäßig Nachrichten. Begriff, dass sie nichts Besonderes war, dass sie jetzt zu den Legionen von

Familien zählten, die von ihren Lieben ferngehalten wurden, um die rasante Ausbreitung der Krankheit zu stoppen.

Auf dem Bildschirm war der Mund ihres Mannes unverhältnismäßig weit geöffnet, damit der Schlauch hineinpasste. Sein Kopf war teilweise rasiert. Seine Augen waren zugeklebt.

»Papa hat seinen Körper zurückgelassen«, sagte sie zu den Kindern. »Wir müssen uns verabschieden.«

»Aber er ist doch da?«

»Es tut mir leid, meine Süßen. Das ist nur sein Körper. Sein Geist, sein ... alles andere ... hat ihn verlassen. Aber wenigstens können wir uns von seinem Körper verabschieden. Wenigstens können wir ihn noch einmal sehen.«

»Wir haben dich lieb, Papa«, sagte ihre Tochter leise. »Ich hab dich lieb!«

»Luftumarmung«, rief ihr Sohn und breitete die Arme aus. »Ich drück dich, Daddy. Wir sehen uns bald wieder!«

»Schatz, du wirst Daddy nicht bald wiedersehen. Das ... Er kommt nicht mehr nach Hause.«

»Okay, Mommy.« Ihr Sohn nickte eifrig.

Die Krankenpflegerin, die das Telefon im Zimmer ihres Mannes hielt, war geübt. Sie sprach ein paar beruhigende Worte, bevor sie die Verbindung unterbrach. Ihr war bewusst, dass sie, die Familie, niemals auflegen würde.

Auf der Heimfahrt erzählte sie den Kindern eine Geschichte in der Hoffnung, sie durch lautes Aussprechen wahr werden zu lassen. Daddy, der im Dunkeln die Treppe hinunterläuft, auf sein Handy schaut, er freut sich so, ist glücklich. Er checkt das Wetter und die verbleibende Zeit bis zum Sonnenaufgang. Aber er stolpert, fällt. Es ist, als würde man einen Lichtschalter umlegen. Er hat nicht gelitten. Und vor allem wollte er euch nicht verlassen.

Sie erzählte den Kindern nicht, dass es ihre Schuld war. Nichts von den quälend langen Minuten verschwendeter Zeit ...

Bei ihrer Rückkehr war die Polizei noch im Haus. Sie ließ die Kinder an der alten Flügeltür warten, während sie um das Haus herum zum Haupteingang ging, an der Polizei und der Blutlache vorbei, und ihnen von innen öffnete. Gemeinsam stiegen sie die alte Treppe hinauf. Sie brachte die Kinder in ihr Büro und rief auf ihrem Computer eine Kindersendung auf. Dann wies sie die beiden mit ihrer strengsten Stimme an, auf keinen Fall nach unten zu kommen.

»Das Krankenhaus hat uns informiert«, sagte der Sergeant. »Mein Beileid. Ich bin selbst Vater von kleinen Kindern.« Er reichte ihr eine Karte. »Das ist ein forensischer Reinigungsdienst. Sie sollten sich mit der Firma in Verbindung setzen.« Er reichte ihr eine weitere Karte. »Kontaktieren Sie mich, wenn Ihnen noch etwas einfällt. Alles, was wichtig sein könnte, alles, was Sie vergessen haben, uns zu sagen. Wir sind hier fast fertig. Können wir noch etwas für Sie tun?«

»Wäre es möglich … Könnten Sie meinen Schwiegervater informieren? Wir haben keinen Kontakt. Ich kann Ihnen seine Telefonnummer geben.«

»Ja, natürlich. Natürlich können wir das tun.«

Nachdem sie gegangen waren, starrte sie auf das Blut. Es war getrocknet, rissig wie die Wüste Utahs in ihrer Kindheit.

Sie rief die Reinigungsfirma an. Eine schroffe Frauenstimme informierte sie, dass sie keine neuen Aufträge mehr annähmen. Niemand würde das tun. Zu großes Risiko, zu viele Infektionen.

In den folgenden drei Tagen wischte sie das Blut selbst auf. Bevor er auf dem Boden aufgeschlagen war, war ihr Mann mit dem Kopf gegen den alten Tisch gestoßen, der ihnen als Kücheninsel diente. Das Blut dort ließ sich leicht aus der Holzplatte bleichen. Der Fußboden war schwieriger. Das Blut war in die Fugen zwischen den alten Dielenbrettern gesickert und wurde schnell von winzigen, knabbernden Ameisen entdeckt. Nach all dem Wischen und Kratzen blieb ein unregelmäßiger Fleck zurück, der sich in das poröse Kiefernholz gefressen hatte. Sie holte den Schwingschleifer, tötete die Ameisen und erzeugte Holzstaub, der mit aerosoliertem Blut angereichert war.

Sie rief ihren Vater an und erzählte ihm die Version der Geschichte, die sie für die Kinder erfunden hatte.

»Das ist ja ein Ding!«, sagte er. »Ich habe ihn immer gemocht. Soll ich kommen?«

Natürlich wünschte sie sich das, aber sie kannte ihren Vater gut genug, um innezuhalten und ihn den Gedanken zu Ende führen zu lassen.

»Aber ich denke, das wird schwierig, oder? Das Risiko, in ein Flugzeug zu steigen oder so lange durch die Gegend zu fahren – man muss schließlich immer wieder an Raststätten und so weiter anhalten. Außerdem ist es gar nicht erlaubt, nicht wahr? Aber falls du nach Hause kommen willst ...«

Erneut blieb sie stumm.

»Nun, das wäre vermutlich genauso schwierig, oder? Wenn ihr drei unter diesen Umständen herkommen müsstet. Und dann die Quarantäne und alles. Du weißt ja auch, dass mir der Platz fehlt.«

Es war genau das, was sie von ihrem Vater erwartet, was sie zu erwarten gelernt hatte. Dennoch, seine Apathie, der Stich, den ihr seine Gleichgültigkeit versetzte, zwang sie, die Augen zu schließen. *Nicht weinen.*

»Wir werden hierbleiben, Dad. Ich wollte es dir nur sagen.«

Erleichtertes Ausatmen. »Na gut, okay! Melde dich.«

»Ich wünschte, Grandma würde noch leben.« In ihrer Stimme schwang ein Schluchzen mit. »Es wäre gut, mit ihr zu reden, weißt du?«

Ihr Vater schwieg. Sie hörte, wie er den Hörer von einer Hand in die andere wechselte.

»Ja. Tja. Hm. Wie auch immer, ich hab dich lieb, und es tut mir wirklich leid.« Er legte auf.

Nach dem Abschleifen hatte das Kiefernholz wieder seinen natürlich hellen Gelbton angenommen. Nur die Fugen zwischen den

Dielen wiesen noch Blutflecken auf. Sorgfältig trug sie Schicht für Schicht Polyurethan auf. Es trocknete sauber.

Wenn du nicht wüsstest, dass es da ist, würdest du es nicht bemerken.

Nachdem das Blut verschwunden, ihr Mann zu Asche geworden, die Urne in der Ecke seines Schranks verstaut war, gab es nichts mehr zu tun.

Sie wechselte die Laken nicht. Rührte das Kissen ihres Mannes nicht an. Manchmal lag sie mit offenen Augen da und starrte auf die Vertiefung, die sein Kopf dort hinterlassen hatte.

Was sollst du jetzt tun? Was sollst du überhaupt jemals wieder tun?

Sie ließ die Kinder wieder in die Küche. Meldete sie beim Fernunterricht an. Brachte sie zum halbtägigen Präsenzunterricht, holte sie wieder ab. Ihre Stimmen waren schwer zu verstehen, klangen wie unter Wasser. Wenn sie gemeinsam fernsahen, streichelte sie ihre Haut, küsste ihre Bäuche. Nur dort, im bläulichen Schein des Fernsehers, neben ihren Kindern, fiel es ihr halbwegs leicht, einzuschlafen.

»Er hat nicht gelitten«, sagte sie zu den Anrufern in dem Versuch, es dadurch wahr werden zu lassen. »Es ging schnell. Nein, wir können derzeit keine Beerdigung machen. Vielleicht später eine Gedenkfeier? Ich gebe euch Bescheid. Nein, es gibt nichts, was ihr tun könntet. Danke, vielen Dank, dass ihr an uns denkt.«

Innerhalb eines Monats war der Mitleidshahn zugedreht, und die Anrufe hörten auf. Bis der Artikel über ihren Mann erschien, aber das war etwas anderes. Die Stimmen der Leute, die sich daraufhin bei ihr meldeten, waren eifrig und aufgeregt – so nah am Tod. So nah am kleinsten Hauch von Ruhm.

KAPITEL 24

Der Psychiater begann nicht damit, über den Einbruch zu sprechen. Stattdessen setzte er sich auf den Stuhl in ihrem Krankenhauszimmer und fragte sie nach ihrem Gewicht. Lauschte der Litanei ihrer Verluste. Mit ruhiger Stimme bezeichnete er ihr Dünnsein als selbstschädigend, destruktiv, als Zeichen einer Depression. *Als ob das Dinge wären, die du nicht längst wüsstest. Als ob sie wichtig wären.*

Sie stritt nichts ab. Bestätigte ihm, dass sie es genauso sehe. Schließlich sagte sie: »Aber als es darauf ankam, hat sich gezeigt, dass ich leben will.«

»Ja.« Sein Blick schweifte über ihre Verbände, ihre Blutergüsse. »Aber Sie haben noch eine Menge Arbeit vor sich. Das Trauma hört nicht auf, wenn das Trauma endet. Die Vergangenheit eines jeden Menschen formt seine Gegenwart.«

»Das stimmt«, räumte sie ein und musterte ihn mit mehr Interesse. »Es ist alles noch da, die Vergangenheit. Was mit meinem Mann passiert ist. Der Kummer. Dieser Scha…« Ihre Stimme brach. »Dieser Mann, der in mein Haus eingebrochen ist. Ich wünschte, das alles wäre nicht passiert. Aber es ist passiert. Und in meinem Kopf ist es immer noch nicht vorbei.«

»Sie müssen sich mit dem, was Sie durchgemacht haben, auseinandersetzen.«

»Und meinen Kindern helfen.«

»Das ist richtig. Aber Sie müssen sich auch um sich selbst kümmern. Was haben Ihre Kinder davon, wenn sie sich nicht auf Sie verlassen können?« Der Psychiater faltete die Hände im Schoß. »Wollen Sie in diesem Zustand verharren?«

»Nein«, sagte sie und verstand, dass sich der Psychiater nicht auf das Krankenhaus bezog, sondern darauf, wie fest ihr Geist in einem dunklen Abgrund feststeckte und sich vergeblich nach dem weit entfernten Licht reckte. »Ich weiß es nicht.«

Sie sah die Rückkehr zu sich selbst wie ein Puzzle, drehte und wendete die Teile auf dem Tisch, analysierte sie, bis sie in der Lage war, jede Erinnerung einzuordnen – auf dem Pfad hat dich etwas im Gesicht getroffen, du hast gesehen, wie er die hinteren Eingangstüren öffnete, die Turnschuhe und vieles mehr –, um ein vollständiges Bild zu erhalten. Als der Psychiater sie also nach dem Schatten fragte, nach ihrer Flucht durch den Wald, nach ihren körperlichen Verletzungen und wie sie sich diese zugezogen hatte, antwortete sie so gut sie konnte, hob dieses oder jenes Puzzleteil auf, und wenn sie etwas Zeit benötigte, um es einzuordnen, erklärte sie: »Meine Gedanken geraten immer wieder durcheinander. Manche entgleiten mir und sind dann ganz plötzlich wieder da. Bilder. Gefühle. Es ist ... verwirrend.«

»Es sind gerade mal vier Tage vergangen«, sagte der Psychiater.

Das schien ihr unmöglich, denn in dem seltsamen Dämmeruniversum des Krankenhauses war sie doch gerade erst angekommen, gleichzeitig hätte sie schwören können, bereits seit Wochen dort zu sein.

»Sie werden feststellen, dass Ihr Gedächtnis nicht so funktioniert, wie Sie es gerne hätten. Dass Sie aufdringliche Gedanken haben. Oder dass Sie diese Person, die Sie jagt, immer wieder vor sich sehen. Das ist normal. Eine normale Reaktion auf ein Trauma.« Er zuckte mit den Schultern und fügte hinzu: »Manchmal kann man sich nicht an alles erinnern, auch nicht mit der Zeit. Der Verstand versucht, sich zu schützen, indem er sich gegen bestimmte Dinge abschottet.«

»Ich glaube, ich würde nicht mal merken, wenn es so wäre. Und ich denke immer wieder, dass diese ... die Person, die eingebrochen ist, versuchen wird, meine Tochter zu finden. Aber das ist doch unlogisch, oder? Wäre zu riskant für ihn?«

So gut sie konnte – die Puzzleteile passten nicht ganz, oft musste sie sie mit Gewalt zusammenfügen – beschrieb sie, wie der Schatten hinter ihrem kleinen Mädchen her war. Wie er sich draußen vor dem Café verhalten hatte. Immerhin hatte er sie ganze vier Monate später aufgespürt, warum sollte er es dann nicht wieder versuchen? Und dann lauerten da noch die Gefahren, was das potenzielle Sorgerecht ihres Schwiegervaters anging.

Der Psychiater lockte langsam ihre Geschichte aus ihr heraus. Besprach die begrenzten Möglichkeiten mit ihr.

»Das sind alles berechtigte Sorgen«, versicherte er ihr. »Und ich glaube, Sie haben recht. Bald nach Hause zu kommen, mit der Polizei zu sprechen, damit dieser Mann gefasst werden kann, wird am effizientesten und wirksamsten helfen, Ihre Probleme anzugehen.«

Das ernste Gesicht des Psychiaters, seine gemessenen Worte – »berechtigt«, »effizient«, »wirksam«, »normal« – wirkten wie Balsam. Sie beruhigten sie mehr als das Drücken des roten Knopfes.

»Sind Sie bereit, die Therapie nach Ihrer Entlassung fortzusetzen? Ich kann Ihnen eine Überweisung ausstellen. Ich bin auf posttraumatische Belastung spezialisiert und publiziere in dem Fachgebiet. Wenn Sie möchten, machen wir einen Termin für Sie in unserer Praxis.«

Ihr verunstaltetes Gesicht brachte ein Lächeln zustande. »Sehr gerne.«

Als sie aufwachte, war es Morgen, und die Manschetten waren verschwunden. Erleichtert rieb sie sich die Handgelenke in dem sicheren Glauben, dass sie das kleine Stückchen Freiheit dem Psychiater zu verdanken hatte.

Das bedeutet wohl, dass du doch noch zurechnungsfähig bist.

Sie berührte den Verband um ihren Kopf, vor ihrem Auge. Sie strich über ihr zerzaustes Haar.

Das alles dauert immer noch an. Es wird immer so sein.

»Hallo.«

Sie zuckte zusammen, als sie den Sergeant neben ihrem Bett sah. Diesmal gelang es ihr, die Decke bis zu ihrem Kinn hochzuziehen.

»Es tut mir leid. Ich wollte Sie nicht erschrecken.« Raumgreifend saß er da, die Beine weit gespreizt, die Unterarme auf den Lehnen des rosa gepolsterten Stuhls.

»Ich habe Sie nicht gesehen.«

»Ihr Sehvermögen ist eingeschränkt.« Er tippte auf sein Auge, um auf ihr verbundenes hinzuweisen.

»Ich dachte, Besucher sind nicht erlaubt?«

Der Sergeant zuckte mit den Schultern. »Für Polizisten machen sie eine Ausnahme.«

»Gut.« Sie begann wieder normal zu atmen. »Also. Haben Sie ihn erwischt?«

Der Sergeant zuckte mit den Schultern. »Noch nicht.«

»Sie konnten ihn nicht finden?«

»Sieht so aus, als würde er nicht mehr in diesem Café arbeiten.«

»Er hat gekündigt?«

Der Sergeant zuckte mit den Schultern, als wollte er klarstellen, dass er keine Einzelheiten nennen durfte oder wollte. »So was in der Art. Wir versuchen, ihn ausfindig zu machen.«

Vor Angst schnürte sich ihr die Kehle zu.

»Aber ... dann müssen Sie dafür sorgen, dass meine Tochter in Sicherheit ist, bis Sie ihn gefunden haben! Er war ... Habe ich Ihnen das erzählt? Er war hinter ihr her. Das hat er ganz klar gesagt.«

Das Gesicht des Sergeants verfinsterte sich. Verärgert tippte er mit einem Finger auf die Armlehne seines Stuhls.

Er ist so gnädig, dir zu glauben, solange du ihn nicht infrage stellst.

»Das haben Sie mir erzählt«, antwortete er knapp. »Sie haben den Kerl als einen Fremden beschrieben. Und wie ich Ihnen schon sagte, kommt es einfach nicht vor, dass ein Krimineller wie er einem Opfer nachjagt, das ihm entwischt ist. Weil er damit seine

Festnahme riskieren würde. Außerdem wohnt Ihr Schwiegervater in einem belebten Wohnkomplex, und die Polizei schaut regelmäßig nach ihm und Ihren Kindern. Okay? Fühlen Sie sich jetzt in der Lage zu reden? Das könnte uns helfen, den Kerl zu schnappen.«

Ihr Auge brannte unter dem Verband. Sie war wütend, dass der Sergeant ihre Bedenken so ungeduldig abtat. Sie konnte ihren Körper riechen, der nach Essig und altem Schweiß stank. Ihr Kiefer schmerzte. Beim Sprechen kratzte es noch immer in ihrer Kehle. Ihr gesamter Schädel war an den Rändern weich und ausgefranst von den Schmerzen. Aber sie hatten ihre Arme losgebunden. Sie konnte ihre Beine bewegen, mit ihren nagellosen Zehen unter der Decke wackeln. Ein bisschen klarer denken.

Erinnere dich daran, was der Psychiater gesagt hat. Wenn du der Polizei hilfst, ihn zu fassen, ist das der beste Weg, den Kindern zu helfen. Dir selbst zu helfen. Und vielleicht hat der Sergeant ja recht damit, dass die Kinder in Sicherheit sind. Dass der Schatten nicht mehr hinter ihnen her ist. Der Sergeant kann so etwas einschätzen, oder? Verbrechen? Die Fakten, die Zahlen?

»Ma'am?«

»Ja, klar, natürlich. Ich kann Ihre Fragen beantworten.«

Du bist so bereit, wie du sein kannst. Du musst ihn überzeugen. Sie müssen ihn festnehmen.

Aber zuerst wollte sie die Kinder sehen. Um sich zu vergewissern, dass sie auch wirklich in Sicherheit waren. Um von ihren Gesichtern abzulesen, wie ihr Großvater sie behandelte.

»Können wir vorher meine Kinder anrufen?«, fragte sie. »Ein Videoanruf? Die Leute vom Pflegepersonal haben es für mich versucht, aber mein Schwiegervater nimmt nicht ab. Bei Ihnen vielleicht schon.«

Der Sergeant schnaufte resigniert. »Sicher.«

Ihr Schwiegervater meldete sich nach dem ersten Klingeln. »Hallo, Sergeant, was kann ich für Sie tun?«

Er klärte ihn über den Grund des Anrufs auf. Anhand des veränderten Tonfalls ihres Schwiegervaters konnte sie sich vorstellen, wie sich sein Gesichtsausdruck verfinsterte.

»Gut, ich hole sie.«

Der Sergeant reichte ihr das Handy, und da waren ihre Kinder. Schön, strahlend. Besorgt.

»Mama, du siehst sooooooooo furchtbar aus«, rief ihr Sohn.

Sie lachte, und es tat weh. Sie weinte, und es tat weh.

»Nicht weinen, Mommy!«

»Ich bin so froh, euch beide zu sehen.«

»Dein Auge ist ganz schwarz. Wie das von einem Waschbär.« Ihre Tochter beugte sich näher an den Bildschirm heran und musterte ihre Blutergüsse und die Augenklappe. »Halb Waschbär, halb Pirat.«

»Ja! Ein Waschbär-Pirat!«, stimmte ihr Sohn zu, als wäre das aufregend, ein großes Kompliment.

»So sieht's aus, ich bin eine Waschbär-Piraten-Mommy.« Sie berührte leicht die Binde über ihrem Auge. »Wie geht es euch, Kinder? Ich vermisse euch so, so sehr!«

»Wann kommst du uns holen?« Der Blick ihrer Tochter huschte zur Seite. Sie war sich sicher, dass ihr Schwiegervater dort stand und das Gesicht verzog, als er hörte, wie das kleine Mädchen ihr die Frage stellte.

»Sobald ich aus dem Krankenhaus entlassen werde, hole ich euch ab. Das verspreche ich. Ich arbeite wirklich hart daran, gesund zu werden.«

»Okay, Mommy.«

»Wie ist es euch ergangen? Alles in Ordnung?«

»Ja! Wir haben einen Babysitter. Sie ist sehr nett. Ihr Haar ist soooo lang.«

»Du magst sie?«

»Ja. Sie spielt Vater-Mutter-Kind mit uns. Und wir haben Kekse gebacken. Sie hat Legos!«

»Das ist wunderbar, Leute. Und benehmt ihr euch bei Grandpa auch gut?«

Die Kinder sahen sich an.

»Wir versuchen es«, antwortete ihre Tochter und fügte dann im Flüsterton dicht vor dem Bildschirm hinzu: »Aber es ist schwer, leise genug zu sein.«

Darauf wette ich. Ich wette, dieser Mann will, dass ihr still seid. Er will, dass ihr unsichtbar seid.

»Gebt euch einfach weiterhin Mühe, euch gut zu benehmen. Ich weiß, dass es schwierig sein kann. Hattet ihr Onlineunterricht?«

»Mm-hmm«, murmelte ihre Tochter. »Der Babysitter hat uns heute Morgen eingewählt. Gerade ist Pause!« Sie hielt kurz inne, bevor sie hinzufügte: »Sie sagen, er ist nicht echt.«

»Wer?«

»Grandpa, die Polizisten.«

»Wer ist nicht echt?«

»Der Schatten.«

»Grandpa sagt, das Monster ist ein Hirngespenst«, warf ihr Sohn ein und begann dann, Grimassen zu schneiden; aus dem Winkel ihres gesunden Auges konnte sie erkennen, dass der kleine Junge sein eigenes Bild in der Ecke des Bildschirms betrachtete und herumalberte, um sich selbst zu unterhalten.

»*Gespinst*«, korrigierte ihn seine Schwester. »Ein Hirngespinst.«

»Oh, ihr Lieben, erinnert ihr euch? Wir haben darüber gesprochen. Es gab keinen Geist, keinen Albtraummann. Kein Monster. Grandpa hat recht. Es war nur ein Mensch.«

»Er ist ein Hirngespenst«, beharrte ihr Sohn. »Das sagt Grandpa.« Dann beugte er sich näher heran und fügte in verschwörerischem Ton hinzu: »Er könnte also doch ein Geist sein, Mama, denn die Polizei hat gesagt, dass er nicht mal Füße hat!«

Ihr Auge fühlte sich so geschwollen an, dass sie damit rechnete, es würde jeden Moment platzen, und sie fragte sich, ob es an ihren Verletzungen lag, dass sie nicht genau verstand, was sie ihr sagen wollten, oder daran, dass die Kinder sich, wie so oft, nicht konzentrieren und klar ausdrücken konnten.

»Entschuldige, Schatz, warum redest du über Füße?«

Ihr kleines Mädchen wandte den Blick vom Bildschirm ab; sie war sich sicher, dass ihr Schwiegervater etwas tat, um die Aufmerksamkeit ihrer Tochter auf sich zu ziehen. Die sichtbare Nervosität des Mädchens war ansteckend, und sie stammelte: »Weißt du was, ist doch egal. Macht euch deswegen keine Gedanken. Es gibt keinen Schatten, okay? Das war ein Mann, der mit unheimlicher Stimme gesprochen hat.«

»Da ist eine Frau, die alles über uns wissen will.« Ihr Sohn schnitt erneut abwesend Grimassen und betrachtete sich dabei auf dem Display.

»Der Babysitter?«

»Nein, eine andere Frau. Sie hat mir Karamellbonbons geschenkt!«

»Sie hat uns beiden Karamellbonbons geschenkt«, sagte ihre Tochter.

Womöglich war ihr Schwiegervater mit jemandem zusammen. Einer Frau, die besonders neugierig war. Vielleicht eine Polizistin, die Fragen stellte? Die Sachbearbeiterin vom Jugendamt, die der Sergeant erwähnt hatte?

Sie starrte stumm in ihre schönen Gesichter. »Ich kann es nicht erwarten, euch zu umarmen«, sagte sie dann.

»Kommst du bald wieder?«

»Ja, Liebes. Ich arbeite ganz hart daran, wieder gesund zu werden, und dann sind wir wieder alle zusammen zu Hause.«

»Aber Daddy ist nicht zurückgekommen«, sagte ihre Tochter.

Die Kinder schlugen die Augen nieder. In ihren Gesichtern las sie die Angst, dass ihre Mutter, wie zuvor ihr Vater, in den Weiten des Krankenhauses verschwinden könnte und lediglich als Erinnerung und Asche zurückkehren würde, ein sehnsüchtig erwartetes Gespenst, das in den Wäldern spukt.

»Ich ... Es tut mir so leid, dass ich nicht bei euch sein kann«, sagte sie erstickt, schwach.

Hier geht es nicht um dich. Sie müssen wissen, dass du dich nicht in Luft auflöst.

Sie räusperte sich. »Wisst ihr noch, als wir in dem Versteck gesessen haben und ich euch versprochen habe, dass ich zurückkomme?«

Ihre kleinen Köpfe nickten, ihre Blicke waren über den Bildschirm fest auf sie gerichtet.

»Ich habe mein Versprechen gehalten, oder? Und das werde ich diesmal auch tun. Okay?«

»Kommst du zu Weihnachten?«, fragte ihr Sohn.

Welcher Tag ist heute? Wann ist Weihnachten?

Ihre Tochter bemerkte ihre Verwirrung.

»Weihnachten ist übermorgen«, sagte sie. »Dann ist Mommy noch nicht gesund genug, um uns zu sehen.«

»Feiern wir kein Weihnachten?« Das Gesicht ihres Sohnes verzog sich, er war den Tränen nahe.

»Oh, nein, Schatz, ihr feiert Weihnachten! Ich kann leider nicht dabei sein. Aber wir holen das einfach nach, einverstanden? Das wird ganz toll, weil ihr dann nämlich zweimal Weihnachten feiert. Einmal mit Grandpa und einmal mit mir, ja?«

»Aber was ist mit dem Weihnachtsmann?«

»Mach dir um den Kerl keine Sorgen.« Sie nickte so verständnisvoll, wie es ihre Verletzungen zuließen. »Wenn er weiß, dass du brav gewesen bist, dann weiß er sicher auch, dass deine Mommy gerade im Krankenhaus ist und er etwas später kommen muss, was meinst du?«

Bei der Erinnerung an die Allwissenheit des Weihnachtsmanns hellte sich das Gesicht ihres Sohnes auf. »Okay, Mommy. I...«

Das Kinn und die Wange ihres Schwiegervaters kamen ins Bild, dann brach die Verbindung ab.

Sie gab dem Sergeant das Handy zurück und lehnte sich wie betäubt in ihr Kissen. »Er hat aufgelegt.«

»Ja.«

»Vielen Dank. Wenn ich angerufen hätte … Danke.«

Nach allem, was geschehen ist, kannst du sie nicht einmal in den Arm nehmen. Das wird ihr erstes Weihnachtsfest ohne dich sein.

Sie wandte sich vom Sergeant ab, um ihre Tränen zu verbergen, und wischte sie mit dem Zipfel ihrer Decke weg.

KAPITEL 25

»Sind Sie jetzt bereit für meine Fragen?«, hakte der Sergeant nach.

Sie registrierte, dass der jungenhafte Officer in der Nähe der Tür saß. Sie hob grüßend die Hand, und er erwiderte die Geste.

»Wir hatten gehofft, Sie könnten uns erzählen, woran Sie sich erinnern.«

»Sind Sie auch ganz sicher, dass er nicht zurückkommen wird? Um meine Tochter zu holen?«

Der Sergeant rieb sich die Schläfe, als ob ihn die Frage schmerzte.

»Gut, Ma'am. Wie wäre es, wenn Sie mir erklären, warum Sie sich so sehr darauf fokussieren?«

Ein Mann wie der Sergeant, dessen erster Gedanke ist, dass eine Mutter womöglich die von ihr ermordeten Kinder in den Mauern ihres Hauses vergraben hat? Der hat bestimmt schon einige dunkle Ideen für ein Motiv parat.

»Der Scha... der Mann ist wegen meiner Tochter bei uns eingebrochen.«

»Können Sie erklären, warum Sie das glauben?«

»Er hat sich ihr gegenüber seltsam verhalten. In dem Sandwichladen. Und als wir uns vor ihm versteckt haben, hat er sie ausdrücklich erwähnt.«

»Was genau hat er in dieser Nacht gesagt?«

»Er hat ... Er hat sozusagen ... nach ihr gerufen? ›Komm raus, kleines Mädchen‹, so was in der Art. Und er ...« Ihre Stimme zitterte, sie versuchte, sie unter Kontrolle zu bringen, musste husten, um ihre Fassung wiederzuerlangen. »Er hat gesagt, dass er ein Wolf ist. Er hat sie ...« Sie schluckte schwer, dann gelang es ihr, sich zusammenzureißen. »Er hat sie kleines Schweinchen genannt. Und er hat gesagt, sie wäre ... köstlich.« Der Sergeant reagierte nicht, weswegen sie fortfuhr. »Jetzt klingt es beinahe, ich weiß auch nicht, albern?«

»Albern?« Der Sergeant kritzelte etwas in ein kleines Notizbuch.

»Ich meine nur ... es klingt albern, aber es war beängstigend. Sogar für mich, eine Erwachsene, verstehen Sie?«

Der Sergeant blieb stumm, aber diesmal sprach sie nicht weiter.

Schließlich fragte er: »Und inwiefern hat sich dieser Mann in dem Sandwichimbiss, wo Sie ihn zum ersten Mal gesehen haben, seltsam verhalten?«

Sie rutschte unbehaglich hin und her. Bei der Erinnerung begann ihre Haut zu jucken. »Sein Verhalten war ... unangemessen. Er hat meine Tochter als Prinzessin und Schätzchen bezeichnet. Er hat sie die ganze Zeit angestarrt. Sie hatte ein Tanktop an. Der Träger des Shirts war heruntergerutscht, und er hat ihn hochgeschoben.« Sie imitierte die Geste. »Es lag an ... an der ...«, stotterte sie, »an der Art, wie er es gemacht hat? Ich weiß auch nicht. Es hat mich gestört.«

»Sie sagten, das wär im August gewesen.«

»Ja.«

»Und Ihr Mann?«

»Er war dabei.«

»Und was hat er gedacht?«

Sie sah auf ihre Hände hinunter. Zwang sich dazu, den Saum der Decke loszulassen, den sie in den Finger gedreht hatte.

Der Sergeant hat gedacht, dass du deine Kinder umgebracht und eingemauert hast. Sag ihm nicht, dass dein Mann meinte, du wärst überempfindlich.

»Er fand den Typ genauso unheimlich.«

»Hat der Mann bedrohlich gewirkt?«

»Als er den Träger hochgeschoben hat? Ja. In meinen Augen schon.«

»Wie hat Ihr Mann darauf reagiert?«

»Er hat es nicht bemerkt.«

Der Tonfall des Sergeants klang jetzt tiefer. »Er hat es nicht bemerkt?«

»Nein. Ich schätze, er hat in dem Moment in eine andere Richtung geguckt.«

Wieder schrieb der Sergeant etwas in sein Notizbuch. »Erinnern Sie sich an noch etwas?«

»Er … Er hat unsere Quittung vom Tisch genommen. Auf der muss der Name meines Mannes gestanden haben. Vielleicht hat er uns so gefunden?«

Der Sergeant trommelte auf die Armlehne seines Stuhls. »Haben Sie nicht gesagt, dass er im Haus zuerst Ihr Zimmer angesteuert hat?«

»Ja.«

»Trotzdem glauben Sie, dass er hinter Ihrer Tochter her war.«

»Ja.«

Seine Augen verengten sich. »Es ist höchst ungewöhnlich anzunehmen, dass er hinter einem kleinen Mädchen her war.«

»Ist es das? Fragen Sie die Frauen, die Sie kennen, wie es war, ein kleines Mädchen zu sein.«

Eine dunkle Wolke zog über das Gesicht des Sergeants hinweg – und löste sich auf.

»Sie glauben also nicht, dass das Verhalten dieses Mannes im Café ganz unschuldig gewesen sein könnte? Dass Sie etwas hineininterpretieren?«

»Ich meine, ja, das könnte sein … Aber es war seltsam genug, dass es mir im Gedächtnis geblieben ist.«

»Verstehe«, sagte er, aber sein Ausdruck erinnerte sie an ihren Exfreund auf dem College, der ihre Sicht der Welt fragwürdig fand.

»Nicht alle Männer sind gute Männer«, sagte sie.

»Stimmt.« Der Sergeant nickte. »Guter Punkt. Hat er im Café eine Schutzmaske getragen?«

»Ja.«

»Trotzdem sind Sie überzeugt, dass es sich bei dem Mann, den Sie in Ihrem Haus gesehen haben, und diesem Manager um dieselbe Person handelt?«

»Ja.«

»Hundertprozentig?«

Warum beginnst du jedes Mal, wenn dir jemand häufig genug die gleiche Frage stellt, an dir selbst zu zweifeln? Natürlich bist du dir nicht hundertprozentig sicher.

»Hundertprozentig«, antwortete sie mit fester Stimme. »Und deshalb möchte ich, dass Sie auf meine Kinder aufpassen, damit er nicht noch ...«

Der Sergeant hob müde eine Hand, um sie zu unterbrechen. Er legte sein Notizbuch beiseite. »Ma'am, selbst nach allem, was Sie uns gerade erzählt haben, gilt das, was ich Ihnen gesagt habe: Es ist unwahrscheinlich. Ein Verwandter, ein missbräuchlicher Ehemann, ein verschmähter Partner – solche Leute stellen ihren Opfern nach. Aber ein Einbrecher? Der kommt nicht zurück. Weil er weiß, dass man ihn erwischen würde. Also bitte, glauben Sie mir, wenn ich sage, dass Ihre Tochter in Sicherheit ist. Sie müssen nicht immer wieder darauf zurückkommen.«

Nur weil es unwahrscheinlich ist, heißt das noch lange nicht, dass es nicht doch passieren kann. Alles, was du gerade erzählt hast, ist unwahrscheinlich.

»Er war ... angsteinflößend. Und deshalb möchte ich, dass Sie auf sie aufpassen, dass ...«

»Wir haben ein Auge auf sie, Ma'am. Sie ist wohlbehütet. Beide Kinder sind behütet.« Der Gesichtsausdruck des Sergeants war hart und ließ keinen Spielraum für weitere Fragen.

»Gut«, sagte sie.

Natürlich sind sie das nicht. Du musst hier raus.

»Also, warum fangen wir nicht damit an, wann Sie in der Nacht des Einbruchs schlafen gegangen sind«, fuhr der Sergeant fort.

Sie schloss ihr Auge, lehnte sich zurück.

Du musst ihnen helfen, ihn zu fassen.

»Ma'am?«

Du schaffst das. Was soll's, wenn dein Schwiegervater denkt, dass du nichts als Schwachsinn erzählst? Dass das alles nur ein »Hirngespenst« ist. Scheiß auf ihn.

»Na gut«, sagte sie.

Langsam und ruhig führte sie den Sergeant und den jungen Officer durch die zerrütteten Erinnerungen, die sie sorgfältig von ihrem Schrecken befreit und wieder zusammengesetzt hatte, um Fakten von Panik zu trennen. Sie gab sich Mühe, der Reihe nach zu erzählen, aber der Sergeant zwang sie, sich im Kreis zu drehen, indem er sie aufforderte, Dinge zu wiederholen, ihr immer wieder die gleichen Fragen stellte. Sie beschrieb den Schatten einmal, zweimal, ein drittes Mal. Wie er am oberen Ende der Treppe ausgesehen hatte. Was sie durch die Lüftungsschlitze hatte erkennen können. War sie sich mit dem T-Shirt sicher? Der Waffe? Bei den Schuhen? Und wie konnte das stichfest sein? War es nicht dunkel, war er nicht zu weit entfernt gewesen? Wie hatten seine Handschuhe ausgesehen? Die Waffe? Erneut ahmte sie das Geräusch nach, das sie gehört hatte, als er die Waffe in seine Handfläche schlug. Versuchte, seine Bewegung zu imitieren.

Die Erinnerung an das Geräusch penetrierte ihre Wirbelsäule, sogar durch den Schmerz hindurch.

Sie bemühte sich, das Gesicht nicht zu verziehen, als der Sergeant sie aufforderte, ihr Fehlverhalten zu rechtfertigen und dann noch einmal. Warum hatte sie nicht ihr Auto, die Pistole, ihr Handy geholt? Warum hatte sie die Kinder nicht mitgenommen? Warum war sie so dünn? Trug sie normalerweise Kontaktlinsen oder eine Brille? Wie hatte sie in ihrem Versteck einschlafen können, wenn das alles so beängstigend gewesen war? Wo hatte sie sich den Kopf gestoßen? War ihr schwindlig geworden? Hatte sie das Bewusstsein verloren?

Wie hatte sie sich im Wald dermaßen schwer verletzen können, obwohl sie nur einen Pfad entlanggelaufen war? Wie war es möglich, dass sie den Einbrecher so detailliert beschreiben konnte, wenn sie ihn nur für ein paar Sekunden gesehen hatte. Warum war ihr nicht sofort aufgefallen, dass es sich um den Mann aus dem Café handelte?

Jede Frage erschütterte ihr Selbstvertrauen, verdeutlichte, wie unlogisch sie sich verhalten hatte; jede Erklärung, die sie ihnen lieferte, erschien ihr furchtbar unzureichend. Ihr Gehirn verflüssigte sich immer mehr, schwamm in den Warums und Wies.

Er hat recht, es ist seltsam, es passt nicht zusammen, dein Gedächtnis ist ausgefranst. Du hast so viele Fehler gemacht, warum hast du nicht nachgedacht? Wie konntest du nur einschlafen? Warum hat es so lange gedauert, bis du ihn erkannt hast?

Nein, es befanden sich keine verschreibungspflichtigen Medikamente im Haus. Nein, keine illegalen Drogen.

Selbst die Dinge, von denen sie glaubte, sie richtig gemacht zu haben, die wohlüberlegt waren, konnte sie nur schwer erklären. Der Sergeant ließ sie alles im Detail beschreiben, wie sie ihre Kinder so schnell in das Versteck gebracht hatte. Bat sie mehrmals, die Reihenfolge zu wiederholen, in der sie was wann gegriffen hatte – Bär, Trinkflasche, Sohn, Tochter, Hasi, Decke, Kissen. Seine Kinder, so der Sergeant, konnten keine fünf Minuten still sein, wie hatten ihre das stundenlang geschafft? Und dass der Pelzmantel in dem Schrank hing? Na, war das nicht ein Glück? Hatte sie das wirklich nicht gewusst?

Das Interesse des Sergeants richtete sich immer wieder auf den Schatten und seine furchterregende Stimme. Nach jeder Runde im Laufe der Befragung kam er auf das merkwürdige Verhalten des Einbrechers und seine seltsamen Worte zurück.

»Warum sollte dieser Kerl laut sprechen? Warum sollte er Sie zum Beispiel wissen lassen, dass er auf den Dachboden geht?«, fragte der Sergeant.

Warum? Warum sollte er das tun?

Sie schluckte an dem dicken Kloß in ihrem Hals vorbei. Der Sergeant sah sie genauso an wie damals, als er gesagt hatte: »Warum zeigen Sie uns nicht, wo Sie die Kinder versteckt haben?«

Ihre Hände begannen zu zittern, wie sie es in ihrem Versteck getan hatten, als ihr ein Licht aufging, das wie ein Feuer an ihrem Gehirn leckte.

Es ist nicht so, dass er dir die Schuld gibt. Er glaubt dir nicht. Er glaubt dir kein einziges Wort.

Sie schluckte erneut, als ob sie sich auf diese Weise von dieser Erkenntnis befreien könnte. »Wie ich schon sagte«, murmelte sie, zögerlich, da der Sergeant sich in jemanden verwandelt hatte, dem sie etwas beweisen musste, anstatt sich zu bemühen, Beweise für sie zusammenzutragen. »Ich glaube, er wollte uns Angst einjagen. Indem er so schrecklich gesprochen und Sachen gesagt hat, wollte er uns dazu bringen, uns zu rühren, uns zu verraten.«

Der starre Blick des Sergeants ließ sie zusammenzucken.

Er will dich verunsichern. Das machen Polizisten so. Erzähl ihm einfach, wie es war. Egal, wie seltsam es klingt. Du musst es ihm verständlich machen.

»Er schien außerdem selbst daran zu glauben, was er sagte. Er hat angefangen, es zu erklären. Er meinte, dass alles, was er in die Finger bekommen kann, seins wäre, weil er es verdient hat. Dass er aus irgendeinem Grund überlegen ist. Er hat gesagt, er würde alle Grenzen ignorieren, sie übertreten und sich nehmen, was – oder wen – auch immer er will. Dass er tun kann, was er will. Seine Verachtung war ... man konnte sie spüren. Als ob wir für ihn keine Menschen wären. Und diese Stimme ...« Wieder zwang sie ihre Hände, die die Decke kneteten, ruhig zu halten. »Es war beängstigend. Und genau das hat er beabsichtigt.«

»Ihre Kinder haben eine ziemlich blühende Fantasie. Sie scheinen zu glauben, dass dieser ›Schatten‹ ein Monster war oder etwas aus einem Albtraum. Oder ein Gespenst.«

Die Kinder wissen Bescheid. Die Kinder waren dabei. Er muss euch glauben, wenn ihr alle drei das Gleiche erzählt.

»Ja, die unheimliche Stimme, die er benutzt hat, war verwirrend.«

»Wie klang sie?«

Metall und Zähne. Stacheldrahtige Fingernägel, die über eine Kreidetafel kratzen. Stahlwolle auf dem Boden einer Pfanne.

»Krächzend, rau würde ich sagen. Wie man die Stimme eines Bösewichts nachmachen würde, wenn man Kindern etwas vorliest.«

»Er hat also nur Theater gespielt.«

»Ich meine ... ja. Und irgendwann hat sie sich in nichts aufgelöst. Als ihm klar wurde, dass das Haus einen Dachboden haben muss. Er war ganz aufgeregt, als ihm das eingefallen ist, weil er dachte, wir würden uns dort oben verstecken. Und da klang er plötzlich wieder normaler, verstehen Sie? Alles nur Show.«

Der Sergeant lächelte süffisant, was sie sogar durch seine Papiermaske hindurch erkennen konnte.

»Sie glauben, er hatte mehrere Persönlichkeiten?«

»Gibt es das wirklich? Ist das nicht etwas, was nur in Filmen oder so vorkommt?«

Der Sergeant zuckte mit den Schultern. »Denken Sie, er war verrückt? Dass er mit irgendeiner Stimme in seinem Kopf gesprochen hat?«

Abwesend zeichnete sie mit einem Finger die Spur des tiefsten Schmerzes an ihrem Schädel nach. »Ich meine, ist jemand, der zu so etwas imstande ist, jemals völlig richtig im Kopf? Aber es war eher Furcht einflößend, als dass er verrückt gewirkt hätte. Er erschien mir irgendwie ... berechnend? Als hätte er alles genau durchdacht. Und das hat mir Angst gemacht.« Sie überlegte einen Moment. »Er hat gesagt, dass ihn das Haus stört. Irgendwas in der Richtung, dass es unheimlich sei. Dass es zu viele Türen hat. Aber ich glaube nicht, dass ihn das zu jemand Verrücktem macht. Es gibt eine Menge Menschen, die Angst vor meinem Haus haben. Die Leute denken, dass es darin spukt, weil es so alt ist.«

»Und Sie halten sich nicht für abergläubisch?«, fragte der Sergeant.

»Nein.«

»Es heißt, dass in diesem Land ebenso viele Menschen an Geister glauben wie an Jesus«, sagte der Sergeant und schrieb in sein Notizbuch.

Ihr Kopf schmerzte. Ihr Auge ließ alles milchig verschwimmen. »Ich schätze, Gott und Geister sind ungefähr gleich glaubwürdig«, murmelte sie.

Der Kopf des Sergeants ruckte hoch, und seine Augen verengten sich. »Wie bitte?«

»Entschuldigen Sie, ich ... ich meinte nur ... Religion bedeutet auch, an etwas Übernatürliches zu glauben. Etwas jenseits unseres Verständnisses.«

Unachtsam. Du hast ihn beleidigt.

Die Augen des Sergeants fixierten sie über den Rand seiner Maske hinweg. »Ich schätze, wenn Sie an Geister glauben würden, könnten Sie nicht in diesem Haus leben.«

Erneut registrierte sie, dass sie am Saum ihrer Decke zerrte, als wollte sie sie zerreißen. »Er ... Er hat aus der Bibel zitiert. Den Teil über Frauen, die sich still unterordnen sollen. Meine Großmutter war religiös, sie hat mich großgezogen, deswegen habe ich das wiederer...« Sie unterbrach sich mitten im Wort, als sie merkte, dass der Sergeant unwirsch abwinkte.

Er reichte ihr ein Blatt Papier mit einem einfachen Grundriss ihres Hauses. Und ein weiteres, auf dem das gesamte Grundstück eingezeichnet war. Fragend schaute er sie an: »Ergibt das für Sie einen Sinn?«

Ihr professionelles Ich runzelte die Stirn. Die Proportionen stimmten nicht, die Linien waren dilettantisch gezogen, die Beschriftungen unvollständig, es fehlte an Details.

Sie gestikulierte mit der Hand, damit er ihr seinen Bleistift reichte.

Er gab ihn ihr und rollte den Beistelltisch, den sie für die Mahlzeiten benutzte, so nah ans Bett, dass die Tischplatte über das Bett ragte.

Sie zog rasch einige Linien, fügte Bezeichnungen hinzu.

»Hier.«

»Oh, wer hätte das gedacht. Schon viel besser.«

Gemeinsam gingen sie die Karte durch. Sie markierte, wo sie Schritte gehört hatten. Die Orte im Haus, wo der Schatten ihrer Meinung nach gewesen sein musste. Die Wertsachen, die die Polizei gefunden hatte, waren durchnummeriert aufgelistet und ihre Fundstellen auf der Karte vermerkt – Schmuck, Safe, Munition, ihr Handy, die Computer. Es sah nicht so aus, als ob etwas Wichtiges fehlte. Sie zeichneten ihre Flucht durch den Wald nach, machten mehrere Kreuze am Friedhof und an die Stelle auf dem Pfad, wo sie glaubte, sich verletzt zu haben.

»Ist er Ihnen aus dem Haus gefolgt?«

»In dieser Nacht hatte ich solche Angst, dass ich dachte, er wäre hinter mir, aber nein. Wenn ich jetzt zurückblicke, glaube ich nicht, dass es so war.«

Wie kannst du dir da unsicher sein? Das solltest du doch wissen. Erinnerst du dich einfach nicht?

»Also.« Der Sergeant warf einen Blick in sein Notizbuch. »Sie haben diesen Mann aus irgendeinem Grund laut sagen hören, dass er auf den Dachboden gehen würde. Sie haben beschlossen, Hilfe zu holen. Wie haben die Kinder reagiert?« Er lehnte sich auf seinem Stuhl zurück, doch sein Blick war unverwandt auf sie gerichtet, hungrig wie der eines Pumas.

Augenblicklich fühlte sie sich unwohl in ihrer Haut; sie musste davon ausgehen, dass die Kinder ihm erzählt hatten, wie sie sie weggestoßen, sie verletzt hatte.

»Die Kinder waren verzweifelt, sie wollten nicht, dass ich sie alleinlasse.«

»Sie haben es dennoch getan. Wie haben Sie das hingekriegt?«

Er weiß es sowieso schon. Erzähl ihm, wie es war.
»Ich habe zu ihnen gesagt, dass ich Hilfe holen würde. Sie sind in Panik geraten. Es war schrecklich.« Sie blinzelte die Tränen zurück. Wischte sich mit der Decke über das Auge. »Ich musste sie wegschubsen. Und die ganze Zeit konnte ich nur daran denken, dass das vielleicht ihre letzte Erinnerung an mich ist. Ich musste sie dazu bringen, mir zuzuhören. Damit sie mich gehen lassen.«

Der Sergeant nickte, machte sich Notizen. »Sie haben sie weggestoßen? Physisch? Mit den Händen?«

»Ja. Sie hätten mich sonst nicht losgelassen. Es war ...«

»Eines der Kinder hat sie gebissen.«

Das war keine Frage. Sie schreckte zusammen. Es war ihr komplett entfallen, dass sich die Zähne ihres Sohnes in ihre Handfläche gegraben hatten. Was für eine Nichtigkeit im Vergleich zu all ihren nachfolgenden Schmerzen.

»O nein, das war, das ist passiert, als ich meinem Sohn den Mund zugehalten habe, nachdem er aufgewacht war. Als der Schatten die Treppe raufgegangen ist, war sein Getrampel so laut, dass mein Sohn davon wach geworden ist. In dem Moment hat er mich gebissen.«

»›Der Schatten‹?« Der Sergeant hob eine Augenbraue. »Nennen Sie ihn auch so?«

Dumm, so dumm, warum hast du das gesagt?

»Entschuldigung. Ich hab das von den Kindern übernommen ...«

»Aha.« Der Sergeant lehnte sich wieder auf seinem Stuhl zurück, aber sie war angespannt. Seine Gelassenheit wirkte aufgesetzt. »Hatten Sie an jenem Abend etwas getrunken? Alkohol, meine ich?«

Sie erinnerte sich daran, wie sie zwei Tage nach dem Sturz ihres Mannes nach Mitternacht auf der Küchentreppe gesessen, Wein aus der Flasche getrunken und auf das halb weggeschrubbte Blut gestarrt hatte. Der Wein war das Einzige, was sie seit dem Tod ihres Mannes zu sich genommen hatte, was sie wirklich schmecken konnte; ihre Sinne waren durch den Schock wie betäubt gewesen. Sie hatte sich nicht betrunken gefühlt, sogar enttäuschend nüchtern – bis sie aufgestanden war. Sie hatte gewankt und es gerade so geschafft, sich an das Geländer zu klammern, um nicht zu fallen. Sie war eine Stufe nach unten abgerutscht, nur eine, und hart auf dem Steißbein gelandet. Die Weinflasche war die ganze Treppe hinuntergekullert und nicht weit entfernt von dem Blutfleck liegen geblieben. Sie hatte es gerade noch rechtzeitig auf die Toilette geschafft, um sich zu übergeben. Danach war ihr stundenlang schlecht gewesen, und jedes Mal, wenn sie daran dachte, was beinahe passiert wäre, musste sie sich erneut übergeben. Seitdem kam ihr allein beim Gedanken an Alkohol die Galle hoch.

»Nein, ich hatte nichts getrunken. Seit dem Tod meines Mannes trinke ich keinen Alkohol mehr.«

»Gar keinen?«

»Nein.«

»Sie können also ausschließen, dass Sie in jener Nacht Alkohol getrunken haben?«

Sie hatte das unbestimmte Gefühl, dass die wiederholte Frage nach ihrem Alkoholkonsum sie in die Falle locken sollte, konnte aber nicht sagen, wie. Sie hatte nichts getrunken.

Es sei denn, dein Verstand schützt dich, indem er eine Erinnerung aussperrt, wie der Psychiater gesagt hat.

»Ich habe nichts getrunken«, bestätigte sie.

Sie spürte die Schmerzen in ihrem Körper und merkte, dass sie zu lange nicht auf den roten Knopf gedrückt hatte. Schmerz war der Preis für Klarheit, aber die begann gerade zu schwinden. Der Raum schrumpfte bis auf ihre Verletzungen zusammen. Ihr Herz schlug in einer langen Linie über ihrer Stirn und um ihre Augenhöhle herum.

»Ma'am?«

»Tut mir leid. Mein Kopf tut weh. Was war Ihre Frage?«

Warum hatte sie dies getan und nicht das? Warum war sie jenen Pfad gegangen und nicht den anderen? Welche körperlichen Merkmale des Mannes konnte sie nennen? Warum waren ausgerechnet dieser »Null Problemo«-Satz, dieses T-Shirt ausschlaggebend, um ihn zu identifizieren. Hatte sie sein Gesicht nicht gesehen? Trug er eine Maske? War sie sicher, dass sie ihr Handy in der Tasche des Mannes gesehen hatte? Beschreiben Sie ihn noch einmal.

Sie bemerkte den kleinen schwarzen Gegenstand auf dem Tisch neben dem Sergeant. »Was ist das?«

»Das Aufnahmegerät. Sie haben uns die Erlaubnis gegeben, dieses Gespräch aufzuzeichnen.«

Hm. Sie durchforstete ihr Gedächtnis, konnte sich aber nicht an die Erwähnung einer Aufnahme erinnern.

»Oh. Richtig.«

»Erinnern Sie sich daran?«

»Es ist nur ... mein Kopf. Er tut weh.«

»Geht es Ihnen gut? Sie sehen blass aus.« Ein Hauch von Verlegenheitsröte machte sich auf seinen Wangen breit. »Nicht ... blass, also nicht das mit Ihrer ... Ich meine ... mit Ihrer Haut. Ich wollte damit nur sagen, dass Sie erschöpft aussehen.«

»Es geht mir nicht gut«, presste sie zwischen zusammengebissenen Zähnen hervor.

»Hm, okay ... Lassen Sie uns noch einmal ...«

Der Riss in ihrem Schädel verbreiterte sich. Ihr Kiefer spannte, ihr Auge war eine blutige Masse, die unter dem Verband pochte.

Sie glauben dir nicht.

Sie drückte den roten Knopf und ließ sich treiben, hörte sich noch murmeln: »Er hat sich über die Regeln hinweggesetzt.«

Als sie in einem leeren Zimmer aufwachte, streckte sich ihre Hand instinktiv zum Nachttisch. Wo war ihr Handy?

In einer Woge der Erkenntnis setzte sie sich ruckartig auf. Der Sergeant hatte gesagt, ihr Handy sei ein Beweisstück; er hatte sie gefragt, ob sie sicher war, dass sie es in der Hosentasche des Schattens gesehen hatte. Und ihr Handy hatte auf der Liste mit Wertsachen gestanden, mit dem Vermerk, dass die Polizei es auf ihrem Nachttisch im Schlafzimmer gefunden hatte. Was bedeutete ... Ja, was genau bedeutete das?

Dass der Schatten es zurückgelegt hatte.

Warum hätte er das tun sollen? Oder ... hast du dich geirrt? Hast du es tatsächlich gesehen? Hat er es überhaupt vom Nachttisch genommen?

Sie lag stundenlang wach und ordnete die Puzzleteile ihrer Erinnerungen, versuchte, diese neue Tatsache einzuordnen. Machte sich Gedanken darüber, was ihr sonst noch entgangen sein könnte.

KAPITEL 26

Der Spuk begann zwei Wochen nach dem Tod ihres Mannes. Wenn sie an den Wohnzimmerfenstern vorbeiging, spürte sie die Anziehungskraft der Augen des Pumas, das langsame Auseinanderziehen seines doppelten Mauls. Das gewellte Glas zeigte eine flackernde Bewegung, eine Gestalt, die sich hinter den Stamm des Lieblingsbaums ihres Mannes schob. Die massive alte Kiefer, die am Rande der Weide stand. Sie eilte nach draußen, starrte zu dem Baum hinüber, die Arme gegen die Kälte vor dem Körper verschränkt. Aber da war nur leere Weide, das Wiegen von Gras und Bäumen.

Danach folgte langsam aber stetig eine Unerklärlichkeit nach der anderen.

Die Kinder spielten gerade auf der Schaukel hinter ihr, als sie den Waldweg hinunterblickte. Etwas schien anders zu sein. Sie ging in die Hocke, untersuchte die Erde, die nach der Schneeschmelze aufgeweicht war. Hatte das Gefühl, dass eine große Anzahl von Füßen darüber hinweggetrampelt war. Rasch stand sie auf und kam sich lächerlich vor; ihr wurde bewusst, dass sie das Verhalten von Fährtenlesern nachahmte, die sie in Filmen gesehen hatte.

Dann der Stein mit dem versteckten Schlüssel – er befand sich nicht an seinem üblichen Platz neben der Tür. Sie entdeckte ihn neben dem Holzstapel, anderthalb Meter entfernt.

Kopfschüttelnd trug sie ihn an den angestammten Platz zurück, wo er zwischen anderen Steinen ähnlicher Größe besser getarnt war.

»Legt den Schlüsselstein nicht woanders hin«, sagte sie zu den Kindern.

»Habe ich nicht.«
»Ich auch nicht.«
»Gut. Rührt ihn ... Nehmt ihn einfach nicht weg.«
»Okay, Mommy.«

Beim Frühstück merkte sie, dass ihre Tochter sie unsicher beäugte.

»Was hast du auf dem Herzen, mein Schatz?«
»Ich glaube, ich habe ... ich hab wieder einen Mann gesehen. Er hat mich von da drüben angeguckt.« Sie gestikulierte aus dem Fenster, in Richtung der alten Kiefer.
»Schon wieder? Wann?«
»Letzte Nacht. Als du geschlafen hast.«
»Liebes, warum läufst du mitten in der Nacht im Haus rum?«
»Ich bin auf der Treppe aufgewacht. Da hab ich ihn durch das Fenster gesehen.«
»Du bist geschlafwandelt?«

Warum hat dich das Babyfon nicht aufgeweckt? Du musst es verschlafen haben. Was ist mit dir los?

»Ich glaube schon. Aber vielleicht war es Daddy? Daddy mochte den Baum so gerne.«

Angesichts der Hoffnung ihrer Tochter schwoll ihr Herz an. Weil sie sie so gut verstand.

»Das war nicht Daddy, mein Engel. Daddy ist nicht mehr hier. Das weißt du doch.«

Später überprüfte sie das Empfangsgerät des Babyfons. Es war ausgeschaltet. Sie schaltete es wieder ein. »Schatz, bitte lass das Babyfon an. Sonst werde ich nicht wach, wenn du schlafwandelst.«

»Ich hab es nicht ausgeschaltet, Mommy.«
»Ich weiß, dass du ein großes Mädchen bist. Ich weiß, dass du verantwortungsbewusst bist. Aber es ist gefährlich ...«
»Ich war es nicht. Ich hab das nicht gemacht.«

Vielleicht warst du es selbst und hast es vergessen? Vielleicht hat es dein Mann ausgeschaltet, bevor ... Vielleicht dachte er, es sei nicht mehr nötig, weil es schon so lange her ist, dass sie das letzte Mal schlafgewandelt ist. Vielleicht versucht er, dir etwas mitzuteilen.

Wie bei ihrer Tochter löste jede dieser seltsamen Begebenheiten den Gedanken in ihr aus: *Er ist es! Er ist zu euch zurückgekommen.* Es war ihr Mann, der das Schlüsselversteck an eine andere Stelle gelegt hatte. Es war ihr Mann, der versucht hatte, sie zu erreichen, als er hinter seinem Lieblingsbaum verschwunden war, er hatte den niedergetrampelten Pfad hinterlassen.

Hör auf damit. Du bildest dir Dinge ein, weil du erschöpft bist. Selbst wenn du schläfst, kommst du nicht zur Ruhe. Weil du ihn vermisst. Es ist so unbegreiflich, dass er weg ist, dass es einfacher ist zu glauben, er sei hier. Und wegen des Artikels.

Sie wusste objektiv, dass die ungewöhnlichen Ereignisse begannen, nachdem der Artikel in der lokalen Zeitung veröffentlicht worden war. Er war die logische Erklärung dafür, warum sie und die Kinder das Gefühl hatten, dass ihr Mann in die Realität zurückkatapultiert wurde.

Täglich ignorierte sie E-Mails, SMS, Anrufe und Sprachnachrichten, die anscheinend jeder sendete, der ihren Mann jemals kennengelernt hatte. In den meisten Nachrichten schwang die Freude des Absenders über seine Nähe zum Ruhm mit, die nur oberflächlich von Mitleid kaschiert war. Nur wenige teilten ihre Wut, schenkten ihr Mitgefühl, fragten, wie es ihr damit ging, dass sie in dem Artikel in ein sonderbares Licht gestellt worden war.

Es war die Schuld der Galerie. Oder ihre eigene, weil sie sie beauftragt hatte. Sie hatte die Anrufe von Innenarchitekten satt, war genervt davon, wie verzweifelt sie versuchten, an Kunstwerke zu gelangen, die durch den Tod an Wert gewannen, und die ihr lediglich in einem Nebensatz ungeduldig ihr Beileid aussprachen. Das war der Grund, warum sie am Ende auf der gepunkteten Linie unterschrieb, als sie von einer Galerie kontaktiert wurde, die anbot, die Arbeiten ihres Mannes zu vertreten, und ihr eine überzeugende Offerte machte. Sie erinnerte sich an die Hunderte von Abzügen, die im Büro ihres Mannes lagerten, und sagte, dass sie natürlich viele signierte Fotos habe. Anschließend genoss sie eine seltene Nacht der Ruhe und dachte daran, dass das Geld ihr Zeit verschaffen würde, weitere Kunden oder sogar eine Festanstellung zu finden. Dennoch fühlte sie sich angewidert angesichts einer Welt, die sich erst nach seinem Tod dermaßen für ihn interessierte. Ihr einziger Trost bestand darin, dass es keine von ihm signierten Abzüge gab. All diese Aasgeier würden unwissentlich dafür bezahlen, dass sie seine Unterschrift daraufsetzte.

Während des Lockdowns hatte sich ihr Mann aus seinem kleinen Flugzeug gelehnt, um kilometerlange leere Autobahnen zu fotografieren. Er machte Aufnahmen von Boston, New York, Providence, Hartford, verlassene Städte, postapokalyptisch.

Diese hatten sich überhaupt nicht verkauft.

»Ich nehme sie erst einmal von der Website«, hatte er gesagt. »Aber warte nur ab. Wenn die Leute irgendwann auf diese Zeit zurückblicken und sagen: ›Weißt du noch, wie wir das überlebt haben?‹, werden sie sich dafür interessieren. Jetzt ist es einfach noch zu nah.«

Oder die Leute wollen ihr Strandhaus schlicht nicht mit einem meterhohen Foto einer pandemiegebeutelten Stadt schmücken.

Was sie laut ausgesprochen hatte, war allerdings auch wahr.

»Ich denke, das sind deine besten Arbeiten.«

Die Galerie war derselben Meinung, und die Vertreterin schwärmte geradezu von den Scans, die sie ihr von ebendiesen Bildern geschickt hatte. Der Artikel war die Idee der Galerie gewesen. Er strotzte nur so von Zitaten der Vertreterin über diese »neue Periode tiefgründigerer Arbeit, historisch und aufschlussreich«, und war gespickt mit etlichen Spekulationen darüber, wie tollkühn ihr Mann gewesen sein musste, sich auf diese Weise aus einem Flugzeug zu hängen, um solche Aufnahmen zu machen; es folgte viel weinerliches Händeringen, was für einen Verlust sein Tod für die Kunstwelt bedeutete.

Niemand hatte sich bei ihr gemeldet und sie um einen Kommentar gebeten. Aber man hatte ihren Schwiegervater ausfindig gemacht. Sie erinnerte sich, wie der alte Mann ausgespien hatte: »Fotografie ist was für Mädchen. Und für Männer, die nicht auf Frauen stehen.« Aber da war er nun, schwadronierte darüber, wie er die künstlerischen Fähigkeiten seines Sohnes gefördert hatte, die schon als Kind offensichtlich gewesen waren, zumindest für einen zugewandten Vater. Wie sehr er von der Liebe seines guten alten Dads zu Flugzeugen inspiriert worden war. Wie männlich er die Kunst gemacht hatte, indem er besagtes Flugzeug mit einbezog. Ein Zitat, groß und fett aus dem Artikel herausgestellt, fühlte sich genauso an wie sein schrecklicher Schlag ins Gesicht.

»Ich denke, die Ermittlungen werden zeigen, dass sein Tod kein Unfall war«, behauptete ihr Schwiegervater.

»Eine bessere Werbung kann man sich nicht wünschen«, freute sich die Galeristin. »Ein kleines Geheimnis? Ein Hinweis auf falsches Spiel? Ihr Schwiegervater hat vielleicht gerade Ihr Vermögen verdoppelt. Oh, nein, sagen Sie so etwas nicht, Liebes, nein! Ich bin sicher, niemand würde je auf die Idee kommen, dass er gemeint haben könnte, es sei eine Anspielung auf Sie. Ehrlich gesagt habe ich angenommen, dass es etwas mit dem Flugzeug zu tun hat. Ach, Liebes, Sie wissen doch, wie das ist, wir haben diesen Zeitungsleuten gesagt, dass sie die Witwe nicht belästigen sollen.«

Das war sie. *Eine Witwe, Witwe, Witwe.*

Kein Wunder, sagte sie sich, *kein Wunder, dass es sich anfühlt, als sei er in deiner Nähe, wenn du ständig in seinem Namen unterschreibst, ihn liest, ihn wieder und wieder hörst.*

Ein Schrei von ihrem Sohn, und sie rannte aus dem Haus, voller Panik, er könnte sich verletzt haben. Und da war ihr kleiner Junge, lachend und schlammbedeckt auf dem kalten Novemberboden unter der Schaukel. Sie konnte wieder aufatmen. Eine Kette hing lose herunter, die Schaukel baumelte noch an der anderen.

»Alles okay?«

»Die Schaukel ist kaputt, Mama, guck mal, wie dreckig ich bin!«

Sie untersuchte die Schaukel, die Kette. Wie war das möglich? Der Karabiner, mit dem sie befestigt gewesen war, war aufgeschraubt worden, der Metallverschluss aufgehakt. So etwas passierte nicht zufällig, jemand musste es mit Absicht getan haben.

»Habt ihr das gemacht? Habt ihr den Karabiner aufgeschraubt?«

Die Kinder schüttelten den Kopf.

»Ich meine es ernst. Wart ihr das? Das ist gefährlich.«

»Nein, Mama.«

»Nun, jemand muss es gemacht haben. Und ich war es nicht, das heißt, es war einer von euch.«

»Nein.«

»Lügt mich nicht an!«

»Ich lüge nicht!«

»Ich auch nicht. Wirklich, Mama!«

»Vielleicht war es Daddy?«, fragte ihre Tochter.

Als sie den von wehmütiger Sehnsucht erfüllten Tonfall ihrer Tochter hörte, stellte sich die feinen Härchen an ihren Armen auf, und sie wurde von einer makabren Hoffnung erfasst.

Vielleicht hat er versucht, sie zu reparieren. Er repariert immer etwas.

»Daddy hätte nie etwas getan, wobei du dir wehtun könntest. Macht das nicht noch mal. Bitte.«

Sie schlief schlecht, jedes Knarren und Wimmern des Hauses ließ sie aufschrecken und grübelnd wach liegen. Nach dem Vorfall mit dem Wein auf der Treppe wagte sie es nicht, etwas zu trinken, um einschlafen zu können. Und ganz allein im Haus mit den Kindern hätte sie nie eine Schlaftablette genommen. Weißes Rauschen hatte auch nicht geholfen, also versuchte sie es mit Ohrstöpseln, die das Wegdämmern erleichterten und trotzdem die Geräusche des Babyfon hindurchließen.

Wenn sie es schaffte einzuschlafen, gab es nur drei Gründe, aus denen sie wieder aufwachte.

Erstens wegen der Kinder, die schrien, um sich traten, Angst hatten.

Zweitens, wenn grauenhafte Fragen und dunkle Antworten sie aufweckten und ihre Gedanken in einem nie endenden Kreislauf gefangen hielten: *Wie lange kannst du glaubhaft seine Unterschrift fälschen? Gibt es eine Möglichkeit, mehr Fotos zu drucken, ohne dass jemand etwas merkt? Wird es den Kindern nach dieser Sache jemals wieder gut gehen? Werden sie sich an ihn erinnern? Wie willst du das alles schaffen, ganz allein, nach alledem? Wie sollst du das durchstehen, schon wieder, schon wieder! Du wirst dich nie wieder normal fühlen, das hast du von deiner Mutter gelernt.*

Und drittens, wenn sie nach einem Anfall von Schlaflähmung aufwachte. Vor dem Tod ihres Mannes hatte sie diese so verwirrenden wie beängstigenden Episoden nur einmal pro Jahr oder so ertragen müssen. Doch jetzt wachte sie regelmäßig auf, unfähig zu sprechen, sich zu bewegen oder auch nur zu blinzeln, während sie mit dem Blick dem Schattenmann folgte, der durch den Raum ging. Ein Mann, der nicht ihr Ehemann war, der auf der Seite ihres Mannes ins Bett stieg und dessen Stimme durch den Klang ihres hämmernden Herzens glitt, als er sagte: »Das hier muss passieren«, bevor er verschwand. Erst dann konnte sie sich wieder bewegen. Und trotz der häufigen Wiederkehr dieser Albträume wurde ihr immer erst im Nachhinein bewusst, dass der Schattenmann nur ein Traum gewesen war.

Sosehr sie sich den Schlaf wünschte, ihn brauchte, führte der unvermeidliche Schrecken des Aufwachens manchmal dazu, dass sie überhaupt nicht mehr schlief.

Ende November standen zwei Rehe auf der schneebedeckten Weide und starrten in den Wald. Das eine spreizte leicht die Vorderbeine und gab ein Röhren von sich, von dem sie nicht gewusst hatte, dass Rehe dazu in der Lage sind. Sie standen erst stockstill, dann machten sie kehrt und liefen weg vor dem, was sie aufgeschreckt hatte. Sie ging nach draußen und suchte nach der Quelle ihres unguten Gefühls. Doch alles, was sie sah, war das Gewirr blattloser Äste.

»Wo ist deine Mütze? Die neue rote? Wenn du rausgehst, musst du eine Mütze aufsetzen.«

»Keine Ahnung, ich hab sie verloren.«

»Erst deine Fäustlinge, dann Äffchen, jetzt deine Mütze? Du musst besser auf deine Sachen achtgeben.«

»Ich passe auf, Mama, wirklich! Sie verschwinden einfach.«

Alles fühlte sich schief an. Alles schien von unsichtbaren Händen berührt worden zu sein.

Sie wusste, dass sie vordergründig Dinge tat. Sie verschickte Fotos. Sie schrieb E-Mails an frühere Kunden, versuchte verzweifelt, ihr Arbeitspensum zu erhöhen. Sie brachte die Kinder zur Schule und holte sie ab und tat alles, ihren Alltag so normal wie möglich zu gestalten. Aber sie registrierte auch neue Mulden und hervorstehende Knochen an ihrem Körper, der sie an einen ausgetrockneten See erinnerte. Die Haut auf ihrem Gesicht wirkte verzerrt. Die Schlaflosigkeit verdunkelte ihr Spiegelbild und ließ ihr den Kopf schwirren. Als wäre die Trauer ein Ding, das sie verschluckt hatte, ein parasitärer Wurm, der keinen Platz für Nahrung, für richtiges Funktionieren, für etwas anderes als sich selbst ließ.

Einen Monat nach dem Tod ihres Mannes hatte erneut der Sergeant vor der Tür gestanden. Sie hatte ihm einen Kaffee angeboten, und als er sich an den Küchentisch setzte, fiel ihr auf, dass er den Stuhl wählte, der am weitesten von der Treppe entfernt war.

Sie überlegte, ob sie ihm von den seltsamen Ereignissen erzählen sollte. Vielleicht war da ja wirklich etwas. Aber eine fehlende Mütze, das ausgeschaltete Babyfon, der aufgeschraubte Karabinerhaken, röhrende Rehe?

Nein, er wird dich für verrückt halten. Und selbst wenn nicht, ist nichts davon von Bedeutung.

»Geht es Ihnen gut?«

»Ja und nein«, antwortete sie. Als sie seine Besorgnis sah, strich sie sich die Haare glatt, zwang sich zu einem Lächeln und fragte: »Sehe ich wirklich so schlimm aus?«

Ein panischer Ausdruck flackerte in seinen Augen. Ausnahmsweise fand sie ihn leicht zu durchschauen. Er glaubte, sie würde sich bewusst kokett geben, flirten, und schien darüber sichtlich entsetzt.

Es war das erste Mal, dass sie sich entsinnen konnte, etwas lustig zu finden, seit ihr Mann die Hexen an Halloween als »coole Truppe« bezeichnet hatte.

»Nicht schlimm. Nur, na ja, müde?« Er räusperte sich, wich ihrem Blick aus. »Wissen Sie, meine *Frau*«, er betonte das Wort so deutlich, dass sie ein Grinsen unterdrückte und dachte: *Du musst wirklich sehr, sehr, sehr schrecklich aussehen,* »meine Frau schwört auf diesen Tee, der ihr beim Einschlafen hilft. Ich frage sie später danach. Sie kennt sich mit solchen Sachen aus. Kräutermedizin, ätherische Öle und so. Keine Chemikalien oder was in der Richtung.«

Sie spürte, wie ihr Gesichtsausdruck leer wurde, und fragte sich, ob dem Sergeant klar war, welche Message er ihr mit seinen Worten übermittelte, nämlich dass ihre Welten unvereinbar waren.

Sie goss Kaffee in eine Tasse und schob sie dem Sergeant hin. Als er seine Maske abnahm, um einen Schluck zu trinken, wurde ihr bewusst, dass sie zum ersten Mal sein Gesicht sah. Genauso hatte sie es sich vorgestellt. Römische Nase, kantiges Kinn, glatt rasiert, gut aussehend. Ein echter Captain America. *Ganz und gar nicht dein Typ*, dachte sie und merkte, wie ein Hauch absolut unangemessener Lust sie streifte, als sie an den robusten Körperbau, das raue Äußere ihres Mannes dachte, an seine schiefe Nase, seine breite Brust, die dunklen glänzenden Augen, die Sommersprossen.

Sie schenkte sich ebenfalls eine Tasse Kaffee ein und nahm einen Schluck. Fühlte, wie die Wärme von ihrem leeren Magen direkt in ihren Kopf wanderte.

»Ihr Schwiegervater«, sagte der Sergeant, »hat uns gegenüber Befürchtungen geäußert.«

»Ach ja?« Ihre Beine wurden schwach, als sie begriff, dass es bei diesem Besuch um die Anspielung in dem schrecklichen Artikel gehen würde, und sie setzte sich rasch an das gegenüberliegende Ende des Tisches.

»Ja. Sie sagten, Sie hätten keinen Kontakt zu ihm. Warum nicht?«

»Hat er es Ihnen nicht gesagt?«

»Das hat er, aber ich würde es gerne von Ihnen hören.«

Sie nahm einen weiteren Schluck Kaffee. Hielt inne, um die kleine Familie ihres Mannes gedanklich zu skizzieren, sie auf das Wesentliche zu reduzieren.

»Als meine Schwiegermutter letztes Jahr krank wurde, habe ich mich um sie gekümmert. Mein Mann hat es nicht ertragen, sie so zu sehen. Und ihr eigener Mann? Dem war alles egal. Er hat so getan, als sei ihr Krebs hauptsächlich eine Unannehmlichkeit, die sie ihm aufzwingt. Nicht, dass sie in dieser Hinsicht hilfreich gewesen wäre. Sie hat sich ständig dafür entschuldigt, krank zu sein, hat sich an allem die Schuld gegeben. Sie ist vier Monate, nachdem wir hierhergezogen waren, um ihr zu helfen, gestorben. Ich war diejenige, die sie gefunden hat. Ich habe mich dann zu meinem Schwiegervater gesetzt und ihm die Nachricht überbracht. Darauf hat er mir ins Gesicht geschlagen. Genau hierhin.« Sie tippte sich an die Wange. »Er hat mich so hart getroffen, dass ich zu Boden gegangen bin. Also nein, wir sprechen nicht mehr miteinander. Und ich habe kein Interesse daran, ihn jemals wiederzusehen.«

Die blauen Augen des Sergeants starrten sie an, fest und direkt. »Haben Sie Anzeige erstattet?«

»Nein. Ich bin lediglich mit meinem Mann und meinen Kindern aus seinem Leben ausgestiegen.« Sie trank einen weiteren Schluck Kaffee. »Ist das die Geschichte, die er Ihnen erzählt hat?«

»Nein.«

»Hat er erwähnt, dass er mich geschlagen hat?«

»Nein.«

»Was dann?«

»Dass er dachte, Sie wollten einen Keil zwischen ihn und seinen Sohn treiben und Sie aus diesem Grund nicht mehr mit ihm gesprochen haben. Dass Sie hinter dem Geld her waren.«

Sie schüttelte mit einem leisen Schnauben den Kopf: »Er hat von Anfang an, schon als mein Mann und ich noch auf dem College waren, deutlich gemacht, dass er uns in keiner Weise finanziell unterstützen wird. Er war nicht damit einverstanden, dass mein Mann die Fotografie zu seinem Beruf machen wollte. Wir hatten also keinerlei Erwartungen an ihn. Und wir brauchen sowieso nichts von ihm.«

»Finanziell geht es Ihnen also gut?«

»Ja«, sagte sie, in dem Versuch, sich selbst zu überzeugen. Nicht wissend, ob das überhaupt stimmte, unsicher, ob sie es allein schaffen konnte. »In den ersten Jahren unserer Ehe habe ich das Dreifache von dem verdient, was mein Mann mit seinen Fotos eingenommen hat; das war, als er versucht hat, in der Kunstbranche Fuß zu fassen. Es hat ganz gut geklappt, und nach einer Weile war er erfolgreich. Seine Fotos waren in den letzten fünf Jahren oder so unsere Haupteinnahmequelle. Jetzt, wo er nicht mehr da ist, muss ich mir etwas einfallen lassen. Aber ich habe Kunden. Ersparnisse.« Ihr Tonfall veränderte sich nicht, als sie an die gefälschten Unterschriften auf den Bildern ihres Mannes dachte, und sie fügte hinzu: »Und es gibt noch eine Menge Kunstwerke meines Ehemanns zu verkaufen.«

»Keine Lebensversicherung?«

Sie zuckte mit den Schultern. »Ich habe eine Versicherung, aber er hatte keine. Sie war zu teuer, weil er so viel mit diesem schrecklichen kleinen Flugzeug unterwegs war. Sie wollten die Flüge aus der Versicherung rausnehmen, deswegen hätte es sich nicht gelohnt.«

»Ich verstehe.«

»Wie sich jetzt rausgestellt hat, hätte sich eine Versicherung doch gelohnt, weil das Flugzeug gar nichts mit seinem Tod zu tun hatte.«

Sie hielt inne. »Ich habe mir die ganze Zeit Sorgen gemacht, dass ihn das Fliegen einmal umbringen würde. Jetzt erscheint mir das albern.«

Der Blick des Sergeants bohrte sich forschend in ihren, bis er schließlich sagte: »Ihr Schwiegervater glaubt, Sie hätten ihn umgebracht. Dass Sie seinen Sohn die Treppe hinuntergestoßen haben.«

Obwohl sie gedacht hatte, darauf vorbereitet zu sein, begannen ihre Hände zu zittern.

»Mein Gott«, stieß sie aus, überrascht davon, diese Anschuldigung laut ausgesprochen zu hören. Darin bestätigt zu werden, dass ihr Schwiegervater tatsächlich so über sie dachte. Sie wischte sich die schwitzenden Handflächen an ihrem T-Shirt ab. »Haben Sie den Artikel gelesen? Den über meinen Mann? Darin wird mein Schwiegervater mit einem Satz zitiert, der nahelegt, dass er etwas in der Richtung denkt. Er hasst mich wirklich. Er hält mich für … entstellt.«

Sie ließ ihren Blick zum Sergeant gleiten, um zu sehen, wie er darauf reagierte. Aber er hatte sich wieder auf seine Werkseinstellungen zurückgesetzt, sein Gesichtsausdruck war undurchdringlich.

»Er meinte, Sie hätten Probleme. Eheprobleme.«

Sie schüttelte den Kopf. »Unser einziges Problem war er. Anders als Ihnen gegenüber konnte er bei meinem Mann nicht einfach behaupten, mich nie geschlagen zu haben. Wegen der blauen Flecken und so. Aber er hat versucht, meinen Mann davon zu überzeugen, dass es meine Schuld war. Dass ich gemein oder unhöflich zu ihm gewesen bin, nachdem meine Schwiegermutter gestorben war, was eine Lüge ist. Und mein Mann … nun ja. Väter und Söhne, wissen Sie? Das ist kompliziert. Ich denke, mein Mann wollte einen Weg finden, wie wir alle miteinander auskommen. Und das stand für mich einfach nicht zur Debatte.« Sie kaute auf ihrer Lippe. »Jedenfalls wusste mein Schwiegervater nichts von irgendwelchen Problemen. Er und mein Mann haben nicht miteinander gesprochen.«

Der Sergeant räusperte sich. »Doch, das haben sie. Sie hatten Kontakt. Sie haben sogar noch am Tag vor dem Tod Ihres Mannes miteinander gesprochen.«

Sie spürte, wie ihr Magen rebellierte. Sie musste sich zwingen zu atmen.

»Hat das mein Schwiegervater behauptet?«

»Er hat uns seine Anrufliste gezeigt.«

»Er hat meinen Mann angerufen?«

Der Sergeant wiegte den Kopf. »Manchmal. Aber Ihr Mann hat ihn ebenfalls angerufen.«

Sie rieb sich die Schläfen, als wollte sie das Wissen um diesen Verrat aus ihrem Gehirn kneten. Sie stellte sich vor, wie ihr Mann ihn vom Rollfeld aus anrief, aus dem Auto, wie das Gift der Stimme ihres Schwiegervaters irgendwo weit weg von zu Hause in sein Gehör sickerte, sodass sie es nie erfahren würde. Er musste die Anruflisten gelöscht haben. Als sie an das Handy ihres Mannes gegangen war, um den Anrufer über seinen Tod zu informieren, hatte sie im Anschluss geistesabwesend in seiner Anrufliste gescrollt, sich vorgestellt, wie er mit diesem oder jenen Freund telefonierte. Dort war kein Anruf mit ihrem Schwiegervater verzeichnet gewesen.

Vielleicht hat er seinen Vater angerufen, um ihn anzuschreien. Um ihn zu testen. Um rauszufinden, ob er sich entschuldigen würde.

Ich schätze, das wirst du nie erfahren. Denn dem alten Mann kannst du ganz sicher kein Wort glauben.

Sie versuchte, nicht zu weinen.

»Ich wünschte, er hätte mir erzählt, dass sie in Kontakt stehen. Die Anerkennung seines Dads hat ihm sehr viel bedeutet, müssen Sie wissen.«

»Abgesehen von den ... Spannungen mit Ihrem Schwiegervater, gab es noch andere Probleme?«

Sie schüttelte den Kopf. »Das war das Hauptthema. Aber ... wenn man lange genug verheiratet ist, werden manche Dinge, die man früher liebenswert fand, mit der Zeit lästig, verstehen Sie? Früher hat es ihm gefallen, dass ich schüchtern bin. So konnte er besser den kontaktfreudigen, geselligen Typ geben. Und ich mochte es, wie abenteuerlustig er wirkte, wenn er herumflog. Aber im Laufe der Jahre? Er hätte es gern gehabt, dass ich mehr aus mir herausgehe. Dass ich mich besser anpasse. Und ich wollte, dass er sich nicht in Lebensgefahr begibt, ein anderes Flugzeug nimmt. Mehr im Haushalt hilft. Mit den Kindern.«

Sie schaute aus dem Küchenfenster. Sah ein Rotkehlchen auf der Steinmauer, für die Jahreszeit ungewöhnlich gut genährt. Sie spürte das schmerzhafte Wurzelgeflecht in ihrer Brust, wo die Stimme ihres Mannes immer noch flüsterte: »Hast du irgendwas gemacht? Hast du vielleicht etwas gesagt, das ihn verärgert hat?« Sie wünschte sich verzweifelt, dass ihr Mann jetzt da wäre, um sich zu erklären. Dass er nie bei der Hausarbeit helfen wollte, darauf beharrte, dass das, was er vorhatte, wichtiger war. Begabt und interessiert und immer bemüht, sie in die Sonne zu locken. Er würde ihr die Wahrheit sagen. Er würde das schmerzhafte, sich ausbreitende Geflecht dieses Verrats aus ihr herausholen.

»Ich bin nur ... Ich vermisse ihn. Ich vermisse ihn mehr als ...« Sie sah auf ihre Hände hinunter, die sie in ihrem Schoß zu Fäusten geballt hatte. »Wir waren glücklich«, sagte sie. »Jetzt, wo er weg ist, kommt mir jeder Streit so ... nichtig vor.«

»Haben Sie Ihren Mann die Treppe runtergestoßen?«

Sie hielt es für wichtig, dem Sergeant bei ihrer Antwort in die Augen zu sehen.

»Nein«, sagte sie leise. »Das habe ich nicht.«

»Nun«, sagte der Sergeant und lehnte sich auf seinem Stuhl zurück, »ich hoffe, es ist ein Trost für Sie, dass wir seinen Tod als Unfall eingestuft haben.«

»Oh«, sagte sie, verblüfft von dem unerwartet schnellen Beschluss; davon, dass diese Fragen an sie offensichtlich die letzten

Bausteine bei den Ermittlungen darstellten und nicht die ersten.

»Haben Sie das meinem Schwiegervater gesagt?«

»Ja.« Der Sergeant schüttelte den Kopf, auf seinen Lippen flackerte ein süffisantes Lächeln. »Er war alles andere als erfreut und hat zu uns gesagt, dass das Fehlen von Beweisen kein Beweis für das Fehlen von Beweisen ist.«

»Er war früher Anwalt.«

»Das hat er auch erwähnt.«

»Das tut er immer«, sagte sie. »Wie haben Sie das festgestellt? Dass es ein Unfall war?«

»Der Körper. Die Art, wie er gefallen ist. Das Blut. So, wie Ihre Treppe verläuft, ist es so gut wie unmöglich, jemandem von oben einen wirksamen Schubs zu geben. Vor allem, wenn man bedenkt, wie klein Sie sind. Es ist keine besonders hohe Treppe. Ein Sturz hätte normalerweise keine tödlichen Konsequenzen gehabt. Wäre er nicht gegen den Tisch gestoßen.«

Der Sergeant tippte sich seitlich an den Kopf, um die Aufprallstelle zu markieren. »Er ist genau an der Tischkante aufgetroffen. Und natürlich wegen dem, was Ihre Kinder gesagt haben.«

Sie sah auf. »Sie haben mit meinen Kindern gesprochen?«

»Natürlich, noch am selben Tag. Erinnern Sie sich nicht daran?«

»In meiner Erinnerung ist irgendwie alles verschwommen.«

»Das ist verständlich.« Er nickte, aber dahinter erkannte sie einen Schimmer von Verurteilung, ein Erschaudern à la »Was für eine Mutter vergisst an einem solchen Tag ihre Kinder?«.

»Was ... Was haben sie gesagt?«

»Dasselbe wie Sie. Dass ihr Dad früh aus dem Haus wollte. Sie hätten geschlafen. Dass Sie und Ihr Mann sich gut verstehen. Glückliche Familie. Und dann natürlich noch Ihr Verhalten.« Sie musste verwirrt aussehen, denn er fügte hinzu: »Sie waren traurig. Aber kooperativ.«

Sie erinnerte sich daran, wie sie sich blutverschmiert vor und zurück geschaukelt hatte. Sie erinnerte sich, dass sie sich nackt ausziehen musste. Sie erinnerte sich, wie sie fotografiert worden war, während sie versucht hatte, sich aufrecht zu halten, trotzdem sämtliche Kraft aus ihren Beinen und ihrer Wirbelsäule gewichen war. Und offenbar hatte sie zugelassen, dass sich die Polizei nach oben schlich und ohne sie mit ihren Kindern sprach. Sie fragte sich, was genau an alledem so korrekt und unverdächtig gewesen war.

Sie saßen sich eine Weile in distanziertem Schweigen gegenüber, nippten an ihrem Kaffee und dachten über die Anschuldigungen ihres Schwiegervaters nach. Über die Kurven und Winkel der Treppe. Über fallende Körper.

Sie überraschte sich selbst damit, als sie herausplatzte: »Ich kann nicht aufhören, daran zu denken – er ganz allein. Vielleicht hat er versucht, um Hilfe zu rufen. Vielleicht hat er mich oben hin und her laufen hören.«

»Wir wissen nicht, ob es tatsächlich so war. Wahrscheinlicher ist, dass er die ganze Zeit über bewusstlos war. Es ist nicht Ihre Schuld.«

Sie war sich sicher, dass er genauso gut wie sie wusste, dass es natürlich ihre Schuld war, denn es bestand durchaus die Möglichkeit, dass es für kurze Zeit in ihrer Macht gestanden hatte, alles anders ausgehen zu lassen.

Hastig wischte sie sich mit einem Ärmel die Augenwinkel.

»Sind Ihre Kinder in der Schule?«

»Ja.«

»Wie geht es ihnen?«

»Nicht gut. Sie scheinen nicht zu begreifen, dass er weg ist. Sie glauben, ihn zu sehen. In der Nähe eines Baumes, den er gerne mochte, oder im Wald. Sie haben Albträume. Es ging alles so schnell. Es ist so unwirklich. Wir durften im Krankenhaus nicht zu ihm. Wir mussten uns per Video verabschieden. Es war wie in einer Fernsehsendung. Wir konnten ihn nicht in die Arme nehmen, nicht richtig Abschied nehmen von ihm, der so unfassbar wichtig für uns war. In der Schule wurde uns ein Berater empfohlen. Ein Trauerbegleiter. Sie sprechen über den Computer miteinander.«

»Es tut mir leid«, sagte er. »Und Sie? Haben Sie auch schlechte Träume?«

Sie zuckte mit den Schultern. »Ab und zu leide ich unter einer Schlaflähmung.«

»Was ist das?«

»Man wacht auf und kann sich nicht bewegen. Manche Leute sehen eine Gestalt, also eine dunkle Gestalt, im Raum. Nach einer Weile verschwindet sie. Und langsam kann man sich wieder bewegen.«

»Das klingt ja furchtbar.«

Der Sergeant zog die Augenbrauen zusammen, eine Mischung aus Mitleid und Abscheu.

»Es passiert nicht oft«, log sie. Beunruhigt über seine Reaktion, verfiel sie in die alte Gewohnheit, zu hoffen, dass etwas wahr wurde, wenn man es laut aussprach. »Es ist schon lange nicht mehr passiert.«

»Gehören Sie zu den Menschen, die eine Gestalt sehen?«

Sie log erneut. »Manchmal. Aber nicht immer.«

»Wie sieht sie aus?«

»Es ist einfach ein Mann. Die Silhouette eines Mannes.«

»Aber beängstigend?«

»Ja. Beängstigend.«

Der Sergeant schaute sich noch einmal langsam in dem alten Haus um. Sein Blick verharrte bei den Fugen zwischen den Bodendielen, wanderte anschließend die steilen Stufen hinauf.

»Das ist ganz normal«, sagte sie und hatte das Bedürfnis, ihn zu beschwichtigen, sich selbst zu beschwichtigen, dass es keine Geister, keine lebenden Schatten auf der Welt gab. Dinge einfach manchmal herunterfallen, verloren gehen, umgestoßen werden, zerbrechen. Dass man sich seltsame Sachen einbildet, die auftauchen und wieder verschwinden, weil man dem Tod so nah war, weil man gesehen hat, wie sich der Tod hungrig auf einen geliebten Menschen stürzt.

»Manche Menschen glauben, dass die Geschichten über Entführungen durch Außerirdische vielleicht daher kommen«, fuhr sie fort. »Weswegen sich die Berichte so ähneln. Sie wissen schon ... man kann sich nicht bewegen, nicht sprechen, sieht Gestalten mit leuchtenden Augen, und dann liegt man plötzlich wieder im Bett. Diese Art von Geschichten. Alles Menschen mit Schlaflähmung. Keine kleinen grünen Männchen, die einen ins Raumschiff beamen und Experimente mit einem anstellen, bei denen man sich nicht bewegen kann.«

»Hm.« Der Sergeant nickte. »Interessant.«

Wieder saßen sie schweigend da. Sie dachte über den geräumten Pfad nach, über die Bewegung hinter den Bäumen. An die hoffnungsvollen Kinderstimmen, die verkündeten, dass Daddy ihnen vielleicht zugeschaut und dies oder jenes getan haben könnte. Die Art und Weise, wie Gegenstände in letzter Zeit zu wandern schienen, als ob ihr Besitz, ihr Land, ihr Haus einer anderen Art von Schwerkraft unterlägen.

»Ich denke, es gibt für die meisten Dinge einfache Erklärungen«, sinnierte sie. »Sogar für die, die einem auf den ersten Blick seltsam erscheinen.«

»Ja.« Der Sergeant rieb sich das Kinn. »Das sage ich mir auch immer.«

KAPITEL 27

Sie zwang sich, in ihrem Krankenhausbett aufzuwachen, wann immer sie Tageslicht sah. Sie gab ihr Bestes, vorzugeben, sich angesichts des niemals abreißenden Stroms maskierter Fremder, die in ihrem Zimmer ein- und ausgingen, wohlzufühlen, indem sie sie mit einem fröhlichen »Hallo!« begrüßte und ein schmerzverzerrtes Lächeln aufsetzte. Sie versuchte, nicht jedes Mal zu erschrecken, wenn man sie weckte. Sie gab sich alle Mühe, der riesigen, austauschbaren Masse von weißen Kitteln und Masken zu beweisen, dass es ihr besser, besser, besser ging – Zeit zu gehen!

Zeit, die Kinder von diesem Mann wegzuholen.

Jemand wechselte den Verband an ihrem Auge, und sie sah Licht durch das geschwollene Lid.

»Ein gutes Zeichen«, sagte ein Arzt zu ihr.

»Das will ich meinen!«, bestätigte ihr glückliches, sich besser fühlendes Ich.

Am ersten Weihnachtsfeiertag, neun Tage nach ihrer Einweisung ins Krankenhaus, half ihr eine Pflegerin dabei, auf Socken, die mit Gumminoppen an der Unterseite versehen waren, durch die Flure zu humpeln.

»Sie machen das toll!«

»Da haben Sie verdammt recht«, bestätigte sie.

Für einen Moment war sie fast selbst davon überzeugt, dass sie zu der Sorte Mensch gehörte, die anderen leichtfertig flapsige Antworten gab, dauergrinste, lustig und mutig war.

»Glauben Sie, dass ich bald entlassen werde?«, fragte sie den Psychiater.

»Das weiß ich nicht, und es liegt nicht in meiner Hand«, erwiderte er. »Aber von meiner Seite gibt es keine Einwände. Und wir werden uns regelmäßig sehen, solange Sie offen dafür sind?«

Sie nickte.

»Bei unserem letzten Gespräch haben Sie mir Ihr Einverständnis gegeben, mit der Polizei über Ihren psychischen Zustand zu sprechen. Erinnern Sie sich daran?«

»Ja. Damit ich eine Art psychiatrisches Gutachten bekomme.«

»Genau. In Anbetracht Ihres Untergewichts und der Tatsache, dass Sie dem Beamten gesagt haben, Ihre Verletzungen stammten nicht von dem Eindringling, ist man um Ihre Sicherheit besorgt. Man befürchtet, dass Sie sich selbst verletzen könnten.«

Ihr Herzschlag beschleunigte sich. »Was haben Sie ihnen geantwortet?«

»Ich habe gesagt, dass Sie enorme Fortschritte machen und bereit sind, sich weiterhin therapeutisch behandeln zu lassen, sich sogar darauf freuen. Und ich habe ihnen gesagt, dass Sie die gleichen Probleme haben wie jeder andere Mensch, der etwas Ähnliches durchgemacht hat. Dass Sie in der psychischen Verfassung sind, nach Hause zurückzukehren.«

»Danke, Doktor«, sagte sie und unterdrückte die Tränen. »Die Polizei ... Ich denke nicht, dass sie mir glaubt. Das Problem ist, wie Sie auch schon festgestellt haben, dass ich die Geschichte nicht gut wiedergeben kann. Sie ist ... durcheinander. Haben die Ihnen ... ich weiß auch nicht ... den Eindruck vermittelt, dass sie glauben, ich würde mir das alles vielleicht nur einbilden?«

Der Psychiater neigte den Kopf. »Glauben Sie, sich das alles nur eingebildet zu haben?«

Das ausgeschaltete Babyfon, die kaputte Schaukel, die röhrenden Rehe.

»Nein«, sagte sie so fest wie möglich. »Ich weiß, was ich gesehen habe.«

»Na dann. Sie haben mich gefragt, ob ich irgendwelche Anzeichen von Wahnvorstellungen oder Psychosen bei Ihnen beobachtet hätte. Meine Antwort war Nein. Ich habe denen gesagt, dass Sie ein schweres Trauma erlitten haben und es einige Zeit dauern kann, bis Sie sich zusammenhängend an Ereignisse erinnern können – falls Sie jemals dazu in der Lage sein werden.«

Sie nickte, Tränen liefen brennend über ihr lädiertes Gesicht.

Er glaubt dir. Und er muss es schließlich wissen, weil er Psychiater ist. Er sagt, du bist normal, normal, normal. Selbst wenn du dich nicht normal fühlst, wenn sich nichts normal anfühlt, ist es das. Und du bist es.

Sie fragte die Ärzte, Pflegerinnen und alle anderen: »Darf ich mal kurz telefonieren? Stört es Sie, wenn ich meine Kinder anrufe?«

Ihr Schwiegervater ging nicht ran.

Der Schmerz war ein ständiges Pochen, aber sie fand dennoch Wege, zu funktionieren. Aus Angst vor Abhängigkeit, vor Gedächtnislücken, davor, ihre Gliedmaßen nicht mehr ausreichend bewegen zu können, um sie zu stärken, hatte sie aufgehört, den kleinen roten Knopf zu drücken. Sie nahm viel geringere Medikamentendosen in Tablettenform.

»Was meinen Sie, wann ich wieder Auto fahren kann?«, fragte sie den Arzt, der sie bat, nach oben, unten, links und rechts zu schauen. Das verletzte Auge folgt seinen Aufforderungen zwischen den geschwollenen Lidern, unter den Nähten.

»Sobald Ihr Chirurg sein Okay gibt, können Sie entlassen werden«, sagte der Arzt. »Wenn Sie keine Medikamente einnehmen, sollten Sie in der Lage sein, Auto zu fahren.«

Da sie mit ihrem verletzten Auge nur schemenhaft sehen konnte, nahm sie an, dass er einen Scherz machte, und lachte vergnügt.

Er sah sie verwirrt an, und ihr wurde klar, dass sie alle ein gemeinsames Ziel hatten.

Sie wollen dich raushaben. Du bist nur eine weitere Person, um die man sich kümmern muss. Die Kliniken sind überfordert, und das schon seit fast einem Jahr. Natürlich wollen sie dich loswerden.

Also begann sie, nach dem Chirurgen zu fragen. »Wissen Sie, wann der Chirurg kommt, wissen Sie, wann ich entlassen werde?«

»Wirklich?«, fragte eine freundliche Pflegerin. »Ich wüsste nicht, ob ich an Ihrer Stelle ohne Hilfe nach Hause zurückwollen würde. Erst recht nicht dahin, wo all das passiert ist.«

»Ich habe einen Schlüsseldienst angerufen. Und eine Sicherheitsfirma«, sagte sie. »Wenn ich ein Abonnement abschließe, werden sie überall Kameras anbringen und Alarmanlagen an jedem Fenster installieren.«

»Das meine ich nicht, Liebes. Sondern die Sache mit Ihrem Mann. Ich glaube nicht, dass ich ruhig in einem Haus schlafen könnte, in dem jemand gestorben ist.«

»Mag sein«, sagte sie und fragte sich, wie diese Krankenpflegerin es schaffte, in einem Beruf zu arbeiten, in dem der Tod zur Arbeit gehörte, wie sie es geschafft hatte, über Jahrzehnte in dem Glauben zu leben, dass in den meisten Häusern dieser Welt noch nie jemand gestorben war. »Vielleicht«, sagte sie, überrascht, dass ihr jemand nahelegen wollte, den einzigen Ort zu meiden, der noch Erinnerungen an ihren Mann enthielt, den einzigen Ort, an dem er noch existierte. »Vielleicht haben Sie recht«, sagte sie.

Das war es, was sie zu allen sagte, das, was alle Menschen hören wollten. »Sie haben wahrscheinlich recht, was weiß ich schon? Sie sind so clever, was für ein toller Vorschlag, Sie haben so recht, recht, recht.«

»Ihren Kindern geht es gut«, sagte der Sergeant am Telefon. »Einer meiner Leute hat sie gestern gesehen. Heute Morgen war eine Sozialarbeiterin da. Hat sie Sie nicht angerufen? Warum rufen Sie sie nicht an? Hinterlassen Sie ihr eine Nachricht? Dann wird Sie zurückrufen. Haben Sie Geduld.« Und dann fügte er mit einer

Gereiztheit hinzu, von der sie wusste, dass er es ernst meinte: »Sie müssen aufhören, mich deswegen anzurufen.«

Mit »deswegen« waren ihre Kinder gemeint. Die Ungerechtigkeit, der Beweis für den schrecklichen Besitzanspruch ihres Schwiegervaters, ließ sie in das dünne Krankenhauskissen schluchzen.

Eine Frau, die sie noch nicht kannte, betrat das Zimmer und ließ ihre Tränen versiegen.

»Sind Sie eine Pflegerin?«

»Ich bin Assistenzärztin.«

»Wessen Assistentin?«

»Die Ihres Chirurgen.«

Sie hatte keine Ahnung, wer im Krankenhaus was zu sagen hatte, aber bei dem Wort »Chirurg« wischte sie sich über das Gesicht und setzte sich auf, denn sie wusste, dass sie diese junge, blonde Person auf ihre Seite ziehen musste.

Die Frau ließ sie die Arme heben und ihre Hand drücken.

»Tut mir leid, dass ich Sie für eine Pflegerin gehalten habe«, sagte sie. »Einer Freundin von mir, sie ist auch Ärztin, passiert das andauernd. Ihren männlichen Kollegen nicht.«

Sie hatte keine solche Freundin, aber sie sah diese Geschichte nicht als Lüge an. Denn natürlich war das die Realität.

»Ja«, seufzte die Frau. »Das kommt oft vor.«

»Können Sie meine Entlassungspapiere unterschreiben?«

»Ja.«

»Großartig! Toll. Ich bin bereit.«

»Wissen Sie, wo Sie nach Ihrer Entlassung hingehen können?«

»Ja, natürlich.«

»Es ist nur so«, die Assistenzärztin zuckte mitfühlend mit den Schultern, »die Polizei hat gesagt, dass Sie ohne ihre Zustimmung nicht nach Hause zurückkehren dürfen. Ihre Testergebnisse sind gut, wir wären deshalb einverstanden, Sie zu entlassen, schon morgen, aber Sie bräuchten einen Ort, wo Sie erst mal bleiben können. Und jemanden, der Sie abholt.«

Sie rief den Sergeant an.

Er antwortete mit einem knappen »Was?«, vermutete, dass sie wieder wegen ihrer Kinder anrief.

Nachdem du dich so gut benommen hast, nachdem du ihn zwei Tage lang überhaupt nicht angerufen hast. Wegen deiner Kinder.

»Die Ärzte sagen, dass ich entlassen werden kann, aber sie meinten, dass Sie mir die Erlaubnis geben müssen, in mein Haus zurückzukehren?«

»Oh, richtig«, sagte er, und sein Tonfall entspannte sich. »Wir würden gerne eine Begehung mit Ihnen machen, bevor Sie wieder dort einziehen. Vielleicht ruft das eine oder andere noch eine Erinnerung in Ihnen wach; oder Ihnen fällt etwas Ungewöhnliches auf, Dinge, die verschoben wurden oder fehlen oder anders sind.«

Sie war erschöpft bei der Vorstellung, das alles noch einmal durchstehen zu müssen, die endlosen Fragen, mit dem Sergeant durch die Räume zu gehen, in die gewaltsam eingedrungen worden war.

Vielleicht bedeutet Tapferkeit nur Ausdauer.

»Ja«, sagte sie mit gezwungener Fröhlichkeit, »natürlich! Wie wäre es gleich morgen? Die Ärztin hat gesagt, dass sie mich morgen entlassen können. Wenn wir dann gleich den Rundgang durchs Haus erledigen, kann ich anschließend meine Kinder nach Hause holen.«

Der Sergeant brummte, und sie stellte sich vor, wie er in seinen Kalender schaute. »Ja, morgen wäre machbar. Vorschlag: Sie rufen mich an, wenn Sie in der Klinik so weit sind, dann hole ich Sie ab und fahre Sie nach Hause.«

»Danke! Vielen Dank!«

Den Rest des Tages verbrachte sie voller Tatendrang. Sie vereinbarte Termine mit dem Schlüsseldienst und der Sicherheitsfirma für den ersten Arbeitstag nach den Feiertagen, denn über Neujahr hatten sie erneut geschlossen. Sie hinterließ eine Sprachnachricht, in der sie ihrem Schwiegervater mitteilte, dass sie morgen entlassen und die Kinder abholen werde.

Sie schlief kaum. Sobald es hell wurde, drückte sie den Rufknopf und fragte: »Bin ich entlassen? Kann ich jetzt gehen?«

Aber nein. Es gab Papierkram, Formulare, Besuche vom Pflegepersonal, Termine für Nachuntersuchungen in der plastischen Chirurgie (»Sie wollen doch keine Narben, wenn Sie es vermeiden können!«), für ein Treffen mit dem Neurochirurgen (ihr war nicht klar, ob sie dieser Person, deren Hände ihren Schädel zusammengeflickt hatten, jemals bei Bewusstsein begegnet war), mit dem Augenarzt (»Sie wollen doch nicht blind werden, ha ha«), und sie musste regelmäßige Onlinekonsultationen beim Psychiater bestätigen (»Ich freue mich darauf, wieder mit Ihnen zu sprechen«). Man verschrieb ihr eine ganze Reihe von Schmerzmitteln, Schlafmitteln, Medikamenten gegen Infektionen und die Übelkeit, die durch die anderen Medikamente verursacht wurde. Das war so viel menschliche Interaktion in nur wenigen Stunden, dass ihr der Kopf schwirrte und ihr Gesicht vor aufgesetzter Freundlichkeit wehtat.

Schließlich rief sie den Sergeant an und sagte ihm, dass sie bereit sei. Ein Pfleger rollte sie in einem Rollstuhl bis in den Eingangsbereich des Krankenhauses. Sie trug die Kleidung, die ihr die Nachbarin in jener Nacht gegeben hatte. Sie roch nach Weichspüler. Vermutlich hatte sie jemand vom Pflegepersonal gewaschen.

Kurz fragte sie sich, wo der Pelzmantel geblieben war.

»Sehen Sie die Person, die Sie abholt?«, fragte der Pfleger.

»Noch nicht. Aber gehen Sie ruhig.«

»Sind Sie sicher?«

»Ja.«

Sobald er außer Sichtweite war, stand sie auf und verließ die Klinik, die verletzten Füße in den Krankenhaussocken mit den Noppen. Langsam, aber mit sicheren Schritten ging sie an der Stelle vorbei, an der sie zusammengebrochen war, als sie vom Hirntod ihres Mannes erfahren hatte. Die Luft war eisig, der Himmel bedeckt. Sie setzte sich auf eine Bank unter einem Überhang und wartete.

Sie fand es wunderschön, draußen zu sein. Glücklich ließ sie den Blick über den kahlen, windigen Parkplatz mit seinen traurigen Bäumchen schweifen, ihren Kindern einen Schritt näher.

KAPITEL 28

Neben dem Sergeant, auf dem Beifahrersitz, saß der junge Officer. Sie registrierte, dass sie auf dem Rücksitz des Polizeiwagens von anderen Autofahrern angestarrt wurde, und stellte sich vor, wie sie sich fragten: *Was hat sie getan? Warum wurde sie verhaftet? Warum ist sie so zugerichtet?*

»Wie lange, glauben Sie, wird es dauern?«, fragte sie.

Der Sergeant zuckte mit den Schultern. »Wahrscheinlich ein paar Stunden.«

»Und anschließend kann ich im Haus bleiben?«

»Je nachdem, was Ihnen auffällt, benötigen wir vielleicht noch mehr Zeit vor Ort. Es wäre besser, wenn Sie heute Nacht bei einer Freundin übernachten.«

»Natürlich«, sagte sie und dachte an Hotels in der Nähe, die Platz für sie und die Kinder hätten.

Sie sah die blauen Augen des Sergeants im Rückspiegel.

»Ich habe im Internet recherchiert«, sagte er, »über Ihr Leiden.«

»Entschuldigung, was?«

»Ihr Schwiegervater hat uns erzählt, dass Ihre Mutter es auch hatte.«

Sie rieb sich die Stirn, schaute aus dem Fenster.

Da wette ich drauf. Ich wette, er hatte viel über dich zu sagen.

Sie spürte den Blick des Sergeants auf ihrer Haut, sein schleichendes Unbehagen angesichts ihrer Andersartigkeit, ihrer Einzigartigkeit.

»Das ist eine interessante Sache«, sagte er.

»Ist es das?« Sie starrte absichtlich aus dem Fenster.

»Durchaus. Muss hart sein, wenn es schon in so jungen Jahren ausbricht.«

Bei dem Gefühl, ein zwischen Glas gepresster Untersuchungsgegenstand zu sein, überkam sie die gewohnte Erschöpfung. Und obwohl sie sich selbst zuredete, einfach zu schweigen, murmelte sie: »Ja. Es war nicht toll. Aber man gewöhnt sich daran.«

»Mmm«, brummte der Sergeant und warf einen weiteren Blick in den Rückspiegel, einen allzu vertrauten Blick, der sagte: »Wie kann man sich jemals an so was gewöhnen?«

Menschen sind Geschöpfe, die sich an alles gewöhnen können. Das ist die beste Art, unsere Spezies zu definieren.

Sie lehnte ihre Wange gegen das kalte Fenster. Versuchte, sich in der brütenden Hitze des Wagens auf diese Kälte zu konzentrieren.

Sie bogen in ihre Einfahrt. Der Sergeant stellte den Motor ab und drehte sich zu ihr um, sah sie durch die Plexiglasscheibe an. »Wie ich höre, haben Sie immer noch mit einigen«, er fuchtelte mit der Hand, »medizinischen Problemen zu kämpfen. Sollten Sie Hilfe oder eine Pause brauchen, sagen Sie bitte Bescheid. Es geht darum, dass Sie uns sagen, ob Ihnen etwas Ungewöhnliches auffällt. Irgendetwas, das Ihnen nicht gehört, das sich nicht an seinem Platz befindet, das fehlt. Dinge, die bewegt wurden, alles, was Erinnerungen bei Ihnen auslöst. Alles. Und das gilt auch für draußen, okay?«

»Klar.«

Er startete den Wagen wieder und fuhr langsam die Einfahrt hinauf, vergewisserte sich durch den Rückspiegel, dass sie aus dem Fenster sah, die Bäume und den Schnee betrachtete.

»Es wurde geräumt«, sagte sie. »Ich hoffe, der Typ mit dem Schneepflug hat nichts kaputt gemacht. Beweise oder so. Wir haben vereinbart, dass er superfrüh kommt, wenn es über Nacht geschneit hat.«

»Machen Sie sich keine Sorgen. Wir haben uns die Einfahrt angeschaut, bevor sie geräumt wurde. Wir fangen drinnen an.«

Sie parkten. Der Weg zur Tür war nicht geräumt worden, aber der Schnee war zu einer unebenen Fläche zusammengestampft. Der Officer ging ins Haus und kam mit einem Paar ihrer Winterstiefel zurück. Sie versuchte, sich den Schmerz, den sie empfand, als sie ihre geschundenen Füße hineinschob, nicht anmerken zu lassen.

Sie begannen in der Garage, wo die Beamten ihr mitteilten, dass die Autobatterie ihres Mannes leer sei.

»Die ist wahrscheinlich schon eine Weile tot, wenn Sie den Wagen nicht benutzt haben«, bemerkte der Sergeant. Er wies sie darauf hin, dass ihr Auto, das an seinem üblichen Platz geparkt war, einen platten Reifen hatte. »Wir haben das notiert. Aber es sieht nicht so aus, als hätte ihn jemand absichtlich beschädigt. Sehen Sie, hier?«, der Sergeant tippte auf eine Stelle an einem der Hinterreifen. »Scheint so, als hätten Sie einen Nagel erwischt.«

Wenigstens bist du nicht zum Auto gelaufen, wenigstens das stellt sich jetzt als die richtige Entscheidung heraus. Aber ... muss das nicht der Schatten getan haben?

»Ich habe mein Auto früher an dem Tag benutzt, da war alles in Ordnung. Sie glauben nicht ...« Sie räusperte sich. »Sie glauben nicht, dass er das gewesen ist? Wäre das sonst nicht ein ziemlich großer Zufall?«

»Möglich, aber man kann nie wissen. Ich hatte letzte Woche auch einen Platten. Das kommt vor.«

Als sie hineinging, war das Erste, was sie empfand, dass die Räume ohne die Kinder zu groß waren. Das Haus hatte den gleichen Geruch, die gleiche, nicht ganz so warme Temperatur. Aber da war etwas Unbestimmtes, Entferntes, das sich falsch anfühlte. Ein offenes Fenster vielleicht, das die Feuchtigkeit hereinließ? Eine Rastlosigkeit, die bedeutete, dass die Mäuse aktiv gewesen waren.

Der Schatten.

Hör auf damit. Konzentrier dich.

Sie setzte sich hin, um ihre Stiefel auszuziehen, sah sich nach ihren Hausschuhen um und erinnerte sich, dass sie irgendwo im

Schnee verloren gegangen waren. Sie ließ die Krankenhaussocken an und hoffte, dass der Rundgang durch das Haus nicht so lange dauern würde, dass ihre lädierten Füße nicht zu sehr in Mitleidenschaft gezogen würden.

»Würden Sie bitte Ihre Stiefel ausziehen?«, sagte sie zu den Beamten.

Die beiden tauschten einen Blick, folgten dann aber ihrer Aufforderung.

Gemeinsam gingen sie in den Keller, der wie immer feucht und mit Spinnweben verhangen war.

»Falls hier etwas anders ist, würde es mir vermutlich nicht auffallen. Hier gehe ich nur runter, wenn ich unbedingt muss. Es ist zu eklig und zu dunkel.« Sie hielt inne. »Moment, ich rieche ... Riechen Sie auch Zigarettenqualm?«

Die Beamten hoben die Nasen wie Bluthunde und schüttelten dann den Kopf

»Nein«, sagte der Sergeant. »Ich hoffe, Sie haben hier unten irgendwo einen Lufttrockner stehen. Es riecht ganz schön muffig.«

In der Küche waren die tadellosen, noch originalen Kiefernholzdielen, die sie von Blut gereinigt hatte, von Kratzern überzogen. Sie stieß sie ein bedauerndes »Oh!« aus.

»Ja, das tut mir leid«, sagte der Sergeant in einem Ton, aus dem sie kein Bedauern heraushörte, sondern die Haltung, dass er es nicht für sonderlich wichtig hielt. »Die stammen von meinen Leuten, die hier durchmarschiert sind.«

Belehr sie nicht. Du bist auf ihre Hilfe angewiesen.

Sie füllten die stillen Räume, während sie durchs Haus gingen, indem sie einige neue Fragen stellten (»Irgendjemand, der einen Groll gegen Sie hegen könnte? Ist diese Tür immer verriegelt?«), aber vor allem wiederholten sie dieselben Fragen, die der Sergeant ihr im Krankenhaus gestellt hatte (»Gibt es verschreibungspflichtige Medikamente im Haus? Warum sind Sie nicht diesen, jenen oder den anderen Weg gegangen? Warum haben Sie dieses, jenes oder das andere nicht getan?«). Ihr pochendes Gehirn, das sich nach Schmerzmitteln sehnte, die sie sich verweigerte, um klar zu bleiben und die Kinder abholen zu können, sagte ihr, dass die Beamten dumm und vergesslich waren. Warum sonst fragten sie immer wieder auf andere Weise nach denselben Dingen.

Der Staub auf dem Dachboden, von dem sie überzeugt gewesen war, dass er Fußabdrücke und andere hilfreiche Beweise bereithalten würde, war ebenfalls stark verkratzt.

»Das waren wohl auch unsere Jungs.« Der Sergeant zuckte mit den Schultern. »Die Suche nach den Kindern hatte Priorität. Wir wollten sicherstellen, dass es ihnen gut geht. Und dass kein Einbrecher im Haus ist.«

Sie wagte es nicht, sie der Inkompetenz zu bezichtigen.

Du hast ihnen genau beschrieben, wo die Kinder sind.

Sie machten weiter. »Sehen Sie etwas? Fallen Ihnen irgendwelche Veränderungen auf? Fehlt etwas? Gibt es etwas, das vorher nicht da war?«

»Nein«, sagte sie wieder und wieder, »nein, nichts, nein«.

Auf der Treppe wäre sie am liebsten hinter den Beamten gegangen. Immer wenn sie vor einem Mann eine Treppe hinaufstieg, fühlte sie sich ausgeliefert und verletzlich. Aber sie wollte einen uneingeschränkten ersten Blick auf die Dinge haben, also musste sie in Kauf nehmen, dass sich ihre Beine auf gleicher Höhe mit ihren Augen befanden, während sie die Stufen erklommen. Ein Loch klaffte in ihrem Magen, als sie sich daran erinnerte, dass die beiden Polizisten das alles schon einmal gesehen hatten, dass sie durch ihre Kleidung hindurch in ihre Erinnerungen schauen konnten.

Im Obergeschoss krochen heimlich kleine Dinge hervor, die ihr kaum auffielen. Die Veränderungen waren so winzig, dass sie sie fast übersehen hätte. Jedes Mal, wenn sie auf Schäden am Teppich oder auf dem Holzboden hinwies, sagten sie: »Das waren wir, das waren unsere Leute.« Der ungerührte Tonfall, ihre Weigerung, die

Zerstörung anzuerkennen, ließ Feuer in ihrer Kehle auflodern. Sie presste die Lippen fest aufeinander, um ihre Wut zu unterdrücken.

Die erste Veränderung fiel ihr im Bad der Kinder auf. »Der Toilettensitz ist hochgeklappt«, sagte sie zu den Beamten.

»Und?«

»Und? Hier leben keine Männer.«

»Nun, da wäre Ihr kleiner Junge.« Der Sergeant klang besorgt, als hätte sie die Existenz ihres Sohnes vergessen.

»Er setzt sich hin, sonst macht er eine Sauerei. Weil er noch so klein ist.«

»Ich habe einen kleinen Sohn, Ma'am. Vor langer Zeit war ich selbst ein kleiner Junge. Und ich kann Ihnen versichern, dass sich kein kleiner Junge der Welt jedes Mal hinsetzt, egal, was seine Mutter sagt.«

Der Sergeant und der Officer nickten einander zu, und ihre Augen verrieten das wissende Lächeln, das sich unter ihren Masken verbarg.

»Nun, mein Sohn setzt sich hin.«

»Mmm«, brummte der Sergeant. »Ich werde es mir notieren.« Aber stattdessen starrte er sie an, ohne etwas aufzuschreiben, als wollte er sie herausfordern, ihn darauf anzusprechen.

Sie atmete durch die Nase und zählte langsam von zehn zurück.

Im Zimmer ihrer Tochter gab es die auffälligsten Veränderungen. Das Sparschwein stand auf dem Boden statt wie üblich auf der Kommode. Und es fehlten Sachen.

Während sie die fehlenden Gegenstände notierten, tauschten die Polizisten Blicke, als wollten sie sagen: »Sieht mir nach gar nichts aus, mit Sicherheit wurden die Dinge nur verlegt, aber ich schreibe es auf, weil sie uns beobachtet.«

Ein T-Shirt aus dem YMCA-Camp, rot. Teddybär, fünfzehn Zentimeter groß, rote Schleife um den Hals. Unterwäsche mit dem Wochentag-Aufdruck »Montag« und »Donnerstag«. Eine Ballettstrumpfhose. Die kleine Blechdose in Form eines Rennwagens, rot, ungefähr fünfzehn mal zehn mal fünf Zentimeter groß, Inhalt: verschiedene Murmeln, Haarspangen, Kieselsteine.

Sie stützte sich an der Kommode ab. Der üble Geschmack von beißender Galle kroch durch ihre Kehle in ihren Mund, als sie überlegte, warum er ausgerechnet diese Sachen ausgesucht hatte, rief sich den weichen Stoff der Strumpfhosen in Erinnerung, den gepunkteten Baumwollstoff mit dem kursiven Schriftzug »Montag« und »Donnerstag« darauf, sah ihn schlaff in den riesigen Händen des Schattens.

»Wir werden uns die Liste der Dinge ansehen, die Ihre Tochter eingepackt hat. Vielleicht hat sie diese Sachen zu ihrem Großvater mitgenommen. Oder sie sind in der Wäsche.«

Sie versuchte, das Bild von dem Schatten zu verdrängen, wie er mit flachem Daumen über den Stoff rieb, über die Blechdose, die das kleine Mädchen mit ihren kostbarsten Besitztümern gefüllt hatte.

Sie schluckte ihre Übelkeit hinunter. »Sie verstehen das nicht. Meine Tochter liebt diese Dose. Sie wissen doch, dass Kinder ständig irgendwelche kleinen Dinge sammeln? Radiergummis, besondere Steine? Sie nimmt sie nie irgendwohin mit. Sie gehört hierher.«

»Gut. Wir werden nachsehen.«

Das Kabel des Ladegeräts, das sich über den Nachttisch ihres Schlafzimmers schlängelte, erinnerte sie daran, sich zu erkundigen, wann sie ihr Handy wiederbekommen würde.

»Heute. Sobald wir hier fertig sind«, sagte der Sergeant, als wäre sie ein Teenager, der sich seine Belohnung erst verdienen musste.

»Wo haben Sie es gefunden?«

»Auf dem Tisch da drüben.«

»Aber da gehört es nicht hin. Das ist ... das war die Bettseite von meinem Mann. Das ist sein Ladegerät.«

»Sind Sie sicher? Sind Sie sicher, dass Sie es nicht zufällig dort eingesteckt haben?«

Sie war sich sicher. Sicher, sicher, sicher.

»Oh!«, rief sie aus, als sie den kleinen Bildschirm auf dem Nachttisch bemerkte. »Das Babyfon! Meine Tochter schlafwandelt, wissen Sie, wir wollen gewarnt werden, wenn sie aus dem Bett aufsteht, damit ich sie abfangen kann. Ich bin nicht sicher, ob es die Aufnahmen speichert, aber es lohnt sich ...«

»Es war abgeschaltet«, unterbrach sie der Sergeant.

»Aber ich habe es nie ausgeschaltet.«

»Es war aus. Der kleine Schalter war auf ›Aus‹ gestellt.« Der Sergeant ahmte das Umlegen eines Schalters nach.

Dann erinnerte sie sich daran, dass sie es schon einmal abgeschaltet vorgefunden hatte, nachdem ihr Mann gestorben war. Daran, dass ihre Tochter beteuert hatte, es nicht gewesen zu sein. An ihre Überlegung, ob es eventuell ihr Mann getan hatte, bevor er die Treppe hinuntergestürzt war.

»Ich ... Ich habe es immer wieder überprüft. Der Mann muss es ausgeschaltet haben. Obwohl ... vielleicht war es auch meine Tochter?«

»Hm.« Der Sergeant kritzelte etwas in sein Notizbuch.

Vor dem Schrank ihres Mannes schauten sie ihr über die Schulter, während sie mit der Kombination des Safes kämpfte. Schließlich nahm ihr der Officer das Blatt Papier mit den Anweisungen und der Kombination aus der Hand und öffnete ihn in Sekundenschnelle, während sie, verlegen über ihr Unvermögen, nervös von einem Bein aufs andere trat.

Es fehlte nichts. Die Waffe ruhte in ihrem Nylonholster neben dem Ehering ihres Mannes und den drei Goldadler-Münzen, die ihr Vater ihr bei ihrem letzten Besuch in Utah mitgegeben hatte: »Für den Fall, dass alles den Bach runtergeht.«

Sie hatte das Geschenk angenommen, um nicht mit ihm diskutieren zu müssen, aber inzwischen musste sie sich eingestehen, dass ihr Vater zwar paranoid war, aber vielleicht doch recht hatte. Das Leben, die Gesellschaft selbst fühlte sich unsicherer an, als sie es noch vor einem Jahr für möglich gehalten hätte.

Der Sergeant nahm die Waffe aus dem Holster. »Glock Gen4«, stellte er fest und vergewisserte sich, dass das Magazin leer war. Die matte Schwärze des Dings, die metallischen Geräusche des gleitenden und klickenden Magazins im Gehäuse machten sie noch nervöser.

»Die kann man in den Staaten nicht kaufen«, sagte der Sergeant.

»Oh. Die hatte mein Mann schon immer. Schon bevor wir hergezogen sind. Es war ein Hobby, er ...«

»Die Munition wird getrennt aufbewahrt?«, unterbrach sie der Sergeant.

»Ja, da oben.« Sie zeigte zum obersten Regalfach im Schrank.

Der Sergeant holte die Schachtel herunter, inspizierte sie und stellte sie wieder an ihren Platz zurück.

»Die Schachtel ist voll.« Er schob die Waffe wieder ins Holster. »Besitzen Sie eine Lizenz?«

»Nein, die Waffe ist auf meinen Mann zugelassen.«

Der Sergeant nickte, ohne überrascht zu wirken. »Haben Sie das Onlineformular ausgefüllt? Wenn man eine Schusswaffe erbt, muss man die Behörden benachrichtigen.«

»Das war mir nicht klar. Ich mache mir nichts aus Waffen«, sagte sie.

Er warf ihr einen Blick zu, der ihr das Gefühl gab, sich rechtfertigen zu müssen.

»Es ist nur ... Mit Kindern im Haus ist es statistisch gesehen weniger sicher ...«

Der Sergeant winkte ab. »Schon gut. Geben Sie sie einfach ab, wenn Ihnen das lieber ist. Aber der Staat bietet Kurse an. Und dieses Modell ist recht einfach zu handhaben. Es ist nicht billig. Die Entscheidung liegt also ganz bei Ihnen.«

Sosehr der Anblick der Pistole sie erschaudern ließ – wie oft hatte ihr Mann gesagt: »Es ist nur ein Werkzeug. Jedes Werkzeug kann gefährlich sein, wenn man es nicht richtig verwendet«, und wie oft hatte sie ihm angewidert geantwortet: »Der Zweck der meisten Werkzeuge besteht aber nicht darin, jemanden zu töten« –, so genau erinnerte sie sich jetzt daran, wie sehnlichst sie sich in ihrem Versteck irgendeine Waffe gewünscht hatte.

Innerlich schüttelte sie den Kopf.

Als ob dir die Pistole irgendwas gebracht hätte. Als ob du plötzlich auf magische Weise zur Scharfschützin geworden wärst, wenn du es in jener Nacht geschafft hättest, an sie ranzukommen.

»Du triffst nicht einmal die Breitseite einer Scheune«, murmelte sie die Worte ihrer Großmutter vor sich hin. Und sie erinnerte sich daran, wie die alte Frau ihren Vater beobachtet hatte, der ihr als Kind von elf Jahren das Schießen beibringen wollte. Wie fast alle Menschen, mit denen sie in Utah aufgewachsen war, besaß ihr Vater nicht nur ein Gewehr, sondern mehrere.

Sie kaute auf ihrer Lippe und musste daran denken, wie ihr Vater einmal mit dem Gewehr auf sie gezielt hatte, weil er sie für einen nächtlichen Eindringling hielt; dabei war sie nur auf dem Weg zur Toilette gewesen. Seitdem hatte sie sich geweigert, auch nur in die Nähe einer Waffe zu kommen, und es hatte sie geärgert, dass sie ihren Mann nicht dazu überreden konnte, seine Pistole abzugeben.

Vielleicht behältst du sie, bis sie den Schatten geschnappt haben. An einem sicheren Ort. Es ist eine Maschine. Du kannst mit Maschinen umgehen.

»Ich ... werde sie vorerst behalten.«

Der Sergeant nickte knapp und schloss die Waffe wieder in den Safe ein.

Sie gingen nach unten.

Im Spielzimmer lagen die Legobauten ihrer Tochter in Einzelteilen auf dem Boden verstreut.

Die Beamten musterten das Chaos und fragten: »Sind Sie sicher, dass der Einbrecher die Sachen kaputt gemacht hat? Woher wollen Sie das wissen?«

»Wir haben ihn in der Nacht gehört. Er ... hat sie zerschlagen. Gegen die Wand geworfen.«

»Hm«, machte der Sergeant.

An der Tür zum Büro ihres Mannes hielt sie inne. Sie spähte in die Ecken und merkte, wie sich ihr Kiefer verkrampfte und sie die Zähne fest zusammenbiss. Das Büro wirkte durch die Nachmittagssonne, die durch die Fenster fiel, so hell und einladend, wie es an diesem schummrigsten Ort im Haus nur selten vorkam. Die Klappe zu dem Versteck stand offen, das Innere war selbst im Tageslicht tiefschwarz. Der schale Geruch nach Galle lenkte ihren Blick zu der Lache ihres eigenen Erbrochenen. Sie war getrocknet, hatte sich dunkel gefärbt. Niemand hatte sie aufgewischt. Was ihr grausam und rücksichtslos erschien, obwohl sie wusste, dass Aufräumen und Putzen logischerweise nicht in den Aufgabenbereich der Beamten fiel – und es auch nicht sollte.

»Warum haben Sie nicht versucht, online einen Notruf abzugeben?«, fragte der Officer und hob sein Kinn in Richtung des Computers.

Sie erläuterte, ihr Mann habe das Internet ausgeschaltet, um sich besser auf die Arbeit konzentrieren zu können. Als die beiden Beamten nickten, wurde ihr klar, dass sie es bereits wussten, und sie fragte sich, warum sie sie auf diese Weise testen wollten.

»Ich wette, Sie kennen eine Menge gruseliger Geschichten über dieses Haus«, sagte der Officer.

»Sie glaubt nicht an Geister«, erklärte der Sergeant. »Sie glaubt nicht an das *Übernatürliche*.«

Sie zuckte zusammen. Ihre unbedachte Bemerkung über Religion hatte sich offensichtlich tief in sein Gedächtnis eingegraben. *Er möchte, dass du dich dafür entschuldigst, dass du gesagt hast, Religion und Aberglaube seien im Grunde das Gleiche. Er möchte, dass du dich noch einmal entschuldigst. Tut mir leid, tut mir leid, tut mir leid ist alles, was du ständig sagst. Wag es nicht, dich noch einmal zu entschuldigen.*

»Die reale Welt ist für mich schon ohne Geister beängstigend genug«, sagte sie so ruhig sie konnte.

KAPITEL 29

»Ist das ... Haben wir jetzt alle Räume durch? Sind wir fertig?«

»Sie müssen sich noch draußen umsehen«, sagte der Sergeant.

Das schien ihr in jeglicher Hinsicht unmöglich. Körperlich hatte sie versucht, den Schmerz, die Trägheit ihres Blutes zu ignorieren. Mental hatte sie versucht, das Gefühl zu verdrängen, dass diese Polizisten ihr seit Tagen Hunderte Male dieselben Fragen gestellt hatten, dass sie nie wieder gehen, dass sie sie für immer am Hals haben würde.

Aber das Licht draußen wurde gerade erst schwächer. Seit sie das Krankenhaus verlassen hatte, war noch nicht besonders viel Zeit vergangen. Nicht viel Zeit, in der sie durchs Haus gegangen, Fragen beantwortet, in ihre leeren Augen geschaut hatte.

»Es ist nur ... Ich bin müde. Können wir das ein anderes Mal machen?«

»Wie wäre es mit einer kleinen Pause? Danach sehen wir weiter, wie Sie sich fühlen.«

Es war seltsam, im eigenen Haus dazu gedrängt zu werden, sich auf die Couch zu setzen.

»Brauchen Sie ein Glas Wasser oder etwas anderes?«, fragte der Sergeant, als ob es sein Zuhause wäre, sein Glas, sein Wasser.

»Können Sie meine Kinder anrufen? Wenn Sie ihn anrufen, geht er dran.«

»Ähm ...«

»Bitte.«

»Ja, in Ordnung.«

Der Sergeant wählte und hielt ihr sein Handy hin. Ihr Schwiegervater nahm sofort ab. »Sergeant. Vielen Dank für Ihren Rückruf. Diese verrückte Frau hat eine Nachricht hinterlassen, dass sie heute die Kinder abholt. Nur über meine Leiche wird diese verrückte Schlampe ...«

»Ich bin's.« Ihre Stimme klang dünn und erschöpft, obwohl sie eigentlich stark und abfällig klingen wollte, um ihn in Verlegenheit zu bringen.

Ihr Schwiegervater stammelte etwas Unverständliches, dann sagte er: »Was kümmert mich das? Du kommst auf keinen Fall hierher. Du redest ihnen ein, dass ein gottverdammter Dämon in deinem Haus ist und sie verbrennen und auffressen will? Jesus Christus, kein Wunder, dass sie nicht glauben, dass du ...«

»Sir?«, unterbrach der Sergeant mit einer Stimme, deren Eindringlichkeit sie nicht einordnen konnte. »Sir? Das reicht jetzt, ich habe viel mit ihr zu besprechen, in Ordnung? Also holen Sie die Kinder ans Telefon.«

»Bei allem Respekt, Sergeant: Nein«, schnauzte ihr Schwiegervater ihn an und legte auf.

»Er kann wirklich ein Arschloch sein, was?«, sagte der Sergeant bestimmt.

Ihre Hand in deiner, diese kleine Hand. Sie ist nach wie vor so klein. Seine stämmigen Beine, der Babypopo. Seine Wangen, das Grübchen. Ihre knochigen Knie, ihre dunklen, leuchtenden Augen. Die leichten Sommersprossen ihres Vaters, seine breite Stirn.

Sie seufzte. »Stimmt. Nun ja, je eher wir das hier erledigen, desto eher kann ich sie sehen, also bringen wir es hinter uns?«

Der Officer konnte ihr nicht in die Augen sehen. Der Sergeant hustete verlegen.

»Mmm-hmm, richtig. Dann lassen Sie uns rausgehen. Geben Sie uns Bescheid, wenn es Ihnen zu viel wird.«

Der Tonfall des Sergeants verriet ihr, dass es diese Option nicht wirklich gab.

Sie kämpfte sich wieder in ihre Stiefel, tastete mit der verbundenen Hand nach dem Reißverschluss ihrer Jacke. Als der Sergeant die Hand ausstreckte, um ihr zu helfen, wich sie zurück.

»Es geht schon«, sagte sie, wandte sich von ihm ab und zog den Reißverschluss zu.

»Wir folgen einer Spur, die wir durch den Schnee gezogen haben, okay?«

»Ja, natürlich.«

»Sie haben das Haus also durch diese Tür verlassen?«, fragte der Sergeant und deutete auf die zweiflügelige Eingangstür.

»Ja.«

»Das da.« Er deutete auf den Boden. »Sind das Ihre Fußabdrücke?«

Sie schaute auf die weichen Vertiefungen hinunter. Es musste in der Zwischenzeit geschneit haben oder zumindest Schnee verweht worden sein, denn sie waren kleiner als ihre Füße.

»Ich denke schon.«

Sie folgten ihren Fußspuren an der Seite des Hauses entlang, vorbei an den Wohnzimmerfenstern, der Küche, um die Ecke zur Garage, über die Wiese zum Friedhof. Sie baten sie, ihre Flucht noch einmal zu beschreiben, und sie deutete auf das Fenster, durch das sie gesehen hatte, wie der Schatten die Treppe herunterkam, und auf den Pfad, den sie genommen hatte.

Sie fühlte sich so verwundbar in ihrem Inneren, verletzt an Stellen, die normalerweise im Verborgenen lagen. Als sie stolperte, reichte ihr der junge Polizist seinen Arm. Sie wollte seine Hände nicht in ihrer Nähe haben, sagte, danke, sie brauche keine Hilfe.

»Sie haben ausgesagt, irgendwo hier gestürzt zu sein?«

Sie standen auf dem Friedhof.

»Ja, dabei habe ich mir die Hand aufgeritzt. Ich denke, da? Das ist wahrscheinlich mein Blut, dieser dunkle Fleck an der Vorderseite des Grabsteins? Wo ich mich festgehalten habe.«

»Sie erinnern sich nicht mehr genau?«
»Es war dunkel, und ich bin gerannt.«
Der Sergeant zeigte auf das Haus. »Dann ist es also korrekt, wenn ich feststelle, dass Sie hier gestanden haben, als Sie in dem Fenster dort oben jemanden gesehen haben, der rausgeschaut hat?«
»Ja. Das ist mein Schlafzimmerfenster.«
»Es sieht auch jetzt so aus, als würde dort jemand stehen, oder?«
Die einstudierte Nachdenklichkeit im Tonfall des Sergeants störte sie.
Blinzelnd hob sie den Blick zu dem Fenster im schwindenden Nachmittagslicht. »Wirklich? Ich kann mit meinem verletzten Auge nicht besonders gut sehen.«
»Ja«, stimmte der junge Polizist zu, auf eine Weise, die ihr ebenfalls einstudiert vorkam.
»Das Muster auf dem Vorhang, das von innen beleuchtet wird. Das sieht aus wie ein Mensch.«
»Ich bin mir ziemlich sicher, dass der Vorhang gar nicht geschlossen war, nicht in der Nacht. Also … etwas für Ihre Liste mit Dingen, die verändert wurden?«
»Sie sind sich ›ziemlich sicher‹?«
»Ich bin mir sicher.«
Sie drehten sich um und schauten den Pfad hinunter. Wie üblich lag dort weniger Schnee. Sie fröstelte, spürte, wie der Wind den Weg hinunterwehte, wandte den Kopf ab, damit er sie nicht frontal ins Gesicht traf.
»Das sind also Ihre Fußabdrücke«, sagte der Sergeant. »Und auf der anderen Seite des Weges sind später meine Leute gegangen, um Ihre Spuren nicht zu verwischen. Kommt Ihnen irgendetwas seltsam, ungewöhnlich vor?«
Kaum wahrnehmbar erkannte sie ihre Fußabdrücke im Schnee. Parallel dazu verliefen weitere windverwehte Fußspuren, von denen der Sergeant gesagt hatte, dass sie von seinen Leuten stammten.

Rund um die menschlichen Spuren war der Schnee von den kleinen, markanten der Rehe durchlöchert.

»Es schien … Der Weg kam mir viel länger vor.«

»Wenn man nur Hausschuhe trägt.«

»Er ist mir also nicht gefolgt? Ich hab nicht wirklich geglaubt, dass er es getan hat, war mir aber nicht ganz sicher. Oder könnte er in meine Fußstapfen getreten sein?«

Sie sah die Polizisten fragend an. Verschränkte Arme, versteinerte Gesichter. Sie drehte sich um, ließ den Blick über die glatte Schneedecke schweifen, lediglich unterbrochen von der geräumten Einfahrt und der von der Polizei geebneten Spur, der sie folgten.

»Ich verstehe das nicht«, sagte sie. »Wo sind seine Fußabdrücke? Gab es Reifenspuren von seinem Auto?«

Die Polizisten antworteten wieder nicht, rührten sich nicht.

»Hat er woanders geparkt?«

Die Stimme ihres Sohnes hallte in ihrem Kopf wider. *Die Polizei sagt, er hat nicht einmal Füße.*

»Das ist eine gute Frage«, sagte der Sergeant. »Es gab keine Reifenspuren. Keine anderen Fußabdrücke als Ihre.«

»Wie ist das möglich?«

»Wir hatten gehofft, Sie könnten es uns erklären.«

»Ich?«

»Ja. Vielleicht gibt es einen geheimen Eingang zum Haus, so wie diesen versteckten Raum unter der Treppe.«

In ihrem Schädel löste sich etwas. Sie widerstand dem Drang, einen Finger in ihren Gehörgang zu stecken, um zu versuchen, es herauszuziehen. *Er ist ein Hirngespenst*, sagte die Stimme ihres Sohnes.

»Nein, es gibt keinen Geheimeingang oder Ähnliches«, antwortete sie.

»Wie hat es dieser Mann dann geschafft, hierher und in Ihr Haus zu kommen, ohne Spuren zu hinterlassen? Ohne Wagen?«

»Ich weiß es nicht … Vielleicht …« Sie sah die zerkratzten, schmutzigen Bodendielen in ihrem Haus vor sich. Die Spuren im Staub auf dem Dachboden.

»Vielleicht sind Ihre Beamten über seine Reifenspuren gefahren? Durch seine Fußabdrücke gelaufen?«

Der Sergeant schüttelte den Kopf, der Ausdruck in seinen Augen war hart, zwei blaue Murmeln. »Nein.«

»Wie können Sie so sicher sein?«

»Meine Leute haben Fotos gemacht, als sie hier ankamen. Schneebedeckte Einfahrt, keine Reifenspuren. Keine Fußabdrücke bei der ersten Geländebegehung.«

»Er könnte hier langgelaufen sein. Woanders geparkt haben. Und seine Spuren sind anschließend zugeschneit.«

»Ihre Spuren sind aber immer noch da. Wir haben in der Nacht nachgesehen; es waren keine größeren Fußabdrücke zu sehen. Wir haben die Gegend um Ihr Grundstück herum überprüft. Außer Ihren Spuren war der Schnee unberührt.«

Erstickende Panik stieg aus ihrem Bauch auf.

»Vielleicht ist er … Könnte er schon früher eingebrochen sein? Hat er vielleicht im Haus auf uns gewartet? Sich versteckt?«

»Das wäre möglich. Aber es lag schon vor dem Sturm Schnee. Es hätte also trotzdem irgendwelche Hinweise geben müssen, wenigstens ein paar Spuren. Ist Ihnen etwas aufgefallen? Haben Sie an dem Tag irgendwelche Spuren bemerkt?«

Sie versuchte, sich zu konzentrieren. Morgens hatte sie die Kinder zum Onlineunterricht angemeldet. Um halb eins hatte sie wie üblich das Haus verlassen, um die Kinder zum Präsenzunterricht mit Anwesenheitspflicht in die Schule zu bringen. Lebensmittel bestellt. Die Kinder von der Schule abgeholt, die Lebensmittel abgeholt. Hatte ihnen beim Essen zugesehen, da es ihr selbst noch immer an Appetit fehlte.

»Ich erinnere mich an keine Fußabdrücke. Aber sie wären mir bestimmt nicht weiter aufgefallen. Es kommen ständig Leute vorbei, wissen Sie. Um Pakete zu liefern, oder einfach nur, weil sie eigentlich ein anderes Haus suchen und vor der Tür wieder umdrehen.«

»Sie haben also nichts gesehen?«

»Nein, aber … wie ich schon sagte, es wäre mir vielleicht nicht aufgefallen.«

»Mmm-hmm.«

»Könnte er sich im Haus versteckt haben? Danach? Darauf gewartet haben, dass Ihre Leute wieder verschwinden?«

Damit handelte sie sich einen strengen Blick des Sergeants ein.

»Gibt es da drin noch mehr geheime Räume?«

»Nein.«

»Dann war niemand im Haus, als wir gekommen sind. Wir haben das ganze Haus durchsucht. Gründlich.«

»Ja. Natürlich.«

Sie gab sich alle Mühe, eine Verbindung herzustellen, eine Erklärung zu finden, aber es gelang ihr nicht. Ihre Gedanken blitzten auf und verblassten, elektrische Drähte berührten sich kurz und stoben wieder auseinander, während sie versuchte zu begreifen, wie es möglich sein könnte.

Keine Fußabdrücke. Keine Reifenspuren. Keinerlei Hinweis, außer dem Geruch nach Zigarettenrauch. Dem hochgeklappten Toilettensitz. Den fehlenden Sachen deiner Tochter. Einem zugezogenen Vorhang. Einem platten Reifen. Vielleicht.

»Gut«, sagte der Sergeant. »Wie wäre es, wenn wir wieder reingehen? Es gibt noch ein paar Fragen, von denen wir hoffen, dass Sie uns damit weiterhelfen können. Das müssen wir nicht hier draußen in der Kälte besprechen.«

Sie schaute sich um, während sie langsam zurück zum Haus ging. Es war alles so unmöglich, die glatte Schneedecke. Ihre glitzernde plane Oberfläche war wie ein Verrat, eine weitere unerklärliche Sache. Wie der kaum beschneite Pfad. Das Babyfon, abgeschaltet, nutzlos. Ihr Handy, das wieder neben ihrem Bett lag.

Der Glanz der Welt hatte etwas Unstimmiges an sich, der in ihr die Angst schürte, dass ihr Verstand unwiederbringlich beschädigt war.

KAPITEL 30

Sie versuchte, den Schmerz aus ihrem Haaransatz zu massieren, aber das führte nur dazu, dass der Spalt in ihrem Kopf ächzte und Knochen auf Knochen rieb wie Gestein auf einer geologischen Bruchlinie.

Der Sergeant saß mit etwas Abstand zu ihr auf der Couch, der junge Polizist in einem Sessel am Kamin.

»Gibt es außer dem Mann aus dem Sandwichladen noch jemanden, von dem Sie glauben, dass er es auf Sie abgesehen haben könnte? Zum Beispiel jemand, dessen Rechnung Sie nicht bezahlt haben oder den Sie haben abblitzen lassen? Jemand, der meint, Sie schulden ihm Geld?«

»Nein«, sagte sie wieder und wieder. »Nichts dergleichen.«

Sie beantwortete weitere Fragen, endlose Fragen, schaute traurig nach draußen und stellte fest, dass es inzwischen dunkel geworden war.

Wenn das hier so weitergeht, schlafen die Kinder schon, wenn du bei deinem Schwiegervater ankommst.

Mit Schaudern fiel ihr ein, dass sie die Kinder mit einem platten Reifen gar nicht abholen konnte.

Warum ist dir das nicht früher eingefallen? Nicht sofort? Was ist los mit dir?

Mitten in den Satz des Sergeants platzte sie hinein: »Können Sie den Reifen wechseln? Ich brauche das Auto, um die Kinder abzuholen. Könnten Sie mir helfen? Ich weiß nicht, ob ich das alleine schaffe.«

Der Sergeant brummte etwas und sagte: »Ma'am, wie wäre es, wenn wir uns konzentrieren? Wenn wir hier fertig sind, können wir alles andere besprechen.«

Die Art, wie er sie abkanzelte, versetzte ihr einen Stich. Der Sergeant schien ihre Kinder nur als eine Ablenkung, ein unbedeutendes Detail zu betrachten. Ihr Herz zog sich zusammen bei der Erkenntnis, dass sie die beiden heute Abend nicht wiedersehen würde. Selbst mit dem Ersatzreifen würde sie es nicht bis zum Haus ihres Schwiegervaters schaffen – für eine solche Entfernung war er viel zu alt.

»Es tut mir leid, Sie das fragen zu müssen, aber hatten Sie vielleicht irgendwann eine schlimme Trennung, eine Affäre? Oder Ihr Mann? Manche Leute haben danach das Gefühl, dass ihnen etwas zusteht«, sagte der Sergeant.

Bei dieser Vorstellung wurde ihre Bestürzung darüber, die Kinder nicht wiedersehen zu können, von Empörung verdrängt.

»Nein! Keine Affäre. Nein«, spuckte sie aus.

»All die langen Tage, an denen er geflogen ist? Keine Auffälligkeiten?«, mischte sich der junge Officer ein.

Es klang, als wäre eine Affäre unvermeidlich und offensichtlich. *Bist du dir sicher? Hättest du was gemerkt? Wie kann man sich jemals sicher sein? Du wusstest nicht mal, dass er Kontakt zu seinem Vater hat.*

»Möchten Sie mir damit etwas sagen? Haben Sie jemanden ausfindig gemacht?«

»Nein«, sagte der Sergeant und blickte sie auf seine schwer zu deutende Art an. »Es wäre nur verständlich, wenn Sie einen Verdacht hegen, das ist alles. Die meisten verheirateten Menschen haben irgendwann mal einen Verdacht, oder?«

»Mag sein, ich hatte nie einen.«

Der Sergeant musterte sie, als wäre sie vollkommen naiv, und sie ertappte sich dabei, wie sie ihr Gesicht, den größten Fleck darin, mit der Handfläche bedeckte. Spürte, wie ihre weiße Haut vor Unsicherheit aufflammte bei der Andeutung, dass ihr Mann natürlich eine Affäre gehabt haben könnte, so wie sie aussah.

»Mmm«, machte der Sergeant. »Ich habe ein paar Dinge mitgebracht, die ich Ihnen zeigen möchte.« Er öffnete eine Reisetasche und legte zwei Gegenstände neben sie auf die Couch. Sie waren in großen durchsichtigen Plastiktüten verpackt.

»Sind das die Schuhe, die der Einbrecher getragen hat? Und das T-Shirt?«

In einer Tüte befand sich ein Paar saubere weiße Reeboks, Schuhgröße 42. Sie hatten einen schwarzen Streifen und braune Gummisohlen. In der anderen Tüte steckte ein gefaltetes schwarzes T-Shirt mit einem strassbesetzten, schwarzäugigen Totenkopf auf der Vorderseite.

»Das sind die Sachen meines Mannes.« Sie legte die Plastiktüten neben sich und deutete darauf. »Das T-Shirt hat er in einem Museum gekauft. Sehen Sie die Schrift? Bei dem Shirt, das der Mann mit dem Totenkopf anhatte, war der Aufdruck auf der Rückseite, nicht auf der Vorderseite. Der Schädel hatte schütteres Haar und gelbe Augen. Und die Turnschuhe sind auch von meinem Mann. Auf denen von dem Eindringling war kein schwarzer Streifen. Sie waren abgetragen, rissig. Weiß, aber vergilbt. Außerdem waren es High Tops. Hab ich das schon erwähnt? Und … größer. Er musste die Treppe seitwärts runterlaufen, so groß waren seine Füße.«

Der Sergeant nickte knapp, dann packte er die Tüten wieder zurück in die Tasche.

»Ich bin mir nicht sicher, ob Sie es bei unserem kleinen Spaziergang durchs Haus bemerkt haben«, sagte er, »aber es gibt keinerlei Anzeichen für ein gewaltsames Eindringen. Kein zerbrochenes Fenster, keine eingetretenen Türen, keine manipulierten Schlösser.«

»Oh, ich … richtig.« Ihr Verstand stolperte durch ihren Rundgang von eben, versuchte, sich an den Zustand der Fenster und Türen zu erinnern.

Was ist mit dir los? Wie kannst du nur so neben dir stehen, dass dir das nicht aufgefallen ist?

»Auf welche Weise könnte hier jemand reingekommen sein?«, fragte der Sergeant.

Der Schmerz pochte jetzt hinter ihren Backenzähnen. Sie öffnete den Mund weit und schloss ihn dann wieder.

»Ich weiß es nicht. Ich hatte alle Türen abgeschlossen. Und die Fenster auch. Wie ist die Polizei in der Nacht reingekommen?«

»Die Tür war nicht verschlossen«, sagte der Sergeant kühl.

Sie spürte förmlich, wie ihr Gehirn angesichts dieser neuen Information ins Schwirren geriet und versuchte, sie zu begreifen.

Unmöglich.

»Moment, was? Welche Tür?«

»Die Eingangstür. Vielleicht hatten Sie vergessen, sie abzuschließen.«

Manchmal schreckte sie aus dem Schlaf hoch und dachte an offene Türen. Sie konnte nicht einschlafen, bis sie in der Dunkelheit auf leisen Sohlen nach unten geschlichen war, damit sie sich nicht wieder von ihm anhören musste: »Du bist paranoid! Wen kümmert es schon, ob die Tür unverschlossen ist?« Der Grund, weshalb sie nachsehen, sich vergewissern musste, war, dass sie sich nie entsinnen konnte, ob sie abgeschlossen hatte. Es war ein solcher Automatismus, dass sie sich dessen nicht bewusst war.

»Ausgeschlossen«, sagte sie. »Ich schließe immer alle Türen ab.«

»Haben Sie sie in jener Nacht abgeschlossen?«

Nein, dachte sie.

»Ja«, log sie. »Aber vielleicht hat er den versteckten Schlüssel gefunden?«

»Dieses Stein-Ding?«

»Ja.«

Der Sergeant schüttelte den Kopf. »Nein. Wir haben es im Schnee gefunden, an der Stelle, die Sie uns beschrieben haben. Unberührt. Der Schlüssel steckte noch drin.«

»Es ist nur … Das wird sich jetzt …«, *verrückt anhören,* »seltsam anhören. Aber nach diesem Artikel, der nach dem Tod meines Mannes über seine Kunst erschienen ist, hatte ich das Gefühl, jemand beobachtet uns.«

»Inwiefern?« Der Sergeant und der junge Officer tauschten einen flüchtigen Blick.

Es hat sich angefühlt, als ob mein Mann noch hier wäre und über uns wacht. Als ob er versucht hat, nach Hause zu kommen.

»Ähm … Ich glaube, ich habe schon mal erwähnt, dass die Kinder dachten, sie hätten jemanden gesehen. Einen Mann. Ich habe angenommen, dass sie nur hoffen, es sei ihr Vater, aber vielleicht auch nicht? Ein paar Sachen der Kinder – eine Mütze, ein Stofftier – waren plötzlich verschwunden. Und ich dachte, ich hätte draußen jemanden gesehen. Genau wie meine Tochter. Jemand hatte am Karabinerhaken rumgeschraubt, mit dem die Schaukel befestigt ist. Und …«

Sie zögerte. Dachte an das Babyfon, das auf »Aus« gestellt gewesen war. An das seltsame Röhren der Rehe. Das Gefühl, dass der gelbliche Blick des Pumas auf ihr lag.

Wie paranoid, wie gespenstisch willst du klingen?

»Und einmal lag der Stein mit dem Schlüssel woanders. Drüben beim Holzstapel statt in der Nähe der Tür. Wäre es nicht möglich, dass er einen Schlüssel nachgemacht hat?«

Der Sergeant verschränkte die Finger. »Und Sie haben nichts davon gemeldet.«

»Nein. Ich meine, was hätte ich denn melden sollen? Dass ich die Mütze meiner Tochter nicht finden kann?«

»Das wäre gar nicht so ungewöhnlich«, sagte der junge Beamte, »dass jemand vor einem Einbruch das Haus beobachtet.«

»Es ist auch nicht ungewöhnlich, dass Kinder Dinge verlieren.« Der Sergeant lehnte sich zurück. »Sie glauben also, dass dieser Mann Ihr Haus beobachtet hat?«

Ein Gefühl des Verlustes überkam sie, als sie daran dachte, wie sie, wie ihre Tochter gehofft hatte, dass ihre seltsamen Sichtungen nach dem Tod ihres Mannes kleine Hinweise auf seine noch immer über ihnen schwebende Präsenz waren. Lächerlich, natürlich, aber irgendwie tröstlich. Ein Gefühl, das im direkten Gegensatz zu der Möglichkeit stand, dass der Schatten sie gestalkt hatte.

»Es ist die einzige Erklärung, die mir einfällt. Dass er uns beobachtet hat. Pläne geschmiedet. Er selbst hat in der Nacht gesagt, dass er weiß, dass nur wir drei im Haus sind. Also muss er uns beobachtet haben. Er muss den Schlüssel nachgemacht haben.«

»Das wäre ein ziemlich großer Aufwand«, sagte der Sergeant.

Da sie nicht wusste, wie sie darauf reagieren sollte, schwieg sie.

»In Ordnung. Nun, es gibt noch ein paar Ungereimtheiten, die wir klären müssen.« Der Sergeant wedelte unbestimmt mit der Hand. »Nur Kleinigkeiten.«

»Ungereimtheiten?«

»Ja. Sie sagten, Sie hätten an diesem Abend nichts getrunken. Keinen Alkohol.«

»Das stimmt.«

»Warum auch lügen, nicht wahr, Ma'am? Trinken ist legal. Keine große Sache.«

»Das weiß ich.« Sie versuchte, die Verärgerung aus ihrer Stimme herauszuhalten. Ungeduldig schaute sie aus dem Fenster, wurde sich bewusst, dass ihr die Zeit davonlief.

Der Sergeant wischte sich die Handflächen an den Oberschenkeln ab, wo seine Hose unangenehm enge Falten um seinen Schritt warf.

Seine Augen verdunkelten sich.

»Nun, das scheint mir nicht besonders glaubwürdig. Bei Ihrer Einlieferung ins Krankenhaus hatten Sie nämlich einen Blutalkoholspiegel von …« Er nahm sein Notizbuch vom Couchtisch und gab vor, etwas zu suchen, dabei war die Seite, die er aufschlug, deutlich mit einem gelben Klebezettel markiert. »Ah ja, hier haben wir es. Einen Blutalkoholspiegel von …« Er starrte mit leicht zusam-

mengekniffenen Augen auf seine Notizen und sah dann zu ihr auf.
»Null Komma sieben fünf.«

»Entschuldigen Sie, ich habe ehrlich gesagt keine Ahnung ... Ist das viel?«

»Es ist nicht nichts.«

»Könnte das von meinem Mundwasser kommen? Ich benutze manchmal Mundwasser.«

Der Sergeant gluckste höhnisch. »Nein, Ma'am.«

Irgendetwas stimmt da oben nicht, oder? Irgendetwas rattert und brummt herum. Vielleicht hast du in der Nacht etwas in deinem Gehirn ausgelöscht. Vielleicht hat sich etwas gelöst. Spürst du nicht, wie es sich bewegt?

»Ich verstehe das nicht. Das ist unmöglich.«

»Diese Zahlen?« Der Sergeant hielt sein Notizbuch hoch. »Ihr Blut? Die lügen nicht.«

»Aber ich habe nichts getrunken«, protestierte sie trotz des summenden Zweifels in ihren Ohren.

Unter den unerschütterlichen Augen der Beamten, flankiert von ihren großen, uniformierten Körpern, fühlte sie, wie die Temperatur im Raum fiel. Sie verschränkte ihre Arme, um sich zu wärmen, um ihr klopfendes Herz zu beruhigen.

»Okay, dann machen wir weiter. Es wurde nichts gestohlen ...«

»Die Sachen meiner Tochter ...«

Der Sergeant schüttelte den Kopf. »Die sie vielleicht auch verlegt hat.«

»Nein, nicht ihre Schatzkiste«, fiel sie ihm ins Wort und schüttelte vehement den Kopf. »Ich meine diese Blechdose in Rennwagenform. Da drin bewahrt sie ihre Schätze auf. So nennt sie sie. Meine Schätze.«

»Kinder verlieren Dinge.«

»Nicht so etwas! Das würde ihr nicht passieren.«

Der Sergeant stieß einen tiefen Seufzer aus und begann, die Punkte an seinen Fingern abzuzählen.

»Keine Fingerabdrücke, keine Fußabdrücke, keine Reifenspuren. Keine Anzeichen für ein fremdes Auto. Kein gewaltsames Eindringen. Keine von dieser Person verursachten Verletzungen.«

»Er hatte Handschuhe an. Weiße. Aus Plastik.« Ihre Stimme klang atemlos, und sie versuchte, sie zu beruhigen. »Er könnte gewartet haben, wie ich Ihnen gesagt habe. Hat sich im Haus versteckt, bis wir schlafen gegangen sind. Ich weiß, das ist nicht viel, aber ... Ich habe Ihnen gesagt, wer er war! Und dann ist da noch der hochgeklappte Klodeckel. Der platte Reifen. Und die Kinder haben ihn auch gesehen. In jener Nacht.«

»Sie haben uns erzählt, dass er den Sandwichladen leitet.«

»Ja, das ist richtig.«

Der Ausdruck in den Augen des Sergeants war hart und kalt. »Wir haben mit der Besitzerin gesprochen, Ma'am. Sie hatte noch nie einen Manager. Der Laden wird von ihr und ihren drei Angestellten geführt. Sie hatte noch nie einen Mann auf der Gehaltsliste.«

Ihre Erinnerungen an diesen Tag im August wurden wieder wach, als würde sie einen Film zurückspulen, die Worte des Managers, die Art, wie er sich vorgestellt hatte, sein Blick. Ihre instinktive Angst.

Er war es. Er war es.

»Das ist unmöglich. Dann muss er behauptet haben, dass er der Manager ist, obwohl ...«

Der Sergeant beugte sich so nah zu ihr rüber, dass sie vor ihm zurückschreckte. »Verstehen Sie, worauf ich hinauswill?«

Ja, dachte sie.

»Nein«, log sie. »Er war hier. Ich habe ihn gesehen. Die Kinder haben ihn gesehen. Was haben meine Kinder gesagt?«

Der Sergeant verschränkte die Arme und lehnte sich zurück. »Dass Sie ihnen erzählt haben, es gäbe ein Monster. Sie meinten, dass dieser ›Schatten‹«, der Sergeant malte bei dem Wort Anführungszeichen in die Luft, »direkt aus ihren Träumen gekommen ist. Sie hätten zu ihnen gesagt: ›Monster sind real, und es ist eins im Haus.‹«

Sie ließ den Kopf hängen und starrte auf ihre verletzte Hand, die in einem fort die Finger zur Faust ballte und wieder streckte. Sie stellte sich vor, wie die Kinder hoffnungsvoll zum Sergeant, zu ihrem Großvater aufblickten. Sie verstand ihre Sehnsucht. *Vielleicht ist es gar nicht wirklich passiert*, dachten sie. *Wäre das nicht schön? Vielleicht war es ein Traum. Und wir waren die ganze Zeit in Sicherheit.*

»Die Kinder haben ihn gehört, sie haben ihn gesehen«, murmelte sie. »Egal, was ihr Großvater ihnen eingeredet hat.«

»Aber sie erinnern sich hauptsächlich an Sie«, sagte der Sergeant. »Sie haben erzählt, dass Sie ihnen Angst gemacht haben. Und dass Sie ihnen wehgetan haben.«

Sie riss den Kopf zu ihm hoch, ihr Mund stand offen.

»Nein!«

»Ma'am, das haben Sie selbst zugegeben.«

»Ich habe ihnen nicht wehgetan. Ich habe sie nur von mir weggestoßen. Damit sie mich loslassen und ich Hilfe holen kann.«

»So haben es die Kinder nicht in Erinnerung.«

So hast du es auch nicht in Erinnerung. Es war furchtbar. So furchtbar.

Ihre Kehle war wie zugeschnürt.

Nicht weinen! Sie werden dich nicht ernst nehmen, wenn du weinst.

Sie rieb sich mit ihrer bandagierten Hand das unverletzte Auge.

»Es war real«, sagte sie zum Sergeant, zu sich selbst. »*Er* war real. Glauben Sie mir?«

Sie glauben dir nicht.

Der Sergeant gab sich sichtlich Mühe, sanft und verständnisvoll zu klingen, dennoch war sein Ton kühl, als er sagte: »Sie haben eine Menge durchgemacht. Ich meine den Verlust Ihres Mannes. Es ging Ihnen nicht gut. Niemand zum Reden. Sie haben nicht gegessen. Aber getrunken.«

»Nein, das habe ich nicht.«

»Gut. Dennoch.« Er tippte auf sein Notizbuch. »Ihr Blutalkohol lügt nicht. Mit der Identifizierung dieser Person lagen Sie weit daneben. Das macht es schwer, Ihren Aussagen zu vertrauen. Oder vielleicht sollte ich sagen: Ihrem Gedächtnis zu vertrauen.«

Der Blutalkohol beunruhigte sie. Dass der Sandwichladen nie einen männlichen Angestellten hatte. Es war möglich, dass sich der Schatten einen Schlüssel nachgemacht hatte, aber wie war er geflohen, ohne Spuren im Schnee zu hinterlassen?

Der Sergeant könnte wegen des Blutalkohols lügen. Wegen des Imbissladens. Das würde die Polizei tun, oder? Um dich dazu zu bringen, auszusagen, dass du dir das alles nur ausgedacht hast.

Ihre Gedanken kreisten um diese Möglichkeit.

Aber diese Dinge ... sie sind so konkret. Sie hatten versucht, den Schatten zu finden. Sie müssen mit den Leuten im Sandwichladen gesprochen haben. Und der Blutalkohol. Warum sollten sie so was erfinden? Vielleicht hat das Krankenhaus einen Fehler gemacht? Vielleicht haben sie das Ergebnis deines Tests mit dem von jemand anderem verwechselt.

Sanft berührte sie ihr Gesicht. Richtete den Verband um ihre Hand. Der Schmerz gab ihr die Gewissheit, dass sie anwesend war. Dass ihr Geist die physische Welt erfasste.

Du hast einen Schlag auf den Kopf bekommen. Dinge entgleiten durch Risse. Der Psychiater hat gesagt, dass du dich an manches vielleicht nicht mehr richtig erinnerst. Dass du dich vielleicht nicht an alles erinnerst. Er war hier.

Sie hatte nichts getrunken, das wusste sie genau. Und sie konnte sich deutlich daran erinnern, wie sich der Schatten, umrahmt von der Augustsonne, als Manager vorgestellt hatte.

Sie glauben dir nicht.

Aber es ist passiert. Es ist alles passiert. Irgendwie. Aber wie? Du musst nachdenken. Zur Ruhe kommen.

»Nachdem Ihr Mann gestorben war, da haben Sie mir erzählt, dass Sie manchmal Dinge sehen, wenn Sie aufwachen. Dass Sie halluzinieren. Ist das richtig?«

Ihr Kopf ruckte so schnell in Richtung des Sergeants, dass ihr der Schmerz vom Schlüsselbein bis zum Haaransatz schoss. »Nein. Halluzinieren?«

»Damals haben Sie gesagt, Sie würden eine dunkle Gestalt in Ihrem Haus sehen. Einen angsteinflößenden Mann.«

»Das ist ... Nein, das ist nur ein Traum. Ein Schlafzustand. Keine Halluzination.«

»Sie haben ausgesagt, dass Sie einen angsteinflößenden Mann gesehen haben.«

»Manchmal, ja, in meinen Albträumen, das ist alles«, murmelte sie. »Ich bin ... Ich bin so müde. Und mein Kopf. Er tut weh. Können wir morgen weiterreden? Ja?«

»Nein, Ma'am«, sagte der Sergeant. »Ich fürchte, wir sind hier noch lange nicht fertig.«

Sie stützte ihre Stirn in ihre unverletzte Hand und erinnerte sich an die Worte ihrer Tochter: »Er sieht von der Ecke aus dem Schatten zu, wenn er denkt, dass ich schlafe.«

Mit einer Fingerspitze tippte sie auf ihr schmerzendes Auge, um sich zu konzentrieren. Damit der Schmerz den panischen Gedanken verdrängte, dass der Schatten vor jener Nacht vielleicht schon einmal im Haus gewesen war. Dass vielleicht eine der Schattenfiguren, die sie nach dem Tod ihres Mannes besucht hatten, real gewesen sein könnte – der Schatten, der sie im Schlaf beobachtete.

KAPITEL 31

Der Sergeant ließ mit dem Daumen seiner rechten Hand jeden Fingerknöchel knacken. »Schon mal was von Ockhams Rasiermesser gehört?«

Sie zuckte bei dem Geräusch von knackenden Gelenken und der Herablassung in seiner Stimme zusammen. Dann blickte sie ihn an und nickte.

»Es ist eine Theorie, die besagt, dass die einfachste Erklärung wahrscheinlich diejenige ist, die zutrifft. Nach all meinen Erfahrungen in diesem Beruf zu urteilen, trifft das absolut zu. Zumindest in den meisten Fällen.«

Du hast dem Sergeant gesagt, dass es für die meisten Dinge einfache Erklärungen gibt. Aber eine Schlussfolgerung kann nicht allein durch ihre Einfachheit wahr werden.

»Lassen Sie uns darüber reden. Sie vermissen Ihren Mann«, fuhr der Sergeant fort. »Dann erscheint ein Mann auf der Treppe, auf der Ihr Mann gestürzt ist. Spielt die Gitarre Ihres Mannes. Trägt Sachen aus dem Schrank Ihres Mannes.«

Sie müssen nach Dingen gesucht haben, von denen sie glauben, dass sie dich diskreditieren könnten.

Als sie den Mund öffnete, um etwas zu erwidern, hob der Sergeant die Hand. »Und dann ist da die Sache mit den Lügen, Ma'am. Und ja, Sie lügen. Die Blutalkoholwerte sind eine Tatsache. Ich muss mich fragen: ›Ist sie durch den Tod ihres Mannes vielleicht so aufgewühlt, isst nicht, schläft nicht, dass sie vergessen hat, dass sie getrunken hat?‹« Er tippte sich mit einem Finger an die Schläfe, um anzudeuten, ob sich ihr Gehirn womöglich aufgelöst haben könnte.

Er will, dass du anfängst, an dir selbst zu zweifeln. Nur weil dir keine Erklärung einfällt, heißt das nicht, dass es keine gibt. Nur weil sich diese ganze Nacht unwirklich anfühlt, heißt das nicht, dass sie es auch war. Dein Schmerz ist real. Der platte Reifen ist real. Dinge werden vermisst. Es ist alles passiert.

»Nein, das ist nicht ...«

»Abgesehen vom Trinken, Ma'am, abgesehen davon, dass in diesem Café noch nie ein Mann gearbeitet hat, haben Sie ausgesagt, dass er Ihr Handy gestohlen hat, das wir auf Ihrem Nachttisch gefunden haben. Sie haben ausgesagt, dass Sie immer das Babyfon eingeschaltet haben. Es war aus. Ein Einbrecher würde nicht auf die Idee kommen, dass Sie für ein so großes Kind ein Babyfon benutzen. Sie waren sich nicht einmal sicher, ob er Ihnen gefolgt ist, als Sie aus dem Haus geflüchtet sind. Sie meinten, dass Sie Angst hatten, aber auch, dass Sie eingeschlafen sind, während er auf der Treppe saß. Ihre Kinder sind klein, waren verängstigt, und Sie wollen uns glauben machen, dass sie keinen Laut von sich gegeben haben, um Sie drei nicht zu verraten. Wir sollen glauben, dass Sie ihre Kuscheltiere, Wasser, ein Kissen und eine Decke – also so ziemlich alles außer der Küchenspüle – in dieses Versteck mitgenommen haben, und all das in ungefähr fünf Minuten. Klingt das für Sie plausibel?«

»Ja, ich ...«

»Und jedes Mal, wenn wir mit Ihnen reden, sind Sie eiskalt. Keinerlei Gefühlsäußerungen, nach so einer traumatischen Erfahrung. Die meisten Menschen würden in irgendeiner Form darauf reagieren.«

Aber du hast so viel geweint. Die ganze Zeit geweint.

»Ich habe ...«

»Außerdem, Ma'am, erzählen uns Ihre Kinder eine andere Geschichte als Sie. Dass Sie diejenige waren, die ihnen erzählt hat, dass dort ein Monster ist. Dass Sie diejenige waren, die ihnen Angst gemacht hat. Die ihnen wehgetan hat.«

Die Scham überflutete sie, als sie wieder alles vor Augen hatte. *Wie konntest du nur? Wie konntest du das nur tun?*

»Und dann diese *Waffe*.« Der Sergeant sprach das Wort mit einer solchen Skepsis aus, als ob die Existenz von Waffen auf dieser Welt unvorstellbar wäre. »Beweglich, klein? Kein Messer, keine Pistole, nicht einmal ein Seil? Ein kleines schlaffes Ding?« Er umklammerte die imaginäre Lächerlichkeit mit den Händen, ließ ihre Unsichtbarkeit mit schlaffem Handgelenk durch die Luft fahren.

»Es hat ein Geräusch gemacht, ein schweres …«

»Aber vor allem«, unterbrach er sie, »waren wir verwirrt, als wir es ausprobiert haben. Ich bin in diesen versteckten Raum gegangen. Meine Leute sind überall herumgelaufen, und ich konnte ehrlich gesagt nichts hören. Sie dagegen? ›Oh, ich habe ihn in diesen Raum gehen und schreien hören. Dann, wie er die Treppe runtergegangen ist. Ich habe gehört, wie er Spielsachen umgetreten hat. Wie er den Schrank ein Stockwerk über mir öffnet.‹ Sie haben ein geradezu *übernatürlich sensibles* Gehör, Ma'am.«

Wieder dieses Wort: »übernatürlich«. *Er hegt einen Groll gegen dich, das tut er! Denn er muss etwas gehört haben. Du hast so viel gehört.*

»Wir möchten damit nicht behaupten, dass es Absicht war«, sagte der junge Officer mit ruhiger Stimme vom Sessel am Kamin aus.

Der Sergeant holte tief Luft. Er rieb sich die Oberschenkel und knackte erneut mit den Fingern, als wollte er aufgestaute Energie loswerden, um sich selbst daran zu erinnern, freundlicher zu sein, um ihr die Möglichkeit zu geben, sich für geistig angeschlagen anstatt für kriminell oder geistesgestört zu erklären.

»Natürlich nicht! Ich habe auch nicht gesagt, dass irgendetwas davon *Absicht* war. Ich meine, Sie haben ganz schön was durchgemacht. Es ist klar, dass Sie Gedächtnislücken haben. Ihr Psychiater hat das bestätigt. Sie konnten sich nicht daran erinnern, dass Sie uns die Erlaubnis gegeben haben, die erste Befragung mit Ihnen aufzuzeichnen. Vielleicht haben Sie das mit dem Alkohol auch vergessen. Wenn man genug trinkt, ist das nicht schwer. Ihre Kinder haben uns erzählt, dass Sie vollkommen neben sich standen. Die meisten Leute, die ich kenne, hatten Angst davor, krank zu werden, klar. Aber Sie? Sie haben Ihren Mann verloren, also haben Sie sich nicht normal verhalten, nicht normal denken können. Waren durcheinander, aufgebracht. Zu viel Alkohol. Einsamkeit. Nachts diese herbeihalluzinierten Schattenfiguren, von denen Sie mir erzählt haben. Die Sorge um Ihre Kinder.« Er hob beide Handflächen, als wollte er ihren Protest vorsorglich entschärfen, und sagte: »Verständlich, absolut verständlich.«

Sie starrte auf ihre verletzte Hand, um nicht die Polizisten ansehen zu müssen. Sie fühlte sich gleichzeitig schwer und ausgelaugt.

Wie ist das möglich? Wie ist irgendetwas davon möglich? Der Sergeant, der aus dem Versteck heraus nichts hören konnte, dein Blutalkoholwert, die unverschlossene Tür, keine Spuren, kein Manager ...

»Und dann dieser Einbrecher, ein echter Schwätzer, was?« Die Stimme des Sergeants triefte vor Hohn. »Plaudert darüber, wie unheimlich Ihr Haus ist, wie unheimlich er ist. Ein märchenhafter großer böser Wolf auf Ihrer Türschwelle. Und, wer hätte das gedacht, Sie sind die Einzige, die Ihre Kinder vor all dem Bösen beschützen kann. Dabei haben Sie selbst zugegeben, das haben Sie ausgesagt, dass es«, er blätterte in seinem Notizbuch und deutete auf ein Wort, das er in Großbuchstaben geschrieben und unterstrichen hatte, »›albern‹ war, dass er von sich selbst als der Schatten gesprochen hat. Sehen Sie das, Ma'am? Sie sagten, es sei albern, dass er sich selbst so genannt hat. Dass er laut gesprochen hat.«

Sie spürte, wie der Sergeant trotz seiner Bemühungen, ruhig zu bleiben, in immer stärkere Erregung geriet. Sie kramte in ihren Erinnerungen, konnte sich aber nicht daran erinnern, den Schatten jemals als »albern« bezeichnet zu haben. Ihre Schultern verkrampften sich angesichts der wachsenden Angst in ihrer Brust, ihrer Unfähigkeit, sich Gehör zu verschaffen, verstanden zu werden, glaubhaft zu erscheinen.

Es ist passiert, es ist passiert, hör nicht auf ihn. Es war real. Fehlende Dinge, der Toilettensitz, der Geruch von Zigarettenrauch, der platte Reifen ...

Die Stimme des Sergeants glitt in eine tiefere, knurrende Tonlage. »Sie haben sich selbst als Heldin inszeniert, nicht wahr? Sie haben einen Pelzmantel im Schrank versteckt. Wahrscheinlich haben Sie sich verkalkuliert, wie schlimm der Marsch durch den Schnee werden würde. Über Fußabdrücke und Einbruchsspuren haben Sie nicht nachgedacht. Aber jetzt ist Ihnen die Aufmerksamkeit sicher, richtig? Meine, die meines Teams, der Ärztinnen und Ärzte, des Pflegepersonals. Die große Heldin für die Kinder. Die kleine, zierliche Frau, die gegen den großen bösen Wolf kämpft. Eine ziemlich simple Sache, finden Sie nicht auch?«

»Nach dem, was Sie durchgemacht haben, kommt man schon mal durcheinander«, sagte der junge Officer beruhigend.

Der Sergeant räusperte sich. »So ist es. Und Sie sind ganz allein. Keine Familie in der Nähe, außer diesem Arschloch von Schwiegervater. Keine Freundinnen, die in der Nähe wohnen. Und es ist offensichtlich, dass Sie nicht gut mit Ihrer Situation zurechtkommen. Nur noch Haut und Knochen. Im Krankenhaus musste man Sie fixieren.«

»Aber der Psychia...«

Der Sergeant ignorierte ihren Protest. »Es ist nicht das erste Mal, dass Sie einen fremden Mann in Ihrem Haus sehen, nicht wahr? Sie haben mir schon bei unserem ersten Treffen von den Schattenmännern erzählt. Und Sie sind ständig wach, laufen im Haus herum, sagen Ihre Kinder. Lassen sie den ganzen Tag fernsehen. Klammern sich an sie. Und werden bei der kleinsten Sache, wie einem aufgeschürften Knie, hysterisch. Und als sie Angst hatten, haben Sie sie ›weggestoßen‹ – um es mit Ihren Worten wiederzugeben.«

Du bist eine schreckliche Mutter.

Der Sergeant lehnte sich erneut dicht an sie heran, die Ellbogen auf die breiten Knie, das Kinn auf die verschränkten Finger gestützt. Das Eisblau seiner Augen durchbohrte sie.

»Verstehen Sie, wie all das zusammenhängt, Ma'am? Wie einfach es ist?«

»Er muss gelogen haben.« Sie schüttelte den Kopf und wünschte, ihre Stimmer wäre lauter, kräftiger, während ihr Verstand nach Strohhalmen suchte, nach den dünnsten Fäden einer möglichen Erklärung. »Er hat nur behauptet, der Manager zu sein ...«

»Ma'am, Tatsache ist, dass Sie sich geirrt haben. Sie haben das alles erfunden. Geträumt. Sie lügen uns an. Sie sind nicht bei klarem Verstand. Sie wollten Aufmerksamkeit. Sehen Sie das nicht?«

Er war ihr jetzt so nah, dass sie ihn riechen konnte. Sprühstärke und rohe Zwiebeln, gemischt mit seinem Rasierwasser.

Ihre Gedanken kreisten um eine Geschichte aus einem Psychologiekurs, den sie am College belegt hatte. Es war einmal ein Mann, der von seinem Nachbarn beschuldigt wurde, einen Teekessel kaputt zurückgegeben zu haben. Er erwiderte, dass der Teekessel bereits zum Zeitpunkt des Ausleihens beschädigt war und dass er ihn, in Wirklichkeit, unbeschädigt zurückgegeben hat, ja, dass er ihn tatsächlich nie ausgeliehen hatte. Die Geschichte sollte veranschaulichen, wie Menschen in Träumen denken. *Ich war an diesem einen Ort, aber es war nicht dieser eine Ort. Ich habe mit dir geredet, aber das warst nicht du.*

Diese Unlogik passte perfekt zu den widersprüchlichen Argumenten des Sergeants.

Eigentlich sind Sie verrückt. Aber in Wirklichkeit haben Sie alles absichtlich eingefädelt. In Wirklichkeit lügen Sie, aber Sie haben es sich nur eingebildet. In Wirklichkeit waren Sie nicht gut darin, ein Verbrechen zu inszenieren, gleichzeitig wollten Sie es auch nicht. Sie sind paranoid, hysterisch, aber nicht emotional genug. Ihre Geschichte ist zu linear, aber sie ergibt keinen Sinn. Sie haben sich über-

legt, wie Sie sich selbst zur Heldin stilisieren können, aber jedes Detail, das Sie mit der Tat hätte davonkommen lassen, haben Sie außer Acht gelassen. *Sie sind gestört, schotten sich von der Welt ab, aber alles, was Sie sich wünschen, ist die Aufmerksamkeit von Fremden. Sie sind überzeugt, die Einzige zu sein, die Ihre Kinder beschützen kann, aber in Wirklichkeit haben Sie sie verletzt.*

All diese widersprüchlichen Realitäten konnten nicht gleichzeitig existieren, aber dennoch verwoben sie sich auf eine Weise miteinander, die die Hauptaussage des Sergeants stützten.

Er glaubt nicht, dass es den Schatten gibt. Er glaubt dir nicht.

»Ich bin der Teekessel«, murmelte sie. Ihr verletztes Auge fühlte sich an, als würde es sich auflösen, zu einer Flüssigkeit werden, die die hohlen Räume unter ihrer Haut füllte. »Ich bin der Teekessel.«

Der Sergeant und der junge Officer tauschten einen Blick, von dem sie wusste, dass sie sich darin einig waren, ihr Verstand habe sich nun endgültig aufgelöst. All die vertrauten Dinge, ihre Habseligkeiten, bildeten den Background für diese Fremden. Unter einem Stuhl am Kamin stand ein kleines ausgestopftes Pferd. Auf dem Teppich waren Ascheflecken zu sehen.

Du kannst nicht gewinnen. Du spielst um einen hohen Einsatz, aber du kannst nicht gewinnen.

»Warum sagen Sie uns nicht die Wahrheit?«, fragte der jungenhafte Officer, um einen freundlichen Ton bemüht. »Jeder würde Sie verstehen.«

Der Schmerz war schrecklich. Die Verwirrung, das Gefühl, dass ihr Gehirn eine springende Schallplatte war, auf der etwas fehlte, überwältigte sie. Wie sollte sie die scheinbar endlosen Widersprüche ausräumen, all die Fakten und alternativen Fakten und Vielleicht-Fakten, mit denen der Sergeant gerade um sich geworfen hatte, um zu sehen, was hängen blieb? Wie sollte sie das tun, solange ihr Schädel so weich und ramponiert war?

»Das darf nicht passieren. Das ist ein Albtraum.« Sie wiegte ihren Kopf in den zitternden Händen.

Der Sergeant verschränkte die Arme, sein Bild von ihr war schon vor langer Zeit erschüttert. Wahrscheinlich seit er die Ergebnisse des Blutalkoholtests bekommen hatte. Oder als er herausgefunden hatte, dass es in dem Sandwichladen keinen Manager gab. Vielleicht als sie Religion als etwas Übernatürliches abgetan hatte. Vielleicht, nur vielleicht, in der Sekunde, in der er sie im November zum ersten Mal gesehen hatte.

»Ein Albtraum«, sagte er streng. »Das ist der passende Begriff. Vielen Dank, dass Sie das zugeben. Sie sind clever. Sie sind eine clevere Frau. Das stimmt genau – es ist nicht passiert.«

Er sprach das Wort »clever« so aus, wie es ihre Großmutter manchmal getan hatte: als sarkastische Antwort, wenn sie ihr Widerworte gegeben hatte. »Na, wenn du mal nicht clever bist.«

»Es ist passiert. Es ist Ihr Job. Es ist Ihr Job, mir zu glauben«, murmelte sie.

Der Sergeant schnaubte empört.

»Ehrlich gesagt, Ma'am, lügen uns die Leute an. Unsere Aufgabe ist es, zuzuhören. Wir müssen Fakten und Beweisen folgen. Die Geschichte mag Ihnen ja real erschienen sein. Aber das heißt nicht, dass sie wirklich passiert ist. Wie Sie gerade selbst gesagt haben, es war nur ein Albtraum.«

Sie wünschte sich sehnlichst, ihre kaputten Augen schließen und einschlafen zu können.

»Nein«, sagte sie, ihre Stimme ein entferntes Flüstern. »Es war kein Traum. Es ist wirklich passiert.«

Denk an die Schatzkiste, denk an das, was du gesehen hast, denk an die Kinder, die dort im Büro gestanden und gemeinsam mit dir gelauscht haben. Sie haben ihn auch gehört und gesehen.

»Es war kein Traum«, sagte sie noch einmal, diesmal lauter. »Der platte Reifen, der Toilettensitz, die fehlenden Sachen ...«

»Ma'am, erst behaupten Sie, es wär albern, ein Albtraum, und jetzt, dass es passiert ist? Was denn nun?« Er schüttelte bedächtig den Kopf, als wäre er ein enttäuschter Lehrer. »Hören Sie auf damit.«

Er hielt einen Moment inne und stieß dann lange und geräuschvoll den Atem aus, was sie verunsicherte, schien es doch ein Vorzeichen dafür, dass er zu etwas ausholen, dass er gleich eine wichtige Karte ausspielen würde.

»Ich wollte das eigentlich nicht ansprechen, aber ehrlich gesagt muss ich es tun. Vielleicht hilft es Ihnen zu verstehen, wie wichtig es ist, dass Sie uns gegenüber aufrichtig sind.«

Sie blickte zu ihm auf, in das kalte Blau seiner Augen.

»Das Jugendamt wurde eingeschaltet. Es muss Sie und Ihr Zuhause überprüfen, bevor Sie Ihre Kinder zurückbekommen.«

Die hämmernde Schwellung über ihrer gebrochenen Augenhöhle schien aus ihrem schmerzenden Kopf herauszudrängen.

»Was?«, fragte sie mit erstickter Stimme. »Was?«

»Das Jugendamt wird Sie, die Kinder und Ihre Wohnung beurteilen müssen. Erst dann wird entschieden, ob die Kinder zu Ihnen zurückkönnen«, wiederholte er langsam und mit Bedacht.

»Ich verstehe nicht ... Was?«

Helle Flecken tanzten vor ihren Augen. Sie versuchte, den Sergeant durch sie hindurch zu erkennen, blinzelte mehrmals rasch hintereinander, um klarer zu sehen.

»Soweit ich weiß, ist dies nur eine erste Bewertung, um festzustellen, ob Gefahr für eine Eskalation besteht.«

»Eskalation?«

»Um festzustellen, ob eine Beaufsichtigung von extern oder eine Änderung des Sorgerechts erforderlich ist.«

Sie spürte, wie sie ihre Kinder an dem versteckten Ort in die Arme nahm. Sie hörte sie verzweifelt und verängstigt flehen: *Geh nicht weg, Mama!*

»Wie ... Warum?«

»Jemand hat Sie gemeldet. Dass Sie möglicherweise nicht in der Lage sind, sich um Ihre Kinder zu kümmern.«

»Was … Wer?«, stammelte sie.

»Das muss anonym bleiben.«

»Mein Schwiegervater?«

»Na ja, es hat ihn sehr beunruhigt, wie Sie den Kindern in jener Nacht zugesetzt haben. Es kann also gut sein, dass er Sie angezeigt hat. Aber es könnte sich auch um jemand anderen handeln. Zum Beispiel eine Person aus dem Krankenhaus. Oder jemand vom Lehrpersonal der Schule.«

Die beiläufige Art, wie der Sergeant die Leute aufzählte, die sie als Mutter für unfähig halten könnten, bestätigte ihre Vermutung. *Die Sache war geplant.*

»Könnte es ein Polizist gewesen sein?«, fragte sie.

Der Sergeant hob die Schultern, doch sein Blick bohrte sich in ihren und forderte sie heraus, ihn zu beschuldigen. Vor ihren Augen verwandelte er sich in einen der Beamten im Gerichtsprozess um ihre Mutter, Teil eines vielköpfigen Ganzen, das effizient Opfer und Überlebende wegwarf.

Sie geben dir die Schuld, weil das für sie am einfachsten ist.

»Beamte sind verpflichtet, jedweden Vorfall zu melden«, sagte der Sergeant kühl. »Der Punkt ist, dass wir die Behörden informieren können, dass Sie kooperiert haben, dass Sie die Wahrheit gesagt haben, dass Sie die Realität im Griff haben. Und das wäre auf jeden Fall zu Ihrem Vorteil.«

Das ist zweifellos Erpressung. Die Polizei, dein Schwiegervater, sie alle haben sich verbündet, um dir die Kinder wegzunehmen.

Wie damals nach dem Tod ihrer Mutter, wie nachdem ihr Mann blutig aus der Tür getragen worden war, krümmte sich ihr Körper unaufgefordert um ihre Mitte zusammen. Ihre Arme umschlangen ihre verletzten Waden, ihre Stirn traf auf die Knie, und ihre Augen schlossen sich reflexartig.

»Das Trauma hört nicht auf, wenn das Trauma endet«, hat der Psychiater gesagt.

»Ma'am?«

Du hast es ihnen versprochen. Versprochen! Dass du sie abholst. Und jetzt, was jetzt?
»Ich verstehe das nicht«, hörte sie sich selbst murmeln.
Doch, du verstehst es.
Die Stimme des Sergeants war jetzt leise und ruhig. »Sie werden einen Brief erhalten, und die Sachbearbeiterin wird sich telefonisch mit Ihnen in Verbindung setzen. Ich habe versucht, es Ihnen zu erklären. Sie ist diejenige, die Sie wegen Ihrer Kinder anrufen sollten. Aber bis dahin dauert es noch, es ist genug Zeit, um alles wieder ins Lot zu bringen. In fast allen Fällen bleiben die Kinder bei der Mutter. Und Sie haben ein schönes Haus. Finanziell geht es Ihnen gut. Sie werden es schaffen. Sie bekommen sie zurück. Vorausgesetzt, Sie denken noch mal nach, über all das, was ich Ihnen gesagt habe. Und erkennen, was sinnvoll ist.«

Sie hielt ihre Augen, ihren Körper geschlossen.
»Möchten Sie ein Glas Wasser? Kann ich Ihnen irgendetwas bringen?«, fragte der junge Officer.

Ihr Magen zog sich in panischer Verzweiflung zusammen. Sie umklammerte sich fester, damit sie nicht mitbekamen, wie sie ins Nichts stürzte.

»Sie müssen das sicher überdenken«, sagte der Sergeant. »Wenn Sie in Ruhe darüber nachdenken, werden Sie zwangsläufig Antworten und Erklärungen finden.«

»Gehen Sie.«

»Sind Sie sicher? Möchten Sie uns nichts mehr sagen?«

»Raus.«

Ein weiterer Seufzer des Sergeants. »In Ordnung. Wir können später weiterreden.«

Sie reagierte nicht.

»Verstehen Sie, Ma'am? Alles in Ordnung? Wenn es Ihnen schlecht geht, können Sie jederzeit Ihren Psychiater oder uns anrufen, ja? Ich weiß, dass es jetzt hart erscheint, aber ...«

Sie sah zu ihm auf, und in ihrem zerschundenen Gesicht spiegelte sich die geballte aufgestaute Wut.

»Raus. Sofort«, schoss es mit einem Zischen aus ihr heraus.

»Okay.«

Einen kurzen Moment lang wirkte der Sergeant überrascht. Er sammelte sich. Holte etwas aus der Tasche.

»Ihr Handy. Ich lege es hierher, neben meine Visitenkarte. Wir bleiben in Kontakt.«

Der junge Officer musterte sie besorgt, bevor er dem Sergeant aus dem Wohnzimmer folgte. Als sie im Vorraum ihre Stiefel anzogen, hörte sie ihn sagen: »Meinen Sie, wir können sie allein lassen?«

»Nicht unser Problem. Der Psychiater ist derjenige, der sie entlassen hat. Außerdem hat sie so die Möglichkeit, nachzudenken.«

Sie hörte, wie sich die Tür schloss. Hörte, wie ihr Auto die Einfahrt hinunterrauschte. Dann wandte sie sich um und schrie in ein Kissen.

Frustriert davon, wie sie trainiert worden war, sich zum Schweigen zu bringen, selbst wenn sie allein war, schleuderte sie das Kissen quer durch den Raum.

Sie heulte auf, ließ einen animalischen Laut aus ihrem Mund, urzeitlich, tief und widerhallend.

KAPITEL 32

Nach all dieser Zeit konntest du endlich schreien. Sie war heiser. Sie wusste nicht, was als Nächstes passieren würde, aber sie hatte das unangenehme Gefühl, auf einer Welle zu reiten, die sie emporheben und wieder herunterkrachen lassen würde, ohne dass sie ein Mitspracherecht hätte. Sie ließ sich treiben und fühlte sich so erschöpft, wie es nur nach einer solchen Gefühlsexplosion möglich war. Doch jedes Mal, wenn sie wegdämmerte, hörte sie den Schatten. Dann riss sie die Augen auf, suchte nach zottigen Klauen, einer gespaltenen Zunge, die sich um einen Türrahmen wickelte.

Du hast Angst, weil es passiert ist. Du hast Angst, weil es real war.

Sie starrte auf die Stelle, an der die Polizei Asche auf den Boden gestreut und sie so tief eingerieben hatte, dass sie Flecken auf dem Teppich hinterlassen hatte. Der Anblick erinnerte sie daran, dass die Asche ihres Mannes im Schrank war. Eine Flamme der Wut begann an ihrer Kehle zu lecken, und in ihrem Zorn rasselten ihr die Gedanken unzusammenhängend durch ihren Kopf.

Kinder weg, Ehemann zu Asche, überall Asche. Alles Wichtige ist doch verbrannt. Er denkt, du hast gelogen. Dass du verrückt bist. Schiebt es auf den Alkohol, den du nicht getrunken hast. Er versteht nicht, wie es war.

Wie war es denn? Wie war es wirklich?

Der Schatten hat dich als »weibliches Hindernis« bezeichnet. Und genau das bist du für diesen Sergeant. Unbequem, weil du auf deine geistige Gesundheit pochst. Dieses Ereignis hier lässt ihn in schlech-

tem Licht dastehen. Das Seltsame daran, das Schreckliche, macht es ihm noch leichter, es abzutun.

Ihre Wut brannte lichterloh, als der Sergeant, der Schatten, der Mörder im Gerichtssaal, diejenigen, die ihn verteidigten und ihre Mutter hängen ließen, sich ineinander verwoben.

Dieser Mörder war nicht in der Lage gewesen, mit seiner Genugtuung hinterm Berg zu halten. Der Schatten war stolz auf seine Missachtung der Regeln. Und doch standen beide unter dem Schutz derselben Institutionen und Moralvorstellungen, die sie so offensichtlich verachteten, über die sie sich so eindeutig erhaben fühlten. Dieselben geschriebenen und ungeschriebenen Regeln, wie sie der Sergeant und andere aufrechterhielten.

»All die Dinge, die sie tun, um mich zu verweichlichen, um ein Schaf aus mir zu machen«, hatte der Schatten gesagt. »Ich setze mich darüber hinweg.«

Die Tatsache, dass der Schatten auf der Welt war und ihre Mutter, ihre Großmutter, ihre Schwiegermutter und ihr Mann nicht, bohrte sich wie ein Stein in ihr Herz, eine zornige Erkenntnis von Ungerechtigkeit und Verantwortung.

Jetzt bist nur noch du übrig. Das ist alles, was zählt. Nichts von alledem ist unüberwindbar. Nichts davon ist zu Ende. Der Psychiater hatte recht. Der verdammte Schatten hatte recht. Du bist das einzige Hindernis.

Sie setzte sich auf. Wischte sich mit dem Ärmel über das Gesicht.

Sie sehen dich an und denken, sie kennen dich. Aber sie sehen dich nicht. Sie können es nicht. Sie glauben, sie sind dir überlegen. Wissen es besser. Aber es gibt kein »besser«. Es gibt nur Menschen, die Entscheidungen treffen. Sie kommen mit dem zurecht, was ihnen zur Verfügung steht. Und du wirst dich entscheiden, deine Vorteile zu nutzen. Dich entscheiden, dir einen verdammt guten Anwalt zu nehmen. Dich entscheiden zu kämpfen. Und du wirst nicht zulassen, dass dich jemand dazu bringt, deinen eigenen Verstand infrage zu stellen. Denn wenn du das getan hättest, als du den Puma gesehen hast, wenn du das getan hättest, als du den Schatten gesehen hast, wärst du tot.

Sie nahm ihr Handy vom Couchtisch, wo der Sergeant es hingelegt hatte. Es gab nur eine Mailbox-Nachricht, hinterlassen von irgendeiner staatlichen Stelle. »Gemäß unseres Schreibens an Sie bezüglich der beiden minderjährigen Kinder ... Beurteilung ... überprüfen ... kontaktieren Sie uns unter ...«

Es war zu spät, um dort anzurufen.

Sie zog sich Schneestiefel und einen Mantel an. Trotz ihrer Entschlossenheit, etwas zu tun, zu kämpfen, zögerte sie, als sie nach der Türklinke griff.

Er könnte da draußen sein.

Sie spähte durch das Fenster im Eingangsbereich ins Halbdunkel, aber die Reflexion des Innenlichts auf dem Glas machte es schwierig, draußen etwas zu erkennen. Sie schaltete alle Lichter aus und wartete. Keine Bewegung. Keine neuen Fußabdrücke im Schnee.

Der Sergeant hat recht. Der Schatten würde wahrscheinlich nicht zurückkommen. Das wäre zu riskant.

Langsam ging sie die Einfahrt hinunter und leerte den Briefkasten. Als sie zum Haus zurücklief, die angesammelten Briefumschläge, Zeitschriften und Werbesendungen in der Hand, fiel ihrem guten Auge etwas auf. Sie starrte auf die Weide links von ihr. Ihr Herzschlag beschleunigte sich, bis sie begriff, was sie sah. Eine Ricke und ein Rehkitz standen reglos im Schnee und drehten ihre weichen Ohren in ihre Richtung. Das Kitz war zu klein für diese Jahreszeit. Ein spät Geborenes, das versuchte, seinen ersten Winter zu überleben.

Nachdem die Rehe sie einen Moment lang beobachtet hatten, wurden sie wie von einem unsichtbaren Luftstrom in Bewegung gesetzt. Als existierte ein Band zwischen Mutter und Kind, liefen sie gleichzeitig los. Ihr Blick folgte ihnen, ihren weißen Schwänzen, die sich von den braunen Rücken abzeichneten; welche Anmut, mit der sie durch den Schnee sprangen, am Friedhof vorbei, bis sie hinter dem Pfad verschwanden.

Siehst du? Sogar jetzt sind die Dinge schön.

»Viel Glück«, sagte sie laut zu den Rehen.

Sie runzelte die Stirn, denn auf einmal hatte sie das Gefühl, etwas vergessen zu haben; als wäre sie in einen Raum gegangen und wüsste nicht mehr, warum. Sie versuchte, nach dem kitzelnden Faden zu greifen, der rief: *Erinnerst du dich? Erinnerst du dich?* Aber er tanzte immer wieder davon, bis sie dachte: *Hör auf, hör auf. Du quälst dich, weil du denkst, dass du Dinge vergessen hast. Dass du Dinge vergisst.*

Sie ging hinein und schloss die Türen ab. Sie überprüfte, ob alle Fenster im Erdgeschoss verriegelt waren. Erst dann sah sie die Post durch.

Sie las den Brief, den sie gesucht hatte, einmal und dann noch einmal.

»Sie wurden angezeigt … Obhut und Schutz der minderjährigen Kinder … prüfen, ob eine Eskalation zu befürchten ist …«

Sie nahm den Brief, ihr Handy und die Tüte mit den Medikamenten aus dem Krankenhaus mit nach oben und stellte sie auf die Ablage im Badezimmer. Vergewisserte sich, dass alle Fenster im Obergeschoss geschlossen waren.

Niemand im Haus, sagte sie sich. *Niemand im Haus außer dir.*

Ohne die urteilenden Blicke der Polizei im Rücken war der Safe für sie leicht zu öffnen. Die Goldmünzen, der Ring ihres Mannes und die Pistole lagen nebeneinander.

Sie fuhr mit den Fingern über jeden Gegenstand, als ob sie auf diese Weise deren Kraft aufsaugen könnte.

All die Dinge, die du aus Sicherheitsgründen und für den Notfall aufbewahrst? Sie sind allesamt aus kaltem Metall. Nichts Weiches, überhaupt nichts Warmes.

Eine der Münzen war leicht verrutscht, und sie schob sie zurück in den Stapel. Am Holster der Waffe befand sich ein Metallclip, mit dem man es an der Hose oder am Gürtel befestigen konnte.

Sie nahm beide Gegenstände aus dem Safe. In ihren kleinen, zitternden Handflächen wirkte die Waffe lächerlich. Sie dachte daran, wie fachmännisch der Sergeant sie gehalten hatte, erinnerte sich an den geübten Griff, mit dem er das Magazin geprüft hatte. Die Waffe war nicht aus Metall, sondern aus geformtem Polymer, der Griff für sie unangenehm groß. Die Oberfläche war zwar rau, aber ohne Beschichtung, die ihr das Festhalten erleichtert hätte. Sie fummelte am Magazin herum und ärgerte sich darüber, wie ungeschickt sie war. Schließlich schaffte sie es, Schlitten und Magazin herauszunehmen, und wurde schlagartig ruhiger, als sie dazu überging, die Mechanik im Inneren zu inspizieren. Obwohl das Gehäuse aus Kunstharz bestand, waren die Innenteile aus Metall gefertigt. Sie musterte die freiliegenden Federn, Schrauben und Stifte. Es war ein einfacher Mechanismus. Wenn man den Abzug betätigte, hob sich eine Stange, die auf die Kugel traf und sie auslöste.

Methodisch, kompetent und ruhig baute sie die Waffe wieder zusammen. Das Sezieren der Waffe hatte sie entspannt. Sie kam ihr jetzt weniger lebendig vor, nicht mehr wie ein unberechenbares Tier, das auf der Lauer lag, sondern eher wie ein einfaches Stück eleganter Technik, wenngleich zu einem schrecklichen Zweck erschaffen.

Sie schob die Pistole in das Nylonholster zurück, legte sie beiseite und nahm den Ehering ihres Mannes aus dem Safe. Der Ring war selbst für ihren Daumen zu groß, aber sie holte ihn trotzdem heraus. Als sie den Safe wieder schloss, glitzerten die Goldadler ihres Vaters ein letztes Mal, bevor sie verschwanden.

All deine Geldsorgen, all die heimlichen Unterschriften auf den Fotos deines Mannes – ist es nicht interessant, dass Geld gerade das ist, was dich am wenigsten tröstet?

Sie kramte in den Schubladen der Badezimmerschränke. Die einzigen Pflaster, die sie finden konnte, waren die, die sie für die Kinder gekauft hatte, verziert mit dem fröhlichen Gesicht von SpongeBob dem Schwammkopf.

Das ist schön, die Farben, die Erinnerung an die Kinder.
Sie klebte eines der Pflaster um den Platinring ihres Mannes und steckte den Ring wieder an. Doch sie musste ein weiteres Pflaster drum herumwickeln, bis der Ring endlich fest an ihrem Mittelfinger saß und beruhigend gegen ihren eigenen Ehering rieb.
Siehst du? Ein bisschen was Weiches. Nicht so kalt. Nicht so einsam.
Sie grinste bei dem Gedanken, dass die Waffe auf die gleiche Weise eingepackt wäre, verziert mit fröhlichen Zeichentrickfiguren. Stellte sich das missbilligende Stirnrunzeln des Sergeants vor, wenn er sie mit Aufklebern vorfand, die sie als Kind auf ihrer Brotbox hatte. Fragte sich, warum sie sicher war, dass bereits ein winziges bisschen Farbe ausreichen würde, um ihr die Nervosität vor der kalten matten Schwärze dieses Dings zu nehmen.
Im Gästezimmer breitete sie ein großes Blatt Papier auf ihrem Zeichentisch aus. Daneben legte sie ordentlich einen Zirkel, Bleistifte, Radiergummis, Schablonen, ein Lineal und eine Zeichenschiene. Obwohl sie die meisten ihrer Entwürfe am Computer erstellte, begann sie ihre Projekte am liebsten mit Bleistift.
Als sie sich setzte, spürte sie die geöffnete Tür im Nacken wie einen kalten Hauch. Ihr wurde klar, dass sie, als sie den Safe überprüft und den Ring ihres Mannes umklebt hatte, unbewusst mit dem Rücken zur Wand gestanden hatte.
Damit sich niemand von hinten anschleichen kann.
So wie der Schatten.
Der Zeichentisch ließ sich erstaunlich leicht bewegen. Sie platzierte ihn so, dass sie mit dem Gesicht zur Zimmertür sitzen konnte. Als sie wieder Platz nahm, verschwand ihre Gänsehaut, und sie konnte sich konzentrieren.
Sie zeichnete ein Raster. Trug in verschiedenen Farben konkrete Schritte ein (einen Anwalt beauftragen) und unkonkrete (beweisen, dass du die Wahrheit sagst). Ihre Fähigkeit, die Sicherheit, mit der sie die Linien zog, die klare architektonische Beschriftung sprachen

zu ihr auf eine Weise, die sagte: *Du bist nicht verrückt. Es ist wirklich so geschehen. Du kannst sie zurückbekommen. Du wirst wieder gesund werden. Du kannst sie beschützen.*

Vorhaben, für die es bereits einen Termin gab, versah sie mit einer gepunkteten Linie. Die Installateure für die Alarmanlage und der Schlosser würden am nächsten Morgen kommen. Allerdings musste sie noch eine Lösung für das Problem mit dem Auto finden.

Sie zwang sich eine Mikrowellenmahlzeit unbestimmten Alters hinunter. Dann holte sie Kissen und eine Decke aus dem Gästezimmer und schloss sich in ihrem Badezimmer ein, dem einzigen Raum im Haus, der von innen verriegelt werden konnte.

Einen Moment lang ließ sie die Hand auf dem Riegel ruhen und erinnerte sich daran, wie sie ihn eingebaut hatte, damals als sie sich verzweifelt nach einer Barriere zwischen sich und ihrer Familie gesehnt hatte, nach einem Ort für sich allein. Es erschien ihr wie ein Wunsch aus einem anderen Leben und ein krasser Kontrast zu ihrer derzeitigen, alles verzehrenden Sehnsucht nach ihren Lieben.

Sie baute sich ein Nest aus Bettzeug in der gusseisernen Badewanne.

Noch eine harte Sache, die weich gemacht wird.

Sie schluckte ihre Medikamente. Setzte ihre Ohrstöpsel ein. Umgeben von den Wänden der Wanne, versank sie eher in Bewusstlosigkeit, als dass sie einschlief.

Das erste Tröpfeln von Licht durch das Badezimmerfenster weckte sie auf. Ihre Muskeln waren entsetzlich verspannt. Ihr Rücken schmerzte, als hätte sie die ganze Nacht auf einer Faust geschlafen. Sogar der Finger, an dem der Ring ihres Mannes steckte, kribbelte, weil es ungewohnt war, ihn zu tragen.

Das passiert, wenn man mit Metallgegenständen schläft.

Sie sah auf ihr Handy. Eine Stunde bis der Schlüsseldienst und die Alarmanlagenbauer kamen. Sie verhielt sich so leise wie möglich und lauschte auf die Geräusche im Haus. Drückte ein Ohr an die Badezimmertür. Keine knarzenden Treppenstufen. Nichts außer dem Rauschen des Windes draußen. Trotzdem machte der Gedanke, das Bad zu verlassen, sie nervös. Zu tief war der Schlaf gewesen, die Träume noch zu nah, um mutig zu sein.

Sie duschte, putzte sich die Zähne und tätigte dann, auf dem Wannenrand sitzend, einen Anruf nach dem anderen, wobei sie immer dieselbe Nachricht hinterließ.

»Hallo, ich habe soeben erfahren, dass sich das Jugendamt mit meiner Situation befassen wird, und ich habe im Internet gelesen, dass Sie Erfahrung mit der Beratung von Eltern haben. Ich benötige sofortigen rechtlichen Beistand ...«

Zwischen den einzelnen Anrufen dachte sie: *Das Krankenhaus könnte sich mit deinem Blutalkoholwert geirrt haben. Du weißt, dass die Blechdose fehlt. Der Teddybär. Ihre Kleidung. Du hast dich beobachtet gefühlt. Er könnte den Schlüssel nachgemacht, einen Nagel in den Reifen gebohrt haben. Und vielleicht hat er sich irgendwo versteckt und sich dann rausgeschlichen.*

Sie hatte bereits sechzehn Nachrichten hinterlassen, als sie unten ein Klopfen hörte. Sie schob den Riegel an der Badezimmertür auf, spähte in den stillen, leeren Flur hinaus und lauschte aufmerksam, wobei sie das Pflaster um den Ehering ihres Mannes drückte, um sich zu vergewissern, dass kein Schatten in den Ecken lauerte und darauf wartete, zuzuschlagen.

Sie verließ das Badezimmer, zog sich ein lockeres T-Shirt und einen Pullover ihres Mannes über, schlüpfte in eine weiche Jogginghose und fummelte am Kordelzug herum, bis sie ihr nicht mehr herunterrutschte. Sie hoffte, dass die weite Kleidung den Zustand ihres Körpers mit seinen blauen Flecken, seinen Schwellungen, seinen harten, unnatürlichen Beulen verbarg.

Unten entschuldigte sie sich bei dem Schlosser dafür, dass sie ihn hatte warten lassen. Ihm folgte schnell das Team der Alarmanlageninstallateure.

»Alle Schlösser«, sagte sie. »Jede Kamera, jedes Fenster, jede Tür. Ja, ziehen Sie Kabel, wo es nötig ist. Natürlich, dort ist es in Ordnung.«

Die Geräusche und Bewegungen der anderen Menschen im Haus vermittelten ihr ein Gefühl von Sicherheit, die Gewissheit, dass der Schatten sich nicht auf sie stürzen, dass er ihr nichts antun konnte, während sie von diesen Leuten umgeben war, die ihre Fragen stellten. »Wo soll die neue Schalttafel hin? Sollen wir die Anlage auch an den Generator anschließen?«

Vorsichtig, aber gründlich suchte sie das gesamte Haus nach Zeichen ab, die der Schatten von seiner Existenz hinterlassen haben könnte. Irgendetwas, um das Feld auf ihrer Tabelle zu füllen, auf dem »Beweis« stand.

Er hat existiert. Alle lebenden Dinge hinterlassen Spuren.

Im Keller roch sie wieder Zigarettenrauch. Sie fragte einen der dort arbeitenden Männer der Sicherheitsfirma, ob er ihn auch rieche.

»O ja«, sagte er. »Ich habe vor einem Jahr aufgehört, seitdem habe ich eine Art sechsten Sinn dafür.«

Diese Bestätigung, diese Vergewisserung ihrer eigenen Sinne, trieb ihr Tränen der Dankbarkeit in die Augen, während sie gleichzeitig einen Anflug von Verärgerung verspürte.

Du weißt, was du riechst. Es sollte nicht nötig sein, dass dir das jemand bezeugt.

Falls es noch andere Anzeichen für die Existenz des Schattens gab, fand sie sie nicht. Er war Abwesenheit. Ein Geruch ohne Quelle, verschwundene Gegenstände, Erinnerungen. Er war Dinge, die nicht am richtigen Platz lagen – ihr Handy auf dem falschen Nachttisch –, war der hochgeklappte Toilettensitz, das ausgeschaltete Babyfon. Falls er Fußabdrücke auf dem Dachboden oder im Keller hinterlassen hatte, waren sie von der Polizei bei der Durchsuchung des Hauses verwischt worden, Staub, von Füßen unterschiedlicher Größe aufgewirbelt.

Die Polizisten waren unordentlich. Schlampig.

Entmutigt, weil sie keine Beweise fand, widmete sie sich anderen Aufgaben. Am frühen Nachmittag hatte sie mehrere schwere Müll-

säcke und eine Kiste mit alten Kleidern in der Garage gestapelt und war damit dem Ziel, ihr Haus nach Monaten der Vernachlässigung zu entrümpeln und aufzuräumen, einen Schritt näher gekommen. Sie stellte sich vor, wie eine Sachbearbeiterin vom Jugendamt das Haus betrat und es bewohnt, aber aufgeräumt und sauber vorfand.
»O ja«, sagte die Frau in ihrer Vorstellung. »Das ist ein schöner Ort für Kinder.«

Aber keine Beweise. Nur Dinge, die fehlten. Verschobene Gegenstände. Ein Geruch.

Er ist ein Geist.

Sie heuerte die erste Anwältin an, die sie zurückrief, weil sie ihren sachlichen Ton und ihre kritische Einstellung gegenüber der Polizei schätzte.

»Ach ja, die Polizisten«, sagte die Anwältin. »Wenn die wieder auftauchen – und das werden sie, das verspreche ich Ihnen –, dann sagen Sie keinen Ton. Sie geben denen meinen Namen und meine Nummer, und das war's. Ich werde mich mit dem Jugendamt in Verbindung setzen und denen Feuer unterm Hintern machen, werde ihnen erklären, dass sie diese Angelegenheit schnell vom Tisch haben können. Allerdings muss ich Sie vorwarnen, die sind dort genauso überlastet wie alle anderen, total unterbesetzt wegen ständiger Krankmeldungen. Die Sache wird sich länger hinziehen, als Ihnen lieb ist, es wird dauern, bis Sie Ihre Kinder nach Hause holen können. In der Zwischenzeit sollten Sie sich mit dem Psychiater treffen. Sie wollen doch zeigen, dass Sie sich helfen lassen. Sie werden jemanden brauchen, der Ihnen Ihre Handlungskompetenz bestätigt.«

Der Schlosser warf einen Blick auf ihr gezeichnetes Gesicht, als sie ihm den Scheck ausstellte, fragte aber nicht weiter nach. Die Alarmanlageninstallateure führten sie durch das neue System. War auch ganz sicher, dass sie alles verstanden hatte?

»Es hat also einen Einbruch gegeben?« Der Teamleiter musterte ihre Verletzungen mit unverhohlenem Interesse.

»Was ist passiert?«

»Ein Typ ist eingebrochen.« Sie zuckte mit den Schultern.

»Ich wette, jetzt wünschen Sie sich, das alles vorher eingebaut zu haben? Dann hätte es der Bösewicht erst gar nicht versucht. Und im schlimmsten Fall hätten Sie ihn auf Video gehabt.«

»Wollen Sie damit sagen, es ist meine Schuld, dass er eingebrochen ist?«, fragte sie leichthin und wartete auf seine Reaktion, als ob er ein Käfer in einem Untersuchungsglas wäre. *Klopf, Klopf, Klopf.*

»O nein. Nein, nein! Das meinte ich natürlich nicht. Niemand hat es verdient ...« Er fuchtelte mit der Hand in der Luft, als wollte er ihren Körper, ihre Verletzungen einschließen. »Aber es stimmt schon, was man sagt: Vorsicht ist besser als Nachsicht!«

»Wenn etwas Schlimmes passiert, denkt man immer, dass das, was man getan hat, nicht ausgereicht hat«, sagte sie.

»Ich wollte Sie nicht verärgern.«

Sie legte den Kopf schief. »Klinge ich verärgert?«, erkundigte sie sich kühl.

»Vielleicht ... Ist Ihr Mann zu Hause? Soll ich ihm das System erklären?« Er sah suchend über sie hinweg, in der Hoffnung, dass ein Mann auftauchen würde, jemand Verständiges. Jemand Vernünftiges.

»Er ist gestorben.«

»Ach du Scheiße«, entfuhr es dem Installateur, dessen Ausdruck endlich menschlich wurde, als er sie ansah. »Bei dem Einbruch?«

»Nein.«

Der Mann trat unbehaglich von einem Bein aufs andere, sah sich um, als wäre das Haus infiziert, zuckte zusammen, als sein Blick über ihre weißen Flecken glitt, und fragte: »War er krank?«

»Er ist gestolpert und gefallen.«

»Das hat ihn umgebracht?«

Sie sah eine Möglichkeit, das Mitleid des Mannes, seine Schuldgefühle und seine offensichtliche Überzeugung, dass sie keine Ahnung hatte, auszunutzen.

»Wissen Sie, wie man Starthilfe gibt? Oder wie man einen Ersatzreifen aufzieht? Jetzt, wo er nicht mehr da ist und ich so verletzt bin, kann ich es nicht selbst machen.«

Innerhalb von zwanzig Minuten war an ihrem Auto der Reifen gewechselt und die Autobatterie des Wagens ihres Mannes aufgeladen. Die Alarmanlageninstallateure verließen das Haus mit dem stolzen Gefühl, einer Frau in Not geholfen zu haben. Sie aktivierte das neue Sicherheitssystem und schloss das Haus mit ihrem neuen Schlüssel ab.

Mehr Metall. Mehr sicheres Metall.

Als sie mit weniger als zwanzig Meilen pro Stunde zur Werkstatt tuckerte, damit der uralte Ersatzreifen unterwegs nicht kaputtging, waren das wütende Hupen hinter ihr und die gebrüllten Flüche der Autofahrer, die sie überholten, nur ein Hintergrundrauschen. Sie sang zu den Liedern im Radio mit. Grinste, weil der Arzt doch recht gehabt hatte und ihre Sehkraft inzwischen wieder so weit hergestellt war, dass sie sich sicher fühlte. Zumindest auf einer Straße, die ihr mehr als vertraut war. Zumindest, wenn sie so langsam fuhr.

Sie fragte sich, ob ihr Leben immer so sein würde. Panik und Angst, ein Fenster offen gelassen zu haben, unter Herzrasen nach Geräuschen in ihrem eigenen Haus zu lauschen, sich an metallische Annehmlichkeiten zu klammern, um schlafen zu können, um zu funktionieren. Aber alles andere? Es schien plötzlich so einfach, so leicht. Wie hatte sie sich jemals über genervte Autofahrer aufregen können? Über die Herablassung von Handwerkern, die von ihr bezahlt wurden? Darüber, was irgendjemand von ihr dachte? Sie richtete sich auf dem Fahrersitz auf, um den schmerzenden Druck in ihrem Rücken zu lindern. Sehnsüchtig dachte sie daran, wie ihr Mann ihre Schultern massiert hatte, um die Verspannungen herauszukneten.

Jetzt, mit der installierten Alarmanlage, würde es besser werden. Mit den neuen Schlössern. Sie musste dafür sorgen, dass es besser wurde. Sie hielt das Lenkrad fest umklammert.

Du kannst nicht zulassen, dass der Schatten dir dein Zuhause wegnimmt. Lass nicht zu, dass er dir diesen Trost raubt. Deine Erinnerungen beschmutzt.

Gedanken an die letzten zwei Jahre gingen ihr durch den Kopf. Die Kinder, die in Laubhaufen sprangen. Die liebenswerte, aber verblüffende Besessenheit ihres Mannes, den Rasen zu perfektionieren. Ihre Tochter, die Tomaten direkt aus dem Garten isst. Die Schneeburgen, Kissenburgen, Deckenburgen der Kinder. Pizzabacken im Kaminofen. Winterfeuer im riesigen Kamin.

Nein. Das wird er dir nicht nehmen. Du wirst es ihm nicht erlauben.

In der Autowerkstatt trank sie eine Tasse Kaffee nach der anderen; ihr entging nicht, dass die Frau hinter dem Schreibtisch sie anstarrte, entschied sich aber, sie zu ignorieren. Es fühlte sich seltsamerweise besser an, zu glauben, dass die Leute sie aufgrund ihrer Verletzungen anstarrten als wegen der weißen Spuren ihrer Vitiligo.

Während sie auf ihren neuen Reifen wartete, blätterte sie in einer Zeitschrift vom Dezember des vergangenen Jahres. Der Star auf dem Cover posierte mit den Händen in den Hüften und lässiger nach vorn gerichteter Haltung. »Ich hab es gerne gefährlich« war das Foto überschrieben.

Als sie sich zurücklehnte, drückte der Stuhl so unangenehm auf den harten Knoten in ihrem Rücken, dass sie sich wieder aufrichtete. Wie sicher musste sich die Welt für jemanden anfühlen, um so etwas zu sagen. Sie konnte sich nicht erinnern, sich jemals so gefühlt zu haben.

Zu Hause angekommen, stand die Sonne bereits tief und orangefarben in den Bäumen. Als sie sich der Garage näherte, entdeckte sie die Ricke und das Rehkitz am Anfang des Pfades hinter dem Friedhof; ganz still standen sie da, sodass man die Atemwolken, die aus ihren feuchten schwarzen Nasen drangen, erkennen konnte.

Sie hatte den alten Witz ihres Mannes im Ohr: »Wenn man hier keine Rehe sieht, heißt das nur, dass man nicht genau genug hinschaut.«

Und den Spruch des Installateurs, der sagte: »Im schlimmsten Fall hätten Sie ihn auf Video gehabt.«

Ihr Mund wurde trocken, als sie von dem getroffen wurde, was am Vortag an ihr genagt hatte, die Erinnerung, die für sie nicht fassbar war, als sie die Rehe auf dem Pfad hatte verschwinden sehen.

Mit zitternden Händen stellte sie den Motor ab. Da sie vergaß, die Automatik auf »Parken« zu stellen, rollte der Wagen rückwärts, bis sie mit Wucht auf die Bremse trat. Der Schmerz in ihrem verletzten Fuß ließ sie zusammenzucken.

Sie starrte durch die Windschutzscheibe auf die Mutter und ihr Kitz. Die Wildkamera. Sie musste noch immer irgendwo dort draußen zwischen den Ästen auf den Waldweg gerichtet sein.

Es war vorstellbar, dass sich der Schatten dem Haus über den Pfad genähert hatte. Es hatte keine Reifenspuren gegeben. Er musste zu Fuß gegangen sein. Es wäre ein Leichtes gewesen, unbemerkt in der Sackgasse mit den modernen Villen zu parken und über den Pfad zum Haus zu gehen.

Mach dir keine zu großen Hoffnungen. Wahrscheinlich wird nichts darauf zu sehen sein. Vermutlich sind inzwischen die Batterien leer. Wie lange läuft die Kamera schon? Über ein Jahr. Und selbst wenn sie noch funktioniert, ist es fraglich, ob er je hier langgegangen ist. Aber vielleicht. Vielleicht, vielleicht, vielleicht.

Sie stellte sich vor, wie der Schatten das Haus vom Wald aus beobachtete. Ganz egal, wie lange er gewartet und es beobachtet haben mag, die solarbetriebene Wildkamera in ihrem Tarngehäuse, die versteckt an einem Baum zehn Meter abseits des Weges hing, hätte er niemals sehen können.

Doch die Kamera könnte ihn gesehen haben.

KAPITEL 33

Sie parkte in der Garage und eilte ins Haus, um ihre Turnschuhe gegen Schneestiefel zu tauschen. Dabei hätte sie fast vergessen, die Alarmanlage zu deaktivieren. Der Installateur hatte sie gewarnt, dass das in den ersten Wochen oft vergessen wird.

»Stellen Sie sich eine Frau vor, die vom Einkaufen kommt, ja? Die Hände voller Tüten, freut sich, sie auszupacken, und als Nächstes hat sie einen Anruf von uns verpasst, und schon steht die Polizei vor der Tür.«

»Ich werde es mir merken.«

»Klar, natürlich«, hatte er gesagt, und sie hatte desinteressiert beobachtet, wie er seinem Kumpel einen zweifelnden Blick zuwarf. Sie wusste, dass beide Männer sie für hoffnungslos geschädigt, endlos dumm hielten.

Und jetzt sieh dich an, dachte sie und lächelte in sich hinein, *fast hättest du sie in ihrer Meinung über dich bestätigt.*

Ihre Aufregung half ihr, sich trotz ihres noch nicht geheilten Körpers schnell zu bewegen. Sie ging durch das offene Garagentor hinaus in Richtung Pfad. Verglichen mit der schuhlosen mitternächtlichen Flucht durch den Wald, ohne das Gewicht der Beamten an ihrer Seite wie am Tag zuvor, kam sie auf dem von den Polizisten gespurten Weg gut voran. In der tief stehenden Abendsonne tastete sie sich, den letzten Sturz noch vor Augen, vorsichtig an den Grabsteinen entlang. Von dort betrat sie den Waldweg und versuchte, sich genau zu erinnern, wo ihr Mann die Wildtierkamera angebracht hatte.

Es war windig. Mit jedem Windstoß fielen Schneebrocken von den Wipfeln der Bäume und hinterließen Vertiefungen im Schnee, die den Wald, den Weg und sogar die Weiden und den Friedhof hinter ihr aussehen ließen, als wäre eine Armee mit seltsam geformten Schuhen und unregelmäßigem Gang über sie hinweggezogen.

Sie verließ die dünne Schneedecke auf dem Weg, um in die Verwehungen des dunkler werdenden Waldes zu stapfen, wobei Eisklümpchen in ihre Stiefel rutschten, wenn sie zu tief einsank. In ihrer Aufregung bewegte sie sich zunächst planlos von Baum zu Baum und fluchte über die Stöckchen und Äste, die an ihrer Hose hängen blieben.

Du weißt nicht mehr, wo es war. Das ist nicht schlimm. Wie lange ist das her, über ein Jahr? Da müssen die Batterien leer sein. Trotz des Solarpanels. Und der Speicherplatz ist wahrscheinlich längst voll. Mach dir keine zu großen Hoffnungen. Geh methodisch vor.

Sie legte ein imaginäres Raster über den Bereich, in dem sie vermutete, dass ihr Mann die Kamera angebracht hatte. Dann folgte sie den Linien so genau wie möglich, wobei sich ihre Spuren allmählich zu einem gleichmäßigen Netz verdichteten. Gerade begann sie sich Sorgen zu machen, ihr Mann könnte die Kamera abmontiert haben, ohne es erwähnt zu haben, da entdeckte sie sie.

Das Gerät fügte sich unauffällig in die Oberfläche des Baumstamms ein, an dem es festgeschnallt war, aber da hing es tatsächlich, knapp unterhalb ihrer Augenhöhe. Als sie bemerkte, dass das Solarpanel teilweise mit Schnee bedeckt war und sich Eiskristalle um das Auge der Kamera gesammelt hatten, sank ihre Hoffnung.

Sie kämpfte damit, die Konstruktion abzuhängen, und zog schließlich den Fäustling von ihrer unverletzten Hand, um den Klettverschluss vom Baum zu lösen.

Bitte, bitte, bitte, betete sie zu niemandem im Besonderen, *lass etwas drauf sein, irgendetwas!*

Das Gerät ähnelte einer Digitalkamera, mit einem eigenen zwei mal drei Zoll großen Display auf der Rückseite hinter einer aufklappbaren Abdeckung. Sie war intuitiver zu bedienen, als sie es in Erinnerung hatte; wegen ihrer geringen Größe lag sie gut in der Hand. Nachdem sie die OK-Taste gedrückt hatte, leuchtete das Display auf. Ihr Herzschlag beschleunigte sich.

Sie drückte auf die Taste mit dem Pfeil nach links, und das letzte Video wurde abgespielt. Die Aufnahme war durch die Bewegung ihres taumelnden Ichs ausgelöst worden, das suchend im Wald hin und her lief, mit dem Zeitstempel 16:08 Uhr und einer weiteren Reihe kleiner Ziffern, die auf eine Gesamtlaufzeit von zwanzig Minuten hinwiesen.

Sie war so aufgeregt, dass sie ihre Finger ausstrecken, ihre Hand ausschütteln und tief durchatmen musste, um sich zu beruhigen, bevor sie in den Aufnahmen zurückklickte. Ob der Schatten wohl auf irgendeinem der Videos zu sehen war?

Das nächste war mit dem Zeitstempel 16:02 Uhr versehen. Die Ricke und das Kitz, die vor ihr davonliefen. Teilweise durch den Schnee auf der Kameralinse verdeckt, sprangen sie in hohen Bögen aus dem Bild heraus. Sie schaute zum Himmel, der jetzt schnell dunkler wurde. Es fiel ihr schwer zu glauben, dass sie nur etwa zwanzig Minuten lang nach der Kamera gesucht hatte.

Sie klickte zum nächsten Video, das nur zwei Minuten vor den Rehen aufgenommen worden war. Es gab keine Bewegung, kein Tier, das die Aufnahme ausgelöst haben könnte. Sie musterte den winzigen Bildschirm genauer. Er offenbarte lediglich einen leeren Blick auf den Pfad, die Bäume, ein Stück Weide mit der massiven alten Kiefer am Rand. Vielleicht war die Kamera durch Schneeflocken ausgelöst worden? Ein Eichhörnchen?

Oder dieses dumme, verletzte Auge funktioniert doch noch nicht so gut, wie du dachtest. Wahrscheinlich reicht der Schnee, der von den Ästen fällt, aus, um die Aufnahme auszulösen.

Sie blickte auf, sah sich um, hörte den dumpfen Laut fallender Schneemassen um sich herum, das Knacken von gefrorenem Holz im Wind. Die Äste zeichneten sich schwarz vor dem marineblauen Himmel ab.

Es spielt keine Rolle, was spielt es für eine Rolle? Schau nach dem Tag, an dem es passiert ist! Das ist alles, was zählt.

Übereifrig drückte sie zweimal kurz hintereinander auf den Knopf, um zurückzublättern. Aber das, was beim Vorbeiklicken aufflackerte und dann verschwand, ließ ihr den Atem stocken und sie die Rehe ignorieren, die am Vortag um 21:00 Uhr langsam an der Linse vorbeispaziert waren.

»Was war das?«, flüsterte sie dem Wald zu. »Was zum Teufel war das?«

Sie klickte zurück zu einem Video mit dem Zeitstempel 7:03 Uhr an diesem Tag.

Der Schatten bahnte sich vorsichtig seinen Weg zum Haus, indem er dem von der Polizei hinterlassenen Trampelpfad folgte. Um 7:04 Uhr verschwand er aus dem Bild.

Er war beim Haus. Heute Morgen.

Hektisch sah sie sich um, ihr Atem ging schnell, die Kamera zitterte in ihren Händen.

Wo ist er jetzt? Ist er irgendwie ins Haus reingekommen? Ist er hier?

Das Pochen ihres Blutes war so laut, dass sie nichts anderes mehr hören konnte. Bis auf den schwachen blauen Schimmer des Kameralichts hatte sich alles im Wald in Schatten verwandelt. Sie klickte noch einmal auf das zweite, neuere Video, das sie übersprungen hatte.

Der Zeitstempel lautete 7:28 Uhr. Das war ungefähr der Zeitpunkt, als der Schlüsseldienst eingetroffen war und sie das Bad verlassen hatte.

Der Schatten lief ins Bild. Er rutschte im Schnee aus, fing sich und blieb stehen. Dann drehte er sich um und reckte den Hals in

Richtung Haus. Sie stellte sich vor, wie er den Schlosser beobachtete, den Lieferwagen der Sicherheitsfirma, der in der Einfahrt parkte. *Das bedeutet ... Was? Vielleicht hat er versucht reinzukommen. Vielleicht ist er reingekommen? Dann hat er den Schlüsseldienst kommen hören und ist geflüchtet, ohne dass ihn jemand gesehen hat.*

Acht Minuten lang stand der Schatten im Bild der Kamera, bewegte sich manchmal, als ob er einen besseren Blick erhaschen wollte. Sie spulte vor, übersprang verzweifelt dreißig Sekunden am Stück, um zu sehen, was er getan hatte, um herauszufinden, wie das Video endete. Sie musste sich zwingen zu atmen. Es war, als ob ein Albtraum, der sich in ihrem Kopf abspielte, gefilmt worden war.

Hat er versucht, ins Bad zu gelangen? Das hätte ihm angesichts seines Gewichts und seiner Größe gelingen können. Er hätte die Tür einschlagen können, wenn er gewollt hätte. Warum hat er es nicht getan? Hat er nach deiner Tochter gesucht? Wollte er nachsehen, ob sie wieder zu Hause ist? Ist er reingekommen?

Ihr Herz krampfte sich zusammen bei der Vorstellung, was hätte passieren können, wenn sie mutig gewesen wäre. Vernünftig. Wenn sie sich nicht die Mühe gemacht hätte, die Schlösser auszutauschen und eine Alarmanlage einbauen zu lassen. Wenn sie in ihrem eigenen Bett geschlafen hätte. Wenn sie es nicht so leid gewesen wäre, dass die Kinder ständig ins Bad stürmten, und den Riegel nicht angebracht hätte. Es waren so viele Dinge, die da zusammenkamen, dass sie sich selbst hier, frierend und verängstigt im Schnee, ihres Glückes bewusst war. Dankbarkeit für den Riegel. Für die Tatsache, wie sehr die Kinder sie genervt hatten. Für jeden bizarren Impuls, jedes nervenaufreibende Ausharren, das den Schatten davon abgehalten hatte, einzubrechen und die Badezimmertür einzutreten.

Als sie eine Veränderung im Bild erkannte, stoppte sie den Schnelldurchlauf. Sie beobachtete, wie sich der Schatten zu seiner vollen, massiven Größe aufrichtete. Er stand im Profil. Sein Mund bewegte sich, und in ihrer Fantasie hörte sie die raue Stimme zwischen seinen Zähnen hervorbrodeln. Er machte eine Faust, schlug sich damit auf die Brust, als wollte er die rasselnde Bosheit aus seiner Lunge vertreiben. Sein Mund bewegte sich weiter. Fluchte er vor sich hin, schmiedete er einen Plan?

Kalter Schweiß rann ihr den Rücken hinunter und setzte sich metallisch und gefroren auf ihrem Rücken ab. Der Schatten drehte sich um und entfernte sich von der Kamera. Er bewegte sich gerade noch innerhalb der Baumgrenze, sodass er nicht gesehen werden konnte, falls jemand vom Haus aus in seine Richtung blickte. Mit langen Schritten bewegte er sich mühelos durch den Schnee, bevor er hinter einer massiven Kiefer am Waldrand verschwand, etwa achtzig Meter von ihr entfernt.

Nach dreißig Sekunden, in denen sich nichts mehr bewegte, endete das Video. Sie klickte verzweifelt die nächste Aufnahme an. Es war die Szene der Leere, der Weide, des Baumes, des Waldes, um 16:00 Uhr.

Diesmal hatte sie nur Augen für die Kiefer. Sie starrte sie an, verpixelt und auf dem winzigen Display weit entfernt, wagte sie nicht einmal zu blinzeln. Da sah sie eine Bewegung.

In ihrer Erinnerung ertönte die Stimme ihrer Tochter, die aus dem Fenster auf die alte Kiefer deutete.

»Vielleicht war es Daddy? Daddy mochte den Baum so gerne.«

Durch das gewellte Glas des Küchenfensters hatte auch sie eine Bewegung in der Nähe der Kiefer ausgemacht. War nach draußen gegangen, ohne etwas zu finden.

Aber er war dort. Das ist der Ort, von dem aus er euch beobachtet.

Auf dem Display bewegte sich etwas am Baum, ein dunkler Fleck, bei dem es sich um den Schatten handeln musste. Er verharrte kurz, dann verschwand er wieder hinter dem Stamm. Es war zu weit entfernt, um zu erkennen, was er tat. Aber sie wusste es. Sie wusste es.

Er hat zugesehen. Er war die ganze Zeit da. Er ist vom Haus weggerannt, als er die Handwerker die Einfahrt hochkommen sah. Er hat gewartet. Hat gesehen, wie sie gegangen sind. Wie du gegangen bist.

Ist gerade erst wieder rausgekommen, kurz bevor du aus der Werkstatt zurück warst. Er hat dich den Pfad entlanggehen sehen. Genau hierher. In den Wald.

Zitternd drückte sie auf den Aus-Knopf und presste die Kamera an ihre Brust, um die restliche Helle zu verbergen. Sie schluckte die kalte Luft so schnell, dass sie in ihrer Kehle brannte. Blinzelte in die Dunkelheit, die Augen vom Licht des Videos blind. Leere graue Flecken vernebelten ihre Sicht.

Wo ist er? Ist er die ganze Zeit über näher gekommen? Stalkt er dich? Er ist dir einen Schritt voraus, er wird dich jeden Moment umbringen.

Im ersten Mondlicht leuchtete der Schnee bläulich weiß. Ihr Schädel schmerzte, als sie ihre Augen so weit wie möglich öffnete, um irgendetwas zu sehen, konnte jedoch wegen des langen Starrens auf das Display nach wie vor nicht viel erkennen. Sie lauschte angestrengt, ob Schritte durch den Schnee zu hören waren, das Knacken von Zweigen, während der Schatten durch den Wald schlich. Aber da waren nur das Schwarz der Äste und das Weiß des Schnees, das Rauschen des Windes in den vereisten Bäumen und das Geräusch von Schneebrettern, die schwer von den Wipfeln rutschten.

Worauf wartet er? Er muss dich gesehen haben. Was tut er in diesem Augenblick? Wo könnte er sein?

So wie bei der erstarrten Ricke und ihrem Kitz schien Stillhalten zunächst die einzige Option, die ihr erlaubte nachzudenken, abzuschätzen, ob sie gejagt wurde. Jeder kalte Luftzug, der über ihren Hals strich, ließ sie in dem Glauben zusammenschrecken, dass es das sanfte Gleiten eines Messers war.

Langsam gewöhnten sich ihre geschädigten Augen an die Dunkelheit. Baum um Baum um Baum erstreckte sie sich vor ihr. Sie konnte im Mondlicht keine Umrisse einer menschlichen Gestalt ausmachen. Niemanden, der nach ihr griff. Ihr von kaltem Schweiß bedeckter Rücken juckte, als würde er von Blicken durchbohrt. Sie drehte sich um, weil sie fürchtete, der Schatten könnte um sie herumgeschlichen sein, aber die einzige Bewegung rührte vom Wind, der sich in den hohen Ästen verfing. Sie drückte auf ihren unteren Rücken, aber das schreckliche Gefühl ließ nicht nach.

Plötzlich fiel es ihr wie Schuppen von den Augen, und sie schämte sich, nicht früher daran gedacht zu haben.

Ruf 911! Was machst du hier? Ruf die Polizei!

Sie griff nach ihrem Handy. Es befand sich nicht in ihrer rechten Manteltasche, obwohl sie hätte schwören können, sein Gewicht darin zu spüren. Sie legte die Wildkamera in den Schnee und tastete sich verzweifelt ab.

Wo ist es? Wo ist es? Es ist nicht hier, es ist nicht hier! Hast du es fallen lassen?

Sie hob den Mantel an, um in die Taschen ihrer Hose zu greifen. Mit Dankbarkeit, dass ihr Gebet erhört worden war, ertastete sie das Handy. Das Licht des Displays schmerzte. Hatte es ihr Gesicht aufleuchten lassen, sodass der Schatten sie finden konnte? Ihre Hand zitterte so heftig, dass es ihr nicht gelang, das Handy zu entsperren. Sie drückte den Ehering ihres Mannes fest an ihre Handfläche, um sich zu beruhigen, bis sie das Telefon schließlich so ruhig halten konnte, dass die Gesichtserkennung sie erfasste. Sie wählte.

»Neun-eins-eins, was für ein Notfall liegt vor?«

Die Stimme klang so fröhlich, dass ihr Kopf auf einmal wie leer gefegt war, weil sie sie nicht mit dem dunklen Wald, der Bedrohung und ihrem Schrecken in Einklang bringen konnte.

»Hallo, schildern Sie mir Ihren Notfall? Hallo?«

Die leichte Verärgerung in der Stimme am anderen Ende der Leitung rüttelte sie wach. »Ja, ja! Es ist jemand hier. Er ist hinter mir her. Bitte!«

»Wie lautet Ihre Adresse?«

Sie nannte ihre Adresse, wiederholte sie, gab ihren Namen an und hörte sich am Ende jeder Information wiederholen: »Ich bin im Wald. Hinter dem Haus. Bitte, schicken Sie jemanden. Bitte, er ist hier, er ist zurück, bitte.«

Die Frau stellte immer wieder Fragen, sagte ihr, sie solle in der Leitung bleiben, aber es fiel ihr zunehmend schwerer zu sprechen; Angst trocknete ihre Lippen und ihre Zunge aus. Dann schoss ihr durch den Kopf, wie hoch das Risiko war, hier mit leuchtendem Handy zu stehen, und sie begann unkontrollierbar am ganzen Körper zu zittern. Statt aufzulegen, klickte sie die Anzeige des Telefons weg und schaltete den Klingelton ab. Sie steckte es in ihre Tasche.

Zuerst dachte sie, ihr Zittern würde allein nur von dem Schrecken herrühren, weil ihr panischer Verstand nicht wusste, was er tun sollte. Aber als der Wald sie immer dunkler und stiller umgab, merkte sie, wie kalt ihr war. Sehr kalt. Seit über zwanzig Minuten war sie schon hier draußen. Und einen Großteil davon hatte sie beinahe regungslos auf der Stelle verharrt, ohne Mütze, mit ausgezogenem Fäustling. Sie stand in einer Schneewehe, die ihr das Eis in die Stiefel trieb.

Benommen hob sie ihren Fäustling auf. Er war ihr bei der Suche nach dem Handy in den Schnee gefallen. Sie zog ihn über ihre gefrorene Hand. Schloss sie zur Faust und spreizte die Finger, immer und immer wieder, um sie zu wärmen.

Was nun? Was nun? Was sollst du jetzt machen? Wo ist er?

Nichts rührte sich. Jedes Mal, wenn sie sich bewegte, sich umsah, war alles, was sie empfinden konnte, die Kälte der eingeatmeten Luft und das Bewusstsein der schweißnassen Kälte auf dem Knoten in ihrem unteren Rücken.

Warte. Warte auf die Polizei. Manchmal ist es am schwierigsten, nichts zu tun.

Sie hob die Wildkamera auf, die neben ihren Füßen lag und halb im Schnee versunken war.

Es wäre dumm, sie hier zu vergessen. Verlier sie nicht. Du musst sie beschützen. Sie ist ein Beweis.

Sie verfluchte ihre verletzte Augenhöhle, wie körnig ihre Sicht an den Rändern war, besonders in der Dunkelheit. Sie spürte die Blicke des Schattens auf sich, fühlte sich wie ein winziges, zerbrochenes Ding. Er würde von hinten mit dieser Waffe auf sie zukommen, die zu klein und zu weich war, um zu existieren, und das letzte Wort, das sie hören würde, wäre *köstlich*.

Licht flutete über sie hinweg, von den Bäumen zerschnitten, der Strahl einer Taschenlampe, es war der Schatten, er hatte sie erwischt, blendete sie, es gab kein Entkommen in diesem Scheinwerferlicht.

Doch dann hörte sie das metallische Quietschen einer Autotür. Eine Stimme.

»Hallo? Ma'am? Wo sind Sie?«

Die Erleichterung erfasste sie wie eine Welle, und sie rannte und kroch durch den Schnee auf den Sergeant zu.

KAPITEL 34

»Er ist hier, er ist hier!«

Selbst in der Dunkelheit und trotz ihrer Panik konnte sie erkennen, wie hart der Gesichtsausdruck des Sergeants war. Er trug keine Maske, und sein Kiefer war vor Wut dermaßen angespannt, dass sie kurz vor seinem Wagen stehen blieb.

»Ma'am. Sie müssen damit aufhören.«

Sie sah sich hektisch um. »Wo sind die anderen?«

Er verschränkte die Arme und deutete mit dem Kinn auf sie. *Es gibt keine Verstärkung. Er denkt, du lügst. Bist hysterisch.*

»Ich war sowieso auf dem Heimweg. Ich hab der Zentrale gesagt, dass ich vorbeifahre. Warum gehen wir nicht rein, ja?«

»Aber er könnte da drin sein. Er könnte hineingegangen sein. Ich hab das Haus durch die Garage verlassen, sehen Sie?« Sie gestikulierte wild in Richtung des geöffneten Garagentors. »Das heißt, ich habe das Haus unverschlossen gelassen; und ich hab den Alarm nicht aktiviert, bevor ich in den Wald gegangen bin. Ich habe nicht nachgedacht, ich ... Er könnte da drin sein!«

Du klingst verrückt. Sprich langsamer. Erklär es ihm.

Aber sie bekam ihr Zittern nicht in den Griff, konnte keine vernünftige Erklärung herauswürgen.

»Er war hier!«, hörte sie ihre dumpfe, verzweifelte Stimme. »Sie können es sich ansehen ... Schauen Sie, schauen Sie!« Zitternd drückte sie dem Sergeant die Kamera an die Brust.

Er wich zurück, als handelte es sich bei dem kleinen Gerät um eine ansteckende Krankheit. »Was ist das?«

»Ich habe ihn erwischt. Ich habe ihn auf Video.«

Der Sergeant nahm das Gerät in die Hand, drehte es um. Das Display leuchtete auf, und sie sah zu, wie er mit den Tasten herumprobierte.

»Benutzen Sie die Pfeile. Klicken Sie das von mir weg. Und das von dem Reh. Dann werden Sie es sehen.«

Er starrte auf die Kamera, während sie sich umdrehte und in der Dunkelheit nach Anzeichen des Schattens suchte. Es war sinnlos. Die Lichter am Haus tauchten sie und den Sergeant in einen gelben Kreis, der sie für alles außerhalb des Lichtkegels blind machte.

Wilde Kreaturen sind unsichtbar, wenn sie Menschen an einem Lagerfeuer umkreisen.

Die Anspannung im Kiefer des Sergeants lockerte sich. Er sah zu ihr auf, dann klickte er wieder und schaute. Es klickte ein drittes Mal, dann hob er langsam den Kopf, und sein Blick traf auf ihren.

»Ich glaube, wir sollten reingehen«, sagte er.

»A-Aber er könnte da drin sein! Begreifen Sie das nicht? Ich habe das Garagentor offen gelassen.«

Der Sergeant blieb stumm, wandte sich nur ab und ging zur Garage.

Sie folgte ihm nicht, ängstlich gefangen in dem Grenzraum zwischen ihrem Haus und dem Wald.

»Er könnte da drin sein«, rief sie.

Der Sergeant hielt inne und drehte sich zu ihr um. Er zeigte auf die Kamera und sagte ruhig: »Sie haben doch das Video gesehen, oder? Es sieht so aus, als ob derjenige, der hier war, immer noch draußen ist. Die Kamera hätte es aufgezeichnet, wenn er ins Haus zurückgegangen wäre.«

Sie klickte sich in Gedanken durch die Videos. Das letzte Anzeichen vom Schatten war sein Verschwinden hinter der Kiefer, als sie um 16 Uhr in die Einfahrt gebogen war. Instinktiv schaute sie in die Richtung des Baumes, aber vor dem Nachthimmel konnte sie nicht mehr als seine schwankende Spitze ausmachen. Sie wusste, dass sie nicht logisch dachte; zu viel Angst, die Kälte.

Ist dir etwas entgangen? Es fühlt sich an, als ob du etwas vergisst. Aber der Sergeant muss doch recht haben. Er muss klarer denken als du. Der Schatten ist da draußen, dort lauert die Gefahr. Draußen!

Augenblicklich wirkte die Dunkelheit bedrohlicher, das Licht und die Wärme des Hauses strahlten Sicherheit aus.

Sie folgte dem Sergeant ins Haus und drückte auf den Knopf, um das Garagentor zu schließen. Dann verriegelte sie von innen das Schloss und huschte zum Fenster an der Tür zum Garten. Spähte hinaus – so wie die Nachbarn es in jener Nacht getan hatten, als sie nach einem Hinweis auf den Schatten gesucht hatten.

Sie konnte sich nicht dazu bringen, sich hinzusetzen. Nervöse Energie und Adrenalin zwangen sie, die Hände auszuschütteln, auf und ab zu marschieren, zu überprüfen, ob alle Türen verschlossen waren, ob die Alarmanlage aktiviert war, immer wieder in die Nacht hinauszuschauen.

Der Sergeant setzte sich auf die kleine Bank im Eingangsbereich in der Nähe der Küche und nahm anscheinend gar nicht wahr, dass sie keine fünf Meter von ihm entfernt auf und ab tigerte. Er starrte auf das Display hinunter, den breiten Daumen sanft über die Tasten gelegt. Während er scrollte, sackte er in sich zusammen, sah nicht auf, als sie auf der anderen Seite des Raumes vor sich hin zu reden begann.

»Mir ist die Kamera im Wald eingefallen. Um die Rehe zu sehen. Die Tiere. Mein Mann hat sie aufgehängt. Letztes Jahr. Für die Kinder. Das hatte ich vergessen. Dann habe ich ihn entdeckt. Auf dem Video. Also hab ich die Polizei angerufen. Haben Sie den Zeitstempel gesehen? Er war da, hat gewartet, sich hinter dem Baum versteckt. Er muss ... ganz in der Nähe sein. Hinter dem Baum? Oder im Wald? Er könnte überall sein. Ich weiß es nicht. Ich weiß nicht, wo er ist.«

»Okay«, sagte der Sergeant leise, den Blick immer noch auf das Display gerichtet. »In Ordnung.« Sein Gesicht war kraftlos, welkte sichtlich dahin, als er verstand, was er da sah.

»Sollten Sie nicht jemanden anrufen?«, fragte sie. »Sollten Sie ihn nicht suchen?«

Der Sergeant sah zu ihr auf. »Er ist da«, murmelte er. »Er war wirklich hier.«

Sein Ton war so verändert, klang so sehr wie der eines verlorenen Kindes, dass sie in ihrer Bewegung innehielt.

»Und Sie … Die Kinder. Mein Gott.« Er schüttelte den Kopf. »Scheiße. Okay, alles klar.«

Als hätte ihn der Anblick der Bilder körperlich geschwächt, legte der Sergeant die Kamera mit einer erschöpften Bewegung neben sich auf die Bank. Dann holte er sein Handy raus, zögerte, bevor er wählte.

»Ja, hey, ich bin's«, sagte er in den Hörer. Den Ellbogen auf einen Oberschenkel gestützt, den Kopf schwer auf seine Hand, rieb er sich die Stirn. »Ich brauche alle hier draußen.« Er hörte zu. »Ja. Ich weiß. Ich weiß, was ich gesagt habe, aber …« Er holte tief Luft. Atmete aus. »Ihr werdet nicht glauben, was ich mir hier gerade anschaue. Sie hat ein gottverdammtes Vid…«

Hinter dem Sergeant trat der Schatten aus der dunklen Küche. Beim Anblick dieser Unmöglichkeit, der Gestalt des Schattens, der so massiv über dem Polizisten aufragte, dass er wie eine völlig andere Spezies wirkte, blieb ihr ein Schrei in der Kehle stecken. Mit einer nur undeutlich zu erkennenden Waffe in der Hand war er mit einem einzigen Schritt neben dem Sergeant. Ohne das geringste Zögern schlug der Schatten dem Sergeant einmal, zweimal, dreimal hintereinander auf die Schädeldecke, *Tap-Tap-Tap*.

Für einen Moment blieb der Sergeant aufrecht auf der Bank sitzen, sein Mund ein stummes O. Dann floss schwarzes Blut dick über sein Gesicht. Die Hand, die das Handy hielt, rutschte zur Seite, die Finger lösten sich, und das Telefon schlug mit einem übernatürlich lauten Geräusch auf den Ziegelsteinboden des Eingangsbereichs auf. Der Sergeant kippte nach rechts auf die Bank, als hätte ihn der Verlust von etwas so Lebenswichtigem die letzte

Kraft geraubt. Lautlos sackte sein Körper über der Kamera zusammen.

Sie konnte sich nicht bewegen. Stand wie angewurzelt da, unfähig zu verstehen.

Aber er ist draußen. Du bist in Sicherheit.

Der Schatten drehte sich um und sah sie an.

Wie gelähmt, steif und sich nur des harten, eisigen Knotens in ihrem Rücken bewusst, wo sich der Angstschweiß sammelte, sah sie zu, wie sich seine Lippen zu einem Lächeln verzogen.

»Du«, knurrte er. »Du rührst dich nicht von der Stelle.«

Es war gleichzeitig ein Befehl und eine simple Feststellung. Jedes einzelne Körperteil war wie eingefroren, sich zu bewegen völlig undenkbar.

Genau wie in deinen Träumen. Aber das hier ist real. Wie kann das real sein?

Sie starrte auf den Schatten, auf den leblosen Körper und das Blut des Sergeants und begriff, dass wenn sie oder der Sergeant die Zeit gehabt hätten, sich die gesamten zwanzig Minuten der Videoaufzeichnungen anzusehen, sie vielleicht im Hintergrund den Schatten entdeckt haben würden, wie er in Richtung Haus schlich, um sich dort auf die Lauer zu legen.

Das ist deine Schuld. Du hast nicht nachgedacht. Denk nach!

Der Schatten blickte auf den Sergeant hinunter und griff nach der Wildtierkamera. Plötzlich ging ihr auf, dass dies der Grund war, warum er sich zu erkennen gegeben hatte. Warum er den Sergeant getötet hatte, anstatt abzuwarten, bis er das Haus verließ. Er hatte ihr Gespräch belauscht. Er wusste, dass der Sergeant ihn gesehen hatte. Er wusste, dass er auf dieser Kamera zu sehen war.

Erst der Sergeant, dann die Kamera, dann du. Er vernichtet die Zeugen in der Reihenfolge ihrer Glaubwürdigkeit.

So klein und leer der Sergeant jetzt auch aussah, der Schatten hatte Mühe, das Gerät unter seinem schlaffen Körper hervorzuziehen. Blut war über die Kamera geflossen, hatte sich auf der Bank gesammelt und tropfte bereits auf den Boden. Der Schatten schaffte es nicht, die verschmierte Kamera zu greifen.

Er war auf Strümpfen reingekommen, und das Blut vom Boden tränkte eine weiße Baumwollzehe knallrot. Er stöhnte, während er den Sergeant mit einer behandschuhten Hand beiseiteschubste und mit der anderen gleichzeitig versuchte, die Kamera unter seinem Körper hervorzuziehen.

Der Anblick von seiner Unbeholfenheit, seine menschliche Verärgerung, das kleine Loch in seiner Socke neben dem rot gefärbten Zeh, die Art, wie seine blassen Finger von der Kamera abglitten, schufen eine nicht zu fassende Veränderung, bei der sich ihre Muskeln zusammenzogen. Ein Ur-Teil ihres Gehirns, der mit der Erkenntnis geflutet wurde, dass der Schatten sterblich war, dass die Beute entkommen konnte, dass, obwohl auf einmal alles falsch war, es nicht vorbei war. Ihr geschundener Körper spannte sich an, erfüllt von der instinktiven Gewissheit, dass nur noch Bewegung sie retten konnte.

Sie wirbelte herum, entriegelte die Tür hinter sich, öffnete sie, schlug sie zu, wie sie es schon Hunderte Male zuvor getan hatte, und floh in die Nacht.

Ihre Beine waren durch die Verletzung und den Schnee schwer. Ihre Lungen, ihre Muskeln so erschöpft, dass es ihr vorkam, als würde sie sich durch dickflüssige Luft bewegen. Alle Dinge breiteten sich flach vor ihr aus, während ihre Augen versuchten, in der Dunkelheit zu sehen.

Los. Lauf. Sieh dich nicht um.

Da ist Blut auf dem Weg.

Sie stürzte den Trampelpfad in Richtung Friedhof und Waldweg entlang, zwang sich, schneller zu laufen, den Schmerz und die Verwehungen zu durchbrechen und zu verhindern, dass die Angst ihre Gelenke zu Gummi machte und auf unnatürliche Weise verbog. Die Wahl der Richtung war unbewusst; sie war eine gejagte Kreatur, die sich instinktiv in den Schutz des Waldes flüchtete.

Durch das Rauschen des Windes in den Bäumen und das Rasseln ihres Atems in der eisigen Luft hörte sie ein Lachen, die spöttische Stimme des Schattens, der kreischte: »Lauf, lauf, so schnell du kannst!«

Er wird dich nicht kriegen, er wird dich nicht ...
Aber sie wusste, wie diese Geschichte enden würde.
Köstlich.
Nicht gucken. Einfach laufen.
Während sie ihr Blut, ihre Muskeln anspornte, mehr, mehr, mehr zu leisten, erinnerte sie sich daran, dass sie, der Sergeant und die Kamera nicht die einzigen Zeugen waren. Sie waren nicht die Einzigen, die den Schatten gesehen hatten.
Die Kinder. Sie sind als Nächstes dran. Warum hätte er sonst herkommen sollen? Und er wird ein weiteres Mal zurückkehren.
Diese Verlagerung des Denkens auf ein größeres Ziel zwang ihr Gehirn, nicht mehr rein instinktiv zu handeln. Sie spürte, wie es in seine trainierten Muster verfiel, Entfernungen kartierte, die Umgebung neu erfasste, Variablen und Optionen durchging und sich innerhalb imaginärer Dimensionen und Möglichkeiten ausdehnte.
Du kannst nicht vor ihm fliehen.
Wie weit lag er zurück? Wie lange war er durch das Überraschungsmoment ihrer Flucht aufgehalten worden? Er hatte seine Stiefel anziehen müssen, bevor er ihr hinterherlief. Hatte er sich die Zeit genommen, die Kamera zu vernichten? Eher nicht. Wahrscheinlich hatte er sie zurückgelassen, um sie zu kriegen.
Wahrscheinlich war er nah an ihr dran. Sehr nahe.
Er befindet sich bestenfalls fünfzehn Meter hinter dir. Womöglich weniger. Das war's. Du bist ganz allein. Niemand kann dir helfen.
Lauf.
Vor ihr lag der Zugang zum Pfad, um den sich die schneebedeckten Äste der Bäume neigten. Wie ein schwarzes Maul sah er aus.
Lock ihn hinein. Verschluck ihn. Führ ihn dorthin, wo du ihn sehen kannst. Das ist es. Du darfst nicht versagen. Es ist so weit. Los.

Während sie an den Grabsteinen vorbei in die Dunkelheit des Waldweges eintauchte, riss sie sich die Fäustlinge von den Händen und ließ sie in den Schnee fallen. Ohne langsamer zu werden, zog sie ihren Mantel hoch, da sie ihren verletzten Händen nicht zutraute, den Reißverschluss zu öffnen. Anschließend zerrte sie im Laufen ihren Pullover und ihr Unterhemd hoch, bis die Haut ihres Bauches und ihres Rückens frei lag.

Er ist nur ein Mann, der zu sehr auf seine eigene Stärke vertraut. Seine Überlegenheit. Und was er nicht weiß, kann ihn verletzen. Du schaffst das. Weil du keine andere Wahl hast. Weil du nicht versagen darfst.

An der dunkelsten Stelle des Weges, wo ein niedrig hängender Ast einer riesigen Seidenkiefer das Mondlicht aussperrte, tauchte sie in den Schatten, blieb abrupt stehen und drehte sich um.

Er befand sich am Anfang des Pfades, etwa dreißig bis vierzig Meter entfernt, und stapfte so leicht, so lässig durch den Schnee auf sie zu, dass sie für einen Augenblick den Puma in ihm sah, die Leichtigkeit des Raubtiers, mit der er sie fangen und vernichten konnte. Wie er im Bruchteil einer Sekunde ihren eilig entworfenen Plan, ihren Körper zerreißen konnte.

»Warte!«, rief sie, und obwohl ihre Stimme vor Angst dünn und von der Anstrengung geschwächt war, hörte sie, wie der Schatten innehielt. In der Dunkelheit konnte sie seinen Gesichtsausdruck nicht erkennen, aber sie konnte sehen, dass er sie registrierte – ein seltsames Neigen des Kopfes, ein mondhelles Aufblitzen der gelben Pumaaugen auf dem leeren Gesicht. Sie erinnerte sich daran, wie sie ihn das erste Mal gesehen hatte, umrandet von der Augustsonne.

Um ihre stillen Gestalten herum wehte der kalte Wind durch den Wald und ließ Schnee von den hohen Ästen fallen. Flocken wirbelten in ihren Kragen und schmolzen auf ihrem Hals, auf der ungeschützten Haut ihres Bauches und ihrem unteren Rücken. Ihr hochgeschobener Mantel, ihr Pullover und ihr Shirt fühlten sich an wie ein merkwürdig geformter Rettungsring.

Kann er dich sehen? Gut genug sehen, um sich zu fragen, was du vorhast?

»Braves Mädchen«, sagte er. »Es hat keinen Sinn, wegzulaufen.« Der Schatten ging langsam auf sie zu.

»Ich erinnere mich an Sie«, sagte sie.

Es gab eine lange Pause, nur das Rauschen des Windes zwischen ihnen, und sie fragte sich, ob er das Flüstern ihrer Stimme durch ihre schweren Atemzüge, durch ihre erstickende Angst hindurch gehört hatte.

»Das tun die Leute manchmal«, sagte er schließlich und klang dabei sowohl geringschätzig als auch enttäuscht.

»Die Leute?«

Seine dunkle Gestalt war noch etwa acht Meter entfernt und bewegte sich nach wie vor langsam. Eine riesige Hand hob sich sichtbar vom Weiß des Schnees ab. Der Schatten streckte sie aus, als würde er sich einem scheuenden Pferd nähern.

Sie legte ihre Hand auf die kalte, harte Stelle in ihrem Rücken.

Kann er es erkennen? Kann er es erkennen?

Warte, bis du ihn richtig erkennen kannst.

»Ja, Leute«, wiederholte er. »Es liegt an meiner Größe. Dadurch erinnert man sich leichter an mich. Es ist ... lästig. Aber es hat noch nie eine Rolle gespielt.«

Während er sprach, legte sie unbeholfen die zitternden Finger ihrer unverletzten Hand um den kalten Griff und zog daran. Mit einem leisen Plopp löste sich die Waffe aus dem Holster, das an ihrem Hosenbund befestigt war.

Sie hielt sie fest umklammert, verschwitzt und warm an der Stelle, die an ihre Haut gedrückt gewesen war – während sie in der Wanne schlief, während der Schlosser und die Alarmanlagenleute das Haus sicherten, während sie zur Werkstatt und zurück fuhr.

Dort, wo sie durch ihre hochgezogene Kleidung der Luft ausgesetzt gewesen war, fühlte sich die Pistole kälter als kalt an, mit

Ausnahme des Griffs, um den sie eines der gelb-weißen Pflaster geklebt hatte.

Sie führte die Hand mit der Waffe langsam zur Seite und hielt sie so nah wie möglich an ihrem Bein, um sie vor den Blicken des Schattens zu verbergen. Das Zittern ihrer Hand verstärkte sich, je näher er kam, bis sie den Linoleumboden ihres Studentenzimmers sah. Sie spürte, wie er gegen ihre Wange drückte.

Nein. Nicht schon wieder. Bleib hier. Angst ist nur eine körperliche Reaktion, so real wie eine Ohrfeige, ein angehauener Schädel. Das und mehr hast du bereits eingesteckt. Du musst es tun, sonst verlierst du. Sonst stirbst du. Und sie werden ebenfalls sterben. Es geht hier nicht um dich. Er meint es sehr, sehr ernst. Jetzt ist der Zeitpunkt gekommen.

Ihr Daumen drückte auf das Pflaster. Das Gefühl dieses weichen, aufgeklebten Dings, das Wissen um seine leuchtenden Farben, die Erinnerung an die Kinder, ihre reine Liebe ließ ihr furchtbares Zittern ein klein wenig nachlassen. Ihr Griff wurde fester. Er kam näher, vielleicht würde er sich gleich auf sie stürzen.

Nein. Er genießt es zu sehr, als dass er sich beeilen wird.

Fünf Meter entfernt. Viereinhalb.

»So soll es sein. Du wartest dort. Zwecklos.« Das Schnurren des Schattens vermittelte ihr erneut das Gefühl, dass er sie für ein schreckhaftes, unberechenbares Tier hielt. Er bewegte sich vorsichtig, aber mit der aufrechten Zuversicht, die überlegene Kreatur zu sein. Sein Verlangen bald erfüllt zu finden.

Vier Meter. Dreieinhalb.

»Wie viele haben sich an dich erinnert?«, fragte sie, in der Hoffnung, ihn abzulenken, in der Hoffnung, dass ihr der Klang seiner Stimme beim Zielen helfen würde.

Er war jetzt nahe genug, dass sie, als das Mondlicht seine Gesichtszüge einfing, die ungebrochene Intensität seines Blicks wahrnahm, die Erregung, die um seine Lippen zuckte.

»Einige«, sagte er, den Kopf leicht geneigt.

»Und wie viele … nicht?«, stammelte sie, ihre Worte auf das Wesentliche reduziert und kaum hörbar.

»Viele«, sagte er und klang dabei gleichermaßen verführerisch und bösartig. »Aber das hat keine Bedeutung. Jetzt gehören sie alle mir.« Er hielt inne, richtete sich voller Stolz auf und fügte in belehrendem Tonfall hinzu: »So funktioniert das.«

Vor ihrem geistigen Auge sah sie ihn so, wie er sich selbst sah. Als Schatten, der all den Schmerz, den er zugefügt, all die Macht, die er ausgespielt hatte, wie einen schwarzen Umhang hinter sich herzog. Sie sah, wie er sich darin einhüllte, sich mit den Geistern umgab, die er erschaffen hatte, wie gefangen er war, wie er mit flachen Fingern nostalgisch über die Blechdose strich, die er ihrer Tochter gestohlen hatte, über Dinge, die er anderen gestohlen hatte.

Und dann war das Bild auf einen Schlag verschwunden. Da war nur noch der Schnee. Der Wald. Da waren nur noch sie und der Schatten.

»Nein«, sagte sie, leise, aber fest. »So funktioniert das nicht. Sie gehören nicht dir.«

Überrascht blieb er stehen. »Und du glaubst, du weißt, wie die Dinge laufen?«

Sie sah das Gesicht ihrer Mutter, wie ihre Vitiligo einen Wimpernkranz oder eine Augenbraue bleichte, spürte die Wärme ihres Lächelns, den Druck ihrer Hand, während sie nebeneinanderher gingen – *bumm-bumm, bumm-bumm.* Ihr Herzschlag. Eine geheime Art, »Ich liebe dich« zu sagen, so wie sie es jetzt mit ihren eigenen Kindern tat. Sie beobachtete, wie ihre bleiche Hand klare Linien und kantige Buchstaben zeichnete. Sie bemerkte, wie die Klappe zum Versteck zufiel. Sah die kreiselnde Schönheit der meisterlichen Bienen. Die Schwerkraft zog die Waffe in ihrer Hand schwer nach unten, zerlegte sie in ihre Einzelteile und setzte sie aus dem Kopf wieder zusammen, während sie die Mechanik visualisierte, die sie in Gang setzte.

»Ich weiß, wie Dinge funktionieren«, sagte sie und hörte die Pausen, die sie unbewusst zwischen den Worten ließ, als handelte es sich bei jedem einzelnen um einen entscheidenden Satz.

»Dann weißt du, dass du … nebensächlich bist.«

Sie schloss die Augen, atmete tief durch und dachte an den Flaum hinter dem Ohr ihrer Tochter. An das kleine Muttermal auf dem Oberschenkel ihres Sohnes, das wie eine Jelly Bean aussah.

Ich liebe euch. Ich liebe euch.

Sie öffnete die Augen.

»Niemand ist nebensächlich«, sagte sie. »Man investiert Zeit. Kümmert sich.«

Er betrachtete sie, ohne sich zu rühren, und sie fragte sich, ob er verstand, was sie meinte, ob er ein Gefühl für Kosten und Wert hatte, für die Mühe, die das Leben einem abverlangte, etwas zu erschaffen, zu kultivieren.

»Du weißt, wen ich als Nächstes besuchen werde«, höhnte er.

Sie merkte, wie die Luft vibrierte, spürte seine Gier, zu sehen, was diese Worte, die Drohung, dass kostbare Dinge endeten, bei ihr auslösten, sein lüsternes Warten darauf, dass sie ihre eigene Hilflosigkeit eingestand, damit er darin baden konnte.

Als sie nichts erwiderte, setzte er sich wieder in Bewegung. Seine Schritte waren gleichmäßig und sein Blick unverwandt, als ob er die Vorfreude auf den unabwendbaren Moment auskostete, in dem seine Hand sich endlich um ihre Kehle schlingen würde.

Weniger als drei Meter. Zweieinhalb.

Ihre Gedanken bündelten sich in einem Punkt.

Du bist diejenige, die wacht. Du bist diejenige, die über die Kinder wacht. Du bist diejenige, die weiß, wie die Dinge funktionieren.

Er hat gedacht, er hat dich gesehen. Niemals hat er das. Aber du siehst ihn.

Ihr Körper war bereit.

Du bist der Schatten.

Sie hob die Waffe und zog ungeschickt den Schlitten zurück. Er rastete mit einem präzisen *Klick* ein.

Auf das unerwartet laute Geräusch folgte eine kurze Stille, in der sie beide wie betäubt verharrten. Sie brach den Moment, indem sie die Waffe mit beiden Händen zittrig auf seine riesige dunkle Gestalt richtete, um sie so gut wie möglich im Gleichgewicht zu halten.

Er machte einen Satz nach vorn, und die Welt wurde dunkel.

»Nein«, keuchte sie. »Nein.«

KAPITEL 35

Trotz des Mordes an dem Sergeant, trotz der erwiesenen Existenz des Schattens, von der sich jeder überzeugen konnte, der morbide und neugierig genug war, einen Blick in sein Krankenzimmer zu werfen, musste sie einen Hausbesuch und ein Gespräch mit dem Jugendamt über sich ergehen lassen. Die Erlaubnis, ihre Kinder zu sich zu holen, bekam sie erst, nachdem die Polizei eine Erklärung für ihren Blutalkoholwert gefunden hatte: Eine Befragung der Nachbarn ergab, dass die heißen Getränke, die man ihr in jener Nacht gegeben hatte, Whiskey enthalten hatten.

»Um sie aufzuwärmen«, erklärte der Nachbar. »Früher haben die Rettungshunde doch diese kleinen Fässer mit Schnaps um den Hals getragen, oder? Das hilft.«

»Der Sergeant war aufrichtig besorgt«, erläuterte der junge Officer verlegen. »Immerhin hatten Sie den Kindern wehgetan, und er dachte, Sie hätten getrunken und uns deswegen angelogen. Er hat Sie nicht beim Jugendamt angezeigt, um Sie zu zwingen, etwas zu sagen. So war er nicht. Er war ein guter Polizist. Ein guter Mann.«

Sie war überzeugt, dass der junge Officer glaubte, dass es so gewesen sein musste.

Obwohl ihr Schwiegervater angewiesen wurde, die Kinder an sie zu übergeben, ging er noch immer nicht ans Telefon, wenn sie anrief. Sie musste die Sachbearbeiterin und den jungen Beamten um Hilfe bitten, weil sie sich Sorgen machte, was passieren könnte, wenn sie einfach vor seiner Wohnungstür auftauchte, um sie abzuholen.

Der Officer versprach ihr, sie zu begleiten.

»Ich möchte helfen. Ich habe etwas gutzumachen«, sagte er mit einem traurigen Lächeln und entrücktem Blick.

Sie entschied sich, den von ihm angegebenen Motiven Glauben zu schenken, wohl wissend, dass die Polizei bemüht war, sie zu beschwichtigen, da sie nicht nur befürchtete, sie könnte sie wegen ihres Versagens verklagen, sondern auch, dass sie mit Presseleuten sprechen könnte, die sich in großer Zahl im Krankenhaus, auf der Polizeiwache und an der Grenze ihres Grundstücks herumtrieben.

Von den Schüssen betäubt, hatte sie sich wie von einer tosenden Flut umgeben gefühlt, sah reglos zu, wie die Polizei half, den Schatten in den Krankenwagen zu verfrachten, wie sie den Tatort fotografierte. Sie beobachtete, wie sie die schwarze Lederwaffe fanden und eintüteten, bei der es sich, wie sie später erfuhr, um einen Totschläger handelte; ein langes, schweres Ding, mit dem der Schatten den Sergeant umgebracht hatte. Nachdem die Sanitäter sie untersucht und entlassen hatten, brachten die Beamten sie aufs Revier, um sie als Zeugin zu befragen.

Der junge Officer war mit ins Krankenhaus gefahren und hatte dem Schatten seine Rechte vorgetragen, bevor er ihm einzelne Haare mit Wurzeln ausriss und seinen Körper nach Beweisen absuchte. Sie stellte sich den Schatten mit fixierten Armen vor, machtlos, unfähig, etwas gegen die Untersuchung zu unternehmen.

Die unsichtbaren Stränge seiner DNA stimmten mit Spuren überein, die er überall in Neuengland zurückgelassen hatte: Im ländlichen Maine war ein Großelternpaar durch Schläge auf den Kopf getötet worden, ihre zehnjährige Enkelin wurde nach wie vor vermisst, ein Schuhabdruck auf der Fensterbank. In Hyannis eine tote Mutter, verschwundene Mädchen. Im Norden Vermonts eine lebende Mutter, ein totes Mädchen. Ein ganzes Haus an der Küste von Rhode Island, sauber und leer. Ein einziges passendes Haar. Winzige Spuren von Flüssigkeit. Und eine Flut von ungelösten Verbrechen, die einen Zusammenhang nahelegten, für den es jedoch keinerlei Beweise gab: Menschen, die Freunden erzählt hatten, dass sie sich beobachtet fühlten. Dass irgendein Gegenstand nicht mehr auffindbar war – vor einem Mord, bevor ein Kind verschwand.

Sie erinnerte sich an den Stolz in der Stimme des Schattens, mit dem er das Wort »viele« gezischt hatte. Fragte sich, ob die Aussicht darauf, im Mittelpunkt einer Welt mit Faszination am Makabren zu stehen, ihn glücklich gemacht hatte. Vielleicht hatte es ihm Freude bereitet, über die neuen Möglichkeiten der Kontrolle zu sinnieren, die sich ihm eröffneten. Wie er mit den Strafverfolgern spielen würde. Seine Leichen versteckt hielt, vage Andeutungen über die Schrecken machte, die er hinterlassen hatte. Interviews gab, sie verweigerte. Den Schmerz der Überlebenden beobachtete und seine Grausamkeiten noch einmal durchlebte.

Als sie ihn töten wollte, als sie dreimal auf den Schatten geschossen, auf sein Zentrum gezielt hatte, hatte sie versagt. Ihre zitternden, verletzten Hände, ihre Unerfahrenheit und die Physik der Waffe selbst verursachten einen solchen Rückstoß, dass die Kugeln in die Höhe geschossen waren. Wäre er nicht so groß und sie nicht so klein gewesen, hätte sie ihn wahrscheinlich komplett verfehlt. Aber er war sehr groß. Und sie war sehr klein. Eine einzige Kugel traf ihn am Halsansatz und durchtrennte sofort sein Rückenmark. Er wäre mit ziemlicher Sicherheit verblutet, wenn der abgebrochene Anruf des Sergeants nicht eine ungewöhnlich schnelle Reaktion ausgelöst hätte. Die Polizei und der Rettungsdienst hatten seine Blutung gestoppt, hatten ihr vorsichtig die Waffe aus der Hand genommen. Sie waren so schnell zur Stelle, nachdem sie geschossen hatte und er zu Boden gegangen war, dass sie fassungslos im Schnee saß, taub und unbeweglich.

Im Internet suchte sie nach Bildern von Wirbelsäulen, um herauszufinden, welche Wirbel sie für dieses spezielle Ergebnis getroffen haben musste. Sie wiegte sich in den Schlaf, indem sie den wahrscheinlichen Weg nachzeichnete, den die Kugel genommen hatte. Sie spürte den Rückstoß der Waffe, dass der Schatten erkannte, was sie in den Händen hielt, dass er sich leicht von ihr wegdrehte, während er sich auf sie stürzte. Nur so war diese besondere Verletzung, sein Überleben, möglich gewesen. Es beruhigte sie, sich diese Details vor Augen zu führen, wenn sie aus einem Albtraum aufwachte, wenn sie ein ungewöhnliches Geräusch im Haus hörte.

Der Schatten war vom Hals abwärts gelähmt.

Wie schnell hatte er diese Tatsache akzeptiert? Wie lange hatte es gedauert, bis ihm klar geworden war, dass er jetzt Geld, Unterstützung und ständige Betreuung brauchte? Dass sie ihn so vollkommen hilflos zurückgelassen hatte? Wenn er auch nur annähernd so tickte wie sie, würde er jeden Morgen mit dem Gefühl aufwachen, sich in der Welt zu befinden, die er kannte, bevor ihn die Realität daran erinnerte, was er verloren hatte. Aber er war nicht wie sie, also hatte er sich vielleicht viel schneller an die neue Situation angepasst. Der junge Officer hatte angedeutet, dass die Polizei zunächst bewusst nicht an seinem Krankenbett erschienen war und auch Ärzte- und Pflegepersonal dazu angehalten hatte, wegzubleiben, um ihm seine völlige Abhängigkeit vom System zu verdeutlichen. Danach, so der Beamte, schien der Schatten seine neue Realität begriffen zu haben. Er beantwortete Fragen. Beschrieb die Verbrechen. Allerdings zog er die Dinge in die Länge. Gab immer nur kleine Bruchstücke preis. Was, wie sie fand, seinem Charakter entsprach. Je länger er von Nutzen war, je länger man ihn brauchte, um Ermittlungen zum Abschluss zu bringen, desto sicherer konnte er sich sein, dass ihn das System nicht im Stich ließ. Und wenn er ihnen nicht mehr nützlich sein würde? Obwohl das System grausam zu ihr gewesen war, zweifelte sie keinen Moment daran, dass es – wie auch die Mitgefangenen – weitaus schlimmer mit jemandem umgehen würde, der sich offen zu solch Bösem bekannt hatte und seit Kurzem handlungsunfähig war.

Einige Journalisten hielten sich nicht daran, sich von ihrem Grundstück fernzuhalten.

»Ma'am, kannten Sie ihn? Warum hatte er es auf Sie abgesehen? Was würden Sie im Nachhinein anders machen? Wissen Sie etwas über seine Familie, seinen Beruf, seinen Hintergrund ...«

Sie hörte zwischen den Zeilen: »Was hast du falsch gemacht? Bitte sag es mir, damit ich mir einreden kann, dass mir etwas so Schreckliches nie passieren wird. Wie ist er zu dem geworden, was er war? Bitte sag es mir, denn er ist wichtiger als du. Ich muss mir einreden, dass ich ihn erkennen, dass ich mich vor ihm schützen kann, dass ich ihm niemals über den Weg laufen werde. Ich, ich, ich. Er. Er. Er.«

Sie wartete. Im Geiste skizzierte sie, was mit schrecklichen Männern und ihren entsetzlichen Verbrechen normalerweise geschah. Y-Achse: öffentliches Interesse. X-Achse: Zeit. Eine Linie für die Opfer und Überlebenden. Eine zweite für das Monster. Ihrer Einschätzung nach kreuzten sich diese beiden Linien gerade. Ihre und die der Kinder und all der verlorenen und am Boden zerstörten Seelen verliefen nach unten, während die des Schattens stetig weiter nach oben wanderte. Innerhalb einer Woche waren die meisten Reporter bereits aus ihrer Straße in das charmante Städtchen in New Hampshire abgewandert, in dem der Schatten gelebt hatte, ein sicherer Ort, an dem er anscheinend kein einziges Verbrechen begangen hatte.

Die Geschichten der anderen, die er heimgesucht, ins Visier genommen und vernichtet hatte, zeigten ihr eine alternative Realität der Auslöschung und unbeantworteten Fragen, einen Ort, der von ihr und ihren Kindern durch einen hauchdünnen Vorhang getrennt war.

Irgendwann hörte sie auf, die Polizei nach anderen Fällen zu fragen.

Sie war dankbar, dass der junge Beamte mitkam, als sie ihre Kinder abholte – trotz seiner Hintergedanken, die ihn dazu bewegten. Ihr Schwiegervater wartete vor der Seniorenwohnanlage mit boshaftem Gesichtsausdruck und verschränkten Armen. Doch der alte

Mann knickte ein, als er das Polizeiauto vorfahren sah. Er sprach dem Officer sein Beileid aus, während sie auf dem Bürgersteig kniend ihre Kinder in die Arme schloss.

Das Gefühl des kalten, harten Betons unter ihren Knien half ihr zu verstehen, dass dies die Realität war. Es half ihr zu akzeptieren, dass der Geruch, das Haar, der Atem ihrer Kinder wieder nah waren. Dass sie ihr gehörten und gleichzeitig auch nicht.

Sie gehören dir genauso wenig. So funktioniert das nicht.

»Ich habe euch vermisst, ich habe euch so vermisst, ich habe euch versprochen, dass ich euch holen werde!«

Sie ließ die Kinder mit den Fingern über ihr heilendes Gesicht fahren, hörte sich Fragen zu ihrem Auge und den inzwischen gelblich verblassten Blutergüssen an.

Aus dem harten Blick des alten Mannes glaubte sie ablesen zu können: »Ich weiß, dass du etwas getan haben musst, um das zu verdienen«, und sie sah, dass er trotz eigener Verluste immer noch nicht verstand, dass Leid und Unglück so weit und gleichmäßig wie Schneeflocken über einen kommen und zur Unkenntlichkeit zerschmelzen, aber viel Schmerz zurücklassen.

Während sie mit dem jungen Officer in ihrem Haus Kaffee trank und das fröhliche Rufen der Kinder beim Versteckspiel die Küchentreppe hinuntertröpfeln hörte, verkrampfte sie unwillkürlich.

Das Trauma hört nicht auf, wenn das Trauma endet.

»Im Moment brauchen wir die Sachen Ihrer Tochter noch als Beweismittel«, sagte der junge Beamte, »aber irgendwann werden wir sie ihr zurückgeben können.«

Sie dachte an die Kleidung, den Teddybären, die Unterwäsche und die Ballettstrumpfhose ihrer Tochter. Die Schatzkiste aus Blech. An den Schatten, der all diese Gegenstände beschmutzt hatte.

»Außer der Schatzkiste will ich nichts davon zurückhaben.«

Manche Dinge sind ersetzbar. Manche nicht.

Sie sprach mit dem jungen Beamten über den Zufall. Die Angst ihres Sohnes vor Geistern, die Tatsache, dass ihr Mann daraufhin die Wildtierkamera installiert hatte, über die lange Lebensdauer des Geräts aufgrund des Solarpanels, die Tatsache, dass der Schatten am oberen Ende der Küchentreppe in die eine statt in die andere Richtung abgebogen war, den äußerst unwahrscheinlichen Weg, den die Kugel genommen hatte. Sie hätte eine unendliche Litanei von Zufällen herunterbeten können, die sie gerettet hatten. Zufälle, die den hauchdünnen Unterschied ausmachten, der sie von dem schlimmen Schicksal vieler anderer Familien trennte.

Der junge Officer räusperte sich, spielte mit seiner Kaffeetasse. »Es war nicht nur Zufall oder Glück, dass Sie ihn ausgeschaltet haben. Sie sind eine Kämpferin. Verkaufen Sie sich nicht unter Wert.« Er zuckte mit den Schultern. »Alles geschieht aus einem bestimmten Grund.«

Sie widersprach dem Beamten nicht, weil sie wusste, dass sie von Natur aus dazu neigte, sich kleiner zu machen, als sie war. Doch im Gegensatz zu ihm konnte sie keine Fähigkeit, keine Stärke erkennen, die ihr geholfen und all die anderen im Stich gelassen hatte. Sie war nicht besser als sie gewesen, hatte es keinen Deut mehr verdient zu überleben. Also schwieg sie, denn sie wusste, wie sehr die Menschen es hassten sich einzugestehen, wie übergroß der Anteil war, den der Zufall am Leben und, schlimmer noch, am Tod hatte.

»Und schließlich«, fuhr der Officer fort, »hatten Sie auch noch Pech. Ihre Karten waren denkbar schlecht. Der Tod Ihres Mannes. Dieser Typ, der auf Sie fixiert war. Wir können uns bisher nicht erklären, nach welchen Kriterien er seine ... Opfer ausgesucht hat. Er scheint es selbst nicht erklären zu können. Und dann: keine Beweise, keine Spuren, keine Fingerabdrücke. Ihr Blutalkoholwert.« Er schüttelte den Kopf angesichts der Aneinanderreihung von Ereignissen, die ihre Aussagen so unglaubwürdig gemacht hatten. »Es war schwierig, Erklärungen zu finden, selbst nachdem wir ihn in Gewahrsam genommen hatten. Dass Ihre Nachbarin Ihnen in jener Nacht Whiskey in den Tee getan hat. Wer käme überhaupt auf die Idee, nach so was zu fragen? Oder die Sache mit dem Sandwichladen, in dem er angeblich arbeitete. Oder der Totschläger. Das ist einfach keine Waffe, die wir auf dem Schirm haben. Ja, wirklich, Sie hatten auch ziemlich viel Pech.«

Sie biss die Zähne zusammen. Gab sich Mühe, ruhig zu klingen, doch ihre Stimme war abgehackt und kalt.

»Nicht alles war Pech, oder? Der Nagel in meinem Reifen. Der Zigarettenrauch. Die fehlenden Sachen meiner Tochter. Dass der Stein mit dem Schlüssel darin an einer anderen Stelle gelegen hat. Dass wir uns beobachtet gefühlt haben. Der hochgeklappte Toilettensitz. Mein Handy an der falschen Stelle. Das ausgeschaltete Babyfon. All das zu ignorieren, war eine bewusste Entscheidung.«

Es ist einfacher zu glauben, dass eine Frau lügt, als dass schlimme Dinge passiert sind, während ihr untätig zugesehen habt. Es ist einfacher zu glauben, dass die simpelste Erklärung immer die richtige ist. Und es ist einfach zu sagen, dass eine Frau verrückt ist.

Der junge Beamte zuckte zusammen. Sie fragte sich, welche Eingeständnisse er machen durfte. Welche Anweisungen man ihm gegeben hatte. Was er sich selbst eingestehen konnte.

»Es ist … unglücklich gelaufen«, sagte er. »Eine unglückliche Verkettung von … unerwarteten, unwahrscheinlichen Dingen.« Dann versuchte er, das Thema zu wechseln: »Glauben Sie, dass Ihre Kinder irgendwann ihren Großvater besuchen dürfen? Er scheint sich das zu wünschen.«

»Ich habe mich bei ihm bedankt. Ich schicke ihm einen Scheck für die Zeit, die sie bei ihm untergebracht waren.«

»Er hat sich gekümmert, als es wichtig war. Vielleicht hat er eine Chance verdient?«

Sie schüttelt kaum merklich den Kopf, verblüfft darüber, wie die Tatsache, dass ihr Schwiegervater ihr die Kinder vorenthalten, sie selbst des Mordes und des Kindesmissbrauchs beschuldigt hatte, sie ständig beschimpft hatte und übergriffig geworden war, durch ein paar Wochen der Inobhutnahme seines eigenen Fleischs und Blutes aufgewogen werden konnte. Aber dann wurde ihr wieder klar, dass die Welt um sie herum sich nicht verändert hatte, auch wenn sie selbst sich vollkommen verändert fühlte.

»Das reicht nicht aus«, sagte sie. »Nicht einmal annähernd.«

Es schien, als wollte der Officer ihr widersprechen, besann sich dann aber eines Besseren.

»Es gibt ein paar neue Entwicklungen in Ihrem Fall.«

Er tippte nervös auf den Rand seiner Kaffeetasse, und sie hatte ein Déjà-vu-Erlebnis, weil sie sich daran erinnerte, wie sie und der Sergeant ein paar Wochen nach dem Tod ihres Mannes auf denselben Plätzen gesessen und Kaffee getrunken hatten.

»Zum einen haben wir herausgefunden, wo er sich versteckt haben muss.«

»Haben Sie mir das nicht schon gesagt? Im Keller?«

»Nun, das ist nicht hundertprozentig sicher. Aber ja, wir denken, im Keller. Aufgrund des Zigarettengeruchs, den Sie und der Mann von der Sicherheitsfirma erwähnt haben.«

»Mmm.«

»Da wir die SIM-Karte aus Ihrer Wildtierkamera retten konnten, wissen wir, dass er an dem Tag, an dem er eingebrochen ist, kurz vor Mittag Ihr Grundstück betreten hat. Er hat gewartet, bis Sie mit den Kindern das Haus verlassen haben. Dann hat er sich, wie bereits erwähnt, wahrscheinlich im Keller versteckt. Wir haben in seinen Sachen keinen Schlüssel gefunden, aber wir können davon ausgehen, dass er sich ein Exemplar hat nachmachen lassen – unmöglich zu sagen, wann, aber irgendwann, bevor es geschneit hat. Ihren Zeitangaben nach ist er vermutlich gegen Mitternacht nach oben gegangen. Der Anruf von Ihren Nachbarn ist gegen fünf Uhr morgens eingegangen. Und natürlich zeigt das Video, wie er am nächsten Tag gegen zwei Uhr morgens den Pfad hinuntergeht und keine Spuren hinterlässt, weil er in den Fußabdrücken von Ihnen und unseren Leuten läuft.« Bei diesen Eingeständnissen der polizeilichen Fehlbarkeit zog der junge Officer die Augenbrauen zusammen. »Das bedeutet, dass er zwölf Stunden, nachdem wir die Suche beendet hatten, das Haus verlassen hat. Und das, nachdem wir diesen geheimen Raum gesehen hatten und das Haus ziemlich intensiv durchsucht haben. Was wir nun herausgefunden haben, ist, dass er in Ihren Pizzaofen geklettert ist. Dort hat er sich versteckt gehalten, bis wir weg waren. Wir haben ein Haar gefunden, es stimmt mit seiner DNA überein.«

Sie erinnerte sich daran, dass ihr, als sie am Boden zerstört auf der Couch gesessen hatte, die Asche auf dem Teppich um den Kamin herum aufgefallen war. Sie hatte geglaubt, dass es sich dabei nur um einen weiteren Hinweis auf die Nachlässigkeit der Polizei handelte.

»Ist das überhaupt möglich? Die Ofentür ist winzig.«

»Ja, genau!« Der Officer nickte heftig. »Deshalb haben wir ihn auch nicht gefunden. Wie kann sich ein Kerl dieser Größe bei einer so gründlichen Hausdurchsuchung verstecken? Irgendwann haben wir dann doch im Ofen nachgesehen und das Haar gefunden. Einer unserer Jungs, ein ebenfalls großer Kerl, hat sich freiwillig gemeldet und versucht, in den Ofen reinzuklettern. Es war sehr eng, aber er hat es geschafft. Er meinte, es sei verdammt klaustrophobisch da drin. War 'ne ganz schöne Show, wie er sich da wieder rausgezwängt hat.« Er kicherte. »Fast wäre er stecken geblieben. Wir dachten, er wird ohnmächtig. Trotzdem ... er hat es geschafft. Irgendwann werden wir ihn noch einmal zu Ihrem Fall befragen, um uns das alles bestätigen zu lassen. Es ist nur so, dass jetzt, mit all diesen anderen Fällen ...«

»Natürlich«, sagte sie, bereit, den Vermissten, den Toten, den Zerrütteten den Vortritt zu lassen, auch wenn diese Information schmerzhafte blitzlichtartige Erinnerungen auslöste. *Flash* – der Schatten, der seine Gliedmaßen wie eine Höhlenspinne in den Ofen faltet. *Flash* – er hört ihre Kinder in ihrem Versteck. *Flash* – er knirscht mit den Zähnen und fragt sich, ob er Zeit haben würde, sie zu erwischen.

»Er muss die Kinder also gehört haben, als er im Pizzaofen saß, nicht wahr? In jener Nacht. Nachdem ich weggelaufen bin? Sie haben sich genau nebendran versteckt.«

»Das ist möglich. Ich meine, besonders lang kann der Zeitraum nicht gewesen sein, in dem die Kinder allein in dem Versteck waren? Aber er muss definitiv gehört haben, dass wir sie gefunden haben. Und wie wir im Haus nach ihm gesucht haben. Das hat ihm wohl eine Scheißangst eingejagt, so lange, wie er noch da dringeblieben ist, nachdem wir längst wieder weg waren.«

»Offenbar nicht genug, um ihn davon abzuhalten, zurückzukommen«, bemerkte sie.

Der Officer schüttelte demütig den Kopf. »Nein. Aber, soviel wir wissen, hat er sich nicht an der Badezimmertür zu schaffen gemacht, während Sie da drin waren.« Er zuckte mit den Schultern. »Wer weiß, was er sich dabei gedacht hat? Wer weiß, warum er zurückgekommen ist.«

Sie rieb über die schmerzende Stelle zwischen ihren Augenbrauen. »Weil er nachsehen wollte, ob meine Tochter hier ist. Er hatte bestimmt vor, sich zu verstecken und auf sie zu warten. Mich zu verletzen, hätte bewiesen, dass er existiert. Er wollte sich nicht die Chance verbauen, an sie heranzukommen. Und in dieser Nacht im Wald, da hat er zu mir gesagt, dass ich nebensächlich bin. Verstehen Sie? Er war nicht wegen mir hier.«

Der Officer nickte, dann räusperte er sich. »Also, die andere Sache, über die ich mit Ihnen sprechen wollte.« Er wandte in deutlichem Unbehagen den Blick ab. »Wie viel von dem Video haben Sie gesehen? Auf Ihrer Wildtierkamera?«

»Nicht viel. Ich habe den Notruf gewählt, als ich gesehen hab, dass er sich an dem Tag hinter dieser Kiefer versteckt hatte.«

»Nun. Es gibt ... weitere Videos. Die Aufnahmen auf der Kamera reichen bis in den September oder so zurück. Es war noch Speicherplatz vorhanden, weil die Kamera automatisch Daten löscht, sobald er voll ist. Wir wissen also nichts über die Zeit vor September. Aber er taucht auf einem Video Mitte Oktober auf. Darauf bewegt er sich auf Ihr Haus zu. Was bedeutet, dass er Sie beobachtet hat. Und dass er vielleicht eingebrochen ist. Schon vor dieser Nacht.«

»Ich verstehe nicht«, sagte sie.

Dabei tat sie es. Sie erinnerte sich, wie der Officer gesagt hatte, dass es nicht ungewöhnlich sei, dass ein Einbrecher das Haus vorab beobachtet, erinnerte sich an die Gänsehaut, als sie erkannte, dass es nicht ihr Mann gewesen war, den sie immer wieder um sich gespürt hatte, sondern den Schatten. Und dann waren da all die anderen Opfer, die sich beobachtet gefühlt hatten.

Aber die Vermutung, dass er ihnen nachgestellt hatte, war mit dem Video endgültig zur Realität geworden.

Sie hörte ihre Tochter sagen: »Aber ich kenne ihn. Ich kenne seine Stimme. Das ist der Mann aus dem Schatten in der Ecke. Aus meinen Träumen.« Sie sah, wie ihr kleines Mädchen auf den Baum zeigte und sagte: »Ich habe wieder einen Mann gesehen. Er guckt mich von da drüben an.«

Es war real. Du hattest recht. Es war die ganze Zeit er.

»Das Video zeigt, wie er kommt und geht. Bei den anderen hat er es genauso gemacht. Er ist eingebrochen. Hat im Haus rumgeschnüffelt. Manchmal hat er das eine sehr lange Zeit getan. Hat Leute gestalkt. Und warum? Seiner Aussage nach, weil es ihn angemacht hat. Ich ... Ich wollte, dass Sie das von uns hören. Bevor Sie es ... woanders hören.«

»Wie oft ... Hat er gesagt, wie oft er eingedrungen ist? Vorher?«

»Er ist einmal im Oktober auf dem Video zu sehen. Noch einmal im November. Dann noch einmal letzten Monat – drei Nächte, bevor das alles passiert ist.«

Sie brauchte einen Moment, um den Schock zu verdauen.

»Aber ... er hat sich den Kopf auf der Treppe gestoßen. Und er wusste nichts vom Dachboden. Wie kann das sein, wenn er bereits mehrmals im Haus gewesen ist? Und ich ... Normalerweise werde ich sehr leicht wach, und die Geräusche im Haus, er hätte mich geweckt ... alles ist so hellhörig.«

Der junge Officer zuckte mit den Schultern. »Vielleicht war er in dieser Nacht lauter. Und vielleicht haben Sie einen tieferen Schlaf, als Sie denken.«

Vielleicht, vielleicht, vielleicht. Allerdings benutzt du Ohrstöpsel, um besser schlafen zu können. Aber deine Tochter hat ihn gesehen. Sie hat sich daran erinnert, wie er sie aus der Ecke beobachtet. Vielleicht ist er gar nicht durchs Haus gewandert. Vielleicht wollte er sie beobachten. Vielleicht hätte er sie in dieser Nacht auch beobachtet, wenn du nicht aufgewacht wärst.

»Ich stelle mir diese Dinge nicht gern vor«, sagte sie. »Ganz und gar nicht.«

Du hättest ihr glauben sollen. Du hättest deinem kleinen Mädchen glauben sollen.

Der Officer nickte. »Das verstehe ich. Aber jetzt sind Sie sicher.«

Sicher.

»Da ist noch eine Sache. Wahrscheinlich ist es nichts.«

Ihr Magen krampfte sich zusammen. »Was?«

»Nun, einige aus unserem Team fragen sich, ob es möglich wäre, dass er es war, der Ihren Mann die Treppe runtergestoßen hat. Das FBI hat ihn dazu befragt. Er hat es geleugnet. Zwar ist er an dem Tag, an dem Sie Ihren Mann gefunden haben, nicht auf dem Video zu sehen, aber er könnte Ihr Grundstück auch aus einer anderen Richtung betreten haben. Er könnte häufiger im Haus gewesen sein, als es die Videoaufnahmen vermuten lassen.«

»Aber der Sergeant meinte, es wäre ausgeschlossen, dass mein Mann gestoßen worden ist.«

Der Officer bewegte die Hand abwägend hin und her. »Er ist vielmehr zu dem Schluss gekommen, dass *Sie* ihn nicht hätten runterschubsen können. Aber ein größerer Kerl? Man überlegt, den Fall wieder aufzurollen. Auch wenn er es, wie gesagt, abstreitet.«

Sie schlang die Hände um ihre Kaffeetasse und dachte nach.

»Er hat etwas davon gesagt, dass er meinen Sohn gehen lassen würde, wenn wir uns zeigen, sonst hätte ich noch ›mehr‹ Blut an meinen Händen. Was könnte er mit ›mehr‹ gemeint haben? Meinen Mann? Hat er mir aus irgendeinem Grund die Schuld an seinem Tod gegeben?« Sie schüttelte den Kopf. »Aber was spielt das jetzt noch eine Rolle? Er ist ... außer Gefecht. Mein Mann ist tot. Es ist vorbei. Wir werden es vielleicht nie mit Sicherheit wissen. Das Leben ist unbefriedigend, wenn es darum geht, die Wahrheit herauszufinden.« Sie seufzte »Wie auch immer, ohne meinen Mann hat er uns für verwundbar gehalten.«

»Sein Fehler«, sagte der junge Officer, und sie glaubte, Stolz in seiner Stimme mitschwingen zu hören.

»Es gibt da noch etwas, das ich mich frage. Der Sergeant meinte, dass er aus unserem Versteck heraus nichts hören konnte. Nicht mal, als sich Ihre Leute durchs Haus bewegt haben. Ich begreife nicht, wie das sein kann.«

Der Officer kratzte sich hinter dem Ohr. »Ja, hmm ... das ist eine berechtigte Frage.« Er machte eine Pause, wirkte betrübt. »Ich fürchte, es lag an seinem Gehör. Er muss ein Problem damit gehabt haben. Wie hätte sich dieser Verbrecher sonst an ihn heranschleichen können?«

Oder der Sergeant konnte sehr gut hören und hat gelogen, um dich unter Druck zu setzen.

»Ich habe an dem Abend auch nicht gehört, wie er sich angeschlichen hat. Er war ... sehr leise. Er war nur zufällig näher am Sergeant als an mir. Das hat den Unterschied gemacht.«

Sie schwiegen und lauschten den Kindern, die oben spielten.

Mit leiser Stimme sagte der Officer schließlich: »Vielleicht ist er verrückt? Und hat deshalb diese Dinge getan?«

Sie trank bedächtig einen Schluck Kaffee und seufzte.

»Als es passiert ist, dachte ich: Muss nicht jeder, der so etwas tut, irgendwie verrückt sein? Aber er hat nicht irrational gehandelt. Er hat jeden seiner Schritte geplant.« Sie atmete tief durch, rieb sich die Schläfe, um den inneren Schmerz zu lindern. »Aber was mir immer wieder durch den Kopf geht,« fuhr sie fort, »ist die Frage, was er getan hat, nachdem ihm klar geworden ist, dass ich geflohen war und Hilfe holen wollte. Er muss sich ausgerechnet haben, wie groß seine Chance ist, dass er mich einholt. Wie wahrscheinlich es ist, dass er Beweise hinterlässt, wenn er überstürzt rausrennt. Er hat in diesem Haus gehockt und das ganz genau durchkalkuliert. Danach hat er mein Handy zurückgelegt und alles, oder fast alles, wieder in Ordnung gebracht. Er hat sich versteckt. So gut, dass Sie ihn nicht gefunden haben. Er hat stundenlang in dem Ofen ausgeharrt, hat einen weiteren halben Tag abgewartet, nachdem die Polizei weg war. Und anschließend ist er euren Fußabdrücken durch den Schnee gefolgt. Er hat so wenig Spuren hinterlassen, dass Sie und Ihre Kollegen nicht geglaubt haben, dass er existiert. Verstehen Sie? Er hat alles durchdacht, alle Eventualitäten, in jenem Moment.«

Der Officer nickte.

»Es ist ... Stellen Sie sich nur diese Geistesgegenwart vor. Wie kann man verrückt sein und gleichzeitig so kalkuliert? Und nicht nur dieses eine Mal. Er ist eine lange Zeit damit durchgekommen, hat andere verletzt. Er könnte krank sein. Das ist er sogar sehr wahrscheinlich. Aber er hat sich entschieden, das zu tun, was er getan hat. Nicht nur aus einer Laune heraus. Er war überzeugt, ein Anrecht auf Dinge zu haben, die ihm nicht gehören. Die niemandem gehören können. Darauf hatte er es abgesehen.«

Der Officer schlang die Hände um seine warme Tasse.

»Ich möchte glauben, dass er verrückt ist, verstehen Sie? Das möchte ich lieber glauben, als dass jemand solche Dinge tut, weil er sie tun will.«

Sie war überrascht, ein Beben in seiner Stimme wahrzunehmen. Ihr fiel wieder ein, wie jung er war, trotz seiner Uniform, wie jung sie gewesen war, als ihr durch den Tod der Mutter ihre Naivität genommen wurde. Die Erfahrung nimmt den Menschen ihre Unschuld in ganz unterschiedlichem Tempo.

»Solche Dinge passieren jeden Tag«, sagte sie. »Nur anderen Leuten. An anderen Orten. Und meistens geht die Gefahr von

Menschen aus, die man besser kennt. Das Böse ist nicht zwingend gleichbedeutend mit geistesgestört.«

Er nickte erneut, musste sich kurz sammeln, bevor er fragte: »Werden Sie das Haus verkaufen? Umziehen?«

»Nein.«

»Warum nicht?«

»Es ist unser Zuhause. Es hat uns beschützt.«

»Aber all die Erinnerungen? Glauben Sie nicht, dass es schwer sein wird? Für die Kinder?«

Sie spürte ihr hartes Lächeln.

»Sie müssen mit dem fertigwerden, was sie durchgemacht haben, egal an welchem Ort.«

»Ja«, sagte er ohne Überzeugung. »Womöglich haben Sie recht.«

In dieser Nacht ließ sie die Kinder bei sich im Bett schlafen. Als ihr einfiel, dass am nächsten Morgen die Müllabfuhr kommen würde, zog sie ihren Mantel an und rollte die Tonne die geräumte Einfahrt hinunter. Trotz Stiefeln kribbelten ihre Füße schmerzhaft; wo die Erfrierungen tief in die Haut geschnitten hatten, waren sie besonders kälteempfindlich.

Mit den körperlichen Verletzungen umzugehen, war am einfachsten. Es war fraglich, ob alle Zehennägel nachwachsen würden. Ihr Auge würde vielleicht nie wieder sein früheres Sehvermögen zurückerlangen. Der Schatten dagegen hatte einen tieferen Schaden hinterlassen. Unerwartet ergriff Panik ihr Herz und ließ sie atemlos zurück. Die Kinder hatten die nervöse Wachsamkeit von Kaninchen, fühlten sich nirgendwo wirklich sicher. Vielleicht hatten die anderen Leute recht. Vielleicht sollten sie und die Kinder sich ein neues Zuhause suchen. An einem Ort, der unbelastet war, wo die Erinnerungen an ihre Torturen nicht an jeder Ecke lungerten.

Sie stellte die Mülltonne an der Straße ab und ging die Auffahrt wieder hinauf. Als das Haus zwischen den Bäumen in Sicht kam, hielt sie inne, ihre Erinnerungen überlagerten sich wie die Fotos in einer Kamera, wenn der Film nicht weitertransportiert wird. Belichtung auf Belichtung: Ihr Mann, der den Rasen mäht. Ihre Kinder, die sich gegenseitig durch den Garten jagen. Mahlzeiten, gemütliche Kaminabende, Gläser mit Wein. Die friedvollen Annehmlichkeiten des täglichen Lebens. Tief empfundenes Glück.

Das war das Problem, nicht wahr? Wenn sie aus dem Haus auszögen, würden sie vielleicht vor schlechten Erinnerungen bewahrt, aber es würde ihnen auch die guten nehmen. Und es gab so viel Gutes. Sie blinzelte zu ihrem Haus hinauf und dachte daran, wie unruhig der Schornsteinfeger gewirkt und darauf bestanden hatte, dass es bei ihnen spuken müsse.

Jetzt sah sie es auch. Diese Ort, der in weißes Mondlicht getaucht war, schien von einer Art geschwärzter Aura umgeben, einer alten Weisheit. Auf andere mochte er vielleicht bedrohlich wirken. Aber für sie warf er die althergebrachte Frage auf: Wie viel von einer Sache muss ersetzt werden, bevor sie nicht mehr das ist, was sie einst war? Das Haus war sicherlich nicht mehr das, was es bei seiner Erbauung gewesen war. So vieles war beschädigt, repariert, restauriert worden. Ganze Räume waren entkernt, Balken versetzt, Holz von Insekten zu Staub zerfressen und ausgetauscht worden.

Aber ihr Haus war bemerkenswerter, lebendiger als andere, weil ihr menschliches Auge sah, von wie viel Tausenden menschlichen Berührungen es geprägt war; wie viele vor ihnen gegangen waren, wie viele diesen Ort geliebt, sich um ihn gekümmert hatten. All das versetzte ihn in Schwingungen. Und sie begriff, dass sie und die Kinder, genau wie das Haus, nicht nur durch die Beschädigung, sondern auch durch die Reparaturen verändert werden würden.

Entschlossen ballte sie ihre verletzte Hand um die Narbe auf ihrer Handfläche.

Morgen würde sie die Kinder den Nachbarn vorstellen, die ihr geholfen hatten. Besser noch, sie würde sich die Mühe machen, alle ihre Nachbarn kennenzulernen. Dann würde sie, wie sie es versprochen hatte, mit den Kindern einen Weihnachtsbaum besorgen. Sie würden sich einen der verschmähten, übrig gebliebenen Bäume aussuchen, die sie hinter dem nahe gelegenen Gartencenter gesehen hatte. Sie würde alle Kränze und Girlanden mit nach Hause nehmen, die jetzt, nach den Feiertagen, noch zu bekommen waren, und das Haus mit dem Duft von Leben erfüllen, der stark genug war, um den Winter zu überdauern. Gemeinsam würden sie Trost aus den Lichterketten schöpfen, aus der Erinnerung an den Ehemann und Vater, den sie verloren hatten. Gemeinsam würden sie zusehen, wie die Tage länger wurden.

Und heute Nacht würde sie in das Haus gehen, das sie beschützt hatte. Heute Nacht würde sie an einem Ort einschlafen, der Jahrhunderte überdauert hatte, ein Beweis für die Schönheit, die aus dem Überleben geboren wurde.

DANKSAGUNG

Großer Dank geht an Helen Heller, deren Begeisterung für dieses Buch seit unserem ersten Gespräch mein Leben verändert hat. Ihre Einsichten, Ideen, ihre stets treffsichere Kritik und ihre unermüdliche Unterstützung haben mir die Welt bedeutet.

Ich hatte das unglaubliche Glück, mit den Redakteurinnen Jeramie Orton und Harriet Bourton zusammenzuarbeiten. Ihre aufmerksamen Kommentare haben mich immer wieder beeindruckt und dieses Buch zu dem gemacht, was es ist. Ich danke euch beiden aufrichtig für eure Offenheit, eure Güte und euer Vertrauen in diese Geschichte.

Ich danke Pamela Dorman dafür, dass sie mich in eine wirklich wunderbare Verlagsfamilie aufgenommen hat.

Saliann St. Clair und dem Team der Marsh Agency danke ich für ihre unermüdliche Arbeit an der internationalen Front.

An alle bei WME: Ich weiß alles, was ihr für dieses Buch getan habt, sehr zu schätzen.

Dank geht an meine ersten Leser, in keiner bestimmten Reihenfolge: Courtney Stephens, Nachel Mathoda, Liz Wendell, Sian Gilbert und Jamie Sogn. Euer Feedback war sehr wichtig, und ich könnte nicht dankbarer dafür sein.

Christine Pride, Laurie Edwards und Rakesh Satyal: Eure geduldigen Ermutigungen und eure Ratschläge für diese Fremde in einem fremden Land waren in meinen panischsten und entmutigtsten Momenten entscheidend.

Yvette Yun und Marith Zoli, meine großartigen Mentorinnen. Ihr habt mir so viel beigebracht und wart die Ersten, die meine

Texte aus einem Stapel herausgepickt und Potenzial darin gesehen haben. Dafür werde ich euch ewig dankbar sein.

An meine Schreib-Community – ihr wisst, wer ihr seid –, wir sind gemeinsam durch die Mangel gedreht worden, und an manchen Tagen wart ihr das Einzige, was mich vorangetrieben und Worte auf die Seite hat bringen lassen. Vielen Dank.

Rye, deine Liebenswürdigkeit, dein Zuspruch und deine Fähigkeit, mich immer wieder aufzumuntern, beweisen, dass ich die beste Schwester der Welt habe. Danke, dass du nicht nur ein erstaunlicher Mensch bist, sondern auch eine scharfsinnige Leserin.

An meinen Vater Robert, der all die Bücher aufbewahrt hat, die ich in der vierten Klasse geschrieben habe, und der dafür gesorgt hat, dass ich genau weiß, was zu tun ist, wenn ich einem Puma begegne. Du hast mich ein Leben lang unterstützt und zum Lachen gebracht.

Ich danke meinen Schwiegereltern, Ruth Anne und Randy, dafür, dass sie mich immer angefeuert haben und dass sie stets zur Stelle waren, wenn es etwas zu tun gab, egal ob Babysitting oder Betongießen.

Meine Großmutter Lil und meine Mutter Catherine waren lebenslange, unersättliche Leserinnen, die meine Liebe zu Büchern und zur Fiktion im Allgemeinen inspiriert haben. Ich weiß, dass beide auf mich herunterschauen und rufen: »Ich hab's dir ja gesagt«, während sie mir dabei zusehen, wie ich überlege, mich für diese ganze Anwaltssache zu entscheiden. Wie immer habt ihr richtig gelegen, meine Damen.

Auch in Sachen Inspiration möchte ich ein paar Dankesworte loswerden. Die ersten gehen natürlich an mein Haus. Es ist unmöglich, dich zu heizen, aber du bist ein Prachtstück, das mehr als anmutig gealtert ist. Falls es in dir spukt, dann sind deine Geister wohlwollend. Ein großes Dankeschön an den Bauunternehmer, der mich dazu gebracht hat, mir Gedanken darüber zu machen, was ich tun würde, wenn jemand einbricht.

Und natürlich vielen Dank an meine Angst. Ich wusste, dass du für etwas gut bist.

Thomas und Eleanor, wenn ihr dies vor dem Jahr 2032 lest, seid ihr zu jung. Legt das Buch vorerst zur Seite. Aber seid versichert, dass ich euch liebe und mich ständig frage, wie ich ein solches Glück verdient habe, eure Mutter zu sein.

Und schließlich vielen Dank an meinen Ehemann, Jason. Das Klügste, was ich je getan habe, war zu erkennen, dass ich mit siebzehn Jahren die Liebe gefunden habe. Danke für dieses schöne Leben.

Jayne Cowie

Können Frauen sich je wirklich sicher fühlen?

978-3-453-42728-0

Leseprobe unter **www.heyne.de**